PIERRE LEHAUTCOURT

LES EXPÉDITIONS FRANÇAISES AU TONKIN

AVEC

CARTES, VUES & PORTRAITS

TOME PREMIER

PARIS

AU JOURNAL ' LE SPECTATEUR MILITAIRE

39, RUE DE GRENELLE-SAINT-GERMAIN, 39

1888

LES EXPÉDITIONS FRANÇAISES AU TONKIN

DU MÊME AUTEUR :

CAMPAGNE DU NORD EN 1870-1871, *Histoire de la défense nationale dans le nord de la France*. In-8°, Charles Lavauzelle, 1886.

TIMBOUCTOU, *Voyage au Maroc, au Sahara, au Soudan*, par le Dr Oskar LENZ, traduit de l'allemand avec l'autorisation de l'auteur. 2 vol. in-8°, Hachette et Cie, 1886.

PIERRE LEHAUTCOURT

LES

EXPÉDITIONS FRANÇAISES

AU TONKIN

TOME PREMIER

PARIS

AU JOURNAL " LE SPECTATEUR MILITAIRE "

39, RUE DE GRENELLE-SAINT-GERMAIN, 39

1888

INTRODUCTION

Beware
Of entrance to a quarrel, but being in,
Bear't that the opposed may beware of thee (1).
SHAKESPEARE, *Hamlet.*

L'ouvrage (2), *dont nous commençons aujourd'hui la publication, a pour but de raconter l'histoire des expéditions françaises au Tonkin, depuis l'origine jusqu'à la fin de la période militaire proprement dite, c'est-à-dire au débarquement de Paul Bert à Hanoï.*

C'est une tentative délicate que de livrer au public le récit impartial d'événements à peine écoulés, et dont le retentissement vibre encore dans tous les cœurs. Il y a

(1) Évite d'entrer dans une querelle; mais, une fois entré, fais que ton adversaire t'évite à l'avenir.

tant d'écueils à éviter, de questions personnelles en jeu, de passions politiques déployées de part et d'autre, qu'un échec est presque inévitable. Ces difficultés, toujours très grandes pour le moindre fait contemporain, le sont encore plus, quand il s'agit d'une expédition comme celle du Tonkin, qui a provoqué de nombreuses et violentes discussions, portant aussi bien sur ses origines que sur la manière dont elle a été conduite.

Diverses considérations nous font entreprendre de la raconter. Indépendamment de ses résultats immédiats, en bien ou en mal, qui ne sont pas à dédaigner, cette guerre à une extrême importance par ceux qu'elle peut entraîner pour l'avenir. Quelles seront, pour la France, et même pour le reste du monde civilisé, les conséquences de cette lutte de deux races rivales, de deux civilisations aussi complètement différentes? Que résultera-t-il de l'éveil de l'esprit militaire chez les Chinois, éveil prouvé par des faits irrécusables? Qu'adviendrait-il si cette nation géante sortait de sa torpeur séculaire et venait à déborder en flots pressés au dehors de ses frontières?

L'Australie et les États-Unis sont déjà dans l'obligation de se garer d'une invasion pacifique de la race jaune. Cette invasion aura-t-elle toujours le même caractère, et ne trouvera-t-elle pas de nouveaux et formidables moyens d'actions, dans les instruments de guerre que tous les peuples occidentaux mettent si imprudemment à la disposition des Chinois?

Toutes ces questions, dont un avenir prochain tient peut-être la solution en réserve, ont été soulevées par la dernière lutte franco-chinoise. C'est assez indiquer son importance.

Notre intention n'est pas de défendre ou d'attaquer ici la politique coloniale, quoiqu'il y ait beaucoup à dire à son égard. Il semble qu'on ait singulièrement dépassé la mesure dans les discussions dont elle a été le prétexte. Peut-être un juge impartial, s'il en est, conclurait-il des arguments apportés de part et d'autre que rien ne serait plus conforme aux vrais intérêts de la France qu'une politique coloniale sainement conduite. Un système semblable trouverait sans doute peu de détracteurs, s'il consistait à maintenir, en l'améliorant constamment, le domaine que nos pères nous ont légué hors d'Europe; mais il faudrait éviter d'engager simultanément, et sans plan bien arrêté, nos forces sur tous les points du globe, ainsi que nous y avons paru trop souvent disposés ces derniers temps.

Quoi qu'il en soit, le but de ce livre n'est pas là; nous n'avons point voulu faire œuvre de polémique, mais dire impartialement, sans parti-pris ni faiblesse, les faits comme ils ressortaient des documents consultés: procès-verbaux et rapports de commissions, comptes-rendus des

Chambres, rapports militaires, récits de témoins oculaires ou d'acteurs de ces événements, données statistiques diverses, pièces diplomatiques, etc., nous avons tout mis à contribution pour établir notre récit. Il a été donné rarement de disposer de sources plus nombreuses pour l'histoire d'événements contemporains.

De tous ces documents se dégagent des conclusions consolantes pour l'avenir de notre pays, et qui nous encouragent d'autant plus à publier notre travail. Le souvenir de ce qu'ont accompli, dans l'Extrême-Orient, l'armée et la flotte françaises, mérite d'être conservé.

Comme pendant la guerre de 1870, dans Paris assiégé, ainsi qu'aux armées de la Loire et de l'Est, nos Marins et nos Soldats ont unis fraternellement leurs efforts, pour soutenir devant les Chinois et les Annamites l'honneur du pavillon. De même que les noms de Bazeilles, du Bourget, d'Orléans, ceux de Sontay, de Bac-Ninh et de Kélung, évoqueront toujours le souvenir de dangers vaillamment encourus, de privations et de fatigues patiemment supportées en commun. Dans l'histoire de la campagne du Tonkin, comme dans celle de la guerre de France, nous pouvons puiser la confiance que ni l'Armée, ni la Marine ne manqueraient à leurs devoirs, si le clairon venait à réveiller les échos des montagnes des Vosges, au jour de la lutte suprême!

Tous ces bruits lointains de combats livrés daus l'Indo-Chine ou sur les côtes du Céleste-Empire provoquaient dans nos cœurs un retentissement profond : le magnifique assaut de Sontay, la destruction de la flotte chinoise à Fou-Tchéou, le siège mémorable de Tuyen-Quan, étaient faits pour rappeler nos jours les plus glorieux, alors que nos trois couleurs se déployaient fièrement sur tous les champs de bataille de l'Europe. Pourquoi faut-il que ces succès aient été achetés par tant de pertes cruelles : Garnier, Balny, Carreau, Rivière, Berthe de Villers, Gravereau, Levrard, Bobillot, Normand, et le plus grand d'eux tous, Courbet!

A côté de ces noms déjà célèbres, que de héros inconnus, tombés glorieusement dans les broussailles de Tamsui ou sur la plage brûlante de Thuan-An, pendant la marche vers Lang-Son, ou dans les combats autour de Kélung ! Que de victimes ignorées, mortes sur le champ de bataille, la face tournee à l'ennemi, ou atteintes obscurément des mille maladies enfantées par un climat meurtrier! Marins et Soldats, tous ces vaillants ont vu seulement, dans la cause qu'ils avaient à défendre, celle de la Patrie française. Que leur importaient les pauvres querelles de nos hommes d'État ou de nos représentants, leurs luttes incessantes pour la possession du pouvoir, ces discussions qui portent sur des mots et non sur des principes, sur des hommes et non sur des idées? Ils sui-

vaient la ligne droite qu'avait tracée pour eux la conscience du devoir à remplir.

Derrière l'indécision et les contradictions de notre politique étrangère, derrière les luttes acharnées de la Presse et du Parlement, nos glorieux compatriotes voyaient la France; leur noble ambition n'avait qu'un but: faire respecter nos couleurs nationales. Aussi la tombe de nos morts du Tonkin pourrait-elle porter l'immortelle épitaphe des combattants des Thermopyles: « Passant, va dire à Sparte que nous sommes morts pour obéir à ses lois! »

C'est à leur mémoire que nous dédions l'histoire des Expéditions françaises au Tonkin.

Paris, le 1er août 1887.

Pierre LEHAUTCOURT.

LIVRE PREMIER

FRANCIS GARNIER

LIVRE PREMIER

CHAPITRE PREMIER

Limites. — Aspect général. — Le Tonkin. — Le Delta. — Les montagnes. — L'Annam du Nord. — Les provinces centrales. — L'Annam du Sud. — Le littoral. — Le Song-Ki-Kung. — Le Fleuve Rouge. — Ses bouches. — La Rivière Noire et la Rivière Claire. — Les fleuves côtiers de l'Annam. — Le climat. — Les cultures. — Population — Organisation.

Le haut plateau du Yunnan, le « Midi Nuageux », qui limite au Sud-Ouest l'immense empire chinois, détache vers le Sud deux longs systèmes montagneux : l'un, qui borne à l'Est le bassin du Mékong et qui porte, en général, le nom de Monts de l'Annam (1), étend ses dernières ondula-

(1) Annam se traduit par « Paix du Midi » ou « Sud Pacifique », un nom que le pays n'a pas précisément justifié pour nous. Viet-nam, autre nom de l'Annam, veut dire « Splendeur du Midi. »

tions jusqu'au cap Saint-Jacques, dans la Basse-Cochinchine ; l'autre, composé de hauteurs peu connues, limite la province chinoise du Kouang-Si et vient finir au cap Pakhong, à l'Ouest du port chinois de Pakhoï.

L'étendue comprise entre la mer de Chine et cet ensemble montagneux constitue l'Annam avec sa dépendance, le Tonkin. Quoique ces deux pays fassent partie d'une seule région géographique et qu'ils soient habités par la même race humaine, il n'y en a pas moins entre eux dissemblance absolue, quant à l'aspect général et à la constitution physique.

Le Tonkin est essentiellement formé par le delta du Fleuve Rouge et il a les caractères communs à toutes les régions situées aux embouchures de grands cours d'eau : c'est une plaine basse, traversée par des bras secondaires et des canaux ramifiés à l'infini, avec tous les avantages et les inconvénients de cette constitution physique : l'extrême fertilité du sol et l'insalubrité du climat.

Quelques chaînons de collines, auxquels succèdent des rochers isolés, qui étaient autrefois des îles, sont les seuls accidents de terrains rompant la monotonie de ces plaines ; chaque jour, les alluvions du fleuve y ajoutent de nouvelles étendues. Aussi leur configuration s'est-elle profondément modifiée, depuis une époque assez récente.

D'après les historiens chinois, Hanoï, qui est aujourd'hui à 110 kilomètres de la mer, était un port en l'an 600. La carte du R. P. Alexandre de Rhodes, qui date du XVIIe siècle, indique pour le golfe du Tonkin une forme beaucoup plus accentuée que celle actuelle.

Dans la province de Nam-Dinh, certains villages sont situés sur un sol qu'occupait encore la mer, il y a moins de trois cents ans : le littoral actuel est à vingt kilomètres plus loin. Dans la même région, des centres habités ne remontent pas à plus de cinquante ans (1).

Ce delta du Fleuve Rouge, semi-terrestre et semi-fluvial, est encadré par des étendues montagneuses d'un tout autre aspect. Aux plaines fertiles, couvertes de rizières et de groupes d'habitations, succèdent des massifs de hauteurs boisées, devenant peu à peu de véritables montagnes, et dont les vallées étroites sont suivies par des rivières aux allures de torrents.

Les monts du Quang-Yen, de Cay-Tram, de Déo-Quan, de Thaï-Nguyen et de Tuyen-Quan, qui se suivent de l'Est à l'Ouest, forment un ensemble encore très peu connu, entre le bassin du Fleuve Rouge et celui de la rivière de Canton. On sait pourtant que les sommets y atteignent des altitudes assez considérables ; l'un de ceux situés dans le Quang-Yen dépasse, dit-on, 1,400 mètres. Plus au Nord, Francis Garnier a trouvé, pour la chaîne calcaire qui sépare le Tonkin du Yunnan, une hauteur approximative de 4,000 mètres.

Sur la rive droite du Fleuve Rouge, les montagnes du Hong-Hoa courent entre lui et la Rivière Noire : un deuxième massif, dominé par le mont de Tang-Vien (1,800 mètres environ), sépare la Rivière Noire du Delta.

Les provinces du Nghé-An et du Than-Hoa, qui séparent le Tonkin de l'Annam et qu'on attribue tantôt à l'un, tantôt à l'autre de ces deux pays, ont encore à peu près le même caractère. Les soulèvements schisteux du Than-Hoa, les terrains houillers ou les collines calcaires du Nghé-An, qui s'étendent jusqu'aux limites indécises du Laos et du

(1) *Rapport du bureau d'informations commerciales. Journal officiel de la République française*, 9 août 1885.

Tran-Ninh, bornent les bassins de petits fleuves côtiers qui constituent ces provinces. Le rameau secondaire du Déo-Quan, qui se relie comme les précédents aux massifs centraux du Laos, sert de limite entre l'Annam central et les trois provinces frontières du Tonkin.

Dans le centre de l'Annam, l'aspect physique est tout autre : entre la nervure médiane de montagnes, qui limite à l'Est le bassin du Mékong, et la mer de Chine, l'espace, très restreint, n'atteint pas souvent et ne dépasse presque jamais une trentaine de kilomètres (1).

Les rivières qui parcourent cette zone étroite n'acquièrent nulle part une longueur assez grande pour que leur débit devienne considérable : ce ne sont guère que des torrents, dont les alluvions conquièrent incessamment de nouvelles plages de sable sur la mer, et dont une barre interdit l'accès pour les bâtiments.

Leurs embouchures, nommées *Cua* en annamite, rappellent les graus de notre côte méditerranéenne.

Vers le Sud de l'Annam seulement, dans la partie confinant à la Basse-Cochinchine, le sol redevient montagneux et les dentelures de la côte sont plus accentuées. Comme dans les provinces du Nord, le plateau du Laos s'abaisse vers la mer de Chine en dessinant des gradins successifs, constitués par des couches géologiques différentes (2). Les dernières ondulations, qui succèdent aux monts du Quang-Nam et du Binh-Ninh, limitent à l'Est la Basse-

(1) Schillemans : *Notice sur l'Annam*. Cette nervure se compose de deux étages, dans l'Annam central, le plus bas formé par des schistes, le plus élevé par des couches calcaires.

(2) *Ibidem*. Le premier, en venant de la mer, comprend des grès et des schistes permiens, le second des terrains houillers, le troisième des couches calcaires, le quatrième des grès et des schistes dévoniens.

Cochinchine, demeurée jusqu'en 1862 et en 1867 partie intégrante de l'Annam. C'est encore une région basse, où s'étalent les embouchures, larges de 30 kilomètres, de l'un des plus grands fleuves du monde, le Mékong, et celles de cours d'eau secondaires, le Donnaï, entre autres.

Le débit annuel du Mékong dépasse, dit-on, 1,400 milliards de mètres cubes, et il ouvre, au travers du Yunnan, du Laos, du Cambodge et de la Cochinchine, une voie naturelle appelée à prendre dans l'avenir une importance considérable. Les beaux travaux de Doudart de Lagrée, de Garnier et de la Commission d'exploration en 1866-1867-1868, ont conquis pour la première fois ce puissant cours d'eau à la science géographique, et des Français ont été à peu près les seuls à compléter les résultats de ce voyage célèbre. Grâce à M. de Festigny, notamment, nous connaissons d'une manière détaillée la partie inférieure de ce grand fleuve, dont la profondeur dépasse parfois cent mètres et dont le courant atteint en certains endroits dix ou onze milles à l'heure. Les rapides de Préa-Patang, qui avaient longtemps passé pour infranchissables, ont été traversés en 1885 par l'un de nos torpilleurs et même par la canonnière la *Sagaie*. Désormais, la dernière limite de la navigation à vapeur est aux cataractes de Khong, en amont du point de Stung-Treng, si important pour la domination future du Laos siamois (1).

(1) Le débit de Mékong à Pnom-Peh, pendant les hautes eaux, s'élève à 70,000 mètres cubes par seconde. Rappelons, comme terme de comparaison, que celui du Gange, dans les mêmes circonstances, est de 167,000 mètres cubes, à son embouchure, et que celui de la Seine est de 150 mètres cubes à Paris. La marée se fait encore sentir à Kratieh, à 450 kilomètres des bouches du Mékong. (Francis Garnier, *Voyage d'exploration dans l'Indo-Chine.*)

Notre influence est appelée à devenir prépondérante dans le bassin de ce grand fleuve, dont nous tenons déjà les bouches, et qui voit se dérouler, du Nord au Sud, les contrées de l'aspect le plus varié. Quelle dissemblance, en effet, entre les plaines de Cochinchine, avec leur végétation tropicale, leur température de chaudière, et les hauts plateaux du Yunnan, où Doudart de Lagrée trouva des gens couverts de véritables matelas et portant des chaufferettes sur la poitrine!

En somme, l'Annam proprement dit, est une mince bande de terrain, comprise entre les montagnes et la mer, qui relie les embouchures du Mékong et du Fleuve Rouge.

On l'a comparé plaisamment au bâton d'un porteur de riz, dont les deux paniers seraient figurés par le Tonkin et la Cochinchine. Rien ne peut donner une idée plus juste de cette côte, longue, étroite, peu cultivée, qui unit les bouches des deux grands cours d'eau.

Le littoral du Tonkin et de l'Annam, à peu près parallèle à la direction générale des montagnes, dessine une double courbure dont la forme élégante rappelle celle d'un S. La grande île chinoise d'Haïnan, qui ferme en partie l'entrée du golfe du Tonkin, est la seule de quelque importance dans cette partie des mers de Chine.

Entre la frontière chinoise et le delta du Tonkin, la côte est découpée en une multitude de récifs et d'îlots rocheux qui prennent les formes les plus variées : c'est une succession de pyramides, d'aiguilles, de tables, de châteaux croulants, d'arches gigantesques, de falaises, qui offrent les aspects les plus imprévus, mais qui servent aussi de retraites aux pirates ; souvent nos bâtiments ont eu à les y poursuivre, et quelquefois même à s'y défendre contre eux.

En 1872-1873, le commandant Senez rencontra dans ces parages de véritables escadres de forbans.

Cette côte rocheuse renferme par contre les meilleurs mouillages du golfe, la baie d'Along, notamment, où est creusé le port naturel de Hone-Gay (Port Courbet). On a souvent projeté d'y établir un grand port de commerce ou de guerre (1). Le voisinage du bassin houiller de Hone-Gay serait un avantage de la plus haute importance.

La nature du littoral dans le Delta n'est pas de nature à en faciliter l'accès : en dehors des embouchures, dont la plupart sont envasées, les terres basses se prolongent en plages de boues, souvent modifiées par les courants. Les Indigènes se servent pour y circuler d'une sorte de petits bateaux plats, sur lesquels ils appuient un genou et qu'on nomme *pousse-pieds*. Ils conquièrent rapidement ces vases à la culture par des plantations bien entendues.

Les côtes de l'Annam du Nord, basses et sablonneuses, sont encore moins hospitalières et il faut descendre jusqu'à la rivière de Hué, à Thuan-An, pour y trouver un port de quelque importance. Mais la barre, généralement franchissable pour les bâtiments calant au plus 3 mètres, n'est pas abordable du tout en certaines saisons, quand la mousson souffle du Nord-Est.

Malgré son aspect grandiose, la baie de Tourane, longue de 13 kilomètres et large de 11, est dans le même cas; en outre ses fonds ne dépassent pas cinq mètres.

L'île Culao-Cham, avec un bon port de refuge, la baie de Quin-Hon, avec un mouillage sûr et profond, qui tend malheureusement à se combler ; la petite baie de Con-Mong, celle de Huan-Day qui est, dit-on, un mouillage hors ligne, d'autres encore plus rapprochées de la Cochinchine, ren-

---

(1) Renaud : *Les ports du Tonkin.*

dent le littoral méridional de l'Annam infiniment plus abordable que celui du Nord.

La navigation est laborieuse sur ces côtes, particulièrement dans le golfe. Les typhons redoutables qui le parcourent, ses courants violents, ses brumes très épaisses de novembre à la fin d'avril, ses fonds irréguliers qui passent brusquement de 100 mètres à 18 ou 20, tout cet ensemble rend les abords du Tonkin fort peu hospitaliers.

Le Nord du pays est arrosé par un des affluents de la rivière de Canton : le Song-Ki-Kung ou Li-Kiang, qui passe à Lang-Son, entre en Chine et va se jeter dans la rivière de Canton ou Po-Kiang, après avoir arrosé Lang-Tchéou et Taïping-Fou, deux points qui servirent aux Chinois de base d'opérations au moment de notre retraite de Lang-Son.

A l'ouest du Ngannan-Kiang, dont le cours inférieur formait autrefois la limite officielle entre le Tonkin et la Chine, le premier cours d'eau important est le Fleuve Rouge, dont le nom a été si souvent cité et dont la navigabilité a soulevé tant de polémiques.

Le Fleuve Rouge (Hong-Kiang, Hoti-Kiang pour les Chinois; Song-Koï, Song-Ka, Song-Caï, Nhi-Ha-Giang ou Bô-Dê, etc., pour les Annamites), prend sa source dans le Yunnan, à huit cents kilomètres environ, en ligne droite, du golfe du Tonkin. Dès Yuen-Kiang (Xuan-Kiang), à trois cents kilomètres de sa source, il aurait déjà cent mètres de largeur (1); de ce point à Mang-Hao, la dernière ville chinoise qu'il arrose, il court au fond d'une vallée

(1) Colqhoun : *La Chine méridionale;* Francis Garnier : *Voyage d'exploration dans l'Indo-Chine.* D'après le même auteur, l'altitude de Yuen-Kiang serait de 200 mètres seulement.

FRANCIS GARNIER

étroite, dominée par des escarpements presque verticaux qui atteignent parfois 1,800 mètres de hauteur; ses rapides le rendent difficilement navigable, même pour des canots légers. Malgré toute son audace, Francis Garnier ne put décider ses bateliers à franchir l'un d'eux.

A Mang-Hao, le Song-Koï continue à suivre une direction sensiblement la même, du Nord-Ouest au Sud-Est.

Entre cette ville et le golfe, la différence de niveau n'est plus que de 80 mètres environ et le Fleuve Rouge devient navigable, malgré les rapides que présente son lit.

Vers Lao-Kaï il entre dans le Tonkin et les difficultés de sa navigation ne sont guère moins considérables. Les rapides, les brusques changements de lit et le déplacement des bancs de sable sont des obstacles permanents; les basses eaux de la saison sèche arrêtent complètement la navigation des canonnières de plus d'un mètre de tirant d'eau, même au-dessous de Hong-Hoa, à Bac-Hat. En temps ordinaire, elles remontent un peu au Nord de Thuan-Quan, à 70 ou 80 kilomètres en amont de Hong-Hoa. Quant aux jonques indigènes mêmes, elles ont peine à atteindre cette ville au moment des basses eaux (1).

D'après M. de Kergaradec, qui le remonta en 1876 et en 1877, la navigation du Fleuve Rouge serait possible en toute saison, du Delta jusqu'à Mang-Hao, pour des vapeurs à roues, à fond plat, calant de 80 à 90 centimètres et pourvus d'une forte machine. Certains rapports d'officiers de notre marine sont beaucoup moins affirmatifs, et il paraît prouvé que le Fleuve Rouge ne constitue pas, aujourd'hui, une voie commerciale permanente.

Au confluent de la Rivière Claire, le Song-Koï a près de 2000 mètres de largeur, qui se réduisent à 1500 entre les confluents de la Rivière Claire et de la Rivière Noire, ou même à 400 devant Hong-Hoa. Ses eaux rougeâtres coulent rapidement et contrastent avec celles de la rivière Claire.

---

(1) Rapport du résident de la province de Sontay. *Journal officiel*, 18 avril 1885.

Cette année, la canonière le *Bossant* a atteint 62 kilomètres en amont de Than-Quan : elle était à 100 kilomètres environ de Laskaï. (*Gazette géographique*, 4 août 1887.)

Les Annamites expliquent par une légende la couleur à laquelle il doit son nom. Jadis, il existait dans son lit un dragon de taille gigantesque et dont la force était telle qu'il dévorait toutes les barques amenées par le courant. Un vice-roi chinois de l'Annam, sorcier de son état, eut recours à la foudre et tua le monstre. Depuis ce jour, le fleuve a été rougi pour jamais. Des sceptiques prétendent que le dragon n'est qu'un symbole et que le vice-roi-magicien se borna à faire sauter les écueils du Song-Koï avec de la poudre.

A quelques kilomètres en aval de Sontay commence le Delta; le Fleuve Rouge se divise en trois branches principales, subdivisées elles-mêmes en un grand nombre de rameaux secondaires et reliées par un lacis inextricable de canaux et d'arroyos.

Deux cours d'eau, souvent considérés comme indépendant du fleuve principal, le Song-Cau et le Thaï-Binh, viennent confondre leurs bouches avec lui et accroissent l'importance de ce système fluvial; malheureusement la plupart des embouchures (1) qui en dépendent sont encombrées par des bancs de vases, que les courants déplacent constamment. Quelques-unes seulement sont accessibles aux bâtiments de moyen tonnage; le Cua-Cam, notamment, qui conduit à Haï-Phong, a 3ᵐ 30 d'eau à marée basse.

Les deux principaux affluents du Fleuve Rouge viennent se confondre avec lui entre Hong-Hoa et Sontay : la Rivière Noire (Song-Bô, Kim-tu-Ha, Du-Giang pour les Annamites, Hé-ho, pour les Chinois), prend sa source dans le plateau

(1) Les principales sont le Cua-Nam-Trieu, le Cua-Cam, le Cua-Thaï-Binh, le Cua-Tra-Ly, le Cua-Balat, le Cua-Loc et le Cua-Loch-Day, en allant de l'Est à l'Ouest.

du Laos, puis pénètre en Annam, où elle traverse une région de montagnes boisées, à peu près désertes (1); elle s'y est ouvert des cluses qui atteignent 300 mètres de hauteur. Le Song-Bô est navigable pour les bateaux à vapeur sur une petite étendue, jusqu'à Tsong-Po, à 60 milles de son confluent.

La Rivière Noire traverse ensuite un pays extrêmement pittoresque et dont on a comparé les points de vue à ceux les plus classiques dans l'Inde ou à Ceylan; à son confluent avec le Fleuve Rouge, elle a 800 mètres de largeur.

La Rivière Claire ou Lô-Giang, Kham-Bodé, Lieou-Ca pour les Annamites, Tsin-ho pour les Chinois, se jette dans le Song-Koï, un peu en aval de la Rivière Noire. Son débit est assez important pour que les Annamites en fassent le cours d'eau principal, au détriment du fleuve, dont le volume d'eau est beaucoup plus considérable; ses bords, d'abord très-bien cultivés, deviennent à peu près déserts en amont de Doan-Hung. Elle passe alors près d'un point dont la garnison a conquis pendant la campagne du Tonkin une gloire immortelle : Tuyen-Quan.

Un de ses affluents, le Song-Chay, navigable pour les jonques; se rapproche vers sa source du Fleuve Rouge, et peut servir de route naturelle entre la Rivière Claire et le haut Song-Koï.

Le Than-Hoa est traversé par un fleuve côtier assez important, le Song-Ma, grossi du Song-Caï, dont le cours est à peu près inconnu. Un autre petit fleuve, d'égale importance, traverse le Nghé-An; c'est le Song-Ca ou Song-Mô; un de ses affluents communique, dit-on, par un canal

(1) *Journal officiel*, 18 avril 1885, rapport cité.

souterrain et navigable avec l'un des affluents du Mékong, le Hin-Boün (1), au delà des monts de l'Annam.

Le Song-Ma et le Song-Ca sont reliés, ainsi que leurs embouchures, par des canaux qui couvrent le pays d'un réseau très serré.

L'Annam central est arrosé par des cours d'eau sans grande importance, mais qu'unissent également des lagunes et des canaux praticables à la petite batellerie; le Song-Gianh, le Dong-Hoï, la Viéte, la rivière de Hué et celle de Quang-Nam. Grâce à ce système hydrographique, Hué, qui communique déjà avec le cap Lay, à 100 kilomètres au Nord, et avec Can Haï, à 50 kilomètres au Sud, pourrait être aisément relié à Hanoï par un ensemble de canaux naturels et artificiels (2).

Dans l'Annam méridional, les rivières ont encore moins d'importance : les seules dont le débit soit un peu considérable sont celle de Quin-Hon, le Ba-Lang et enfin le Tuan-Phong qui forme la limite de la Basse-Cochinchine.

Si la constitution physique diffère complètement, suivant les régions de l'Annam, les conditions climatologique ne sont pas moins variées : pour toute la région, l'hiver, ou saison sèche, dure de novembre à mars inclus, et l'été, ou saison des pluies, d'avril à octobre; mais les écarts de température varient très notablement, du Tonkin au Sud du pays. Tandis que dans le Delta, le thermomètre peut descendre exceptionnellement à 7°6 centigrades, à Hué on n'a jamais observé de température inférieure à 17° (3) : à Saïgon ce minimum est déjà de 18°.

---

(1) Schillemans : *Notice sur l'Annam.*

(2) *Ibidem.*

(3) Elisée Reclus : *Géographie universelle.*

D'après les observations publiées par M. Schillemans, la température moyenne du mois oscille, à Hué, entre un minimum de 18°7 en décembre et un maximum de 29° en août (1882-1883). A Hanoï, le minimum 14.3 correspond à janvier et le maximum 31.4 à juin (1). On voit quel avantage le Tonkin possède sur la Cochinchine au point de vue du climat; l'abaissement de la température est assez marqué en hiver, pour tonifier les organismes affaiblis par la chaleur humide de l'été. Ces variations sont naturellement encore plus importantes pour les parties montagneuses du Tonkin et les gelées blanches n'y sont pas rares (2).

Les moussons, dont nous avons parlé plus haut, viennent du S.-O. et du N.-E.; elles contribuent à abaisser la température, surtout la dernière, mais elles amènent des bourrasques violentes (*giong* et *tô*) (3). Quand deux de ces giongs se rencontrent (4), il en résulte des typhons qui produisent parfois d'affreux ravages. En 1851, d'après le R. P. de la Lyraie, un typhon fit périr plus de 10,000 personnes : sur 700 églises il en subsista 3. Les maisons furent presque toutes renversées dans les provinces de Ninh-Binh et de Nam-Dinh ; les arbres déracinés ou rompus ; les bambous qui entourent les villages étaient déchi-

---

(1) Élysée reclus : *Géographie universelle* A Saïgon, d'après le même auteur, la moyenne varie de 29,8 (avril) à 27,0 (février).

(2) Quand le général Millot arriva au Tonkin, il apporta avec lui plusieurs centaines de poêles que le corps expéditionnaire s'arracha. (*Procès-verbaux de la Commission des crédits du Tonkin et de Madagascar*, décembre 1885.)

(3) Les giongs s'annoncent par de gros nimbus, des cumulus et des cumulo-stratus, toujours accompagnés de tonnerre et d'éclairs. Le tô est plus subit; sans causer de variations très sensibles à l'atmosphère, il s'annonce sous la forme de nuages composés de cirrus élevés, floconneux et de larges stratus. (*Journal officiel*, 26 janvier 1885.)

(4) *Journal officiel*, 26 janvier 1885.

rés, tressés, tordus, et ressemblaient à des quenouilles de filasse. En 1882, les ravages furent encore plus terribles; les flots dépassèrent de 8m,50 le niveau ordinaire des hautes mers et, d'après les relevés officiels annamites, on releva 40,260 cadavres dans les provinces méridionales.

Ces cataclysmes se produisent surtout pendant les mois d'août, septembre et octobre.

Le temps des changements de mousson, et particulièrement la mi-septembre, est signalé par des pluies torrentielles. « Le ciel tombe, » disent les gens du pays; dans l'Annam on a observé, à cette époque, des chutes d'eau montant à 1m,248 en dix jours, près du double de la hauteur pluviale moyenne en France pendant toute une année.

Les conditions sanitaires résultant d'un pareil climat ne peuvent être favorables. La chaleur humide de l'été est très pénible et rend les insolations des plus fréquentes et des plus dangereuses, quoique la température n'atteigne pas une élévation comparable à celle régnant dans beaucoup d'autres régions moins malsaines. La tension électrique est extrême et rend tout travail, intellectuel surtout, très pénible. Presque chaque soir des orages apparaissent à l'horizon (1).

Quand arrivent les premiers mois de la saison sèche, la température s'abaisse notablement; une buée humide, nommée *crachin*, cache fréquemment le soleil, et les conditions sanitaires s'améliorent; mais, dès que les eaux ont

(1) E. Veuillot : *Le Tonkin et la Cochinchine.* Le développement des fièvres paludéennes suit la marche des travaux des champs. En mars, dès que la charrue commence son œuvre, elle provoque la poussée normale de ces accès. Les grandes pluies de l'été les arrêtent, et ils reprennent en août avec la cessation des pluies et la reprise des travaux agricoles.

suffisamment baissé, du moins dans le Delta, les émanations de toutes sortes, provenant de tissus animaux ou végétaux en décomposition, rendent de nouveau les maladies fréquentes. Parmi ces affections, la fièvre paludéenne, aussi dangereuse pour les anciens habitants que pour les nouveaux venus, la dysenterie, le choléra, presque toujours de forme endémique, la variole, sont surtout fréquentes (1).

Dans les régions montagneuses, une autre maladie est à craindre : la fièvre des bois; elle fait de grands ravages aussi bien parmi les Annamites que chez les Européens; c'est une des causes qui empêchent les premiers de pénétrer volontiers dans le Laos. Ce fléau ravage les hautes vallées du Yunnan, celles du Fleuve Rouge comme du Salouen (2), et les Chinois ne sont pas les derniers à s'en effrayer. Des défrichements bien entendus peuvent seuls améliorer lentement cet état de choses.

En Algérie, où les fièvres paludéennes étaient très fréquentes lors des premiers temps de la conquête, la mise en état de culture les a fait complètement disparaître d'espaces très étendus. On peut espérer des résultats analogues dans l'Annam.

Les cultures, et par suite l'aspect général, ne diffèrent pas moins en Annam que les conditions climatologiques. Dans le Delta du Fleuve Rouge, la fertilité extrême du sol, jointe à l'élévation de la température et à l'abondance de l'eau, rend

(1) Le docteur Martin Dupont, médecin en chef de la marine, est pourtant d'avis qu' « avec de bons cantonnements, des soins hygiéniques, on n'aurait pas au Tonkin plus de mortalité qu'en France. » (Déposition devant la *Commission des crédits du Tonkin et de Madagascar*, décembre 1885.)

(2) Colquhoun, ouvrage cité.

LE R. P. ALEXANDRE DE RHODES

la végétation d'une richesse prodigieuse. Le riz en est le principal élément, et c'est grâce à lui que le Tonkin nourrit, non seulement une grande partie de l'Annam, mais encore une fraction de l'empire Chinois. Dans certains cas, son rendement s'élève à 40 ou 50 pour 1; en outre, il donne souvent deux récoltes, en juin et juillet, en décembre et janvier, de sorte que la culture des rizières constitue l'une des occupations vitales des habitants. Rien ne peut les distraire de cette tâche, au moment du repiquage ou de la moisson surtout, pas même le voisinage immédiat d'un champ de bataille.

Un détail indique bien l'importance du riz dans la vie du paysans tonkinois. Quand on lui demande quelle distance sépare deux points, il répond : le temps de faire bouillir deux, trois marmites de riz (1).

Tout le Delta est d'ailleurs soigneusement cultivé; les lits de rivière même, à peine abandonnés par les eaux, sont transformés en rizières, au risque d'être envahis par l'inondation prochaine. La culture du riz n'est pas la seule en usage : le maïs, le sésame, la canne à sucre, les légumes sont également récoltés partout où le riz ne peut réussir ; les mares elles-mêmes sont utilisées, et on y sème une sorte de châtaigne d'eau.

Pour prévenir les effets désastreux des crues accidentelles sur ces cultures, les Tonkinois ont établi un système très complet de digues, dont la dimension varie avec l'importance du fleuve, du canal ou de l'arroyo. Mais, comme en Lombardie, ces travaux ont peu à peu relevé le lit des rivières, qui coulent par places au-dessus des plaines environnantes. De là d'affreux ravages en cas de rupture des digues, comme cela se produisit en août 1884, près d'Hanoï. Huit cents personnes furent noyées et des rizières étendues ravagées entièrement.

Quand on traverse les plaines basses du Delta, on peut se croire au milieu d'une forêt épaisse occupant tous les points de l'horizon; mais les toits recourbés des pagodes, à

(1) Gouin : *Calendrier agricole du Tonkin.*

tons criards rouges et blancs, tranchent par places sur le vert pâle et les reflets bleuâtres du feuillage. Cette forêt immense n'est qu'une réunion de villages très serrés, cachés dans leurs clôtures de cactus ou de bambous épineux, que dépassent les cimes gracieuses des aréquiers. Il faut gravir les tours des citadelles ou les miradors des portes pour dominer un panorama un peu plus étendu.

Dans les parties hautes du Tonkin, l'aspect est tout autre. Le thé, le coton, une espèce de riz particulière occupent une petite partie du sol ; le reste est couvert d'immenses forêts donnant des bois dont quelques-uns sont précieux : les quatre espèces de bois de fer, le frêne-xoan, le trac, le rotin, et surtout le bambou, cet arbre bon à tous les usages, dont on fait des maisons aussi bien que des caractères d'imprimerie, des vases à supporter le feu comme des chapeaux ; ses pousses sont même comestibles (1).

Les plaines de sable et les dunes de l'Annam sont le siège d'une culture beaucoup moins active ; les abords des rivières seuls donnent à peu près les mêmes productions que le delta tonkinois. Le café pourrait prospérer dans la région des collines, si l'on en juge d'après les échantillons introduits autrefois par les missionnaires. Comme au Tonkin, les centres d'habitation se cachent derrière un voile de feuillage ; mais ils ne sont plus groupés ou disposés le long des grandes voies ; les villes ne sont guère que des ensembles de *paillottes* (2) éparses dans les bois, au bord des rivières ; la citadelle, vaste ouvrage en briques, de

(1) *Journal officiel*, 26 janvier 1885.

(2) Les paillottes sont des huttes à charpente de bambous, dont les murs sont recouverts d'une légère couche de pisé, et dont le toit est formé par des feuilles de latanier.

forme généralement rectangulaire, renferme les habitations des fonctionnaires.

D'après les apparences, l'Annam et surtout le Tonkin sont riches en produits minéraux naturels. Les bassins houillers de Hone-Gay, de Ké-Bao et de Tourane sont appelés sans doute à prendre une réelle importance. Les gisements d'or, au sujet desquels on a nourri en France, des illusions si singulières (1), présentent beaucoup moins d'intérêt.

On sait en effet quel rôle le charbon joue dans la guerre navale. Pendant les dernières opérations sur les côtes de Chine nos bâtiments en étaient réduits à compter sur les bons offices, souvent problématiques, des Anglais, pour se ravitailler en combustible. Nous payâmes alors le charbon jusqu'à 84 francs la tonne au Tonkin ; certains envois faits à l'amiral Courbet revinrent à 216 francs. Les dépôts houillers de l'Annam auraient donc la plus grande importance pour le cas d'une guerre navale. Ils suppléeraient avantageusement pour nous aux lignites du Japon, qui donnent un combustible fort médiocre et, aux charbons d'Australie, dont l'usage nous serait interdit en cas d'hostilité avec l'Angleterre. Celle-ci ne s'y est pas trompée et c'est l'une des raisons qui lui ont fait voir d'un mauvais œil notre établissement au Tonkin (2).

---

(1) En 1874, M. Plauchut racontait gravement dans la *Revue des Deux Mondes* qu'on nourrissait des canards pour le seul profit de l'or qu'on tirait de leurs excréments ! (*Le Tonkin et ses relations commerciales.*)

Un peu plus tard, un mémoire de M. Dupuis assurait que dans les parages de la Rivière Noire « les Muongs ont beaucoup d'or et d'argent, et les femmes, en se rendant au marché, jouent à gagner ou à perdre des milliers de francs à la fois. » (*Débats parlementaires*, Chambre, 25 décembre 1885, page 389.)

(2) Capitaine Norman : *Le Tonkin ou la France dans l'Extrême*

Quoi qu'il en soit, il semble que l'exploitation d'une partie de ces charbonnages doive être prochaine. Le 28 mars 1887, une société française a reçu la concession provisoire de 15,000 hectares de terrains houillers situés aux abords de la baie d'Along, près de Hone-Gay. Si leur exploitation donne les résultats attendus, un grand pas sera fait pour l'avenir de l'Indo-Chine française.

La population (1) de l'Annam offre une remarquable unité. Les Annamites (*Giao-Kii, Giao-Chi*) se rattachent aux Chinois et aux Japonais par des liens très étroits. Venus du Nord, ils se sont progressivement répandus vers le Sud, en refoulant devant eux les peuples aborigènes, les Tsiampoïs (Cham, Muong, etc.). C'est au XVIIe siècle qu'ils terminèrent la conquête du delta du Mékong sur les peuples Khmers, dont les ruines d'Angkor révèlent la civilisation si originale.

Les Annamites ont même, à diverses reprises, franchi la chaîne centrale de la péninsule indo-chinoise, comme le démontrent leurs colonies du Laos. La rive gauche du Mékong, du 17e au 18e degré de latitude, est encore occupée par de nombreux villages annamites; la grande principauté de Luang-Prabang, jadis tributaire de la Chine, l'était encore de l'Annam au moment de la dernière intervention française (2).

Orient. Déposition de M. Thomson devant la Commission du Tonkin (décembre 1885.).

(1) Elisée Reclus, ouvrage cité. D'après des inscriptions récemment découvertes par M. Aymonier dans le Kanh-Hoa et datant l'une du IIe, l'autre du Ve siècle, le royaume de Tsiampa qui existait vers cette époque, sur la côte orientale de l'Indo-Chine, était d'origine indoue. (*Journal officiel*, 6 juillet 1887.) Une migration venue de l'Inde avait probablement déjà refoulé dans les montagnes les tribus autochtones.

(2) Rapport de M. de Lanessan, *Documents parlementaires*, Cham-

Du 8e au 23e degré de latitude, le type annamite se retrouve avec quelques différences peu sensibles : les cheveux noirs, le front haut et large, le nez épaté et écrasé, les pommettes saillantes, les dents noircies par l'usage général du bétel, le teint variant de la nuance chocolat au blanc sale. La langue est uniforme également : trois tons élevés et trois tons bas servent à multiplier des mots peu nombreux (1). Les Annamites écrivent au moyen des caractères chinois.

L'unité religieuse est également très remarquable dans l'Annam ; le culte de la masse est celui de Boudha qui dissimule mal un scepticisme profond ; son introduction dans l'Indo-Chine remonte au IIe siècle de notre ère et il s'y est étendu rapidement. On l'a très justement remarqué, la ferveur religieuse des boudhistes décroît à mesure qu'on s'éloigne de l'Inde pour se rapprocher du Céleste Empire. Dans l'Annam les prêtres n'ont aucune influence ; comme en Chine, les lettrés sont disciples de Confucius.

La véritable religion du pays consiste dans la vénération des ancêtres : elle tient lieu à la fois des sentiments religieux et patriotiques qui existent dans nos civilisations européennes. La forte constitution de la famille annamite, qui aboutit à l'annihilation de l'individu dans une sorte de collectivisme familial, est une des conséquences de cette forme religieuse.

Ce culte des ancêtres se retrouve dans une intéressante particularité du caractère national, qui a été signalée par

---

bre, décembre 1885, p. 1359. Nous venons de renoncer définitivement à nos droits sur ce pays par une convention avec le Siam (7 mai 1886).

(1) *Journal officiel*, 26, 27 janvier 1885.

M. Harmand (1) : « Il n'est pas en Annam un seul lettré et même un seul enfant à l'école, un seul homme du peuple, qui ne connaisse les noms et les hauts faits devenus légendaires et adaptés aux mélopées indigènes, de tous les rois, de tous les chefs de bande qui ont levé pendant des siècles l'étendard de la révolte... »

L'attachement des Tonkinois aux vieilles traditions du pays explique leur fidélité pour les membres de l'ancienne famille des rois nationaux, les Lê. Il en est souvent résulté des insurrections sanglantes. La dernière, celle de 1874, ne put malheureusement être étouffée qu'avec notre concours.

Quant aux chrétiens leur nombre est relativement peu considérable (2) et il ne s'est accru, depuis deux siècles, que d'une façon insensible.

L'Annamite est de caractère doux, timide même, quoiqu'il ne craigne pas la mort. Par contre, il redoute singulièrement la fatigue corporelle.

On connaît l'anecdote de ces négociants hollandais auxquels des Tonkinois demandèrent le secret de la fabrication d'un article d'Europe. Les bons Néerlandais entamèrent une longue explication, qui fut suivie avec intérêt par leurs auditeurs, jusqu'au trait final : « Mais il faut dépenser une livre de sueur. » Les indigènes n'en demandèrent pas plus.

L'Annamite vit surtout de travaux agricoles; l'industrie nationale est bien dégénérée de ce qu'elle était autrefois ;

---

(2) *Débats parlementaires*, Chambre, 25 décembre 1885, discours de M. Andrieux.

(2) 537 000 d'après Bouinais et Paulus : missions étrangères françaises, 326,000 âmes (Ouest et Sud du Tonkin); dominicains espagnols, 211,000 âmes, (Est et Centre). Le premier missionnaire débarqua en 1626. Dès 1650, il y avait 420,000 chrétiens au Tonkin, et ce nombre est demeuré à peu près stationnaire.

on peut la considérer comme à peu près nulle ; le commerce est surtout dans les mains des Chinois.

Les plaies principales du pays étaient, tout récemment encore, celles provenant de la piraterie et des mandarins. « La vie du paysan n'est qu'une longue inquiétude, disait le docteur Harmand ; d'un côté les mandarins, de l'autre les pirates ; l'enclume et le marteau. » Nous avons dit plus haut combien les côtes du Tonkin étaient ravagées par les forbans. L'intérieur du pays avait à peu près autant à en souffrir. Le moindre prétexte servait à réunir des bandes qui exploitaient leurs compatriotes à main armée. Souvent les villages entraient ainsi en lutte les uns contre les autres. Les épaisses haies de bambous qui les entourent avaient pour but de les protéger contre les agressions.

Pour les peuples de l'Extrême-Orient, la piraterie n'a d'ailleurs pas le caractère qu'elle revêt à nos yeux : c'est l'exercice légitime du droit du plus fort. Quelquefois des jonques, parties de Chine ou du Tonkin dans un but commercial, rançonnent des embarcations plus faibles, si elles en ont l'occasion, sauf à être assaillies à leur tour par des forbans de profession.

Les Chinois ont souvent cherché à faire disparaître la piraterie de ces parages. Au commencement du siècle ils y envoyèrent une flottille avec des troupes ; tous les points habités furent mis à sac, les arbres fruitiers coupés et la population déportée. Un décret impérial, qui existe encore, fut gravé à l'entrée d'une pagode, dans l'île de Cac-Ba. Il interdisait à jamais, sous peine de mort, de s'y établir. La nombreuse population de l'île montre que cet ordre ne fut pas longtemps respecté.

Une autre barbare coutume, qui n'a peut-être pas encore complètement disparu, est la traite des femmes ou des jeunes enfants, que des jonques transportent du Tonkin dans les ports méridionaux de la Chine, pour y être vendus. En 1880 une de ces embarcations, poussée par la tempête sur les côtes de la Cochinchine, renfermait cinquante petites filles. Quelquefois des Européens se font les complices de ce hideux commerce. Le 26 avril 1880, un navire anglais, le *Conquest*, dont le capitaine avait été l'objet d'une plainte, fut fouillé par la police de Haï-Phong. Il contenait dix-sept enfants dissimulés dans des paniers, sous des couvertures ou à fond de cale.

En dépit d'apparences peu avantageuses, la population de l'Annam est fine et intelligente, capable d'enthousiasme, mobile d'humeur, ce qui explique la facilité avec laquelle les conquêtes se font et se perdent dans ce pays. L'indigène est fonctionnaire par essence. chez lui rien n'égale la facilité avec laquelle le vaincu de la veille accepte de servir son vainqueur, même aux dépens de ses compatriotes.

Quant à sa valeur morale, elle est faible si l'on en croit les missionnaires. D'après Mgr Miche, autrefois évèque de Saïgon, « pour qu'une fille annamite soit encore vierge à douze ans, il faut qu'elle n'ait pas de frère. »

Les peuples aborigènes se sont réfugiés dans les parties montagneuses du pays et y mènent une vie misérable; très redoutés par les Annamites, ils ne les craignent guère moins. Suivant les peuples qui les environnent et les latitudes (1), ils portent différents noms : Khâs, Pou-Thays, Tahoï, Moïs, Muong, Pnom, Lolo, Trao, etc. Toutes ces peuplades ont des caractères communs; méprisés par les conquérants annamites qui les considèrent comme des bêtes sauvages, les Muong leur sont supérieurs en vigueur physique, en énergie. Mais la misère de ces populations est

(1) Dr Harmand : *Le Laos et les populations sauvages de l'Indo-Chine*

entretenue par la barbare coutume de l'esclavage ; la conquête d'esclaves, seule marchandise d'un transport et d'un débit faciles dans le bassin du Mékong, est le but de leurs opérations guerrières (1).

Un autre élément ethnique de l'Annam est constitué par les Chinois : les « enfants de Han » y sont relativement nombreux et la tradition veut que l'Annamite ait un certain respect pour « son oncle » le Chinois, plus laborieux et plus âpre au gain. De son côté, le Céleste, plein de dédain pour une race de civilisation inférieure, se croirait volontiers chez elle en pays conquis. Tout le commerce était entre ses mains avant l'occupation française ; chose fâcheuse d'ailleurs, car les Chinois, qui n'émigrent jamais sans espoir de retour, se bornaient à draîner les richesses du pays pour en faire profiter l'Empire du Milieu.

L'administration annamite est très fortement organisée ; au bas de l'échelle est placée la commune, avec un conseil municipal et une sorte de maire (2) élus par les *inscrits*, c'est-à-dire par les chefs de familles, mâles, âgés de plus de vingt ans, propriétaires ou exerçant une profession ; la commune s'administre elle-même, réunit ses contributions, dont elle est responsable, s'impose extraordinairement, entretient ses chemins et fournit pour le service militaire un nombre de recrues proportionné à celui des inscrits.

Beaucoup de contrées européennes s'accommoderaient de pareilles institutions.

Au dessus de la commune sont les *tong* ou cantons, les *huyen* ou sous-préfectures et les *phu* ou préfectures, auxquels correspondent différentes classes de

(1) De Lanessan, rapport cité.

(2) Le maire est le dernier élu du conseil municipal, le pouvoir exécutif devant toujours être l'inférieur du législatif.

fonctionnaires. Ceux-ci sont nommés au concours, comme en Chine, et, en ce qui concerne le Tonkin, de préférence parmi les lettrés annamites, ceux du Than-Hoa surtout. Le Tonkin, ce grenier de l'Annam, est donc en même temps la terre promise de ses lettrés, celle où ils peuvent se dédommager des privations subies dans leur pays (1).

Le souverain de l'Annam, quoique jouissant en apparence d'une autorité sans limites, est dans la dépendance étroite de son entourage, qui lui-même est asservi aux *rites*, c'est-à-dire aux traditions si puissantes dans tout l'Extrême-Orient. Un ministre spécial veille à leur conservation.

Dans ces conditions, et malgré la forte constitution de la commune en petite république oligarchique, l'autorité des mandarins n'a aucun contrepoids et leurs exactions sont sans bornes, surtout dans les parties du pays les plus éloignées du centre. De là, dans la masse de la population, un mécontentement général, de nature à la jeter dans les bras du premier conquérant étranger.

L'étendue de l'Annam et la densité de sa population, aussi bien que celle du Tonkin, ont été l'objet d'appréciations très contradictoires. D'après l'évaluation de M. Elysée Reclus, qui paraît se rapprocher très sensiblement de la vérité, la superficie du Tonkin et de l'Annam s'élèverait à 440,500 kilomètres carrés, habités par 14,000,000 d'habitants (2). Il est évident, d'ailleurs, que ces chiffres, surtout

(1) Paul Bert disait énergiquement de l'Annam : « ... pays de crève-de-faim, tous *bacheliers* ou au moins instituteurs, tirant la langue devant la lèchefrite tonkinoise... » Lettre de juin 1886, *le Figaro*, 17 novembre 1886.

(2) D'après Mgr Puginier (déposition Paul Bourde à la Commission du Tonkin, mai 1885, *Documents parlementaires*, Chambre, p. 2101.)

ceux ayant rapport à la superficie, ne peuvent être qu'approximatifs. Les limites du Tonkin et de l'Annam vers le Laos birman et siamois sont, en effet, complètement indécises, et bien des années s'écouleront sans doute avant qu'il en soit autrement.

D'après les données précédentes, la population moyenne de cette région serait de 34 habitants au kilomètre carré, mais il ne faut pas oublier que le delta du Fleuve Rouge, qui occupe environ le quart de sa superficie totale (2), renferme les trois quarts du nombre des habitants. La densité de la population y est donc considérable et on ne peut comparer, sousce rapport, le delta tonkinois qu'aux pays les plus peuplés du monde.

Tel était le royaume d'Annam, quand les premières troupes françaises y apparurent.

---

des évaluations faites par les missionnaires d'après trois modes différents de recensement auraient toujours donné, pour le Tonkin seul, 14,000,000 d'habitants. D'autre part, le relevé officiel d'août 1885 a atteint un total de 10,253,475 habitants. La population de l'Annam est évaluée de 2 à 6,000,000 d'habitants. Le premier nombre est le plus vraisemblable.

Rappelons, comme élément de comparaison, que la superficie totale de la France est d'environ 540,000 kilomètres carrés.

(2) Rapport de M. Paul Brunat, *Journal officiel*, 12 février 1885.

CHAPITRE II

Historique de l'Annam et du Tonkin. — Premières relations avec la France. — Le roi Gia-Long et Louis XVI — Conquête de la Basse-Cochinchine. — Traité de 1862. — Révolte des Lê. — Exploration du Mékong. — Voyages de M. Dupuis.

Nous avons dit que le Tonkin et l'Annam ont été successivement conquis par des peuplades venues du Nord, et qui refoulèrent dans les montagnes les tribus aborigènes. Les Chinois ne tardèrent pas à envahir eux-mêmes le Tonkin. Dès le deuxième siècle avant l'ère chrétienne, ils y établissaient des colonies (1). L'Annam, conquis ensuite tout entier par la Chine, ne reprit une indépendance relative que vers le xve siècle. La dynastie des Lê, dont la domination date de cette époque (1427?), demeura sous la suzeraineté de l'Empire du milieu, qui en exigea un tribut triennal. Du roi Lê-Than-Tong, en 1649, à Tu-Duc en 1849, tous les souverains annamites reçurent l'investiture de l'Empereur de Chine.

(1) *Notes sur l'Annam et le Tonkin.* (*Revue militaire de l'étranger*, n° 580, 1883.)

Au XVIIIe siècle se produisit la séparation que devait amener tôt ou tard la différence de structure physique entre le Tonkin et l'Annam; la dynastie Lê demeura maîtresse du Tonkin, tandis qu'un Nguyen, devenu vice-roi héréditaire à la suite de ses victoires, fondait à son tour un royaume indépendant dans l'Annam (1725). Cette scission ne se fit pas sans des luttes sanglantes, qui durèrent jusqu'à la fin du siècle.

A ce moment eut lieu l'insurrection des Tay-Soun, Chinois immigrés au Tonkin, qui parvinrent à conquérir le pays à l'aide de montagnards du Kouang-Si et du Yunnan. Les membres de la famille Lê furent massacrés ou rejetés dans les montagnes, l'Annam conquis à son tour et le roi Nguyen-Anh, plus connu sous le nom de Gia-Long, obligé de se réfugier dans une des îles du littoral.

C'est à ce moment que se place la première intervention de la France dans ces pays; cette vaste région, si avantageusement située sur la route des Indes à la Chine, avait déjà attiré l'attention des Européens. En 1637, les Hollandais établissaient, en aval de Nam-Dinh, un comptoir qui prenait bientôt une grande extension. Il comptait un moment 2,000 maisons; la France et l'Angleterre y entretenaient des consuls. Mais il était abandonné dès la fin du siècle, après avoir perdu cette prospérité éphémère.

Vers la même époque, des missionnaires jésuites servaient d'intermédiaires entre le roi de France et le souverain d'Annam. Les Anglais ne tardaient point à suivre cet exemple et, dès le XVIIe siècle, ils fondaient un comptoir au Tonkin. Mais leur tentative fut malheureuse (1); des querelles avec les indigènes firent abandonner cet établisse-

(1) Norman : *Le Tonkin ou la France dans l'Extrême Orient.*

ment en 1719 et un nouvel essai, en 1778, aboutit à un échec encore plus complet. C'est au XIXe siècle seulement qu'ils devaient reprendre leurs tentatives d'entente avec les souverains de l'Annam.

Quoi qu'il en soit, en 1787, l'influence française était prépondérante dans ces pays et un de nos compatriotes, l'évêque d'Adran, Mgr Pigneau de Béhaine, persuada le roi détrôné, Nguyen-Anh, de réclamer la protection de Louis XVI. L'un des fils du prétendant partit pour la France, accompagné de l'évêque. Notre pays était alors au lendemain de la guerre de l'indépendance américaine : les brillants succès de la marine française avaient ramené l'attention sur elle et sur nos colonies ; l'évêque d'Adran fit voir dans un établissement futur en Annam la possibilité de nuire au commerce des Anglais, et même de contre-balancer le développement de leurs possessions indoues : il obtint donc, le 28 novembre 1787, la conclusion d'un traité d'alliance offensive et défensive entre le roi Louis XVI et Nguyen-Anh. En échange de troupes et de subsides, ce dernier promettait à la France l'île de Poulo-Condor et la presqu'île de Tourane. En outre, les navires français devaient avoir libre accès sur tout le littoral et des consuls pourraient y être établis par nous. Le roi d'Annam s'engageait même à mettre des troupes à la disposition de la France dans l'Inde, si son concours était réclamé.

Ce traité ne fut jamais exécuté de part ni d'autre; les renforts destinés à l'Annam s'arrêtèrent dans l'Inde, et les événements qui se pressaient à Paris firent perdre de vue l'Extrême-Orient. Pourtant l'évêque d'Adran avait ramené avec lui quelques officiers et des volontaires (1) qui furent

(1) Les principaux étaient le colonel du génie Ollivier, l'ingénieur hydrographe Dayot; Chaigneau et Vannier, lieutenants de vaisseau.

d'un grand secours au prétendant. L'argent et les armes venus de France ou de nos colonies ne lui furent pas moins utiles, et la conquête de l'Annam, qui avait commencé par la Basse-Cochinchine (1789), puis par les provinces centrales (1793-1801), ne tarda pas à être achevée. Sur ces entrefaites, l'évêque d'Adran était mort (1797); les événements de la révolution française empêchaient toute communication entre la France et l'Annam, en entraînant l'abandon d'un établissement que nous avions fondé près de Nam-Dinh. Le roi Nguyen n'en fit pas moins la conquête du Tonkin (1802) et prit le nom de Gia-Long, avec le titre d'empereur (Hoang-Dé)(1). Il n'est pas sans intérêt de noter que jamais la Chine ne reconnut cette dénomination: pour elle Gia-Long et ses successeurs demeurèrent des princes d'Annam, c'est-à-dire à peine l'équivalent de ses vice-rois.

L'influence française demeura quelque temps toute puissante auprès du roi Gia-Long; il organisait l'administration et la défense du pays d'après les conseils des officiers détachés auprès de lui. De vastes citadelles bastionnées, construites sur les plans du colonel Ollivier, s'élevaient de toutes parts; mais, peu à peu, le nombre des Français restés en Annam diminua et les derniers en partaient vers 1824 (2), laissant notre influence tout à fait amoindrie. D'ailleurs les Anglais étaient enfin parvenus à y prendre pied. Un traité conclu en 1821 par Crawford (3), au nom

(Brossard de Corbigny : *Huit jours d'ambassade à Hué*.) Parmi eux se trouvait un grand-oncle de M. Déroulède. Le tombeau qui porte son nom existe encore dans le cimetière des Français, à Tourane. (*Avenir du Tonkin*, 1887.)

(1) H. Gautier : *Les Français au Tonkin*.

(2) Vannier avait passé trente-six ans en Annam et ses descendants vivent encore à Lorient. (Brossard de Corbigny, ouvrage cité.)

(3) Norman, ouvrage cité.

MONSEIGNEUR PIGNEAU DE BÉHAINE

de la compagnie de l'Inde, admettait leurs navires dans tout l'Annam, sauf au Tonkin toutefois.

Les successeurs de Gia-Long, mort en 1820, Minh-Mang (1820-1841), Thieu-Tri (1841-1847), et Tu-Duc (1847-1883), ne suivirent pas la ligne de conduite de leur prédécesseur. L'influence européenne disparut, les chrétiens et les missionnaires français furent persécutés. Nos navires intervinrent plusieurs fois pour leur protection, en 1843 et en 1845 notamment. En 1847, un guet-à-pens, organisé par les mandarins contre le capitaine de vaisseau Lapierre et les équipages de ses deux navires, était énergiquement réprimé. Les forts de Tourane bombardés et plusieurs navires annamites coulés auraient dû servir de leçon, mais il n'en fut rien.

Quelques années plus tard, en 1856, un diplomate français, M. de Montigny, envoyé à Hué pour y présenter les réclamations du gouvernement, était accueilli insolemment : le *Catinat* bombardait de nouveau les forts de Tourane et un détachement, aussitôt mis à terre, enclouait leurs canons. Nos réclamations n'en restaient pas moins sans réponse et une tentative nouvelle de négociations, répétée la même année, demeurait infructueuse. Les Chinois encourageaient, dit-on, Tu-Duc à la résistance (1).

Cette fois, le gouvernement français voulut tirer vengeance des insultes subies par son pavillon, et surtout des mauvais traitement infligés à nos missionnaires ; d'ailleurs la guerre de Chine venait de débuter par le bombardement et la prise de Canton, et l'attention publique se portait sur l'Extrême-Orient. De plus l'Espagne paraissait disposée à se joindre à nous, pour venger les mêmes griefs. Les missionnaires français de l'Annam, avaient déjà cherché à attirer l'attention du gouvernement sur le Tonkin : à les en croire, sa conquête serait des plus faciles (2). Pourtant l'action qu'on avait en vue fut portée sur une autre région : le 31 août 1858, le contre-amiral Rigault de Genouilly se

(1) Norman, ouvrage cité.

(2) Lettre de Mgr Retord, évêque d'Acoutte, au secrétaire de la légation française à Macao (18 octobre 1857), citée par M. Perin, député. *Journal officiel*, 22 juillet 1881, p. 1708.

présentait devant Tourane avec quelques navires, auxquels s'était joint un petit bâtiment espagnol : les forts furent enlevés une fois de plus, et une garnison française occupa enfin la presqu'île, que Gia-Long nous avait cédée soixante-dix ans auparavant.

Mais l'amiral ne tarda pas à se trouver dans une situation difficile. Les Annamites ne montraient aucune disposition à la paix ; les chrétiens, dont on avait promis l'intervention, ne paraissaient point (1) ; le petit corps expéditionnaire souffrait beaucoup des maladies : en outre, on ne pouvait espérer aucun avenir pour l'établissement de Tourane, sans débouchés, sur une côte étroitement resserrée entre les montagnes et la mer, avec un mouillage médiocre. En même temps, la présence d'un corps expéditionnaire espagnol donnait lieu à des difficultés, auxquelles on devait couper court par l'embarquement de la majeure partie de nos alliés pour Manille (2). L'amiral Rigault de Genouilly chercha un point plus avantageux et se décida pour Saïgon, dont la situation aux bouches d'un grand fleuve, dans un pays riche et peuplé, semblait beaucoup plus favorable.

Le 17 février 1859 Saïgon était enlevé, après un petit combat, livrant aux vainqueurs un très riche butin. Mais les difficultés commençaient avec cette conquête si facile en apparence ; les Annamites tinrent la ville étroitement bloquée, usant en embuscades continuelles les forces du corps franco-espagnol. Tourane était encore gardée par une petite garnison (3), l'expédition de Chine avait forcé de réduire les troupes de Cochinchine : Saïgon fut donc occupé,

(1) Lettres de l'amiral au ministre de la marine (17 septembre 1858 et février 1859). Discours de M. Perin, déjà cité.

(2) Palanca : *Reseña historica de la expedicion de Cochinchina.*

(3) Elle ne fut évacuée qu'après une occupation de deux années environ.

pendant près de deux ans, par sept cents hommes seulement, sous les ordres du capitaine de vaisseau Dariez.

Des prodiges d'énergie leur permirent de résister aux 20,000 Annamites qui les tenaient bloqués; enfin l'amiral Charner les dégagea le 7 février 1861, en leur amenant d'importants renforts : des batailles heureuses, celles Ki-hoa, de Mytho, pendant lesquelles nos trois mille hommes culbutèrent trente mille Annamites fortement retranchés, d'autres affaires encore, nous livrèrent trois des provinces de la Basse-Cochinchine et Vinh-Long, le chef-lieu d'une quatrième. On songeait même à une expédition contre Hué, quand Tu-Duc demanda la paix.

Une raison pressante l'y déterminait, en outre des échecs que nous venons de raconter.

. . .

En août 1851, un chrétien, descendant des anciens rois, Lê-Phuong, avait soulevé une grande partie du Delta tonkinois contre l'autorité de Tu-Duc : les insurgés occupaient Haï-Duong et menaçaient même Hanoï. Un ancien officier français revenant de Chine organisait les troupes du prétendant et paraissait rendre leur succès certain (1). La paix était donc indispensable à l'Annam; elle fut signée le 5 juin 1862, à Saïgon, non sans les plus grandes difficultés. Il avait fallu menacer Tu-Duc d'une alliance avec les rebelles du Tonkin (2).

Le roi d'Annam nous cédait les trois provinces conquises dans la Basse-Cochinchine et l'île de Poulo-Condor ; il s'engageait à payer aux deux puissances alliées une indemnité de 20 millions de francs ; la tolérance religieuse devait être

(1) Discours de M. Ballue à la Chambre. *Journal officiel*, 23 novembre 1885.

(2) Palanca, ouvrage cité.

établie dans ses États : en outre, trois ports nous y étaient ouverts, dont deux au Tonkin ; Tourane, Balat et Quang-An (Quang-Yen ?) ; la navigation du Mékong nous était également permise. De plus (et la stipulation avait son importance, car elle établissait une sorte de protectorat de la France sur l'Annam), aucune cession de territoire ne pourrait être consentie par le roi, sans notre aveu. En échange de tous ces sacrifices il rentrait en possession de Vinh-Long.

Du Tonkin, le prétendant Lê avait inutilement sollicité l'appui et le protectorat de la France, ou même une démonstration maritime qui eût peut-être assuré sa fortune. Le colonel Palanca, commandant du corps espagnol, était d'avis d'envoyer une expédition au Tonkin (1), mais l'amiral Bonard s'opposa à cette extension de l'entreprise commune. Lê, battu par un de nos anciens adversaires de Cochinchine, Nguyen-Tri-Phuong, que nous devions bientôt retrouver devant nous, finit par être pris, au moment où, avec une petite flottille, il tentait de porter la guerre en Annam. Son supplice délivra Tu-Duc d'un danger qui avait été grave.

La paix conclue, le « Constantin du Tonkin », comme les missionnaires nommaient le malheureux Lê, disparu, l'Annam ne se fit point faute de nous créer des embarras.

La ratification du traité ne put être obtenu de Tu-Duc qu'avec les plus grandes difficultés. Les ministres ne se lassaient point d'en soulever, malgré nos menaces (2).

(1) L'Espagne demanda même pour elle, pendant les négociations avec l'Annam, la cession de la presqu'île de Doson, à portée d'Haï-Phong. C'eût été nous interdire la conquête du Tonkin pour l'avenir. Heureusement l'amiral Bonard déjoua ce calcul. (Palanca, ouvrage cité.)

(2) Palanca, ouvrage cité. Voir la lettre des plénipotentiaires alliés

A peine les ratifications échangées, le roi d'Annam tentait d'obtenir notre renonciation à nos conquêtes, en recourant à l'intercession de la reine d'Espagne (1). Il s'adressait même à l'Empereur Napoléon III, en lui faisant offrir 15 millions en échange des provinces conquises.

De leur côté, les mandarins y suscitaient des rebellions fréquentes ; les trois provinces qui leur restaient dans la Basse-Cochinchine étaient le point de départ d'agitations perpétuelles, où coulait inutilement le sang de nos soldats. D'ailleurs, le gouvernement français ne paraissait nullement résolu à conserver notre nouvelle conquête ; le capitaine de frégate Aubaret fut même chargé de négocier un traité, qui ne devait pas être signé, et d'après lequel nous la rendions à Tu-Duc. Le roi d'Annam se serait engagé au versement d'une indemnité et à la cession d'un point destiné à recevoir un établissement maritime et militaire. Le cap Saint-Jacques fut même un instant désigné dans ce but (2). Mais la persévérance de l'amiral de la Grandière, alors gouverneur de la Cochinchine, et du marquis de Chasseloup-Laubat, ministre de la marine, triomphèrent des hésitations de l'Empereur : la Cochichine demeura colonie française. Le protectorat établi sur le Cambodge, la conquête pacifique des trois dernières provinces cochinchinoises, en 1867, consacrèrent définitivement notre établissement en Indo-Chine.

L'occupation de Vinh-Long, Chaudoc, Ha-Tien, par les

au Truong-Bac de Hué, le 28 février 1863, et la réponse de ce dernier, 15 mars 1863. Voir également la convention réglant le cérémonial pour l'échange des ratifications, 31 mars 1863.

(1) *Ibidem*. Lettre de Tu-Duc à la reine d'Espagne, 18 juin 1863.

(2) *Journal officiel* du 5 août 1874, discours de M. G. Périn député.

Français fut même l'occasion d'un trait d'héroïsme qui honore la race annamite. Le vice-roi Phan-Tan-Gian, se voyant dépourvu des forces nécessaires pour nous résister, se rendit sur notre bâtiment amiral. Après avoir exposé avec beaucoup de dignité, à M. de la Grandière, les raisons qui l'obligeaient à lui céder sans résistance, il se retira, mais pour s'empoisonner aussitôt. Le malheureux Phan n'avait pas voulu survive à l'abandon de ses provinces.

Tu-Duc avait en vain réclamé contre nous le secours de la Chine : celle-ci était trop peu remise de la terrible révolte des Taïpings, pour se lancer volontiers dans des aventures. Les bandes de rebelles chinois, débordant du Yunnan et du Kouang-Si, envahirent même le Tonkin et menacèrent Hanoï, battant plusieurs fois les troupes annamites, aussi malheureuses qu'à leur ordinaire. Tu-Duc réclama de nouveau l'appui de la Chine, qui le lui accorda cette fois (1). Les rebelles furent rejetés vers le haut Song-Koï et dans la partie orientale du Tonkin, à l'est du Quang-Yen. Du côté du Yunnan, ils formèrent bientôt deux bandes, alliées tout d'abord, les Pavillons-Noirs autour de Lao-Kaï, sur le Fleuve Rouge, et les Pavillons-Jaunes, sur la Rivière Claire.

Ces *grandes compagnies* percevaient des droits de douane qu'elles devaient se partager. Mais cette répartition amena plus tard des querelles et finalement la destruction à peu près complète des Pavillons-Jaunes. Luu-Vinh-Phuoc, le chef de leurs adversaires, demeura maître incontesté de Lao-Kaï, et Tu-Duc, ne pouvant l'expulser, fut trop heureux de le prendre à sa solde (3), ainsi que ses bandes.

(1) Norman, ouvrage cité.

(3) On évaluait alors à 1,500 seulement le nombre des Chinois qui

Quant aux rebelles chinois rejetés sur l'Est du Tonkin, ils contribuèrent à renforcer les pirates qui s'y étaient déjà établis à demeure, et rendaient dangereux les abords de l'île de Haïnan ou même ceux de la rivière de Canton.

A cette époque avait lieu une exploration, qui devait exercer la plus grande influence sur les destinées du Tonkin et de l'Annam. Les Anglais cherchaient depuis longtemps, et surtout depuis la conclusion du traité de Tien-Tsin, une route de terre menant de leurs colonies indoues dans l'empire chinois; deux ordres de considérations les y poussaient : ils espéraient ouvrir à leurs marchandises des débouchés nouveaux, et en même temps mettre à portée de leurs marchés les produits de la Chine Intérieure.

Un officier de marine, le lieutenant de vaisseau Garnier, alors administrateur des affaires indigènes en Cochinchine, après avoir pris part à l'expédition de Chine, avait montré, dans une brochure qui attira l'attention publique (1), le

---

en faisaient partie. (*Notes sur l'Annam et le Tonkin, Revue militaire de l'étranger*, n° 580.)

(1) *La Cochinchine française en* 1864. Francis Garnier était né à Saint-Étienne, le 23 juillet 1839. Entré à l'école navale en 1855, il y fait preuve d'une hardiesse inouïe. Un jour, parvenu à la cime d'un mât, il prend sur la boule terminale l'attitude du Génie de la colonne de la Bastille et tombe de cette hauteur sur le pont. Après avoir résisté à cette chute, que l'on croyait mortelle, il s'embarque sur le *Duperré* pour prendre part à l'expédition de Chine. Pendant la traversée, il se précipite à la mer, par une nuit noire, avec une forte houle, dans des parages infestés par les requins, pour sauver un officier passager, M. de Névorlée, et il est nommé enseigne à la suite de cet acte de dévouement. Il fait partie de l'expédition de Chine, de celle de Cochinchine, puis devient administrateur indigène à Cholon. En 1870, après avoir pris part à l'exploration du Mékong, il est chef d'état-major du secteur de Montrouge. Sa brillante conduite attire sur lui les sympathies de la population qui lui donne 27,366 suffrages aux élections de février 1871. En 1872, il part pour explorer le Yang-Tsé-Kiang jusqu'à ses sources dans le Thibet. C'est alors qu'il est appelé par l'amiral Dupré à commander l'expédition envoyée au Tonkin à la fin de 1873.

LE MARQUIS DE CHASSELOUP-LAUBAT

grand intérêt qu'il y aurait à relier notre nouvelle colonie à l'empire chinois par une route naturelle.

Les massifs montagneux du Thibet donnent naissance à quatre grandes vallées, qui se dirigent vers le Sud et vers l'Est, au travers des hautes terres du Yunnan ou du Sé-Tchuen. Toutes quatre ouvrent dans le continent asiatique des voies naturelles très importantes : ce sont l'Irawady et la Salouen, qui débouchent dans la mer des Indes, en territoire plus ou moins soumis aux Anglais ; le

Mékong, dont les embouchures appartiennent à la France depuis 1862 ; le Yang-tsé-Kiang, qui coule tout entier dans l'empire Chinois. Entre ces deux derniers fleuves viennent s'intercaler deux cours d'eau secondaires, dont les sources sont dans le Yunnan : la Rivière de Canton et le Fleuve Rouge ; le dernier seul débouche en dehors du Céleste-Empire.

De ces six voies naturelles, quatre peuvent servir à relier la Chine aux pays voisins ; leurs valeurs intrinsèques ne sont pas les mêmes. L'Irawady est navigable sur une grande partie de son cours, jusqu'à Bhamo, mais de hautes montagnes le séparent du Yunnan, et il faudrait franchir par une voie ferrée les trente-deux jours de marche qui séparent Bhamo de la capitale de cette province chinoise : les Anglais y ont déjà songé, malgré d'énormes difficultés à vaincre dans un pays très tourmenté, coupé de sept grandes chaînes, qui mesurent de 6,900 à 8,730 pieds d'altitude. Construire un railway jusqu'à Tali seulement, à mi-chemin de Yunnan, équivaudrait, d'après Colqhoun, à traverser sept ou huit fois les Alpes par une voie ferrée.

La Salouen est navigable sur une petite étendue seulement, 150 kilomètres ; elle devrait être également prolongée par une voie ferrée se dirigeant vers Kiang-Hung, dans le Sud-Est du Yunnan. Les Anglais ont étudié la possibilité de l'établir, malgré la difficulté de traverser de grands cours d'eau et des montagnes, dans un pays à peu près inconnu. Il semble même que ce projet soit d'une réalisation plus facile que celui de Bhamo à Tali.

En ouvrant l'une de ces routes de pénétration, l'Angleterre doublerait la facilité de ses échanges avec le Céleste Empire et supprimerait l'énorme et dangereux détour que font ses navires pour se rendre de la mer des Indes dans celle de Chine, par Singapour.

Les vallées du Mékong et du Fleuve Rouge n'offriraient pas les mêmes avantages, puisque ces deux cours d'eau débouchent à l'Est de la presqu'île de Malaka. Leur seule utilité serait de relier la Chine intérieure à l'Europe par une voie plus courte que le Yang-tsé-Kiang.

En 1864, Francis Garnier proposait l'exploration du Mékong, le fleuve géant dont nous avons parlé, et qui, sorti des hauts plateaux du Thibet, vient aboutir à la Basse-Cochinchine. Le ministre de la marine, M. de Chasseloup-Laubat, goûta cette idée, et, le 5 juin 1866, la Commission du Mékong quittait Saïgon sous les ordres du capitaine de frégate Doudart de Lagrée : Francis Garnier en faisait partie, comme il était naturel.

Après une première étape aux ruines d'Angkor, ces merveilleux témoins de l'architecture Khmère, seuls souvenirs d'un peuple disparu, les explorateurs remontaient lentement le fleuve, en recueillant sur la constitution politique et physique des contrées parcourues les plus précieux documents. De longs séjours sur tous les points importants, Stung-Treng, Bassac, Luang Prabang, Kien-Khong, leur permettaient de réunir les éléments avec lesquels Garnier devait écrire plus tard son magnifique *Voyage d'exploration dans l'Indo-Chine*. Malgré le manque des ressources indispensables (1), l'habileté et la persévérante énergie de Doudart de Lagrée, sa profonde connaissance des mœurs asiatiques, triomphaient de tous les obstacles. La jalousie des chefs birmans ou des vice-rois de Siam ne parvenait pas à interrompre son voyage.

Le 16 octobre 1867, les explorateurs pénétraient dans

(1) La Commission n'avait eu à sa disposition qu'une somme de 25,000 francs en numéraire pour un voyage de plus de deux ans !

le Yunnan par la ville chinoise de Sé-Mao (1). La navigation du Mékong, interrompue par des rapides nombreux, était trop difficile pour qu'on pût conserver l'espoir d'en faire une voie de pénétration en Chine ; la révolte des Taïpings empêchait d'ailleurs la Commission de le remonter jusqu'à ses sonrces ; mais le hasard la conduisait à Yuen-Kiang, sur les bords d'un fleuve, le Hoti-Kiang, qu'on reconnaissait bientôt pour le Song-Koï des Annamites. Malgré de nombreux rapides, Francis Garnier le descendait quelque temps en canot, dans la direction de Mang-Hao ; le dernier, plus dangereux, effrayait ses bateliers, qui refusaient d'aller plus loin. Des renseignements sûrs affirmaient pourtant la navigabilité du fleuve en aval de Mang-Hao : « une question commerciale d'un grand avenir et d'un intérêt absolument français (2) » était ouverte.

Malheureusement Doudart de Lagrée ne devait pas survivre à tant de fatigues et de privations. Le 12 mars 1868, il succombait à Tong-Tchouen, sur le Fleuve Bleu ; ses compagnons ne ramenaient à Saïgon qu'un cercueil, le 29 juin suivant (3). Du moins, le *Voyage d'exploration dans l'Indo-Chine* conservera le souvenir du glorieux voyageur et de ses travaux.

La découverte de la voie du Fleuve Rouge par Francis Garnier et la Commission du Mékong ne devait pas rester

(1) Les autres explorateurs étaient MM. Delaporte, enseigne de vaisseau, Joubert et Thorel, médecins de la marine, de Carné, attaché aux affaires étrangères. Deux interprètes et treize hommes d'escorte complétaient le personnel.

(2) Francis Garnier, *Voyage d'exploration dans l'Indo-Chine*.

(3) M. de Carné devait également succomber aux fatigues du voyage.

inutile. Deux ans ne s'étaient pas écoulés qu'un Français, à qui son audace et sa persévérante initiative ont valu une célébrité bien justifiée, M. Dupuis, tentait de reconnaître cette nouvelle route de pénétration en Chine (1).

Établi à Hankéou depuis plusieurs années, M. Dupuis avait eu, dès 1864, l'idée de mettre à profit le Fleuve Rouge pour relier le Yunnan à la mer. On ne saurait lui refuser ce mérite : des témoignages positifs en font foi (2). Mais cette idée n'avait pas encore pris corps (3) : en 1868, il était sur le Yang-tsé-Kiang, au moment du passage de la Commission du Mékong, et il reçut de ses membres des renseignements positifs au sujet du Fleuve Rouge. Son esprit entreprenant ne tarda point à saisir les avantages de la nouvelle route : à ce moment, la révolte des musulmans du Yunnan, les Taïpings, nécessitait l'envoi aux autorités chinoises de grandes quantités d'armes et de munitions, venant d'Europe ou d'Amérique ; les jonques de M. Dupuis mettaient soixante-dix jours pour remonter jusqu'au Sétchuen, par le Yang-tsé-Kiang, alors qu'un simple coup

(1) M. Jean Dupuis, né en 1829, à Saint-Just-la-Pendue. Après avoir tenté de s'établir à Ismaïlia, il se rendait en Chine au moment de notre expédition et se fixait à Hankéou.

(2) Voir *Rapport de M. Bouchet*, député. *Journal officiel*, 17, 18, 19, 20 janvier 1880. *Lettre de M. Dabry de Thiersaint, consul de France à Hankéou, à M. Dupuis*, 22 février 1875. (Romanet du Caillaud, *Histoire de l'intervention française au Tonkin*.) Le R. P. Le Pavec (1790-1797), avait déjà remonté le Fleuve Rouge, du Tonkin au Yunnan, et en avait publié une description. En 1812, les *Annales de la Propagation de la Foi* signalaient de nouveau l'existence de ce grand fleuve.

(3) Le mérite d'avoir fait connaître pour la première fois la navigabilité du Fleuve Rouge au-dessous de Mang-Hao ne saurait d'ailleurs être retiré à Francis Garnier, ni à la Commission du Mékong. Outre le passage du *Voyage d'exploration dans l'Indo-Chine* que nous avons cité, deux lettres, l'une de Doudard de Lagrée, du 6 janvier 1868, et l'autre de M. Joubert, du 2 janvier 1872, publiées par M. H. Gautier dans son livre *Les Français au Tonkin*, le démontrent absolument.

d'œil sur la carte montrait dans le Fleuve Rouge une voie beaucoup plus directe. Une première tentative du négociant français pour descendre du Yunnan au Tonkin, dans l'été de 1868, fut arrêtée par la présence des Taïpings. Mais, deux ans plus tard, en février 1871, il était plus heureux: de Mang-Hao, il atteignait Bao-Hao, en aval de Lao-kaï, à cent kilomètres de son point de départ. Les renseignements qu'il recueillait en route ne lui laissaient aucun doute sur la possibilité de descendre le Fleuve Rouge jusqu'à la mer. La présence de riches mines d'étain à proximité de Mang-Hao était de nature à faire espérer de grands résultats de l'ouverture du Song-Koï au commerce.

M. Dupuis offrit donc au maréchal Mâ (1), qui commandait les troupes impériales au Yunnan, de lui faire parvenir des armes par le Fleuve Rouge, en échange d'un poids déterminé d'étain. Le maréchal accepta aussitôt et recommanda le négociant français aux autorités de l'Annam, sur lequel la Chine exerçait depuis longtemps, comme nous l'avons vu, des droits suzerains (2).

Après avoir vainement tenté à Paris d'obtenir l'appui matériel du Gouvernement français, M. Dupuis dut se contenter d'assurances très nettement bienveillantes, formulées par l'amiral Pothuau; le Ministre de la Marine alla même jusqu'à prier le gouverneur de Cochinchine de mettre à sa disposition un bâtiment de guerre destiné à le conduire au Tonkin. Il invita en outre le général d'Arbaud,

(1) Ce Chinois était un soldat de fortune que sa bravoure avait mené aux plus hauts rangs. Au moment de la révolte des Taïpings, il vendait des sucres d'orge. Sa conduite fut si brillante en plusieurs occasions, qu'il franchit rapidement tous les échelons du commandement. Il acquit même une telle influence que les autorités civiles l'envoyèrent dans une province lointaine, dès la fin de la révolte.

(2) Dupuis, *Mémoire*.

à prêter « tout son concours » au négociant français (1).

De son côté, et par crainte de complications avec les Annamites, le gouverneur de notre colonie l'engageait à se rendre directement au Tonkin, sans passer par Hué, tout en promettant de rester en communications fréquentes avec lui, au moyen de navires de guerre (3). En somme, M. Dupuis avait obtenu la promesse d'un concours officieux. La France était encore si près des événements de 1870, qu'il y aurait eu folie à en espérer davantage.

De retour à Shanghaï, M. Dupuis organisa une véritable expédition : deux canonnières, le *Hong-Kiang* et le *Laokaï*, une chaloupe à vapeur, le *Sontay*, et une jonque. Une vingtaine d'Européens et une centaine d'Asiatiques formaient son personnel.

Au moment où sa flottille arrivait à Haï-Phong, le 9 novembre 1872, elle y trouvait un bâtiment de notre flotte, le *Bourayne*.

Nous avons dit que les pirates infestaient les côtes orientales du Tonkin. Renforcés de Taïpings repoussés du Delta, ils avaient redoublé d'audace et allaient jusqu'à insulter les citadelles annamites. Haï-Duong garda longtemps la trace de leurs boulets.

Dès 1868, le gouverneur de la Cochinchine avait projeté contre eux des opérations d'ensemble, avec la coopération au moins morale de la cour de Hué, mais la guerre de 1870 survint et on ne put songer qu'en 1872 à repren-

---

(1) Lettre de l'amiral Pothuau, ministre de la marine, au gouverneur de la Cochinchine, 9 avril 1872. (*Rapport Bouchet.*)

(2) H. Gautier, ouvrage cite.

dre cette idée. Au mois de janvier, la corvette le *Bourayne*, était envoyée au Tonkin; le capitaine de frégate Senez reconnaissait les abords du Delta et préparait un projet d'opération contre les pirates. Cette tâche accomplie, il rentrait à Saïgon, où venait de passer M. Dupuis. Le gouverneur le renvoyait en octobre au Tonkin, avec la mission de prêter au négociant français un appui officieux, tout en cherchant à détruire la piraterie.

Laissant le *Bourayne* à Haï-Phong, M. Senez se rendit à Hanoï dans sa baleinière, avec quelques hommes. Le *tong-doc* (1) de la province l'accueillit très froidement et finit même par refuser de le recevoir. M. Senez fut obligé de se diriger vers Haï-Phong, par le canal des Rapides.

Depuis les insurrections de 1870 et de 1871 au Tonkin, Bac-Ninh était occupé par une garnison chinoise, qui insulta la petite troupe française lors de son passage. M. Senez ayant voulu obtenir réparation dans Bac-Ninh, se vit menacer; un de ses officiers fut même frappé et son détachement dut entrer dans la citadelle, pour s'y mettre en sûreté. Heureusement le bruit de l'arrivée de bâtiments français courut à ce moment dans le Delta: c'étaient ceux de M. Dupuis. M. Senez fut dégagé et put rentrer à Haï-Phong, à proximité de Quang-Yen, où la flottille du négociant était ancrée.

Restait à obtenir pour celle-ci le libre passage dans le Delta; le traité de 1862 n'autorisait rien de pareil, puisqu'il se bornait à ouvrir les ports de Balat et de Quang-Yen au commerce. D'ailleurs M. Dupuis avait arboré le pavillon chinois, et s'appuyait, pour demander le droit de traverser le Tonkin, sur la recommandation du maréchal Mâ. Celle-ci paraissait insuffisante aux mandarins annamites,

(1) Gouverneur.

qui voyaient poindre derrière Dupuis les « brigands de Saïgon ». Les démarches officieuses de M. Senez pour lui ouvrir un passage demeurant inutiles, il fit valoir, dans une lettre du 19 novembre, la satisfaction que causerait au gouvernement français la tolérance accordée à un de ses nationaux (1).

Il fut alors convenu que le gouverneur d'Haï-Phong en référerait à la cour de Hué et que M. Dupuis attendrait durant quinze jours la réponse de celle-ci. Quelque temps après, M. Senez partait pour Saïgon, en laissant entrevoir au gouverneur la ferme résolution où était notre compatriote de pénétrer dans le Delta, en dépit de tous les obstacles et de toutes les mauvaises volontés (2).

Pendant ces pourparlers, M. Dupuis n'était pas resté inactif ; sa chaloupe à vapeur reconnaissait les passes aux environs de Quang-Yen, et lui permettait de compléter les renseignements qu'il tenait du commandant Senez.

Le 17 décembre 1872, après avoir attendu en vain, pendant plusieurs semaines, la réponse du gouvernement de Hué, il s'engageait dans le Fleuve Rouge.

Parvenu sans obstacles à Hanoï, M. Dupuis s'y heurta à mille difficultés de la part des autorités annamites, combattues entre leur haine pour les Français et leur respect pour le pavillon chinois. Son énergique persévérance eut raison de tous les obstacles; il se procura des jonques, sur lesquelles ses marchandises furent embarquées et, le 18 janvier 1873, il partait d'Hanoï pour le Yunnan. Contrairement

(1) ... Je suis autorisé par le gouverneur de Saïgon à lui dire que le gouvernement français verrait avec la plus grande satisfaction celui de l'Annam accorder à M. Dupuis l'autorisation de se rendre au Yunnan, en passant par son territoire, afin d'y nouer et d'y établir des relations commerciales nouvelles. » (*Rapport Bouchet.*)

(2) *Rapport Bouchet.*

à ce qu'espéraient les mandarins, son voyage fut relativement facile ; les Pavillons-Jaunes et les Pavillons-Noirs se laissèrent intimider, aussi bien que les troupes annamites placées en face d'eux. Le 4 mars, M. Dupuis était à Mang-Hao, où le maréchal Mâ l'accueillait à merveille. Malheureusement la révolte du Yunnan venait d'être domptée ; armes et munitions étaient devenues moins nécessaires aux Impériaux. Ce voyage ne pouvait donc avoir les résultats commerciaux que notre compatriote avait espérés ; il n'en persévéra pas moins dans son entreprise.

Au bout de quelques semaines, l'aventureux Français se remettait en route pour le Tonkin, cette fois avec l'escorte de 150 soldats de la garde de Mà et muni des recommandations du vice-roi du Yunnan. Son voyage de retour, beaucoup plus rapide que celui d'aller, ne rencontra pas de difficultés ; Pavillons-Noirs et Pavillons-Jaunes étaient en guerre, mais M. Dupuis n'en passa pas moins sous leur feu ; parti de Mang-Hao le 21 avril, il était à Hanoï le 30.

Les mandarins annamites avaient continué, contre ceux de ses gens demeurés dans la ville, le système de vexations employé vis-à-vis de lui ; les habitants coupables d'avoir entretenu des relations avec eux étaient maltraités et emprisonnés. Le premier acte de M. Dupuis fut de réclamer leur liberté en menaçant d'enlever la citadelle avec sa petite troupe ; les Annamites cédèrent aussitôt.

Cette situation bizarre se prolongea quelque temps ; les mandarins cherchaient à obtenir le départ du négociant français, sans rien oser ouvertement contre lui. D'ailleurs notre compatriote ne se tenait point pour satisfait de son premier voyage ; il voulait en entreprendre un second et, faute de marchandises européennes, faisait charger ses jonques de sel pour les conduire au Yunnan.

Or le sel, chargé de droits énormes, était une des principales sources de revenus du gouvernement annamite, et surtout de ses fonctionnaires, grâce à leurs exactions. La prétention qu'affichait M. Dupuis de conduire ses jonques au Yuunan, sans payer de droits, frappait directement les mandarins dans leurs intérêts, qui, cette fois, se confondaient avec ceux du souverain. Ils protestèrent énergiquement contre ce projet et adressèrent leurs plaintes aussi bien au gouverneur de Saïgon qu'à celui de Hong-Kong. Malgré ces protestations, M. Dupuis voulut tenter de remonter une deuxième fois le Fleuve Rouge; mais les troupes annamites l'arrêtèrent et le forcèrent de rentrer à Hanoï.

La cour de Hué y envoyait à ce moment un personnage important, le maréchal Nguyen-Tri-Phuong, mortel ennemi des Français, qu'il avait énergiquement combattus en Cochinchine. Des troupes se concentraient à Hanoï; on se préparait à construire des barrages, pour enfermer la flottille de M. Dupuis. Le maréchal menaçait de « couper en tout petits morceaux lui et ses gens, s'ils ne se retiraient pas. »

L'énergie indomptable du négociant ne se démentit pas en cette occasion : au lieu de partir comme l'eût exigé la prudence, il demeura à Hanoï et fit même déchirer la proclamation du maréchal : elle fut brûlée solennellement avec le parasol qui l'abritait.

Cette fois la colère des mandarins était à son comble; la petite troupe de M. Dupuis se croyait perdue, quand un de ses officiers fit remplacer, à son insu, dit-on, les couleurs de la Chine par le pavillon tricolore. Une nouvelle phase allait s'ouvrir dans l'histoire du Tonkin.

CHAPITRE III

Dangers de l'expédition Dupuis. — Plans du commandant Senez. — Réclamations des Annamites. — Intentions de l'amiral Dupré. — Idées du gouvernement français. — Envoi de M. Millot à Saïgon. — Choix de Francis Garnier pour une expédition au Tonkin. — Négociations avec la Chine et l'Annam. — Instructions de Francis Garnier.

Tout en admirant l'énergie et la persévérance de M. Dupuis, on ne peut se défendre de faire remarquer que rien jusque là ne pouvait justifier l'intervention officielle de la France en sa faveur. Arrivé au Tonkin sous pavillon chinois, chargé d'achat d'armes par un des vice-rois de l'Empire, il avait droit à la protection de la Chine et non à la nôtre. Aucune des dispositions du traité de 1862 n'autorisait formellement un Français à suivre le Fleuve Rouge pour parvenir au Yunnan (1). Le traité de Tien-Tsin, qui détermi-

(1) Pour réclamer l'accès du Delta en sa faveur et en celle de M. Dupuis, le commandant Senez avait invoqué l'article 5 du traité du 5 juin 1862. « ..... Si un pays étranger fait du commerce avec le royaume d'Annam, les sujets de ce pays étranger ne pourront pas jouir d'une protection plus grande que ceux de France ou d'Espagne; et si ce dit pays étranger obtient un avantage dans le

nait les points de l'Empire ouverts au commerce européen, était muet sur cette voie, dont on ne soupçonnait pas l'importance au moment de sa conclusion. En somme l'énergie de M. Dupuis, la grandeur du but qu'il poursuivait, ne pouvaient laisser notre gouvernement indifférent : mais il n'en n'était pas moins en droit de trouver son entreprise inopportune. Même en tout autre temps, même si l'on n'eût pas été au lendemain de la signature du traité de Francfort, elle aurait pu avoir des conséquences graves; l'impuissance manifeste des autorités annamites était de nature à attirer l'attention des aventuriers, si nombreux dans l'Extrême-Orient, qu'on a créé pour eux le nom expressif de Frères de la Côte. Si une expédition de flibustiers anglais ou américains se dirigeait sur le Tonkin, il faudrait en craindre la conquête par une puissance européenne. Dans ce cas, notre situation en Annam, et par suite en Cochinchine, courrait grand risque d'être compromise.

D'un autre côté la présence dans le Yunnan et le Kouang-Si de troupes nombreuses, inactives depuis la fin de la révolte des Taïpings, pouvait engager les Chinois à tenter une conquête facile. Le ministre d'Angleterre à Pékin, M. Wade, faisait, dit-on (1), tous ses efforts dans ce sens. Dans ce cas encore, notre influence sur le Tonkin et sur l'Annam, l'avenir même de la Cochinchine française, seraient compromis.

---

royaume d'Annam, ce ne pourra jamais être un avantage plus considérable que ceux accordés à la France ou à l'Espagne. » Les Chinois faisant entrer leurs navires dans le Delta, les Français pouvaient prétendre au même avantage, assurait le commandant Senez, mais le texte du traité manquait de précision à cet égard.

(1) *Lettre de M. Francis Garnier à M. Levasseur*, 20 septembre 1873, citée par M. H. Gautier.

Ces considérations frappaient vivement l'amiral Dupré, alors gouverneur de la Cochinchine ; en revenant de Haï-Phong, le commandant Senez lui avait rapporté un plan complet d'occupation du Delta ; mais cet officier supérieur estimait les forces nécessaires à un chiffre assez considérable (1), et il ne se faisait pas l'illusion de croire que la France pourrait entreprendre une expédition semblable, dans les circonstances où elle se trouvait. Aussi proposait-il, si l'on n'adoptait ce plan, de favoriser une nouvelle insurrection des Lê au Tonkin, en fournissant des armes à leurs partisans.

Sur ces entrefaites, les premières réclamations de Hué au sujet de M. Dupuis parvenaient à Saïgon. Les Annamites tenaient surtout à savoir si le commandant du *Bourayne* n'avait point dépassé ses instructions, en tenant un langage aussi favorable au négociant français. L'amiral répondit d'une façon négative, tout en maintenant à la déclaration de M. Senez son caractère officieux (2).

Les premières ouvertures du gouverneur de Cochinchine, au sujet du Tonkin, n'ayant pas été accueillies au ministère de la marine (3), il ne se lassait pas de revenir sur l'importance de cette question pour nos intérêts. Dans ses lettres du 29 avril, du 19 mai, du 5 juin, la même idée reparaît sans cesse. L'occupation d'un point du Delta, avec l'assentiment volontaire ou forcé de la cour de

---

(1) 6 avisos, 8 ou 10 canonnières, 15 à 18 chaloupes à vapeur armées chacune d'une pièce de 4, 18 compagnies d'infanterie de marine, 6 batteries de 4 rayé de montagne, 12 mitrailleuses. (*Rapport du commandant Senez*, cité par M. Romanet du Caillaud, *Histoire de l'Intervention française au Tonkin.*)

(2) *Rapport Bouchet, lettre de l'amiral Dupré*, 21 janvier 1873.

(3) *Lettres du 29 avril et du 19 mai* 1873, citées par M. H. Gautier

Hué, est une « question de vie ou de mort » pour notre colonie; il y a nécessité absolue d'y prendre pied, avant que ce beau pays ne soit complètement arraché à l'autorité annamite.

Quelques jours après (23 juin), sur une nouvelle demande du Gouvernement annamite, l'amiral Dupré invitait M. Dupuis à quitter le Tonkin, mais sans compter le moins du monde sur une prompte exécution de cet ordre, difficile à concilier avec la protection officieuse promise par l'amiral Pothuau (1). Le gouverneur de Cochinchine avait déjà l'intention bien arrêtée de mettre à profit la présence de M. Dupuis au Tonkin. Le succès facile de notre compatriote, faisant tête avec une poignée d'hommes aux autorités de tout un royaume, semblait prouver qu'une conquête serait aisée pour nous (2).

Le 7 juillet, dans une nouvelle dépêche au Ministre de la marine, le gouverneur de Cochinchine indiquait les moyens d'action qui lui semblaient nécessaires pour l'occupation du Fleuve Rouge et de Hanoï. Il estimait qu'avec 4 compagnies d'infanterie, une batterie, trois avisos et quelques petites canonnières, il pourrait aisément s'acquitter de cette tâche (3). L'un de nos représentants en Chine plaidait à ce moment la même cause, en réduisant encore l'effectif à entretenir au Tonkin pour en faire une colonie française (4). Un aviso, quelques canonnières de rivière

(1) *Rapport Bouchet, lettre de l'amiral Dupré au ministre de la marine*, 5 juin 1873.

(2) *Rapport Bouchet, lettre de l'amiral Dupré à l'un de nos consuls*, 25 juin 1873.

(3) *Rapport Bouchet, lettre de l'amiral Dupré au ministre de la marine*, 7 juillet 1873.

(4) *Rapport Bouchet, lettre de M. de Chappelaine, consul de France à Canton, au ministre des affaires étrangères*, 8 juillet 1873.

AMIRAL RIGAULT DE GENOUILLY

et un bataillon devaient suffire avec l'aide des chrétiens tonkinois.

Le gouvernement métropolitain était alors bien loin de partager les velléités de conquête qu'entretenait l'amiral Dupré. Il faut convenir que la situation dans laquelle se trouvait notre pays, au lendemain de tant de désastres, en face d'un avenir encore si peu assuré, ne nous permettait guère des entreprises aussi lointaines. En outre, le cabinet dont faisait partie l'amiral Pothuau avait disparu le 24 mai, lors de l'élection du maréchal de Mac-Mahon à la présidence de la République. et les idées de ses successeurs n'étaient plus les mêmes. Le ministre des affaires étrangères, M. le duc de Broglie, s'exprimait à l'égard des projets du gouverneur de la Cochinchine de la façon la plus catégorique. Le 17 juillet, il écrivait encore : « Sous aucun prétexte, pour quelque raison que ce soit, n'engagez la France au Tonkin. »

A ce moment arrivait à Saïgon l'un des officiers de M. Dupuis, M. Millot, chargé de donner à l'amiral les raisons qui obligeaient la flottille à demeurer au Tonkin malgré ses ordres. D'après le résumé qu'il fit de la situation, le choix n'était plus possible qu'entre deux partis : laisser faire M. Dupuis, qui rétablirait aisément la dynastie des Lê, toujours restée populaire au Tonkin (1), ou conquérir le Delta. Avec 200 hommes, assurait M. Millot, on en ferait une colonie française.

Ce dernier parti agréait surtout à l'amiral, mais il ne pouvait le mettre de suite à exécution : il dut donc engager M. Dupuis à temporiser, en évitant tout prétexte à l'intervention des Chinois, aussi bien que toute excitation à la révolte. M. Millot fit observer que cette perte de temps représentait, pour notre compatriote, des frais considérables, et que l'argent lui manquait. Il éprouvait une répugnance bien fondée à intéresser des maisons anglaises ou allemandes de Shanghaï dans son entreprise. L'amiral Dupré lui fit aussitôt prêter par une banque de Hong-Kong, une somme de 30,000 piastres, avec la garantie spéciale de

(1) La dynastie des Lê est restée très populaire au Tonkin et, pour les indigènes, celle des Nguyen, qui règne encore en Annam, ne l'a dépossédée que par une usurpation. (Voir lettres de Mgr Colomer, *Correo-Sino-Annamita*, 1875, 1876.)

la colonie de Cochinchine. Parmi les gages affectés à la sûreté de cette créance, figurait l'indemnité, très considérable déjà, que M. Dupuis réclamait au gouvernement de Hué pour les entraves apportées à son commerce (1).

Quel que soit le sens qu'on ait prétendu lui prêter depuis, cette démarche significative modifiait complètement la situation du négociant français. L'appui matériel, que lui accordait le gouverneur de la Cochinchine, donnait en quelque sorte à son entreprise, aux yeux des Annamites comme des étrangers, un caractère qu'il n'était nullement dans les intentions du gouvernement métropolitain de lui accorder (2).

En même temps, l'amiral s'occupait d'envoyer au Tonkin un officier appuyé d'une petite force militaire. Il avait d'abord songé à faire revenir M. Senez, alors en France, mais son choix définitif tomba sur un lieutenant de vaisseau, que sa connaissance profonde de la question chinoise avait déjà mis en relief, Françis Garnier; l'explorateur du Mékong et du Fleuve Rouge lui semblait naturelement indiqué pour une pareille tâche. Le 22 juillet, il le mandait de Shangaï à Saïgon.

Quelques jours après (28 juillet), l'amiral Dupré adressait au ministre de la marine une longue dépêche, dans laquelle il exposait la situation du Tonkin et les raisons qui le portaient à y intervenir. L'examen des conséquences que pourrait entraîner l'entreprise de M. Dupuis le conduisait à affirmer de nouveau la nécessité de notre intervention.

(1) *Rapport Bouchet*. L'acte de prêt est du 25 juillet 1873; l'indemnité annamite était évaluée à 250,000 piastres, environ 1,250,000 fr.

(2) Voir la lettre de MM. Telge, Notling and C°, de Shanghaï, jointe au *Rapport de M. Bouchet*.

L'amiral prévoyait l'occupation de la citadelle d'Hanoï et d'un des points de la côte, avec des forces suffisantes pour tenir en respect les rebelles et les pirates. Il faisait même allusion, sans paraître y compter beaucoup, au concours qu'on lui promettait de la part des 500,000 chrétiens tonkinois. Son enthousiasme était tel qu'il se déclarait prêt « à assumer toute la responsabilité des conséquences de l'expédition projetée et à s'exposer à un désaveu, à un rappel.... Je ne demande, continuait l'amiral, ni approbation ni renforts ; je vous demande de me laisser faire, sauf à me désavouer si les résultats que j'obtiens ne sont pas ceux que je vous ai fait entrevoir (2) ». Toute l'expédition de Francis Garnier était contenue en germe dans cette dépêche.

Le même jour, l'amiral Dupré envoyait au Ministre de la marine un télégramme, encore plus affirmatif dans sa concision, et où il escomptait à l'avance le succès (1).

M. Millot quittait bientôt Saïgon pour Shangaï et la dernière recommandation que lui adressait le gouverneur était de « ne pas brusquer les événements », de manière à lui permettre de choisir son heure.

Cependant, Francis Garnier était arrivé à Saïgon et l'amiral lui avait confié ses projets. Il ressort d'une série de

---

(1) *Lettre de l'amiral Dupré au ministre de la marine*, 28 juillet 1873, *Rapport Bouchet.*

(2) « Le Tonkin est ouvert de fait par le succès de l'entreprise Dupuis. Effet immense pour le commerce anglais, allemand et américain ; nécessité absolue d'occuper le Tonkin avant la double invasion dont ce pays est menacé par les Européens et par les Chinois... Demande aucun secours, ferai avec mes propres moyens, succès assuré. ». *Télégramme de l'amiral Dupré au ministre de la marine*, 28 juillet 1873, *Rapport Bouchet.*

lettres de l'infortuné lieutenant de vaisseau (1), comme de la correspondance officielle dont nous avons cité des extraits, que l'intention du gouverneur de Cochinchine était, tout d'abord, de conquérir le Tonkin par un hardi coup de main. Garnier l'en dissuada, en lui faisant voir les dangers de son projet. A son avis, prendre le Delta serait relativement facile : le conserver nécessiterait beaucoup plus d'efforts. Cet avis, qui semble avoir été dicté par une divination inconsciente des événements, modifia les intentions de l'amiral ; il résolut d'avoir recours à des procédés pacifiques.

Le danger le plus pressant était celui que faisait courir au Tonkin la présence des troupes chinoises. Le gouverneur de Cochinchine adressa donc, le 1er septembre, aux vice-rois du Yunnan et des deux Kouangs, une lettre demandant le rappel de leurs troupes. Il les remerciait de leurs bons procédés vis-à-vis du Français Dupuis, mais cherchait à établir, que dans l'intérêt même des troupes chinoises, il serait préférable de laisser à celles de Cochinchine, si facilement transportées au Tonkin, la mission d'y rétablir l'ordre. Le bon accord existant entre les gouvernements français et annamites, avançait un peu légèrement l'amiral, rendrait à nos soldats la tâche facile.

De son côté, le gouvernement de Hué continuait ses démarches auprès de lui. Deux ambassadeurs avaient été envoyés à Saïgon, dans le but apparent de conclure un traité, et, en réalité, pour donner une solution à l'affaire Dupuis.

Afin de répondre à leurs instances, l'amiral faisait connaître à Hué, le 5 septembre, que le seul moyen d'en

(1) *Lettres du 8 septembre, à son frère, et du 20 septembre, à M. Levasseur*. (Citées par M. H. Gautier.)

finir avec M. Dupuis était l'envoi à Hanoï d'un officier français, « accompagné de plusieurs hommes », qui forçerait au besoin notre compatriote à quitter le pays (1).

Le gouvernement annamite répondait, le 22 septembre, à l'amiral; sans refuser d'admettre l'envoi d'un officier à Hanoï, il demandait si l'emploi de la force ne serait pas inopportune vis-à-vis de l'agent de l'un des mandarins du Yunnan : aussi lui semblait-il préférable de surseoir à l'envoi qui lui était offert.

Dans l'intervalle de ces deux lettres, l'amiral Dupré apprit que les mandarins annamites, aux abois, s'étaient adressés au gouverneur de Hong-Kong, espérant trouver, auprès de ce fonctionnaire anglais, une aide moins compromettante que celle des Français (2). Aussi la réponse de l'amiral fut-elle conçue en termes moins conciliants que sa dépêche du 5. Après avoir reproché au gouvernement de Hué sa duplicité, il le prévenait qu'il envoyait à Hanoï un officier; « s'il est directement ou indirectement entravé dans l'exécution de sa mission par le fait des autorités annamites, ajoutait-il, je serai forcé de rendre votre gouvernement responsable, et il faudra renoncer, à mon grand regret, à l'espoir d'une amitié prochaine ».

Les termes de cet ultimatum ne cadraient guère avec les instructions de M. le duc de Broglie, dont nous avons parlé et qui étaient encore confirmées par un télégramme du 8 septembre, répondant à la dépêche de l'amiral du 28 juillet et « lui réitérant l'ordre de s'abstenir, pour le

(1) *Lettre du contre-amiral Dupré au ministre des relations extérieures*, à Hué, 5 septembre 1873.

(2) Sur leurs instances, le secrétaire colonial de Hong-Kong écrivit à M. Laforest, gérant du consulat de France, pour lui demander des explications sur la présence de M. Dupuis au Tonkin. (R. du Caillaud, ouvrage cité.)

moment, quelles que soient les considérations qui recommandent la politique et les opérations proposées ». Toute la correspondance du Ministère portait l'empreinte des mêmes idées, ainsi qu'il ressort nettement d'une lettre de Francis Garnier (1). Du reste, les intentions du gouvernement français n'étaient pas uniquement basées sur des considérations générales, tenant à notre situation en Europe. Le ministère anglais avait protesté auprès de M. le duc de Broglie contre les intentions de conquête, prêtées bien gratuitement à la France, et le Gouvernement ne songeait à rien moins qu'à justifier ces protestations si peu fondées (2). Pourtant un télégramme de l'amiral ayant réclamé l'autorisation d'envoyer un officier à Hanoï, « sur la demande des autorités annamites », le Ministère accorda son consentement : le gouverneur de Cochinchine pouvait donner libre cours à ses projets.

Francis Garnier, qui avait été l'inspirateur de toute la correspondance officielle du gouverneur au sujet du Tonkin, reçut des instructions très largement conçues.

Malgré toutes les instances, faites à diverses reprises auprès de l'administration de la marine par les commissions parlementaires, jamais ces instructions n'ont été publiées intégralement (3). Mais les renseignements qu'on a pu recueillir à leur sujet, tant parmi les lettres de l'amiral que

(1) 8 septembre 1873, *Lettre à M. Léon Garnier*. (*Rapport Bouchet.*)

(2) Même lettre.

(3) En 1879, le ministre de la marine consentit à en donner lecture, mais non communication, à la 2e commission des pétitions (Chambre). Le rapport de M. Bouchet contient simplement le résumé de deux dépêches de l'amiral, l'une du 7 octobre, l'autre du 1er décembre, qui font allusion à ces instructions et en indiquent la substance. Il en est de même pour le premier rapport de M. Garnier, en date du 3 décembre. Ce document, qui a sûrement été remis à l'amiral Dupré, n'a jamais été présenté aux Commissions parlementaires.

dans celles de Garnier, ne laissent aucun doute sur leur étendue. D'après ces documents, l'enquête à faire au sujet de M. Dupuis devait passer au second plan dans les préoccupations du chef de l'expédition. Il tenterait néanmoins d'aplanir ce différent, mais son but principal serait d'introduire un régime commercial favorable au Tonkin. Dans cette vue il s'établirait solidement sur le point le plus convenable à l'objet de sa mission, et ferait choix d'un port pouvant servir au besoin de base d'opération. Son séjour au Tonkin se prolongerait jusqu'à ce qu'on eut pu amener le gouvernement de Hué à régler, d'une façon définitive, l'ouverture du Fleuve Rouge à notre commerce (1).

Des instructions verbales, probablement beaucoup plus larges encore, complétèrent celles que nous venons de citer:

L'administration de la marine a simplement assuré qu'il n'existait pas dans ses archives. (*Rapport Bouchet.*)

Cette pièce historique n'a été publiée qu'en 1885, par M. A. Gervais, dans son article de la *Nouvelle Revue, la France au Tonkin. Un rapport inédit de Francis Garnier*. Elle est datée du *Tongking français*.

L'amiral Dompierre d'Hornoy, ministre de la marine au moment de l'expédition de Garnier, s'est montré fort affirmatif à l'égard du rôle de l'amiral Dupré : « En 1873, entraîné par un esprit aventureux que je n'hésite pas à qualifier ainsi, l'amiral Dupré voulut engager la France au Tonkin. J'étais alors ministre. J'écrivis à Dupré que je n'y consentirais jamais. Un peu plus tard, en 1874, l'amiral Dupré nous envoya un projet de traité. Je répondis que je ne voulais pas de protectorat. On fit cependant le protectorat, mais malgré mes intentions, et quand, au mois de juillet de la même année, il fut sanctionné par l'Assemblée nationale, je n'étais plus ministre... »

Le président de la Commission, M. Georges Périn. — « Les faits rapportés par M. l'amiral Dompierre d'Hornoy sont parfaitement exacts. Mais il y a une conclusion à en tirer, c'est que M. le contre-amiral Dupré aurait dû être désavoué et passer en conseil de guerre, au lieu d'être fait vice-amiral. » (Extrait des procès-verbaux des séances de la Commission des crédits pour le Tonkin et Madagascar, *Documents parlementaires*, Chambre, juillet 1886.)

(1) *Lettre de l'amiral au gouvernement de Hué*, 1er décembre 1873.

JEAN DUPUIS

en réalité Garnier avait « carte blanche » suivant ses propres expressions. « L'amiral s'en rapporte à moi » ajoutait-il (1).

Pas plus que le gouverneur de Cochinchine, Garnier ne se faisait illusion sur la redoutable responsabilité qu'il encourait, à la veille d'entraîner, malgré lui, le gouver-

(1) *Lettre du* 8 *octobre à M. Léon Garnier*. (H. Gautier, ouvrage cité.)

nement français dans des aventures dont l'issue était assurément difficile à prévoir. La correspondance officielle du gouverneur, aussi bien que les lettres familières du lieutenant de vaisseau en font également foi. « Je flaire une affaire Pritchard, disait l'infortuné Garnier, où l'amiral Dupré et moi seront désavoués. » Avec une générosité sans égale, il avait prié instamment le gouverneur de ne pas hésiter à lui laisser la responsabilité de cette entreprise, si l'intérêt du pays ou le sien propre le demandaient (1). Malheureusement cette dernière recommandation n'allait être que trop bien exécutée et le désaveu officiel devait s'attacher uniquement à sa mémoire, contre toute justice.

Au moment de quitter Saïgon, Francis Garnier se flattait encore d'accomplir sa mission par les voies pacifiques : il espérait « dénouer peu à peu les fils de cette situation trop tendue » Aussi n'avait-il pas accepté les 400 hommes d'escorte que l'amiral lui offrait et s'était-il contenté d'une centaine (2). Il ne paraissait pas sans inquiétudes quant aux complications que pouvait amener l'immixtion de la Chine dans les affaires du Tonkin. Divers passages de ses lettres, et notamment la dépêche du 8 septembre qu'il rédigeait, au nom de l'amiral, pour le ministre de France en Chine, semblent l'indiquer. Il ne devait pas en être ainsi, du moins pendant la trop courte campagne que l'intrépide lieutenant de vaisseau allait entreprendre.

---

(1) H. Gautier, ouvrage cité, *Lettre du 20 septembre à M. Levasseur.*

(2) H. Gautier, ouvrage cité.

CHAPITRE IV

Composition de l'expédition Garnier. — Naufrage de l'*Arc*. — Débarquement à Haï-Phong. — Les dominicains espagnols. — Arrivée à Hanoï. — La situation. — Nouveau voyage de M. Dupuis. — Négociations avec les mandarins. — Ultimatum de Garnier.

Le 11 octobre 1873, après des préparatifs faits dans le plus grand secret, la petite expédition de Garnier quittait Saïgon, au milieu des témoignages sympathiques de la colonie chinoise (1), nombreuse comme on sait. Il est à noter que les négociants chinois du Tonkin devaient montrer à l'expédition la même bonne volonté. Tous se rendaient compte de l'importance qu'aurait pour leurs intérêts l'ouverture du Delta au commerce étranger. En somme, c'est à la Chine qu'elle devait être le plus profitable.

Francis Garnier emmenait avec lui une canonnière de rivière, l'*Arc*, remorquée par le *d'Estrées*, sur lequel la plus grande partie du personnel de l'expédition s'était embarquée : 30 hommes d'infanterie de marine, commandés par le sous-lieutenant de Trentinian; l'équipage de l'*Arc*,

(1) *Lettre du 11 octobre, à Mme Garnier.* (H. Gautier, ouvrage cité.)

renforcé d'une partie de celui du *Fleurus* et montant à 53 hommes, dont une dizaine d'Annamites. Ces marins étaient sous les ordres de l'enseigne de vaisseau Esmez (1), commandant en second de l'expédition.

En outre de ces 83 hommes, un second détachement devait partir, le 23 octobre, de Saïgon, sur le *Decrès*, en même temps qu'une deuxième canonnière, l'*Espingole*. Les 88 hommes de ce second renfort comprenaient les 60 marins de la compagnie de débarquement du *Decrès*, sous les ordres de l'enseigne Bain de la Coquerie (2), et les 28 hommes (dont 8 Annamites) formant l'équipage de l'*Espingole*, commandé par l'enseigne Balny d'Avricourt.

Les premiers jours de départ furent attristés par un fâcheux incident : l'*Arc*, déjà vieux et en médiocre état, coula par un gros temps, heureusement sans que personne fut à bord. L'expédition perdait un de ses plus puissants moyens d'action et on eut lieu de le regretter plus tard.

Le 15 octobre, le *d'Estrées* mouillait à Tourane, pour faire parvenir à Hué une lettre de l'amiral Dupré et attendre la réponse des Annamites. Ceux-ci étaient prévenus que Garnier avait ordre « de rester à Hanoï jusqu'à ce que l'affaire de la navigation du Song-Coï fut réglée ». La solution de cette question ne devait admettre aucun retard.

L'ouverture du Fleuve Rouge prenait donc la première place dans les préoccupations énoncées par le gouverneur de Cochinchine. L'affaire Dupuis passait au second plan et

(1) Le docteur Chédan devait être également embarqué sur l'*Arc*.

(2) Les aspirants Hautefeuille et Perrin, le docteur Dubut, accompagnaient l'enseigne Bain de la Coquerie. L'ingénieur hydrographe Bouillet et le docteur Harmand devaient s'embarquer sur l'*Espingole*.

l'amiral demandait l'envoi au Tonkin d'un plénipotentiaire appelé à trancher toutes les questions en litige (1). Pourtant, la réponse de Hué fut favorable : après quelques hésitations, le roi se déclarait satisfait de la venue de Garnier et envoyait trois mandarins pour l'accompagner Le Gouvernement annamite semblait se prêter de bonne grâce à « l'introduction du loup dans la bergerie » (2).

Le 23 octobre, le *d'Estrées* mouillait à l'embouchure de Cua-Cam, en aval de Haï-Phong. De là, Garnier se rendit à Haï-Duong, ou il demanda des jonques pour embarquer le personnel et le matériel de l'expédition, et à Ké-Mot, où il voulait voir l'évêque chargé des missions catholiques de la rive gauche du Fleuve Rouge, Mgr Colomer. Les dominicains espagnols parurent très peu disposés à favoriser les progrès de l'influence française au Tonkin : l'évêque ne reçut même pas Garnier (3).

Ce début peu encourageant ne fut pas modifié par l'accueil que les mandarins annamites réservaient à l'expédition, lors de son arrivée à Hanoï, le 5 novembre. M. Dupuis avait fait remorquer les jonques par un de ses vapeurs ; de plus, sa petite troupe de Chinois était sous les armes, quand Garnier aborda : les autorités annamites restèrent dans la citadelle; elles voulurent ensuite le loger avec sa troupe dans une sorte d'auberge au centre de la ville. Il fallut ses réclamations énergiques pour lui faire assigner un logement à la fois plus convenable et plus sûr, le Camp des Lettrés ; en outre le maréchal Nguyen ne lui rendit pas sa visite.

(1) Correspondance de Garnier. (*Rapport Bouchet.*)

(2) *Ibidem*, à la date du 19 octobre.

(3) *Correo Sino-Annamita*, de Manille (1874-1875). Lettres de Mgr Colomer, de Mgr Riaño et de divers missionnaires.

Cependant la situation s'était aggravée à Hanoï; les mandarins n'osant s'attaquer ouvertement à M. Dupuis, s'en prenaient à son personnel : tous ceux de ses matelots qu'ils pouvaient saisir à l'improviste étaient mis à mort ou gravement maltraités. Notre compatriote ripostait en organisant une occupation armée de la ville, et en obligeant les mandarins à s'enfermer dans la citadelle avec leurs soldats. Il engageait même à sa solde une partie des Chinois de Bac-Ninh, récemment licenciés, ce qui portait ses forces à près de cinq cents hommes, et accroissait sa flottille d'un nouveau vapeur, le *Mang-Hao*. Ses relations avec les mandarins n'avaient plus lieu que par l'intermédiaire du chef de la congrégation cantonaise.

De son côté, Nguyen concentrait dans la citadelle toutes les troupes disponibles et les renforçait même de Pavillons-Noirs qu'il logeait aux environs, ne se fiant qu'à demi à ces dangereux auxiliaires. Chacun des deux partis préludait aux hostilités ouvertes par une guerre de proclamations ; dans l'une d'elles, le maréchal Nguyen consignait les étrangers dans leurs navires, avec défense de pénétrer dans la ville, où il n'osait entrer lui-même. Par certains côtés, ce drame touchait à la comédie.

Le vice-roi de Canton avait fait tenir à M. Dupuis une lettre de recommandation auprès des autorités annamites ; mais celles-ci n'en persistaient pas moins dans leur hostilité, tant le paiement des droits sur le sel leur tenait à cœur.

Le 8 octobre, M. Dupuis se mettait en mouvement avec le *Mang-Hao* et quinze jonques, dont douze chargées de sel. Il incendiait les brûlots préparés pour ses navires, effrayait les bandes annamites avec quelques obus et laissait remonter ses jonques vers le Yunnan, après avoir établi un poste, occupé par une partie de ses Chinois, aux abords du premier rapide du fleuve. Cela fait, il revenait à Hanoï où l'expédition française arrivait peu après.

La situation de Garnier devenait chaque jour plus difficile. Le maréchal Nguyen, comme le plénipotentiaire venu de Hué, n'avaient qu'un seul désir : le voir expulser M. Dupuis du Delta ; mais il ne fallait point songer à obtenir d'eux une convention commerciale, ou même une enquête sur les réclamations du négociant français. Ce dernier trouvait le langage et les proclamations de Garnier trop conciliants ; ses exigences pour le paiement d'une indemnité étaient devenues si grandes (5 millions de francs) qu'on ne pouvait guère espérer d'obtenir satisfaction de ce côté.

Les missionnaires français de la rive droite du fleuve, beaucoup mieux disposés que ceux de Ké-Mot pour l'expédition, cherchaient à convaincre Garnier de l'urgence de grands changements politiques. Ils auraient voulu le voir proclamer roi un membre prétendu de l'ancienne famille des Lê (1), restée populaire au Tonkin.

Malgré ces difficultés, Garnier avait ouvert une enquête sur les réclamations de M. Dupuis, tout en continuant ses efforts pour obtenir une convention commerciale (2). Une proclamation du gouverneur vint brusquement arrêter les pourparlers, en interdisant à tous les habitants, fussent-ils chinois, de se rendre auprès de Garnier, qui n'avait pas, disait-il, qualité pour recevoir leurs plaintes, ni pour s'immiscer dans les affaires du pays : son seul devoir était de juger et de renvoyer M. Dupuis.

(1) M. Dévéria assure que le dernier Lé mourut en 1798, à Pékin, comme mandarin, de 4e classe. (*Histoire des relations de la Chine avec l'Annam Vietnam.*)

(2) *Lettre de Garnier*, 13 novembre 1873.

Une démarche personnelle de Garnier (1), pour obtenir le retrait de cette proclamation, n'eut pas de succès et il se vit contraint d'en publier une seconde, dans laquelle il insistait sur le but réel de sa mission. Malgré ces protestations, les mandarins n'en reprenaient pas moins, vis-à-vis de lui, la tactique appliquée précédemment contre M. Dupuis : on faisait le vide autour des Francais ; un fonctionnaire annamite, coupable d'avoir accueilli Garnier avec trop d'égards, à son entrée dans la citadelle, était jeté en prison et menacé de mort.

La patience du chef de l'expédition était à bout : dès le 10 novembre, il se décidait à « un coup d'éclat », qu'il estimait nécessaire pour assurer la sécurité de son détachement et rétablir notre prestige déjà compromis. La venue de Mgr Puginier, évêque du Tonkin occidental (2), modifia un peu l'état des choses : grâce à son intermédiaire, les négociations avec les mandarins devinrent un peu plus actives en apparence, mais leurs résultats n'en restèrent pas moins négatifs.

L'arrivée de l'*Espingole* et celle du *Scorpion*, canonnière envoyée de Hong-Kong pour remplacer l'*Arc*, renforcèrent notablement Garnier : il envoya aussitôt l'un des navires de M. Dupuis à la baie de Cua-Cam pour y prendre la compagnie de débarquement du *Decrès* et l'amener à Hanoi (14 novembre). Garnier adressait à l'amiral par la même voie son premier rapport, en lui faisant connaître ses intentions vis-à-vis des mandarins : suivant toute probabilité, il serait bientôt forcé d'avoir recours à la force et d'attaquer la citadelle.

Les Annamites prévoyaient cette attaque et s'y prépa-

(1) *Lettre de Garnier*, 10 novembre 1873.

(2) Même lettre.

M. MILLOT

raient, en réunissant des troupes de miliciens ou de soldats réguliers, et en exécutant des travaux de défense. Plusieurs jours se passèrent ainsi sans modifier la situation : chacune des heures qui s'écoulaient la rendait plus délicate pour le petit corps expéditionnaire. La masse de la population demeurait pourtant indifférente, ou même se montrait amicalement disposée ; quant aux mandarins, cette « copie ignorante des lettrés chinois (1) », ils avaient toute raison de

(1) Francis Garnier : *La Cochinchine en* 1864.

haïr les Français ; orgueil et intérêts étaient également froissés chez eux par l'arrivée des brigands de Saïgon, qui allaient, croyaient-ils, leur enlever les postes les plus lucratifs, tout comme en Cochinchine. L'attitude de Hué n'était plus la même : le gouvernement annamite avait adressé à Garnier deux lettres insolentes, lui reprochant de s'immiscer à tort dans les affaires du pays et le menaçant, non sans motif, de l'intervention des Anglais de Hong-Kong (1). L'ouverture du Delta aux négociants français, espagnols et chinois, et la réduction considérable des droits de douane proclamée par Garnier, à dater du 15 novembre, n'étaient faites pour réconcilier ni les mandarins, ni les Anglais avec son intervention au Tonkin. De plus, on savait qu'il cherchait en secret des renseignements sur le pays et sur les fonctionnaires : on lui supposait avec raison l'intention de réorganiser l'admistration, au moyen de créatures des Français. Les prétentions des deux adversaires devenaient de plus en plus difficiles à concilier.

Avant d'avoir recours à la force, Garnier adressa un ultimatum au gouverneur d'Hanoï, le rendant responsable de tout ce qui surviendrait par la suite, s'il ne déférait à ses demandes : désarmement de la citadelle, envoi aux gouverneurs de l'ordre d'obéir aux arrêtés du représentant de la France, permission pour M. Dupuis de rentrer librement au Yunnan. Le dernier délai accordé aux Annamites expirait le 19 novembre, à 6 heures du soir : faute d'y répondre, on attaquerait la citadelle le lendemain à la pointe du jour. Le maréchal ne répondit pas et, le 20 novembre, à 5 heures et demie, nos 211 hommes commençaient l'attaque d'une citadelle défendue par sept mille Annamites.

---

(1) *Lettre à Léon Garnier*, 19 novembre 1873.

Le corps expéditionnaire comptait 12 officiers, 187 (1) soldats ou marins, 24 Asiatiques; plus 2 pièces de 14 centimètres rayées et 9 pièces de 4 rayées de montagne, y compris l'armement des canonnières.

Les noms des principaux compagnons de Garnier méritent d'être conservés : c'étaient MM. Esmez, Bain de la Coqueric, Bouxiu et Balny d'Avricourt, enseignes; de Trentinian, sous-lieutenant d'infanterie de marine ; Hautefeuille et Perrin, aspirants ; les docteurs Chédan, Dubut et Harmand ; l'ingénieur hydrographe Bouillet.

(1) Un marin avait été évacué sur Saïgon.

CHAPITRE V

Attaque et prise de la citadelle d'Hanoï. — Prise de Phu-Hoaï. — Prise de Phu-Ly. — Prise de Haï-Duong — Prise de Ninh-Binh. — Prise de Nam-Dinh. — Rentrée à Hanoï. — La situation. — Combat de Gia-Lam. — Combat de Phu-Hoaï.

Garnier avait donné la veille un ordre très clair, réglant minutieusement le rôle de chacun (1). Tandis que les deux canonnières battraient la face Est de la citadelle et enfileraient celle du Sud, deux colonnes enlèveraient les portes de cette dernière ; une diversion, dirigée sur la face de l'Est, faciliterait le rôle des deux colonnes d'attaque.

Le 20 novembre, à quatre heures et demie, la petite troupe prenait les armes, et Garnier lui adressait quelques

---

(1) Le 19 novembre, à dix heures du soir, il écrivait à son frère : « *Alea jacta est*, ce qui veut dire que les ordres sont donnés. J'attaque demain au point du jour 7,000 hommes derrière des murs avec 180 hommes. Si cette lettre te parvenait sans signature, c'est-à-dire sans nouvelle addition de ma part, c'est que je serais mort ou grièvement blessé. Dans ce cas je te recommande Claire et ma fille... » H. Gautier, ouvrage cité.

paroles chaleureuses qui allaient au cœur de tous. Une heure après, la première colonne se mettait en marche, sous les ordres de l'enseigne Bain de la Coquerie ; elle comptait trente hommes et une pièce de 4. M. de la Coquerie se dirigeait vers le redan de la porte du Sud-Ouest, déployait sa troupe en tirailleurs et braquait sa pièce contre la face Ouest de la citadelle. Les Annamites avaient entassé sur le pont conduisant au redan des chevaux de frise (1), qui ne furent pas longtemps un obstacle, malgré une grêle de projectiles venus du redan et du rempart. On s'en servit pour escalader les murs : en un instant, le redan était conquis, la pièce de 4 amenée devant la porte de la citadelle, qu'elle enfonçait en quelques coups.

La deuxième colonne, commandée par Garnier, n'était pas moins heureuse dans son attaque : elle se composait de vingt-cinq soldats et de deux gabiers, sous les ordres de M. de Trentinian ; de vingt-neuf marins, avec trois pièces de 4 et leurs servants, et enfin d'un détachement de dix-neuf hommes, destiné à servir de réserve (2).

Partie un quart d'heure après la première colonne, la seconde se dirigeait vers le saillant Sud-Est. Après avoir enfoncé la porte du redan à coups de canon, la plus grande partie des assaillants s'élançait vers celle de la citadelle, sous le feu, heureusement très mal dirigé, des pièces et des tirailleurs annamites. On essayait inutilement de l'enfoncer à coups de haches, et la situation de

(1) Pièces de charpente garnies de morceaux de bois pointus, disposés de telle façon que la moitié aient leur pointe en l'air. Les chausse-trappes sont formées de quatre clous assemblés par la tête, de telle sorte que l'un d'eux a toujours sa pointe en l'air, tandis que les trois autres reposent sur le sol.

(2) Le camp était gardé par dix hommes, sous les ordres de l'ingénieur hydrographe Bouillet.

ces quelques hommes devenait dangereuse, sous la grêle de pierres, de chausse-trappes, de projectiles de tout genre, que les assiégés faisaient choir du mirador, quand Garnier parvint à se hisser jusqu'à la partie supérieure de la porte. Son apparition, le revolver au poing, entre les barreaux, fut le signal d'une débandade générale; en un instant, les défenseurs étaient en fuite. Quelques hommes suivirent Garnier par le même passage, les pièces françaises enfoncèrent la porte pour les autres ; les deux colonnes pénétraient à peu près simultanément dans la citadelle et couraient aux autres issues, ne trouvant pas la moindre résistance dans la foule armée qui disparaissait devant elles. M. de la Coquerie avait pris la porte du Sud-Ouest ; M. Hautefeuille, qui marchait avec la seconde colonne, prenait celle du Sud-Est. M. de Trentinian balayait l'intérieur de la citadelle. Quelques instants après, notre pavillon flottait au sommet de la grande tour et arrêtait le feu des canonnières.

Celles-ci avaient puissamment contribué au succès. Dirigé par l'enseigne Balny d'Avricourt, leur tir rendait rapidement intenable une partie des faces de la citadelle. Les projectiles explosibles, inconnus jusqu'alors des Annamites, produisaient sur eux un effet terrifiant. La diversion dirigée sur la porte de l'Est réussissait également. Une pièce de 4, débarquée dans la matinée, devait en contrebattre le redan, et Garnier avait prié M. Dupuis de la soutenir. M. Vlavianos, un des officiers du négociant français, s'acquitta vigoureusement de cette mission. Au moment où l'attaque commençait sur la face Sud, il se jetait en avant avec une trentaine d'hommes et enlevait le redan Est.

La citadelle était à nous ; moins d'une heure avait suffi pour en chasser les six ou sept mille Annamites qui la gardaient. Quatre-vingts morts, trois cents blessés, parmi lesquels le maréchal Nguyen, qui devait succomber, peu après, à sa blessure (1), deux mille prisonniers, des armes, des munitions, tels étaient les trophées de la victoire. Le Tong-Doc (gouverneur) qui s'était enfui, fut arrêté par les gens du pays et ramené à Hanoï, le surlendemain, pour être remis aux Français. Notre victoire ne nous coûtait qu'un tué et un blessé; encore était-ce parmi les irréguliers de Dupuis.

Les premières difficultés de la tâche assumée par Garnier ne furent pas longues à paraître. Garder cette immense citadelle, avec un développement de murs de plus de 4 kilomètres, était à peu près impossible pour une troupe aussi peu nombreuse. La masse des prisonniers annamites était un danger de plus, et on pouvait tout redouter de leur nombre. Après une longue nuit, pleine d'inquiétudes, il fallut se hâter de leur rendre la liberté.

Dès la veille, Garnier avait dirigé sur Phu-Hoaï, à 6 kilomètres d'Hanoï, vers Sontay, un petit détachement commandé par M. de la Coquerie. Ce point couvrait la ville du côté le plus menacé par les bandes annamites; leur gros s'était réfugié à Sontay où était un homme énergique, le

(1) Aussitôt après le combat, Garnier avait écrit à son frère les lignes suivantes :

« 20 novembre, dix heures du matin.

« *All's right.* La citadelle a été enlevée avec ensemble. Pas un blessé. La surprise a été complète et réussie au-delà de mes prévisions. Le feu de la rade surtout a abruti ces pauvres gens qui n'avaient pas encore vu de projectiles explosibles. Le maréchal a été blessé par une boite de mitraille L'envoyé de Hué et tous les grands dignitaires sont pris. C'est une opération modèle, sans me vanter.

DOUDART DE LAGRÉE

prince Hoang-Ké-Vien, peu disposé à s'incliner devant l'intervention française.

Dans l'opinion de Garnier, la prise de la citadelle ne devait nullement amener une rupture entre la France et l'Annam; il avait prévenu les mandarins qu'Hanoï leur serait rendu, si le gouvernement de Hué acceptait ses propositions (1). Pour le cas où celles-ci ne seraient pas admises, il prenait en main l'administration de la province, provoquant l'adhésion des gens de bonne volonté, des païens comme des autres (2), enrôlant quelques volontaires et demandant aux gouverneurs des places voisines d'accepter la liberté du commerce et de renoncer à toute hostilité.

Plusieurs bonnes mesures, comme la remise de la moitié de l'impôt du riz, disposaient favorablement les habitants. (3) Beaucoup confectionnaient déjà des drapeaux tricolores qu'ils arboraient au passage de nos canonnières (4).

La situation d'Hanoï, dans la partie nord du Delta, obligeait Garnier à conserver, à tout prix, ses communications avec la mer, et, par suite, à étendre ses conquêtes. Dès le 23 novembre, l'*Espingole* appareillait avec M. de Trentinian, le docteur Harmand et une quinzaine de soldats d'infanterie de marine. L'enseigne Balny d'Avricourt avait ordre d'exiger l'adhésion du gouverneur de Hong-Yen, puis d'enlever la petite place de Phu-Ly, importante par sa situation sur le Day, dans le voisinage des routes débouchant de l'Annam. M. de Trentinian devait en assurer la garde jusqu'à l'arrivée de volontaires indigènes envoyés d'Hanoï par voie de terre.

A Hong-Yen, Balny ne trouva aucune difficulté; le docteur Harmand, débarqué avec quatre hommes d'escorte, pénétra dans la citadelle et exigea l'adhésion du gouver-

(1) *Lettre du 20 novembre à M. Luro*, H. Gauthier (ouvrage cité).

(2) Sur 13 fonctionnaires civils installés ou confirmés par Garnier dans la province d'Hanoï, 4 seulement étaient chrétiens. Mgr Puginier avait été le premier à conseiller cette ligne de conduite, R. du Caillaud (ouvrage cité).

(3) Rapport du 3 decembre 1873.

(4) Dr Harmand : *Souvenirs du Tonkin.*

neur à toutes les conditions exigées par Garnier (24 novembre).

La conquête de Phu-Ly ne fut guère plus difficile (26 novembre) ; la garnison avait pourtant fait des préparatifs de défense, que l'arrivée de Balny sembla paralyser. M. de Trentinian profita de l'effarement des Annamites pour escalader l'une des portes : en quelques instants toute la garnison, près de mille hommes, avait disparu dans les marais qui entourent la citadelle. Balny s'occupa aussitôt d'installer des administrateurs indigènes et de prendre des mesures contre le brigandage.

Parmi les causes qui rendirent ces conquêtes si faciles, il faut compter la terreur superstitieuse des Indigènes pour les Européens : elle est générale dans l'Extrême-Orient. Pendant le voyage d'exploration du Mékong, un mandarin chinois se permit de passer derrière le commandant de Lagrée et de chercher à soulever sa coiffure. Comme on lui demandait les motifs de cette conduite insolite, il répondit qu'il désirait voir le troisième œil des hommes blancs, celui qui leur servait à voir au travers des murailles et à découvrir les trésors cachés sous terre.

Le 1er décembre arrivait à Phu-Ly le détachement de volontaires qui devait relever la garnison française : quatre cents hommes environ, levés par un Annamite, Lê-Van-Ba, qui les avait offerts à Garnier.

Entre Hanoï et Phu-Ly, Lê avait été arrêté par la résistance d'un mandarin hostile, gouverneur de la petite ville de Phu-Thong. Il avait même fallu une démonstration de la garnison d'Hanoï pour lui permettre de réussir dans son attaque. Un peu plus loin nos auxiliaires eurent encore à occuper Phu-Xuyen, et ces deux opérations retardèrent considérablement leur marche, qui se termina le 1er décembre seulement, comme nous l'avons dit.

Sur les autres points du Delta, la pacification progressait également ; les gouverneurs de plusieurs villes envoyaient leur soumission. Gia-Lam, en face d'Hanoï, de l'autre côté du Fleuve Rouge, était occupé le 1er décembre. Pourtant les relations d'Hanoï avec la mer restaient incertaines, car les embouchures du Fleuve Rouge, très fortement évasées, passaient pour inaccessibles.

Garnier fut donc conduit à occuper Haï-Duong qui commande le Thaï-Binh, entre les confluents du Cua-Loc et du canal des Rapides et il donna ordre à Balny de s'y rendre de Phu-Ly.

Le 2 décembre, l'*Espingole* quittait ce dernier point pour se diriger vers Haï-Duong. Malheureusement, les eaux du Thaï-Binh étaient très basses, et la canonnière échoua à 1,500 mètres de la ville ; Balny envoya inutilement M. de Trentinian dans la citadelle, pour tenter d'ouvrir des pourparlers avec les mandarins.

Le gouverneur se refusa obstinément à toute marque de soumission, et quelques obus de l'*Espingole* ne changèrent point sa détermination.

Balny ne voulut pas se retirer sur cette sorte d'échec, qui eût pu diminuer le prestige du corps expéditionnaire. D'ailleurs, la marée avait rendu les passes de nouveau praticables, et l'*Espingole* était venue s'embosser à 250 mètres des batteries du bord du fleuve. Le 4 décembre, à huit heures et demie, les quinze hommes de M. de Trentinian, renforcés de douze marins, s'embarquaient sur deux jonques et abordaient sous la protection de l'*Espingole*, malgré le tir des Annamites. Ceux-ci continuèrent pourtant à servir bravement leurs pièces, et le feu des chassepots put seul les chasser, quand les jonques ne furent plus qu'à 50 mètres.

Les batteries évacuées, Balny dirige sa petite troupe sur

le redan Sud de la citadelle, en poussant devant lui les fuyards au travers de la ville. Malgré le feu des Annamites, la porte du redan est rapidement atteinte; mais on tente inutilement de l'enfoncer ou de l'escalader. Heureusement les murailles sont basses et en mauvais état, et les assaillants envahissent bientôt le redan, en se frayant passage au milieu des bambous qui garnissent ses murs. De là il faut, pour atteindre la porte, traverser un pont battu par plusieurs pièces : on s'y précipite, en se couvrant du feu de quelques tirailleurs restés sur l'autre bord. Mais le plus difficile n'est pas encore fait ; il est impossible d'enfoncer la porte, que les Annamites ont obstruée avec des gabions; les murs, trop élevés pour être escaladés, sont garnis de bambous inclinés dissimulant les défenseurs; les pièces des bastions voisins redoublent leur feu, qui peut devenir dangereux à la longue; une pluie de pierres et de briques tombe du mirador.

La situation menace de devenir intenable et Balny songe à battre en retraite. Heureusement quelques coups de fusil font voler en éclat plusieurs des barreaux supérieurs de la porte. Balny se hisse à l'étroite ouverture et son revolver met aussitôt les Annamites en fuite; en un instant quelques hommes l'ont suivi, le docteur Harmand en tête; tous deux font le tour des remparts. Les portes du Nord et du Sud sont déjà évacuées; celle de l'Est est toute grande ouverte : Balny la fait refermer par des fuyards. Un peu plus loin, il se trouve seul en face d'une trentaine d'Annamites armés, auxquels il a coupé la retraite; il court vers eux : tous jettent leurs armes et s'enfuient ou se rendent prisonniers.

Pendant cette échauffourée, les batteries du rivage avaient ouvert le feu de nouveau sur l'*Espingole* : quatre marins sautaient aussitôt dans une embarcation et allaient enclouer les canons annamites, après avoir mis en fuite leurs défenseurs.

La prise de Haï-Duong avait duré une heure et demie à peine : elle nous livrait 80 pièces dont quelques-unes de modèle récent. Malheureusement la troupe de Balny était si peu nombreuse qu'il crut nécessaire d'enclouer les canons, de noyer les poudres et de briser plusieurs milliers d'armes de tout genre.

Il demeura quelques jours dans sa nouvelle conquête pour tenter d'organiser l'administration locale : la population se montrait fort sympathique, malgré les efforts des dominicains espagnols pour l'en détourner. Non contents d'observer une neutralité très favorable aux Annamites, ils empêchaient de tout leur pouvoir les fidèles de s'allier aux Français. Ils allèrent même jusqu'à cacher dans leurs missions les mandarins chassés de Haï-Duong, et cette singulière façon de comprendre la charité chrétienne leur valut plus tard les faveurs du gouvernement annamite (1).

Pendant que ces événements se déroulaient sur le Thaï-Binh, Garnier continuait ses efforts pour organiser l'occupation du Delta. Il se heurtait déjà aux impatiences de M. Dupuis, qui eût voulu lui voir une attitude plus décidée et qui estimait une extrême audace nécessaire pour éviter un échec. C'est dans ce sens qu'il recommandait une marche immédiate sur Sontay au lendemain de la prise d'Hanoï. Elle lui semblait même si nécessaire qu'il offrait à Garnier de s'en charger seul avec ses Chinois (2).

---

(1) Voir *Correo Sino-Annamita*, 1874-1875. Mgr Riaño écrit à ce propos : « Y todos convenimos en que los Obispos debiamos protestar por escrito contra la usurpacion de los franceses. »

(2) Rapport de Garnier, 3 décembre 1873.

D'après lui, la présence, si près de ce dernier point, de forces annamites considérables sous les ordres d'un ennemi juré des Français, le prince Hoang, était des plus dangereuse. Une attaque immédiate, après Hanoï, aurait peut-être raison de leur résistance, en assurant la liberté de la navigation du Fleuve Rouge.

De son côté, Garnier désirerait attaquer Sontay dès le 3 décembre; mais, auparavant, il jugeait indispensable d'établir des communications sûres avec la mer, tout en se couvrant du côté de l'Annam, et il continuait les opérations commencées dans ce but.

De mauvaises nouvelles lui parvenaient alors de Ninh-Binh, une ville située sur le Day, au débouché de la route de Hué au Tonkin. L'un des mandarins d'Hanoï s'y était réfugié et en organisait la résistance; on construisait des barrages sur la rivière et il était urgent d'arrêter ces travaux.

Croyant Balny encore à Phu-Ly, Garnier lui adressa le 2 décembre, par l'aspirant Hautefeuille, l'ordre de se diriger sur Ninh-Binh. A l'arrivée d'Hautefeuille à Phu-Ly, Balny en était déjà parti pour Haï-Duong. Comme les nouvelles de Ninh-Binh semblaient de plus en plus mauvaises, Hautefeuille résolut de s'y rendre.

Il avait avec lui son canot à vapeur, armé d'une pièce de 4 et monté par huit hommes d'équipage, dont un chauffeur annamite : ses munitions consistaient en 6 obus, 6 boîtes à mitraille et 250 cartouches. Une tentative contre une place forte (1), même défendue par des Annamites, était presque un acte de folie dans de pareilles conditions.

(1) *Conquête du Delta du Tonkin*, par Romanet du Caillaud, *Le Tour du Monde*, année 1877.

Le 5 décembre au matin il arrivait en vue de la ville, après avoir détruit un barrage en construction. La situation dela citadelle est très forte : elle s'étend au confluent du Day et du Song-Van-San qui couvrent deux de ses faces, tandis que deux autres sont protégées par de larges fossés. Deux rochers isolés de trente mètres de haut, qui dominent le Day et la citadelle, portent des fortifications imprenables avec les procédés de guerre habituels aux Annamites.

Au lever du jour l'équipage français vit les remparts de la citadelle couverts d'hommes armés sur tout leur développement, près de deux kilomètres. D'autres mettaient en mouvement des jonques, pour cerner leurs audacieux assaillants. Hautefeuille dirige aussitôt son canot sur une batterie placée au confluent des deux cours d'eau pour la couvrir de mitraille, mais l'embarcation échoue et l'équipage éprouve un moment de cruelle émotion. S'il ne peut la dégager, la petite troupe est perdue. Les uns cherchent à dégager le canot ; les autres tirent sur les Annamites. Enfin l'embarcation s'ébranle et peut prendre la batterie d'enfilade. Mais un nouvel accident survient : les tubes de la machine sont crevés, le canot n'est plus qu'une masse inerte.

Hautefeuille se laisse dériver jusqu'au rivage, saute dans une jonque et de là à terre avec six hommes, dont son chauffeur annamite. Deux autres restent à bord et se retirent au milieu du Day, en se hâlant sur l'ancre.

Hautefeuille traverse la batterie déjà vide ; il va vers la citadelle, entouré des gens de la ville qui viennent lui offrir des présents. Les soldats annamites, rassurés devant ce petit groupe d'hommes, sortent à sa rencontre. Un instant d'hésitation peut tout perdre. L'aspirant avise un mandarin qui paraît être d'un haut rang ; c'est le gouverneur : il

BALNY D'AVRICOURT

le fait saisir et obtient, en le menaçant de son revolver, d'être admis dans la citadelle.

Pendant que quatre marins gardent le mandarin à vue, Hautefeuille fait le tour des remparts avec les deux autres, suivi par le chef militaire des Annamites. La garnison s'est mise sur un rang et à genoux sur son passage.

Malgré toutes les menaces, le gouverneur refuse de

signer une capitulation : on l'enferme dans l'un des forts, pendant que la garnison, dix-sept cents hommes environ, s'enfuit vers toutes les directions. Hautefeuille reste maître de Ninh-Binh avec ses huit marins.

Aussitôt après cette conquête, qui tient plutôt du roman que de l'histoire, Hautefeuille se hâtait d'organiser son occupation. Son canot était désarmé ; sa pièce de 4 mise en batterie dans l'un des forts. Des soldats annamites, des chrétiens étaient enrôlés avec l'aide d'un missionnaire. Dès le 9 décembre, les environs de la ville avaient à peu près repris leur tranquilité. Ce calme allait si loin que l'aspirant, suivi seulement de son chauffeur annamite, pouvait parcourir une partie de la province sans courir le moindre danger. Les volontaires se pressaient en foule pour s'enrôler sous ses ordres. Quelques jours après, leur nombre dépassait cinq mille (1).

Le surlendemain du départ de M. Hautefeuille, Garnier quittait à son tour Hanoï, y laissant trente-quatre marins et des miliciens indigènes sous les ordres de M. de la Coquerie. Il emmenait avec lui la plus grande partie du corps expéditionnaire, quinze hommes d'infanterie de marine, cinquante-six matelots du *Fleurus* ou du *Decrès*, et le *Scorpion* avec un équipage de quarante hommes. Son nouvel objectif était Nam-Dinh, la dernière place forte importante du Delta inférieur.

Le 7 décembre, le *Scorpion* et la jonque qui l'accompagnait arrivaient à Phu-Ly. De mauvaises nouvelles y attendaient Garnier ; les Annamites de Sontay, renforcés de Pavillons-Noirs, menaçaient déjà Hanoï, gardé par des

---

(1) *Les Français au Tonkin*, H. Gauthier; *Conquête du Delta du Tonkin*, Romanet du Caillaud.

forces insuffisantes. Le détachement d'infanterie de marine fut aussitôt débarqué et dirigé sur ce point par voie de terre, tandis que Garnier, inquiet des suites de la mission de M. Hautefeuille, se rendait à Ninh-Binh. La vue du pavillon tricolore flottant sur l'un des forts le rassura bientôt. Il laissa à l'aspirant, confirmé dans le gouvernement de la province, dix marins en échange de ses huit hommes et de sa pièce de 4. Le 10 décembre il repartait pour Nam-Dinh.

L'entrée de l'arroyo qui y conduit du Fleuve Rouge était battue par trois batteries : elles tentèrent d'arrêter le *Scorpion* et il s'en suivit un combat de deux heures, à la fin duquel les batteries étaient enlevées et les pièces enclouées, non sans pertes assez sensibles pour la flottille (1).

Vers neuf heures, on était en vue de Nam-Dinh : à un coude de l'arroyo, une batterie annamite ouvrit le feu et trois de ses boulets de marbre vinrent se briser sur l'avant de la canonnière ; la citadelle tirait en même temps et causait des avaries au bâtiment. Quelques hommes allaient aussitôt enclouer les pièces de la batterie et le *Scorpion* continuait d'avancer.

A l'entrée de la ville, l'enseigne de vaisseau Bouxin, du *Scorpion*, débarquait avec quinze hommes et une pièce de 4, pour diriger sur la porte du Sud une fausse attaque. Mais un espace de 800 mètres, découvert et balayé par le feu des Annamites, le séparait de la citadelle. Il dut se retirer, après avoir brûlé presque toutes ses munitions, et en ramenant un blessé.

Une deuxième colonne, dirigée par l'ingénieur Bouillet, débarquait un peu plus loin et chassait l'ennemi de la ville

(1) 5 hommes, dont 1 officier, étaient blessés. Romanet du Caillaud (ouvrage cité).

marchande. Enfin la réserve, quinze marins, sous les ordres de Garnier, se dirigeait sur la porte de l'Est. Avant d'y arriver, elle était ralliée par la deuxième colonne. Le redan enlevé, on tentait inutilement d'enfoncer la porte à coups de canon : elle était obstruée avec de la terre. D'ailleurs, l'affût de la pièce de 4 se brisait au bout d'un instant. Le feu des Annamites continuait plus violent que jamais, aussi bien sur le *Scorpion* que sur les assaillants. Heureusement des chevaux de frise permirent d'escalader le rempart. Un marin nommé Robert se précipitant pour y monter le premier, Garnier lui jeta ces mots, dignes des temps héroïques : « C'est bon pour cette fois, mais n'y reviens plus. »

L'apparition de quelques Français sur le rempart suffit à mettre la garnison en fuite. Nul ne songeait plus à continuer la vigoureuse résistance des instants précédents ; à une heure, Garnier était maître de la citadelle : toutes les places importantes du Delta inférieur étaient désormais en son pouvoir. Mais les circonstances pressaient son retour à Hanoï ; il fallut s'occuper d'organiser la défense de Nam-Dinh avant de la quitter. La population se montrait heureusement assez bien disposée pour les étrangers ; les habitants avaient même aidé nos colonnes à débarquer, un peu avant l'attaque dirigée sur la citadelle. Garnier ordonna à Balny de le rejoindre avec l'*Espingole,* en laissant à Haï-Duong le strict nécessaire pour la défense. Le docteur Harmand, qui arrivait, le 15 décembre, à Nam-Dinh avec Balny, était chargé de défendre la ville et Garnier lui laissait une garnison de vingt-cinq matelots.

Dès le 12 décembre, Garnier avait renvoyé le *Scorpion* à Hanoï, pour y porter un premier renfort d'une quinzaine de marins La canonnière devait se rendre ensuite à la baie de

Cua-Cam, afin d'y prendre le personnel et le matériel que l'on attendait de Saïgon par le *Decrès.*

Le 18 décembre, Garnier arrivait également à Hanoï. La situation y était grave. Dès le jour de son départ, les Annamites de Sontay, renforcés de Pavillons-Noirs et de bandes chinoises, avaient franchi le Day et le Song-Chi, en menaçant Phu-Hoaï et Gia-Lam, où se trouvaient seulement des miliciens indigènes. Gia-Lam fut même enlevé et l'aspirant Perrin, envoyé le lendemain avec quatre marins et des volontaires annamites pour reprendre ce village, était rejeté sur le Fleuve Rouge. L'un des navires de M. Dupuis, le *Hong-Kiang*, intervint à temps pour couvrir la retraite de M. Perrin. Des renforts et une pièce de canon venus de Hanoï, permirent ensuite de repousser l'ennemi qui était nombreux et menait avec lui deux éléphants de guerre.

Cette petite affaire était un fâcheux présage.

Les jours suivants, Phu-Hoaï était pris également par les Annamites : on le reprenait, mais pour peu de temps, et le 14 décembre, M. Perrin devait diriger une nouvelle tentative sur ce point. Elle échouait, après un combat qui durait toute la journée et qui obligeait M. de la Coquerie à recourir aux munitions de M. Dupuis (1).

Garnier arrivait à ce moment, et jugeait la situation assez grave pour nécessiter une attaque générale de l'ennemi. Il la fixait au 21 décembre et prenait des dispositions en conséquence. Mais des négociations avec la cour de Hué modifiaient presque aussitôt ses intentions, en apportant un retard fâcheux à ses projets.

(1) Un matelot français était blessé.

CHAPITRE VI

Nouvelles négociations avec les Annamites. — Traité du [illegible] décembre. — Mort de Garnier et de Balny. — Résultats de ces pertes.

La nouvelle de l'envoi de l'armée au Tonkin avait paru être bien accueillie du gouvernement annamite, mais ces bonnes impressions durèrent peu. Dès le 23 octobre, les ministres de Tu-Duc adressaient à l'amiral Dupré une lettre longue et acerbe, protestant contre l'envoi, pour signer un traité, d'un fonctionnaire subalterne n'ayant qu'une mission temporaire (1), et contre la prétention qu'affichait l'amiral de signer une convention commerciale avant la conclusion d'un traité de paix. Enfin, ils disaient avoir eu l'intention de rechercher l'appui de Hong-Kong. La prise d'Hanoï, survenue peu après, mit d'abord le comble à l'irritation des Annamites; on jeta sur la route mandarine de Hué au Delta toutes les troupes disponibles. Puis, les

(1) Lettre du Ministre des relations extérieures à Hué au gouverneur de Cochinchine, 23 octobre 1873.

CHAPITRE VI

Nouvelles négociations avec les Annamites. — Sortie du 21 décembre. — Mort de Garnier et de Balny. — Résultats de ces pertes.

La nouvelle de l'envoi de Garnier au Tonkin avait paru être bien accueillie du gouvernement annamite, mais ces bonnes impressions durèrent peu. Dès le 23 octobre, les ministres de Tu-Duc adressaient à l'amiral Dupré une lettre longue et acerbe, protestant contre l'envoi, pour signer un traité, « d'un fonctionnaire subalterne n'ayant qu'une mission temporaire » (1), et contre la prétention qu'affichait l'amiral de signer une convention commerciale avant la conclusion d'un traité de paix. Enfin, ils niaient avoir eu l'intention de rechercher l'appui de Hong-Kong. La prise d'Hanoï, survenant peu après, mit d'abord le comble à l'irritation des Annamites; on jeta sur la route mandarine de Hué au Delta toutes les troupes disponibles. Puis, les

(1) *Lettre du Ministre des relations extérieures à Hué au gouverneur de Cochinchine*, 28 octobre 1873.

impressions se modifièrent : les succès si rapides de Garnier firent craindre pour l'Annam la perte du Tonkin; déjà le riz renchérissait à Tourane. Tu-Duc se crut sur le point de perdre ses provinces du Nord, comme il avait perdu celles du Sud. Il s'empressa d'envoyer des plénipotentiaires à Hanoï, en compagnie de Mgr Sohier, évêque catholique d'Annam. Résultat des plus imprévus, il admettait en principe le traité de commerce et le protectorat (1).

Garnier, qui ressentait toutes les difficultés de sa situation, s'empressa de saisir l'occasion d'y mettre fin. Il prescrivit d'accueillir avec de grands honneurs les envoyés de Hué et Mgr Sohier, qui arrivaient du Than-Hoa (2). Le 20, l'ambassade annamite entrait à Hanoï, suivant à un intervalle de deux jours Garnier et Mgr Sohier. Les mandarins de Hué avaient sans doute tenu à communiquer avec les bandes du prince Hoang, avant d'ouvrir les négociations. La nouvelle de leur arrivée provoquait déjà une recrudescence des menaces adressées aux chrétiens et à nos partisans, circonstance qui n'était point faite pour donner confiance dans la sincérité de leur mission (3). Pourtant, le jour même de leur arrivée, Garnier lançait une proclamation annonçant la suspension des hostilités et faisant espérer une paix prochaine : elle lui paraissait si bien assurée qu'il demeurait à Hanoï avec une seule canonnière et des forces très réduites. Le *Scorpion* n'était pas encore revenu de Cua-Cam; le *Mang-Hao,* l'un des navires de Dupuis, que Garnier avait requis pour le protectorat,

(1) *Lettre de Garnier à M. de la Coquerie*, 17 décembre 1873.

(2) *Ibidem.*

(3) Lettre du R. P. Oñate, *Correo Sino-Annamita*, 1874.

LE MARÉCHAL MÂ

partait le 20 décembre afin de ravitailler les autres places du Delta. Le *Laokay* n'était pas encore revenu de Saïgon, où le chef de l'expédition française l'avait envoyé (1). Restaient donc l'*Espingole* et le *Hong-Kiang*.

Le dimanche 21 décembre, la petite garnison d'Hanoï se trouvait dans ses logements, au moment du repas du matin. Garnier était en conférence avec les ambassadeurs de Hué, discutant les bases de la paix, quand un interprète accourt : « La citadelle est attaquée, les Pavillons-Noirs sont là ! » Garnier s'élance aussitôt vers la citadelle, croisant des coolies indigènes qui s'enfuient, et des hommes de la garnison qui courent aux armes. Pendant que M. de la Coquerie se dirige avec trente hommes vers la face Nord, Garnier gagne celle de l'Ouest. L'ennemi est déjà en vue : 5 ou 600 Pavillons-Noirs débouchent par la route de Phu-Hoaï, et 2 ou 3000 Annamites, avec des éléphants de guerre, se tiennent derrière leurs alliés, attendant les résultats de l'attaque. Les Chinois, abrités derrière des touffes de bambous et les murs d'un village, ont déjà ouvert le feu; ils menaçent la porte du Sud-Ouest; leurs petites pièces de campagne sont braquées à 200 mètres de la porte ; des tirailleurs ont atteint le bord même du fossé : c'est une véritable surprise.

Garnier s'est rendu compte de la situation; il envoie l'aspirant Perrin chercher une pièce de 4, puis parcourt le rempart, calmant les défenseurs et recommandant de ménager les cartouches. Un instant après arrive la pièce de 4 du *Decrès*; on l'installe sur le mirador de la porte, et ses premiers coups jettent le désordre dans les Pavillons-Noirs et les Annamites. Les tirailleurs ennemis reculent, mais lentement, s'arrêtant derrière les plis du terrain et les haies de bambous; leurs pierriers et leurs

(1) Garnier avait proposé à l'amiral d'acheter le *Hong-Kiang* et le *Laokay* pour le protectorat. (Rapport du 3 décembre.)

gingoles (1) continuent à tirer sur les défenseurs de la porte.

Vingt minutes à peine se sont écoulées; déjà ils se sont retirés au delà du rempart en terre qui sert d'enceinte à la ville; les uns marchent directement sur Phu-Hoaï, les autres vont au Sud-Ouest, en longeant le rempart dans la direction de Thu-lê.

A ce moment, Garnier s'adresse à quelques officiers placés autour de lui : « L'ennemi qui nous attaque est le seul que je redoute au Tonkin : une sortie est indispensable. Nous ne pouvons laisser un semblable adversaire à mille mètres de nous ». Balny revient à l'instant de l'*Espingole* avec dix hommes et une troupe de volontaires indigènes. Le commandant le dirige sur la route de Phu-Hoaï, tandis que lui-même va prendre les Pavillons-Noirs à revers par Thu-Lê. Il est accompagné de dix-huit Français, de quelques volontaires indigènes et d'une pièce de 4.

Un instant, la petite troupe suit la direction du village; mais, avant d'y arriver, Garnier envoie quelques hommes pour le fouiller, et lui-même se jette à droite, vers le chemin de Thu-Lê à Phu-Hoaï, à travers des rizières desséchées. Il veut ainsi gagner du terrain vers Phu, où il va rejoindre Balny; mais la pièce de 4 s'embourbe dans les rizières : il faut la laisser à la garde de trois hommes. Garnier continue à marcher rapidement vers la digue, entre Thu-Lê et la route de Phu-Hoaï à Hanoï. Beaucoup de ses compagnons sont demeurés en arrière, et trois d'entre eux atteignent seuls la digue, au moment où il la franchit à la poursuite des fuyards

(1) Sorte de fusil de rempart, manœuvré par deux hommes : l'un tire et l'autre soutient le canon de l'arme sur son épaule.

A peine ces trois hommes se montrent-ils au sommet de la digue qu'une décharge retentit ; l'un est tué, le fourrier Dagorne, l'autre est blessé, le troisième s'enfuit.

A ce moment, les tirailleurs, qui arrivaient en ligne à la droite de Garnier, l'entendent coup sur coup décharger son revolver : puis le silence se fait (1).

Le petit groupe qui a fouillé Thu-Lê en débouche au bout d'un instant, et rejoint le reste de la troupe de Garnier : tous se mettent à la recherche de leur chef. Près de la digue est étendu le corps de Dagorne, décapité. Cent pas plus loin on trouve celui de Garnier, percé de coups de lances et odieusement mutilé.

Nul témoin n'a raconté la mort de l'héroïque lieutenant de vaisseau : pendant qu'il poursuivait les Pavillons-Noirs, son pied s'était sans doute embarrassé dans une racine, et il avait été assailli aussitôt par une troupe d'ennemis embusqués. Cet autre Fernand Cortez, ce lettré délicat, ce savant distingué, eût mérité un autre destin !

Mais les pertes du corps expéditionnaire ne doivent pas se borner là. Sur la route de Phu-Hoaï, Balny atteint un petit bois, à mille mètres de la citadelle ; il disparaît alors dans un pli de terrain, obligeant la pièce du mirador à cesser son tir pour ne point l'atteindre. Vigoureusement poussés les Pavillons-Noirs se retirent rapidement. Mais les munitions des matelots s'épuisent : l'un d'eux est tué, un autre blessé. Balny revient à la citadelle pour y chercher des cartouches, et en repart avec le docteur Chédan et un marin, surexcité par l'ardeur de la lutte. Sur son chemin, il trouve le corps décapité du matelot tué un ins-

(1) H. Gauthier : *Les Français au Tonkin*. R. du Caillaud : *La Conquête du Delta du Tonkin*.

tant auparavant; cette vue l'exaspère. Il précipite sa marche en arrivant près de l'arroyo qui coupe la route de Phu-Hoaï au pont de Papier. Les Pavillons-Noirs et les Annamites se sont arrêtés derrière une digue, à cheval sur la route. Quand Balny apparaît à 200 mètres, il est accueilli par une décharge générale; un de ses marins tombe mort, deux autres sont blessés. Le reste s'enfuit. En un instant, Balny est entouré; il se défend vaillamment avec son revolver, puis avec son sabre, et tombe enfin, percé de coups.

Le docteur Chédan rallie les sept hommes valides qui lui restent et rentre dans la citadelle avec le corps de l'un des morts. Ceux de Balny et de l'autre de ses compagnons sont restés à l'ennemi.

Cette triste journée ne coûtait pas seulement au corps expéditionnaire son chef, l'un de ses meilleurs lieutenants, deux tués et six blessés; elle faisait perdre à ce petit groupe de Français son renom d'invincibles pour la population indigène. La bravoure sans égale de Garnier et de Balny leur avait fait tenter une victoire impossible : elle devait entraîner la perte d'une conquête, si facile au premier abord, et qui était si chèrement achetée.

La mort de Garnier fut un malheur personnel pour tous les membres de l'expédition. L'un d'eux, le fourrier Imbert, l'a dit dans un récit plein d'une émotion sincère : « Nous aimions tous un chef dont l'inaltérable bonté n'avait d'égale que les plus hautes qualités morales(1). » Un fait honore à un trop haut degré la mémoire du malheureux

(1) Cité par H. Gauthier (ouvrage cité.).

Garnier pour que nous le passions sous silence : quand on fit l'inventaire des effets qu'il laissait, on trouva dans la malle de cet homme, qui avait conquis un royaume, quelques piastres, des effets et un sabre. Le vieux sous-officier chargé d'écrire l'inventaire pleurait en fermant la caisse de son commandant (1).

(1) Dr Harmand : *Souvenirs du Tonkin*, cité par H. Gauthier.

CHAPITRE VII

Arrivée du *Decrès*. — M. Hautefeuille à Ninh-Binh. — M. Harmand à Nam-Dinh. — M. de Trentinian à Haï-Duong. — Arrivée de M. Philastre.

Malgré l'échec subi par le corps expéditionnaire, les Pavillons-Noirs et les Annamites ne tentèrent aucune attaque nouvelle ; ils continuèrent même la retraite commencée, et quand M. Dupuis voulut se jeter à leur poursuite avec ses miliciens, dès la nouvelle de la mort de Garnier, il ne trouva plus rien devant lui.

Le même soir, par une ironie du destin, un courrier parvenait à Hanoï : il annonçait l'arrivée à la baie de Cua-Cam du *Decrès* avec des renforts et du matériel. Cette bonne nouvelle releva un peu les esprits abattus par les tristes événements du jour. Après un moment d'effarement, on décida de conserver les positions acquises : les officiers placés à la tête des différentes places comptaient s'y maintenir avec l'aide des renforts attendus.

M. de la Coquerie avait été appelé par son ancienneté

à prendre la lourde succession de Garnier; mais, à l'arrivée du *Scorpion*, le 25 décembre, il remit à l'enseigne Esmez, que Garnier avait désigné pour son successeur éventuel, le commandement politique de l'expédition, tout en en conservant la direction militaire. Les négociations avec les Annamites étaient aussitôt reprises. M. Esmez voulait faire du Delta un terrain neutre, gardé par des milices tonkinoises et administré par des mandarins annamites. Des garnisons françaises auraient occupé les citadelles jusqu'au traité définitif entre la France et l'Annam; le Fleuve Rouge devait demeurer ouvert au commerce étranger.

Pendant ces événements, les lieutenants de Garnier commençaient à établir leur influence dans les places du Delta. A Ninh-Binh, M. Hautefeuille avait occupé, à l'aide de ses milices indigènes, très nombreuses comme nous l'avons vu, les défilés de Tam-Diep et de Dien-Ho qui reliaient sa province au Than-Hoa. Les nouveaux mandarins qu'il avait nommés étaient respectés et obéis. Des exemples impitoyables intimidaient les bandes de pillards et la sécurité devenait à peu près complète dans sa province. Les fortifications de la citadelle étaient remises en état et des jonques armées en guerre surveillaient les cours d'eau des environs.

L'arrivée des nouvelles d'Hanoï, le 23 décembre, provoquait pourtant, dès le lendemain, un mouvement général de révolte: Yen-Hoa, Nho-Quan, Dôn-Vi enlevés par des bandes rebelles, les villages chrétiens incendiés et leurs prêtres massacrés, tout semblait indiquer un soulèvement grave. Ninh-Binh était même attaqué, mais Hautefeuille repoussait les bandes annamites avec l'aide de

ANNAMITES EN COSTUME DE GUERRE

l'*Espingole* et leur reprenait Dôn-Vi. Celles qui débouchaient du Than-Hoa menaçaient un instant les défilés occupés par nos auxiliaires indigènes; pourtant elles étaient finalement repoussées.

L'insurrection ne se maintenait que dans le Nho-Quan (1

(1) R. du Caillaud (ouvrage cité.)

où des Pavillons-Noirs étaient accourus; Hautefeuille résolut de soumettre également cette partie de la province. Laissant *l'Espingole* pour garder Ninh-Binh, il partait avec cinq marins et deux cent cinquante indigènes, montés sur le *Mang-Hao* et deux jonques. Après deux combats heureux, il culbutait les insurgés, réunis au nombre de douze cents à Yen-Hoa (6 janvier).

A Nam-Dinh, le docteur Harmand avait eu à lutter contre une insurrection organisée par les lettrés de la province; dès le 21 décembre il infligeait un échec à leurs bandes. Huit jours après, il recevait les munitions qui lui manquaient et battait de nouveau les insurgés en deux rencontres. A la fin de décembre la paix était à peu près rétablie dans sa province. Un très grand nombre de volontaires accouraient à nous. Quelques jours après M. Harmand en comptait près de dix mille.

Enfin, à Haï-Duong, M. de Trentinian avait d'abord éprouvé de grandes difficultés à se maintenir avec ses quinze hommes. Ne pouvant occuper toute la citadelle, il y avait fait construire un blockhaus, où il comptait résister à toutes les attaques. L'arrivée de deux cents miliciens indigènes venus de Nam-Dinh, l'enrôlement de quelques centaines de volontaires, rendirent sa situation beaucoup moins précaire : vers la fin de décembre toute la province était à peu près près soumise.

Telle était la situation du Delta, quand M. Philastre débarqua à Haï-Duong, le 29 décembre.

CHAPITRE VIII

Attitude du ministère français. — L'amiral Dupré et Garnier. — M. Philastre. — Son arrivée à Haï-Duong. — Ordre d'évacuation. — Convention du 5 janvier. — Convention du 6 février. — Évacuation d'Hanoï.

Dès qu'il fut connu du ministère, le choix de Garnier comme envoyé au Tonkin fut blâmé par lui (1). L'initiative et l'audace de l'ancien explorateur, ses aspirations littéraires, n'étaient point pour plaire à l'administration de la marine. Quoique, dans ses dépêches officielles, l'amiral Dupré n'eût pas exposé sans restrictions la nature de la mission confiée à Garnier, le ministre de la marine ne lui ménagea pas sa désapprobation, tant au sujet de ses projets de protectorat plus ou moins avoués que du choix qu'il avait fait pour les accomplir.

En outre, à Saïgon même, la mission de Garnier, venant après ses succès précédents, lui avait valu beaucoup d'en-

(1) Réponse de M. Benoist d'Azy, directeur des Colonies, à la pétition Dupuis, *Rapport Bouchet.*

vieux et d'ennemis (1). L'attitude de l'Annam, qui avait d'abord semblé favorable à son intervention au Tonkin, ne tarda pas à devenir absolument hostile (2), ce qui alimentait encore les jalousies sourdes soulevées contre Garnier. La prise d'Hanoï donnait une nouvelle force à ces inimitiés. Une lettre de l'un des *amis* de Garnier dont nous venons de citer le nom, M. Philastre, lettre qui appartient à l'histoire (3), montre à quel degré en étaient arrivées ces jalousies mesquines vis-à-vis de l'inférieur ou de l'égal.

---

(1) *Lettre de M. Luro à Garnier*, 21 décembre 1873, citée par H. Gautier.

(2) *Lettre du ministre des relations extérieures de Hué au gouverneur de la Cochinchine*, 23 octobre 1873.

(3) Nous donnons ci-après cette lettre, d'après l'ouvrage de M. H. Gautier que nous avons plusieurs fois cité :

« *Saïgon, le* 6 *décembre* 1873.

« Mon cher Garnier,

« Quand j'ai reçu votre lettre, elle m'a jeté dans la plus profonde stupéfaction. Je croyais encore que c'étaient là de vaines menaces.

« Avez-vous songé à la honte qui va rejaillir sur vous et sur nous, quand on saura qu'envoyé pour chasser un baratier quelconque et pour tâcher de vous entendre avec les fonctionnaires annamites, vous vous êtes allié à cet aventurier pour mitrailler sans avis des gens qui ne vous attaquaient pas et qui ne se sont pas défendus ?

« Le mal sera irréparable et pour vous et pour le but que l'on se propose en France.

« Vous vous êtes donc laissé séduire, tromper et mener par ce Dupuis ?

« Vos instructions ne vous prescrivaient pas cela ; je vous avais prévenu que les Annamites ne voudraient jamais accepter de traiter avec vous, vous en étiez convenu avec moi.

« L'amiral ne voit pas encore toute la gravité, tout l'odieux de votre agression ; il suit une voie bien étrange. Cette affaire va soulever un *tolle* général contre lui et contre vous.

« Que fera le gouvernement annamite ? je n'en sais rien encore. Les ambassadeurs sont désolés et indignés : ils veulent la paix parce qu'ils sentent très bien que c'est un coup de Jarnac amené par l'amiral et que celui-ci est décidé à la guerre s'il le faut. Mais

Pourtant l'amiral Dupré demeura tout d'abord dans les mêmes dispositions vis-à-vis de Garnier. Le 1er décembre, dans une lettre au gouvernement de Hué, il justifiait son envoyé des reproches que lui adressaient les Annamites, et définissait nettement le but de sa mission, en donnant à entendre que, faute de conclure immédiatement un traité, ils s'exposeraient à nous voir prendre en mains l'administration du Tonkin, ou la confier à un membre de la famille Lê (1).

Vis-à-vis du ministère, la position de l'amiral était singulièrement fausse. Il se vit réduit à plaider les circonstances atténuantes en faveur de Garnier, qui s'était borné à « un acte de légitime défense », et qui demeurait, en dépit de la prise d'Hanoï, « l'ami et l'allié du gouvernement annamite ». L'amiral exprimait d'ailleurs, au sujet de cet événement, des regrets sans doute un peu exagérés. Il revenait sur ses propositions d'intervention au Tonkin, et annonçait, à défaut de l'autorisation nécessaire, l'intention d'y rétablir l'ancienne dynastie que protégeait le vice-roi de Canton (2).

---

je ne sais si leur gouvernement, dont l'orgueil est considérable, se résignera à supporter cet affront et à en passer par les fourches caudines du gouverneur.

« Je m'attends à être mal reçu; en tout cas, j'aurai bien à souffrir, car ils ont beau jeu.

« Pour moi, j'ai voulu cesser toute participation à des affaires de négociations si étrangement conduites. Je ne l'ai pas pu; je n'ai pas pu refuser à l'amiral la mission qu'il me donne. Mais je suis désolé de tout ça et je n'en attend rien de bon, ni dans le présent, ni dans l'avenir.

« Puissiez-vous, de votre côté, vous en tirer sans trop de mal.

« Votre bien dévoué,

« PHILASTRE. »

(1) *Rapport Bouchet*, Lettre de l'amiral Dupré au ministre des Relations extérieures d'Annam, 1er décembre 1873.

(2) *Rapport Bouchet*, Lettre de l'amiral Dupré au ministre de la Marine, sans date.

Le gouverneur de Cochinchine ne se faisait aucune illusion sur la façon dont serait accueillie à Paris l'annonce de la prise d'Hanoï ; mais il comptait recevoir, et transmettre par le télégraphe avant la fin du mois, de bonnes nouvelles de Garnier (1) : peut-être le coup porté par les nouvelles du 20 novembre en serait-il un peu amorti. L'avenir lui réservait une cruelle déception.

Quelques jours après (10 décembre), l'un des ambassadeurs annamites présents à Saïgon, Nguyen-Van-Tuong, partait pour Hué avec le lieutenant de vaisseau Philastre : ce dernier avait pour mission d'expliquer au gouvernement annamite les événements du Tonkin et d'obtenir pour les ambassadeurs du roi Tu-Duc à Saïgon les pleins pouvoirs nécessaires à la prompte conclusion d'un traité. Le choix de M. Philastre (2) était regrettable à tous égards : la suite ne devait que trop prouver combien ses idées étaient contraires à celles que personnifiait Garnier, aussi bien qu'aux intérêts de la France en Annam.

M. Philastre, lieutenant de vaisseau, inspecteur des affaires indigènes en Cochinchine, « magistrat honnête et érudit, linguiste distingué », avait longtemps séjourné dans notre colonie (3), si longtemps même qu'on a pu dire, non sans apparence de vérité, qu'il avait perdu, au contact des Annamites, le sens des vrais intérêts de son pays. La lettre que nous avons citée plus haut, la politique qu'il suivit au Tonkin, montrent en lui une confiance

(1) R. du Cailland, ouvrage cité, *Lettre de M. C. L., secrétaire de l'amiral Dupré, à Garnier*, 5 décembre 1873.

(2) *Rapport Bouchet.* M. Philastre avait été chargé, dès le mois de juillet, des négociations avec les ambassadeurs annamites de Saïgon. C'est ce qui amena son envoi à Hué.

(3) Léon Garnier, préface de : *De Paris au Thibet*, livre posthume de Francis Garnier.

absolue dans la bonne foi des mandarins de Tu-Duc. L'extension de notre influence dans l'Extrême-Orient, les progrès de la Cochinchine française ont toujours semblé le préoccuper à un moindre degré que son respect pour l'indépendance de l'Annam. Cet officier « si recommandable », suivant l'expression de M. Benoist d'Azy, le directeur des colonies en 1879, n'a pas échappé à un honneur redoutable : celui de recevoir les éloges de l'un des pires ennemis de la France (1). Nous allons voir jusqu'à quel point ils furent mérités.

Lors de l'arrivée de M. Philastre à Tourane, les dispositions de la cour de Hué, d'abord toutes belliqueuses, s'étaient sensiblement modifiées, du moins en apparence.

Les ambassadeurs qu'elle envoyait auprès de Garnier arrivaient à ce moment même à Hanoï. Les pleins pouvoirs qui leur avaient été confiés ne pouvaient être remis également aux envoyés de Saïgon. M. Philastre prit donc sur lui (2) de se rendre au Tonkin, toujours accompagné de Nguyen-Van-Tuong, pour communiquer à Garnier les intentions de l'amiral et notifier aux ambassadeurs annamites d'Hanoï qu'ils étaient relevés de leur mission.

Le 24 décembre il abordait à la baie de Cua-Cam, au moment même où arrivaient les désastreuses nouvelles du 21. Sur l'invitation de l'officier le plus élevé en grade de ces parages, le commandant Testard, du *Decrès* (3),

(1) Capitaine Norman : *Le Tonkin ou la France dans l'Extrême-Orient*. « La seule personne à laquelle cette honteuse expédition fasse honneur, est M. Philastre. »

(2) *Rapport Bouchet*.

(3) Avant d'arriver à Cua-Cam, le *d'Estrées* rencontra un grand nombre de jonques chinoises venues pour charger du riz sur la foi de la proclamation de Garnier, ouvrant le Tonkin au commerce.

M. Philastre assuma aussitôt la direction politique de l'expédition, tandis que le commandement militaire était dévolu à M. Balézeaux, le second du *Decrès*. Ces deux officiers se dirigèrent aussitôt sur Hanoï.

Dès son arrivée à Haï-Duong, M. Philastre donnait l'ordre d'évacuer immédiatement la citadelle, sans prendre les moindres dispositions en faveur des indigènes qui s'étaient compromis pour nous. Malgré ses protestations, M. de Trentinian eut l'humiliation de voir nos auxiliaires brutalement licenciés et les mandarins annamites rentrer derrière lui dans Haï-Duong. Ils s'étaient tenus cachés, à Ké-Mot, chez les Dominicains espagnols, et M. Philastre, aussi bien que l'ambassadeur annamite, félicitèrent vivement ces derniers de leur attitude, toute anti-française qu'elle eut été (1).

A peine arrivé à Hanoï, le 3 janvier, M. Philastre signait avec Nguyen-Van-Tuong une convention (5 janvier), pour laquelle il n'avait reçu aucun pouvoir, et qui infligeait à notre pavillon, comme au petit corps expéditionnaire, une humiliation imméritée.

« Les troupes françaises, disait cette capitulation, qui occupent accidentellement les citadelles de Ninh-Binh et Nam-Dinh, évacueront ces places » les 8 et 10 janvier prochains. Elles seront remises dans leur état actuel, avec les approvisionnements et le matériel qu'elles renferment (2).

Par contre, les Annamites s'engageaient à n'y introduire

Elles étaient armées et Nguyen les désigna pour des jonques de pirates; le *d'Estrées* les coula et on pendit trente-six hommes de leurs équipages aux vergues du navire. (H. Gautier, R. du Caillaud, Dupuis, etc.) Tout incroyable que paraisse ce fait, il n'en a pas moins tous les caractères de l'authenticité.

(1) Lettre de Mgr Colomer, *Correo-Sino-Annamita*, 1874.

(2) *Convention du 5 janvier* 1874.

que les garnisons indispensables pour leur garde, à ne faire aucune concentration de troupes dans leurs provinces et à laisser les communications libres pour les Français maintenus provisoirement à Hanoï. Une amnistie pleine et entière était en outre promise à tous nos partisans. Mais cette convention si humiliante pour notre pavillon ne fut même pas exécutée par les Annamites. A peine nos petites garnisons eurent-elles évacué les citadelles que les massacres commencèrent. Nos anciens auxiliaires, les chrétiens indigènes, leurs femmes et leurs enfants succombèrent par milliers, expiant le crime d'avoir eu un instant foi dans la protection de la France.

Dès la nouvelle de la mort de Garnier, l'amiral avait envoyé au Tonkin un nouveau renfort de 250 hommes. Malgré cette circonstance, malgré les violations de la convention déjà commises par les Annamites, M. Philastre toléra, s'il ne l'encouragea pas, la publication à Hanoï d'une proclamation insultante pour la mémoire de celui auquel il succédait (1).

Le 6 février, après avoir reçu des pouvoirs de l'amiral Dupré, il signait une nouvelle convention qui consommait notre abandon du Delta. Hanoï devait être rendu aux Annamites et sa garnison se retirerait à Haï-Phong, où elle aurait à protéger le Tonkin contre tout envahisseur étranger et notamment vis-à-vis de M. Dupuis. On laissait à notre

(1) « Il a été envoyé un nommé Garnier au Tonkin, pour les affaires de commerce, mais ne comprenant rien aux affaires, il a mis le désordre dans le pays en s'emparant de quatre citadelles, capitales de province; c'est pourquoi l'envoyé Nguyen et Philastre sont venus pour rétablir l'ordre compromis. » H. Gautier, ouvrage cité.

M. Dupuis dit même que cette proclamation était faite au nom des deux envoyés. Dès son arrivée à Hanoï, M. Philastre avait traité ouvertement d'aventurier et de forban son glorieux prédécesseur.

compatriote le choix dérisoire de se rendre immédiatement au Yunnan, avec un nombre d'hommes et de bâtiments strictement limité, ou d'être retenu à Haï-Phong, jusqu'à l'ouverture du fleuve au commerce, si elle devait jamais se réaliser ; au cas où il viendrait à se fixer en un autre point du territoire tonkinois, les troupes françaises auraient à l'en chasser. La nouvelle convention renouvelait la promesse d'une amnistie pleine et entière, d'ailleurs aussi mensongère que la précédente.

Le 12 février, nos derniers soldats quittaient Hanoï ; M. Dupuis était contraint de se retirer à Haï-Phong, laissant ses marchandises à la merci des mandarins annamites : l'abandon du Delta était donc consommé et nous avions perdu les derniers gages de la bonne foi du gouvernement de Tu-Duc.

CHAPITRE IX

Désaveu de Garnier. — Ses funérailles. — Négociations de paix. — Traité du 15 mars 1874. — Traité du 31 août. — Convention du 23 novembre. — Révolte des Lê. — Promulgation des traités. — M. Dupuis.

Pendant cette succession si rapide d'événements, les dispositions de l'amiral Dupré étaient d'abord restées à peu près les mêmes qu'avant le départ de Garnier (1). Les succès si complets et si prompts remportés au Tonkin semblaient devoir ôter toute importance aux sentiments envieux qui s'étaient fait jour autour de l'amiral. La mort inattendue de Garnier changea brusquement cette situation, et rendit courage aux ennemis du malheureux lieutenant de vaisseau. En face de cette complication imprévue, dont les conséquences pouvaient être graves, l'amiral sentit brusquement s'écrouler l'échafaudage de ses

(1) Voir les lettres de M. C. L..., secrétaire de l'amiral, 5 décembre 1873; de M. de M. F..., lieutenant de vaisseau, aide de camp de l'amiral, 12 décembre 1873; de M. Luro, administrateur des affaires indigènes en Cochinchine, 21 décembre 1873. (Romanet du Caillaud, ouvrage cité.)

projets et de ses espérances. Il ne devait plus songer désormais à obtenir le protectorat ou l'annexion qu'il avait eu toujours en vue (1) pour le Tonkin.

Le rapport officiel envoyé au ministère, à la suite de la mort de Garnier, se ressentit de ces impressions : le gouverneur de Cochinchine ne plaida qu'avec retenue les circonstances atténuantes en faveur de son envoyé. « Malgré des erreurs, des fautes mêmes », disait-il, il avait eu le grand mérite de mettre hors d'état de nuire Nguyen-Van-Tuong, notre ennemi mortel. De la conquête si extraordinaire du Delta par une poignée d'hommes, de l'ouverture du Fleuve Rouge au commerce, il n'était plus aucunement question ; l'amiral se bornait donc à demander pour Garnier le grade posthume de capitaine de frégate, avec nomination remontant au 21 novembre, jour de la prise d'Hanoï.

Non seulement cette demande, dont l'unique défaut était d'être peu conforme à la routine administrative, fut écartée par le ministère (2), non seulement les subordonnés de Garnier durent attendre pendant plusieurs années les récompenses qu'ils avaient si bien méritées (3), mais une note insérée au *Journal officiel* du 13 février 1874, désavoua publiquement le malheureux Garnier, en l'accusant

(1) Lettre de M. Luro à Garnier, 21 décembre 1873. (Romanet du Caillaud.)

(2) Il fallut même l'intercession de hautes influences, pour que la veuve du malheureux Garnier obtint la pension à laquelle la mort de son mari devant l'ennemi lui donnait des droits indiscutables.

(3) Le bénéfice d'une campagne de guerre leur fut refusé jusqu'en 1879. Il est vrai que, dès le 21 août 1874, M. Philastre était promu officier de la Légion d'honneur, pour services exceptionnels en Cochinchine et au Tonkin. Une loi toute récente (juillet 1887) vient d'accorder aux compagnons de Garnier la médaille du Tonkin. Jusqu'alors, ni eux, ni les compagnons du commandant Rivière n'avaient pu l'obtenir.

d'avoir agi contre ses instructions. Cette communication, tout au moins inutile, s'appuyait sur une inexactitude flagrante. Si la conquête d'Hanoï fut aussi contraire aux instructions de Garnier que cette note le donnait à entendre, pourquoi a-t-on toujours attaché autant d'importance à les tenir secrètes, aussi bien que la plupart des pièces officielles provenant de l'infortuné lieutenant de vaisseau? Il y a là une contradiction qu'aucune dénégation ne pourra faire disparaître.

La note dont nous venons de parler annonçait en outre l'envoi de renforts au Tonkin, afin de faire respecter l'autorité de la cour de Hué et, « au besoin, pour châtier les auteurs des meurtres de MM. Garnier et Balny ». Et le *Journal officiel* ajoutait : « L'entente est parfaite entre le gouvernement de Hué et le représentant de la France.

A part ce dernier passage, qui n'était que trop exact, tout était singulièrement travesti dans cette note. On ne peut évidemment rendre le ministère d'alors responsable des décisions prises par M. Philastre, de son autorité privée, mais il est permis de regretter qu'il n'ait pas montré à la mémoire de Garnier les égards indispensables, et qu'il ait laissé à d'autres le soin de la venger (1).

Le désaveu infligé à la mémoire de Garnier ne fut pas la seule épreuve de ce genre supportée par sa famille. Quelque temps après, elle voulut faire exhumer ses restes pour les ramener à Saïgon, en terre française. On refusa d'autoriser l'achat, à l'arsenal, du plomb nécessaire pour doubler son cercueil. Par une amère dérision du sort, une feuille

(1) M le duc de Broglie a écrit à ce sujet : « L'héroïque expédition de Francis Garnier a été suivie d'un trop prompt désastre pour qu'il ait été possible de la désavouer ou de la soutenir. » (*Lettre à M. Buffet*, décembre 1885).

de métal, acquise à Singapour, protégea les restes de cet ennemi acharné de l'Angleterre. Mais ce ne fut pas tout : après des obsèques solennelles à Hanoï, le 16 décembre 1875, le cercueil de Garnier fut transporté à Saïgon, où l'amiral gouverneur s'opposa à toute manifestation de sympathie publique pour la mémoire du glorieux conquérant du Delta. Les officiers qui n'avaient pas connu personnellement l'illustre mort durent s'abstenir d'assister à ses funérailles (1).

Cependant, l'évacuation du Delta avait permis à M. Philastre et à Nguyen-Van-Tuong de rentrer à Saïgon, afin d'y poursuivre les négociations pour le traité de paix attendu depuis si longtemps. La situation dans laquelle l'évacuation du Delta avait placé la France était très défavorable ; en outre, le gouvernement se montrait disposé à considérer le protectorat projeté sur le Tonkin, et même les dernières acquisitions faites en Cochinchine, comme des avantages purement négatifs. Il avait admis, chose à peine croyable, la restitution à l'Annam, sous certaines conditions, des trois provinces conquises en 1867 (2). Il fallut donc toute la persévérance de l'amiral Dupré, pour obtenir, sinon une solution satisfaisante, ce qui n'était plus possible, du moins un traité s'en rapprochant un peu. Il dut même avoir recours aux menaces les plus énergiques, pour triompher des dernières résistances (3).

Menteur comme presque tous les traités, celui du 15 mars 1874, stipulait paix et alliance perpétuelles entre

(1) H. Gauthier, ouvrage cité.

(2) *Livre jaune*, lettre de l'amiral Duperré au ministre de la Marine, 2 mai 1875.

(3) *Rapport Bouchet*. Le lendemain de la conclusion du traité, il quittait Saïgon pour rentrer en France.

les deux pays. La France reconnaissait « la souveraineté du roi de l'Annam, et son entière indépendance vis-à-vis de toute puissance, quelle qu'elle fût » ; elle s'engageait « à lui donner, sur sa demande et gratuitement, l'appui nécessaire pour maintenir dans ses états, l'ordre et la tranquillité, pour le défendre contre toute attaque et pour détruire la piraterie ».

Ces conditions (art. 2) avaient une extrême importance ; elles semblaient annuler la suzeraineté nominale, exercée tout récemment encore (1), en vertu d'antiques traditions, par la Chine sur l'Annam. Il est vrai que l'article 3 contenait une contradiction sur ce sujet délicat. « En reconnaissance de cette protection, y était-il stipulé, le roi de l'Annam s'engage à conformer sa politique extérieure à celle de la France et à ne rien changer à ses relations diplomatiques actuelles. » Si la première partie de cet article établissait une sorte de protectorat sur l'Annam au bénéfice de la France, la seconde consacrait le maintien du vasselage nominal de l'Annam vis-à-vis de la Chine. Cette double contradiction contenait en germe les plus fâcheuses complications.

En outre, l'article 2 donnait à la France toutes les charges du protectorat, sans qu'il fut établi nulle part d'une façon positive. Il nous réservait le rôle de déférer perpétuellement aux demandes de secours que pourrait former l'Annam, contre ses ennemis extérieurs et intérieurs, sans nous assurer le moindre contrôle sur les affaires du pays. Ce n'était pas le seul avantage concédé au gouvernement

(1) *Livre jaune*, lettre du prince Kong à M. Geoffroy, ministre de France à Pékin, 7 février 1874 ; lettre du prince Kong à M. le comte de Rochechouart, 15 juin 1875. Par deux fois, la Chine reconnut avoir fait entrer ses troupes au Tonkin, en vertu de son droit suzerain, au commencement de 1874.

de Hué par le traité : il nous obligeait également à un don gratuit de cinq bâtiments à vapeur, de 100 pièces de canon approvisionnées à 200 coups par pièce, de 1,000 fusils de modèle récent (1) et de 500,000 cartouches ; sur la demande du roi de l'Annam, le gouvernement français devait, en outre, mettre à sa disposition, contre juste rémunération, des instructeurs et des ingénieurs chargés de lui créer une flotte et une armée (art. 4).

Les articles 5 et 6 reconnaissaient la conquête des trois provinces effectuée en 1867, et faisaient, par contre, remise à l'Annam de la portion de l'indemnité de guerre, encore due à la France, depuis 1862. Les 5 millions de francs dus à l'Espagne devaient lui être remboursés avec notre intermédiaire et par prélèvement sur les droits de douane (art. 7). Les articles 8 et 9 stipulaient une amnistie générale et autorisaient les Annamites à embrasser et à pratiquer la religion catholique. Les missionnaires acquéraient des droits qui n'étaient reconnus à aucun autre étranger, même français ; ceux d'acheter et de construire des immeubles sur tous les points de l'Annam. En effet, l'article 12 ne donnait ces droits aux sujets français que dans trois villes, ouvertes désormais au commerce étranger, celles de Thin-Naï (Quin-Hon) dans l'Annam, d'Hanoï et de Ninh-Haï (Haï-Phong), au Tonkin. Dans chacune de ces villes, la France obtenait la faculté d'entretenir un agent, qui serait assisté d'une garde de cent hommes au plus. Enfin, un ministre résident devait être accrédité auprès de la cour de Hué.

L'ouverture au commerce du Fleuve Rouge, qui aurait dû être l'un des principaux résultats du traité, était stipulée, mais avec des restrictions. Aucune opération com-

(1) Fusils *à tabatière*.

NGUYEN-VAN-TUONG

merciale ne pourrait avoir lieu de la mer à Hanoï et d'Hanoï au Yunnan (art. 12).

Cette première convention était suivie d'un traité de commerce, conclu le 31 août 1874, par le successeur de l'amiral Dupré, le contre-amiral Krantz. Il fixait à 5 % seulement les droits d'importation ou d'exportation sous pavillon étranger. Pour le sel, ces droits étaient doublés. L'exportation des grains pouvait avoir lieu, en vertu d'autorisations temporaires. Quant à l'importation des armes ou des munitions, elle devait être interdite en tout temps.

L'article 2 contenait une disposition, qui, sous une forme anodine, cachait des conséquences graves : il établissait une différence essentielle entre les droits de douane imposés aux bâtiments chinois et ceux payés par les navires européens ou américains. Les premiers devaient être perçus séparément par les mandarins annamites et versés dans une caisse spéciale, à l'entière disposition du gouvernement de Hué, tandis que les seconds, reçus par un personnel de douanes, mi-européen, mi-annamite, étaient soumis à certains prélèvements. On voit quelle importance pouvait avoir cette disposition : elle semblait impliquer un traitement spécial pour les navires chinois ; il est difficile de ne pas y voir le résultat d'une arrière-pensée du gouvernement annamite, voulant invoquer à son heure la suzeraineté du Céleste-Empire.

L'article 4 réduisait de moitié les droits sur les marchandises venant de Saïgon, ou ayant ce port pour destination.

Quant aux articles 6 et 7, ils réglaient le fonctionnement des douanes dont nous venons de parler. Un Français serait chef du service européen de la douane : aucun étranger ne pourrait y être employé sans notre agrément. Cette organisation mixte devait subsister jusqu'à l'entier paiement de l'indemnité espagnole, et les deux pays auraient alors à régler son maintien ou les modifications à y apporter.

Enfin, le gouvernement français, qui renouvelait la promesse de détruire le plus tôt possible la piraterie de terre et de mer, surtout dans le voisinage des villes ouvertes aux étrangers, obtenait le droit de faire stationner un navire dans chacune d'elles. De plus, tout bâtiment de notre marine de guerre devait être admis à se ravitailler ou à se réparer dans les ports de l'Annam, sauf dans celui de

Thuan-An, pour lequel une autorisation préliminaire serait exigée.

Une convention additionnelle du 23 novembre supprimait la disposition de l'article 2, qui établissait une distinction entre les droits payés par les navires chinois et étrangers. Un des vices essentiels de ces traités avait donc disparu ; mais on voit que les autres dispositions justifiaient les plus sérieuses appréhensions : la France, en échange d'obligations parfaitement définies, et dont l'exercice pourrait l'entraîner à des dépenses considérables, n'obtenait même pas un protectorat positif. Le seul avantage réel, qui lui fut spécialement concédé, était la réduction des droits pour les marchandises à destination ou provenant de Saïgon. L'extrême disproportion des obligations et des bénéfices devant découler des traités de 1874 était donc évidente : quelques uns s'en consolaient, en y voyant de simples formalités, préliminaires à l'établissement d'un protectorat ou même à une annexion. Ces prévisions étaient fondées, car il est difficile de voir dans les traités de 1874 autre chose que la source des difficultés d'où devaient sortir les dernières expéditions du Tonkin, et la conquête de ces pays par les armes françaises.

Par un contraste bizarre, tandis que l'Annam mettait un empressement évident à exécuter celles des conditions de ces traités qui étaient à son avantage, la France ne se hâtait nullement de réaliser (1) leurs dispositions profitables à ses intérêts. Le traité du 15 mars n'était ap-

(1) *Livre jaune*, lettre de l'amiral Duperré au ministre de la marine, 18 décembre 1874.

L'échange des ratifications du traité du 15 mars avait lieu le 13 avril, à Hué, non sans avoir soulevé de nombreuses difficultés de la part des Annamites.

prouvé par l'Assemblée nationale que le 4 août 1874 (1); celui du 31 août ne devenait définitif qu'au mois de juin de l'année suivante.

Une partie des clauses de ces conventions était déjà en vigueur au Tonkin. Dès les premiers mois de 1874, le gouverneur de Cochinchine avait nommé résident à Hanoï M. Rheinart, capitaine d'infanterie de marine, que ses hautes qualités désignaient particulièrement pour ce poste délicat. Mais les insultes journalières, qui lui étaient infligées par les mandarins annamites, le forcèrent tout d'abord à se retirer à Haï-Phong, puis à quitter le Tonkin en juillet 1874. Il fut remplacé par le chef de bataillon Dujardin, dont le rôle fut un peu facilité par les événements : une insurrection ravageait le nord du Tonkin et semblait appelée à prendre de vastes proportions. Les partisans des Lê, renforcés par des pillards de toute espèce, chrétiens persécutés, pirates de terre et de mer, auxiliaires de Garnier ou soldats chinois licenciés, occupaient le territoire de Dong-Trieu, à l'Ouest de Quang-Yen, et tentaient même un instant de bloquer Haï-Duong. Leurs chefs affectaient des sympathies pour la France, et les missionnaires voyaient en eux les *Vendéens* du Tonkin (2). Pourtant, le gouverne-

(1) Le rapporteur à l'Assemblée nationale, amiral Jaurès, voyait simplement dans le traité l'annexion de trois provinces à la Basse-Cochinchine, et non l'établissement d'un protectorat sur l'Annam. Il déclarait nos ambitions satisfaites par la conclusion de cette convention.

Le seul contradicteur de l'amiral fût M. Georges Périn. L'honorable député prit énergiquement la défense de Garnier qui avait été « l'honneur de la marine et de son pays. » Toutefois il approuvait l'évacuation ordonnée par M. Philastre.

Le principal motif qui empêchait M. Georges Périn d'accepter les traités de 1874 semblait être la crainte de voir les missionnaires nous entraîner dans une guerre de religion au Tonkin.

(2) Le drapeau de l'insurrection portait même les mots « Famille des Lê », en caractères français. (R. du Caillaud, ouvrage cité.)

ment annamite recourut à nos bons offices, qui lui furent accordés ; deux de nos canonnières et un aviso, l'*Espingole*, l'*Aspic* et l'*Antilope*, bombardèrent les villages occupés par les insurgés et coulèrent leurs jonques. Cette fâcheuse mission, qui avait duré près de trois mois, se termina en novembre 1874, au pied des montagnes du Quang-Yen, par la destruction des dernières bandes tonkinoises.

Nous avons dit que M. Dupuis avait été contraint de se retirer à Haï-Phong avec sa flottille. A toutes ses protestations, le gouverneur de la Cochinchine ou le ministre de la marine répondaient par des fins de non-recevoir. Les promesses verbales qu'il avait reçues à diverses reprises, l'engagement indirect contracté vis-à-vis de lui par le gouverneur de Cochinchine, quand il avait garanti un de ses emprunts, étaient tenus pour nuls et non avenus. M. Dupuis demandait inutilement l'autorisation de porter ses réclamations à Hué et de les y faire valoir.

Des avances lui avaient été consenties, pour le paiement de ses équipages, par le gouvernement colonial. Dès la promulgation du traité, le 15 septembre 1875, elles lui étaient retirées, et on rendait en échange à ses navires, désarmés au préalable, la faculté dérisoire de remonter au Yunnan (1). Il ne pouvait en résulter qu'une ruine complète pour le courageux Français qui avait ouvert le premier la voie du

---

Mgr Colomer concourut activement à empêcher ce mouvement de prendre de plus grandes proportions.

(1) L'amiral Duperré donne les raisons suivantes pour expliquer cette manière d'agir vis-à-vis d'un Français. Il ne voulait pas qu'il remontât au Yunnan, où il eût été mal reçu. Il n'entendait pas être obligé à marcher contre les Pavillons-Noirs, s'ils avaient attaqué M. Dupuis. Enfin, nos bâtiments, assurait l'amiral, n'avaient pas le droit de remonter jusqu'au Yunnan. (*Rapport Bouchet.*)

Fleuve Rouge. Mais cette ruine imméritée, il ne l'accepta pas de guerre lasse, comme on l'avait peut-être espéré. Ses pétitions, ses protestations de tout genre, dédaigneusement repoussées à Saïgon (1), où on se bornait à le déclarer en faillite (2), finirent par émouvoir l'opinion, et en 1879, le rapport de M. E. Bouchet, député, lui donnait un commencement de satisfaction, en même temps qu'il jetait une vive lumière sur les faits qui avaient précédé la conclusion des traités de 1874.

(1) Voir le *Rapport Bouchet*, lettre de M. Dupuis à l'amiral Duperré, au sujet des agissements de M. Turc, consul à Haï-Phong et réponse de l'amiral, 8 janvier 1876.

(2) Le tribunal de commerce de Saïgon rapporta du reste son jugement au bout de quatre mois.

FIN DU LIVRE PREMIER

LIVRE II

LE COMMANDANT RIVIÈRE

LIVRE II

CHAPITRE PREMIER

Négociations avec la Chine — Suzeraineté sur l'Annam. — Déclaration du prince Kong. — Affaire Margary. — Situation au Tonkin.

Un des traits caractéristiques de notre conquête de la Cochinchine et du Tonkin, c'est que le gouvernement français fut toujours dirigé, dans son action, par la marche des événements, le plus souvent contre ses prévisions. Ainsi, la prise de Saïgon n'est pas conforme aux premières intentions de Napoléon III, qui a eu surtout en vue, dans l'envoi d'une expédition à Tourane, la possibilité d'assurer la protection de nos missionnaires. Ses troupes demeurent, un peu malgré lui, en Cochinchine, et donnent bientôt à notre colonie une extension imprévue par l'occupation de trois nouvelles provinces. En 1873, l'amiral Dupré s'engage au Tonkin contre les ordres formels du ministère de

Broglie. Après les complications que l'on sait, les traités de 1874 n'établissent notre protectorat sur l'Annam que malgré l'opposition du même cabinet (1). A dater de ces conventions, notre situation nouvelle va peu à peu nous mêler aux affaires intérieures du pays, sans que nos gouvernements aient jamais décidé d'y intervenir. L'enchaînement logique des faits fait échec aux prudentes considérations qui portent la France à s'abstenir. Sa première expédition en Cochinchine l'a engagée dans un engrenage, dont la marche sera hâtée par toutes les circonstances : incertitude habituelle de notre politique, abandon momentané de nos droits, échecs diplomatiques ou militaires y contribueront à leur tour.

Les traités de 1874 étaient conclus ; ils accordaient à la France des avantages à peine sensibles, en retour des obligations très sérieuses qu'ils lui imposaient : l'apparence de protectorat, qu'elle avait maintenant le droit d'exercer sur l'Annam, allait faire plus que jamais de Tu-Duc et de ses mandarins autant d'ennemis acharnés de notre politique. Nous pouvions être assurés, par avance, qu'ils mettraient tout en œuvre pour annuler les quelques concessions positives qu'ils avaient dû nous faire. Ainsi, profits de peu d'importance, d'ailleurs très mal assurés, charges assez considérables, susceptibles d'une très grande extension, tels étaient les résultats que nous promettaient les conventions de 1874.

Il n'y en avait pas moins, pour notre gouvernement, obligation absolue d'en assurer l'exécution, puisqu'elles portaient la signature de la France. Il fallait exiger de l'Annam

(1) Voir la déposition de l'amiral Dompierre d'Hormoy devant la Commission des crédits du Tonkin et de Madagascar (décembre 1885).

le respect de conventions qu'il avait acceptées à regret ; il n'était pas moins nécessaire d'obtenir l'assentiment de la Chine au nouvel état de choses. Jusque-là, on avait paru médiocrement s'inquiéter en France de la suzeraineté traditionnelle exercée, depuis tant d'années, par le Céleste-Empire sur l'Annam. L'ouverture au commerce du Song-Koï, de la mer au Yunnan, avait été réglée sans la participation du principal intéressé. Le traité de Tien-Tsin, qui déterminait les points du territoire chinois ouverts au commerçants étrangers, était muet sur la frontière méridionale de la Chine. Obtenir l'assentiment, tout au moins tacite, des Chinois, devenait absolument indispensable, si l'on voulait assurer l'exécution des traités. Ce fut l'un des objets des préoccupations de la diplomatie française, pendant les années qui suivirent.

Cette entente avec la Chine était d'autant plus indispensable que ses troupes occupaient alors une partie du territoire couvert par notre protectorat.

Vers la fin de 1873, un chef de brigands, venu du territoire chinois, Hoang-Tsoung-In, avait levé une petite armée et ravageait les provinces Nord du Tonkin. Le roi Tu-Duc réclama les secours de son suzerain, qui fit entrer en Annam une partie des troupes du Kouang-Si et du Yunnan. Cette intervention directe de la Chine n'était pas une innovation. Nous avons vu que, l'année précédente, le capitaine de vaisseau Senez avait trouvé une garnison chinoise dans Bac-Ninh, à la suite des insurrections survenues en 1870 et 1871 au Tonkin.

Quoi qu'il en soit, sur l'incitation de l'amiral Dupré, M. de Geoffroy, ministre de France à Pékin, demandait vers cette époque le retrait des troupes chinoises dans leur pays. Le prince Kong, président du Tsong-li-Yamen, faisait à cette demande une réponse topique, définissant nettement, dès le premier jour, la ligne politique que devait suivre constamment la Chine dans les longues négociations motivées par la question de l'Annam : « Quant au nouveau corps d'armée expédié du Kouang-Si au Tonkin, nous n'avons fait en l'envoyant qu'user du droit que nous avons : 1° de secourir un de nos royaumes tributaires ; 2° d'assurer la sécurité de nos frontières (1). » Malheureusement, notre diplomatie n'allait pas procéder avec la même fixité de vues.

Pourtant la Chine semblait encore bien loin de se montrer résolument hostile à notre intervention au Tonkin. Le vice-roi du Yunnan priait même à ce moment le Tsong-li-Yamen d'informer les autorités françaises que son seul but était d'arrêter le développement du brigandage, et que ses troupes n'avaient rien à voir avec les nôtres (2).

Sur les entrefaites était survenu un incident, qui explique peut-être cette modération voulue : le 20 février 1875, M. Margary, interprète de la légation anglaise en Chine, avait été massacré à Man-Ying, dans le Yunnan, au moment où il reconnaissait les voies pour le passage d'une expédition scientifique. Le colonel Browne, qui la dirigeait, avait mission de suivre la route menant de l'Inde au Yunnan, par Bhamo et Ta-Li, en recueillant les données nécessaires à l'établissement d'un railway.

A la nouvelle du meurtre de M. Margary, le ministre anglais entamait une action diplomatique énergiquement

(1) *Livre jaune*, lettre du prince Kong à M. de Geoffroy, 7 février 1874.

(2) *Livre jaune*, lettre du prince Kong au comte de Rochechouart, 15 juin 1875.

menée. En présence de ces réclamations, le gouvernement chinois n'était pas disposé à se créer de nouvelles difficultés avec une puissance européenne. Aussi allait-il se contenter, tout d'abord, d'adresser des réponses évasives à nos demandes au sujet de l'Annam.

Pourtant, la signature des traités de 1874 rendait plus urgente pour nous la nécessité d'une entente avec le Céleste-Empire. Les autorités du Yunnan, d'abord favorables à l'ouverture du Song-Koï au commerce, avaient complètement changé d'attitude (1). La *Gazette de Pékin* annonçait que le gouvernement chinois infligeait un châtiment sévère au mandarin, dont l'intervention avait rendu possible les voyages de Dupuis (2). En même temps, et malgré beaucoup d'assurances pacifiques, qui inspiraient toute confiance à l'amiral Duperré, les Annamites montraient une tendance très marquée à restreindre le plus possible les effets des traités : ils auraient voulu nous faire renoncer à entretenir un résident et une petite garnison à Hanoï (3). Il devenait visiblement nécessaire d'obtenir l'adhésion de la Chine à la nouvelle situation qu'avaient créée les conventions de 1874. On espérait que la notification du traité du 15 mars au Tsong-li-Yamen le ferait renoncer à toute idée d'intervention dans l'Annam, en l'amenant à comprendre que la tâche d'y rétablir l'ordre ne pouvait incomber à d'autres troupes qu'aux nôtres. On comptait également sur le souci de ses intérêts matériels

(1) *Livre jaune*, lettre du duc Decazes au comte de Rochechouart, 28 avril 1875.

(2) *Livre jaune*, lettre de l'amiral Duperré à l'amiral de Montaignac, 27 février 1875.

(3) *Livre jaune*, lettre du commandant Dujardin à l'amiral Duperré, 9 février 1875.

pour faire admettre à la Chine l'ouverture du Song-Koï (1).

Mais il se produisait déjà une divergence sensible dans les vues manifestées par les deux départements ministériels intéressés aux affaires du Tonkin. Tandis que le duc Decazes insistait particulièrement sur l'indépendance du roi Tu-Duc vis-à-vis de la Chine, l'amiral de Montaignac, ministre de la marine, aussi bien que le gouverneur de Cochinchine, voyaient dans l'intervention française un simple « jalon du protectorat » qui devait être plus tard nettement établi au Tonkin (2).

Les modifications récentes, que l'avènement du jeune empereur avait apportées dans le gouvernement de la Chine, faisaient craindre le triomphe, à Pékin, du parti hostile aux étrangers, et contribuaient à rendre encore plus conciliante la ligne de conduite tenue par notre diplomatie (3). Aussi, dans une communication officielle du 24 mai 1875, adressée au prince Kong pour lui notifier le traité du 15 mars, le comte de Rochechouart glissait-il sur l'établissement de notre protectorat, pour ne pas « s'avancer sur un terrain brûlant » ; il appuyait, au contraire, sur les autres questions qui lui avaient été signalées : l'interdiction pour les bandes chinoises de pénétrer dans l'Annam, et l'ouverture au commerce de l'un des points du Yunnan qu'il ne pouvait encore spécifier, faute de renseignements certains.

Notre représentant insistait déjà sur les difficultés qui

(1) *Livre jaune*, lettre du duc Decazes au comte de Rochechouart, 27 février 1875.

(2) *Livre jaune*, lettre de l'amiral de Montaignac au duc Decazes, 19 avril 1875.

(3) *Livre jaune*, lettre du duc Decazes au comte de Rochechouart, 28 avril 1875.

résultaient de la divergence des vues entre le ministère de la marine et celui des affaires étrangères : l'un paraissant admettre l'entière indépendance de Tu-Duc ; l'autre semblant considérer le Tonkin comme une simple dépendance de Saïgon. Malheureusement cette absence d'unité dans les vues poursuivies en Annam devait être à peu près constante parmi nos représentants. C'est l'une des causes qui ont le plus contribué à l'accroissement de nos sacrifices.

Les circonstances semblaient de nature à faciliter la tâche du ministre de France à Pékin. Le meurtre de M. Margary continuait à motiver d'énergiques réclamations de la part de l'Angleterre. Avec le sens pratique qui les caractérise, nos voisins cherchaient à concilier le soin de leurs intérêts matériels et la protection de leurs nationaux, en demandant aux Chinois l'ouverture du Yunnan du côté de la Birmanie, en outre d'autres avantages commerciaux (1).

Pendant que les Anglais poursuivaient ainsi l'exécution de leurs visées pour ouvrir une route de l'Inde à la Chine, ils ne dissimulaient pas le dépit que leur causait notre établissement au Tonkin ; le *Foreign office* allait jusqu'à protester contre le droit de justice attribué à nos consuls par le traité du 15 mars. On se bornait à lui répondre que ses nationaux étaient libres de ne pas profiter des avantages assurés par la nouvelle juridiction (2).

L'opposition de la Chine à nos projets d'établissement

(1) *Livre jaune*, lettre du comte de Rochechouart au duc Decazes, 27 mai 1875 ; télégramme du duc Decazes au comte de Rochechouart, 3 juillet 1875. Ce fut l'objet de la convention de Tché-Fou du 13 décembre 1876 ; elle n'a d'ailleurs jamais été entièrement exécutée.

(2) Bouinais et Paulus, ouvrage cité ; le ministre des affaires étrangères à l'ambassadeur d'Angleterre à Paris, 6 juillet 1875.

sur le Fleuve Rouge était beaucoup moins accusée ; le Tsong-li-Yamen semblait même disposé à en faciliter l'exécution, à en croire sa correspondance officielle.

L'ouverture au commerce, du Yunnan y faisait l'objet de promesses vagues, trop visiblement destinées à calmer les impatiences qu'aurait pu montrer la France, sans faire avancer la question d'un pas. On nous promettait de faire une enquête sur place, au sujet du commerce entre le Yunnan et l'Annam, après quoi les deux gouvernements pourraient délibérer à leur guise (1).

Le rappel des bandes chinoises de l'Annam motivait des promesses du même genre : le Tsong-li-Yamen s'engageait pourtant à renouveler l'envoi d'instructions, destinées à prévenir l'entrée de ses troupes dans le Tonkin.

Quant à la question principale, elle était à peine effleurée. L'Annam, était-il dit en substance, a été tributaire de la Chine; il a réclamé à diverses reprises des secours de l'Empire, qui n'a pu en refuser à un de ses vassaux. Tel est le motif du récent envoi de troupes au Tonkin. Malgré les obscurités voulues de cette dépêche, en dépit des contradictions qu'elle contenait, il en ressortait deux faits évidents : la Chine ne mettrait aucun empressement à ouvrir l'accès du Yunnan par le Fleuve Rouge; la vassalité de l'Annam existait, non seulement en vertu de traditions historiques, mais par l'effet de droits acquis et mis tout récemment en pratique. En outre, le gouvernement chinois l'a toujours prétendu, l'affirmation de sa suzeraineté sur l'Annam avait été beaucoup plus catégorique que ne l'indique le document officiel français. L'exactitude matérielle (2)

(1) *Livre jaune*, lettre du prince Kong au comte de Rochechouart, 15 juin 1875.

(2) D'après le gouvernement chinois, le prince Kong aurait écrit :

LE COMMANDANT RIVIÈRE

de ce dernier ne semble pas être, d'ailleurs, absolument

« L'Annam a été *longtemps et est encore aujourd'hui* tributaire de la Chine ». Les mots en italique auraient été omis dans la traduction française. A examiner avec soin celle-ci, il semble que des erreurs ont pu fort bien s'y glisser. Du reste, leur possibilité est admise par un document officiel français. (Voir les lettres de M. le vicomte de Montmorand, 30 septembre 1877, et du marquis Tseng au ministre des Affaires étrangères, janvier 1882.)

démontrée ce qui confirmerait les assertions des représentants de la Chine.

Le prince Kong laissait pourtant passer sans protestation la notification du traité du 15 mars 1874, dont copie lui avait été remise. La préoccupation principale de la politique chinoise à cette époque paraissait être de ne pas heurter de front les prétentions de la France, tout en évitant avec soin de rien laisser passer, qui parut impliquer une renonciation aux droits impériaux sur l'Annam.

En présence de cette attitude, notre ministre à Pékin était d'avis que Tu-Duc notifiât lui-même le traité du 15 mars au gouvernement chinois, afin que ce dernier ne gardât aucun doute sur la réalité des nouvelles conventions (1). Cette démarche, que rien n'interdisait dans le traité, aurait eu l'inconvénient de faire reconnaître la continuation des relations officielles entre la Chine et l'Annam, ce qui n'était dans les vues, ni du département des affaires étrangères, ni surtout de celui de la marine. Il ne fut donc donné aucune suite à cette pensée.

Quelque temps après, le comte de Rochechouart renouvelait ses instances pour obtenir du prince Kong une réponse satisfaisante. Des renseignements venus de Cochinchine lui permettaient enfin d'indiquer Mang-Hao comme le point du Yunnan dont le gouvernement français désirait l'ouverture au commerce étranger. En outre, notre représentant insistait sur les changements que le traité de 1874 avait apportés dans la situation de l'Annam (2). Cette nouvelle démarche n'eut pas plus de succès

(1) *Livre jaune*, lettre du comte de Rochechouart au duc Decazes, 19 juin 1875.

(2) *Livre jaune*, lettre du comte de Rochechouart au prince Kong, 4 août 1875.

que les précédentes. Le prince Kong, dans sa réponse officielle, aussi bien que les autres membres du Tsong-li-Yamen, dans leurs entretiens avec le personnel de la légation, reconnaissaient volontiers les avantages qui résulteraient pour la Chine de l'ouverture du Yunnan; mais ils voulaient s'assurer, disaient-ils, au préalable, qu'elle était possible. On renvoyait après le règlement de l'affaire Margary l'enquête promise, dès le mois de juin (1), par le prince Kong. Le but visible du Tsong-li-Yamen était de gagner du temps et d'empêcher la France d'unir ses réclamations à celles de l'Angleterre, ainsi que notre gouvernement l'avait projeté. Cette situation devait se prolonger jusqu'à la fin de 1875, sans qu'il y fut apporté de modification notable (2).

Au Tonkin, la situation demeurait également la même : le contre-amiral Duperré en recevait d'excellentes nouvelles ; ses relations avec les autorités annamites étaient « parfaites » (3). Cet optimisme officiel, à peine justifié par la surface des choses, ne cadrait guère avec l'état réel de l'influence et du commerce de la France dans ces pays. Le 15 septembre, l'application des traités de 1874 avait commencé au Tonkin : nous y entretenions provisoirement deux consuls : M. de Kergaradec, à Hanoï, et M. Turc, à Haï-Phong ; mais l'ouverture du Fleuve Rouge menaçait

(1) *Livre jaune*, lettre du comte de Rochechouart au duc Decazes, 15 septembre 1875.

(2) *Livre jaune*, télégramme du duc Decazes au comte de Rochechouart, 3 juillet 1875; télégramme du comte de Rochechouart au duc Decazes, 5 novembre 1875.

(3) *Livre jaune*, lettre de l'amiral Duperré à l'amiral de Montaignac, 2 mai 1875.

d'être beaucoup plus profitable aux intérêts étrangers qu'aux nôtres. Dix-huit mois après la signature du traité de commerce, aucun navire français n'avait encore paru dans le Song-Koï. Les pavillons chinois, anglais, allemands y étaient, au contraire, largement représentés (1). Il est vrai que la ruine de M. Dupuis ne semblait pas faite pour engager nos nationaux à suivre la nouvelle voie commerciale.

Quant à la piraterie, elle continuait à ravager les abords Est du Delta, malgré l'engagement que nous avions pris de la réprimer. La traite des enfants et des femmes annamites, que les Chinois enlevaient pour les vendre dans les ports Sud du Céleste-Empire, se faisait à peu près comme par le passé. Certaines jonques chargées de ce bétail humain partaient d'Haï-Phong même, en trompant la surveillance de nos fonctionnaires.

Le retrait des troupes chinoises du Tonkin s'effectuait dans le courant de l'année 1875. Restaient les bandes de Pavillons-Noirs et de Pavillons-Jaunes, tantôt alliées, tantôt ennemies du gouvernement annamite, et toujours maîtresses du haut Song-Koï et de la Rivière Claire.

L'origine de ces bandes remonte à la répression de la révolte des Taïpings. Beaucoup de ces insurgés se réfugièrent au Tonkin, sous les ordres d'un chef redouté, nommé Ou-Tong, qui réussit à se maintenir sur les frontières du Yunnan et de l'Annam. A la mort de l'ancien Taïping, deux de ses lieutenants, Luu-Vinh-Phuoc et

(1) Norman, ouvrage cité : onze vaisseaux anglais, avec un tonnage de 3,525 tonnes; six vaisseaux allemands, 1,852 tonnes; cent seize bâtiments chinois, 2,483 tonnes, étaient entrés dans le Fleuve Rouge pendant la même période. (15 septembre 1875, 17 juin 1876.)

Hoang-Anh, lui succédèrent et se partagèrent le commandement de ses bandes. En 1868, ils parvinrent à prendre Lao-Kay, qu'occupait depuis longtemps une colonie de Cantonnais. A la suite de ce siège, pendant lequel leurs soldats prirent les dénominations qu'ils devaient conserver, les deux chefs se séparèrent : Luu-Vinh-Phuoc avec ses Pavillons-Noirs, demeura dans Lao-Kay ; Hoang-Anh s'établit à Ho-Yang, sur la Rivière Claire, avec les Pavillons-Jaunes. Mais les douanes du Fleuve Rouge étant beaucoup plus productives que c lles de la Rivière Claire, les deux chefs convinrent de se partager le produit total.

Luu-Vinh-Phuoc ne respecta pas cette convention, et les Pavillons-Jaunes, ne pouvant l'y forcer, vinrent établir une deuxième ligne de douanes sur le Fleuve Rouge, en aval de Lao-Kay ; ils arrêtèrent ainsi une partie du courant commercial qui remontait le Song-Koï. Menacé dans ses moyens d'existence, Luu-Vinh-Phuoc s'allia aux Annamites pour écraser les Pavillons-Jaunes, qui furent dispersés ou rejetés dans l'Est du Tonkin.

Tu-Duc voulant reconnaître les services des Pavillons-Noirs contre l'expédition de Garnier, les prit à sa solde. Luu-Vinh-Phuoc, devenu mandarin annamite, fit respecter sa domination à force de cruautés (1). Désormais, les Pavillons-Noirs étaient les maîtres incontestés de la région au Nord de Hong-Hoa. Les droits exorbitants qu'ils prélevaient sur les marchandises (jusqu'à 33 %) (2), étaient

(1) Pendant le voyage de M. de Kergaradec sur le Fleuve Rouge, il vit souvent les eaux charrier des corps de suppliciés et notamment ceux d'un homme et d'une femme attachés ensemble.

(2) De Kergaradec, reconnaissance du Fleuve Rouge, 1876, *Revue maritime et coloniale*.

En 1868, à Yunnan-Fou. le sel valait 2 francs le kilogramme ou 120 francs le picul, alors qu'à Hanoï il coûtait 3 francs à 3 fr. 50 le picul. (Francis Garnier : *Voyage d'exploration dans l'Indo Chine.*)

un sûr moyen d'annihiler les concessions qu'on avait semblé faire à la France, en lui promettant l'ouverture du Fleuve Rouge. L'Annam, aussi bien que la Chine, cherchait à anéantir les derniers résultats de l'expédition de Garnier.

CHAPITRE II

Difficultés avec l'Annam. — Ambassade annamite en Chine. — Le duc Decazes et l'abandon du Tonkin. — Voyages de M. de Kergaradec et de M. Harmand. — Ambassade annamite à Paris, 1878. — Situation au Tonkin. — Insurrection de Li-Young-Tchoï. — Projet de protectorat sur le Tonkin. — Les Chinois pénètrent au Tonkin. — Projets de l'amiral Jauréguiberry. — Prise de Li Young-Tchoï.

Les « excellents » rapports entre les autorités annamites et nos agents, qu'avait signalés l'amiral Duperré, ne furent pas de longue durée. Dès le mois d'avril 1876 (1), il rendait compte des difficultés que rencontrait l'exécution des traités et auxquelles contribuait l'incertitude attachée au caractère de notre intervention.

Pour y remédier, l'amiral n'entrevoyait que deux solutions : la conquête du Tonkin ou son évacuation complète (2), et il se prononçait nettement pour la dernière. Dans sa pensée, les traités devaient être entièrement revi-

---

(1) *Livre jaune,* lettre de l'amiral Fourichon à l'amiral Duperré, 1er juin 1876.

(2) *Livre jaune,* lettre du duc Decazes à l'amiral Gicquel des Touches, 7 septembre 1877.

sés : les dispositions relatives à l'ouverture des ports seraient seules conservées. Comme dans les villes de la Chine ou du Japon ouvertes aux étrangers, nos consuls n'auraient aucune garde spéciale, et une cause permanente de conflits avec les Annamites serait ainsi écartée. La clause du traité du 15 mars, qui obligeait l'Annam à conformer sa politique extérieure à celle de la France, et à ne rien changer à ses relations diplomatiques du moment, devait être également abolie.

Quant à la direction des douanes, elle reviendrait naturellement au gouvernement annamite.

C'était une renonciation complète aux avantages, bien incertains il est vrai, que nous avaient assurés les conventions de 1874. Le Gouvernement ne voulut pas aller aussi loin dans cette voie, car la dénonciation des traités lui semblait devoir entraîner de graves inconvénients. Il n'en était pas moins résolu à ne permettre aucune tentative d'extension au Tonkin. Le parti le plus naturel lui semblait donc de « simplifier les traités par voie d'interprétation », sans abandonner, pour cela, une œuvre à peine ébauchée.

De concert avec le département des affaires étrangères, le ministre de la marine avait l'intention de retirer les gardes des consuls avant le 1er janvier 1879 : à cette même date, la direction des douanes, exercée toutefois par un fonctionnaire français, reviendrait au gouvernement de Hué. Ces adoucissements apportés aux traités de 1874, devaient être essentiellement révocables, et on y renoncerait si l'état du Tonkin le rendait nécessaire (1). M. Philastre, qui allait provisoirement remplacer à Hué M. Rheinart, notre résident, était chargé de communiquer verba-

(1) *Livre jaune*, lettre du ministre de la Marine à l'amiral Duperré, 1er juin 1876. M. Philastre arrivait à Hué le 6 décembre 1876.

LE VICE-AMIRAL DOMPIERRE D'HORMOY

lement au gouvernement annamite les promesses de la France. Il y a tout lieu de croire que notre nouveau résident avait été le principal inspirateur de ces concessions graves à la cour de Hué. On pouvait être assuré qu'il n'en affaiblirait point l'effet par ses déclarations.

La résolution choisie par le ministère français était difficile à justifier ; se maintenir au Tonkin, tout en renonçant à la plupart des avantages que nous avaient assuré les traités de 1874, constituait deux termes inconciliables. Si notre situation en Annam entraînait pour nous de trop lourdes charges, mieux valait y renoncer entièrement que de céder ainsi, à demi, aux désirs secrets du roi Tu-Duc. Il ne pouvait manquer de considérer ces premières concessions, que rien ne justifiait dans son attitude, comme le prélude de notre renonciation entière au Tonkin et même à la Cochinchine. Des faits prochains devaient prouver qu'il était loin d'avoir pris son parti de la perte de Saïgon. Renoncer à une partie de nos droits en Annam était l'encourager dans ses espérances au sujet des provinces du Sud, si amèrement regrettées ; l'amiral de Montaignac et le cabinet obéissaient donc à une inspiration des plus regrettables.

Le résultat de la nouvelle attitude prise par le gouvernement français ne fut pas long à se produire : suivant la coutume, une ambassade, chargée de porter en Chine les tributs de l'Annam, quittait Hanoï le 6 septembre, au bruit de salves d'artillerie. Elle emportait la recommandation de se présenter au ministre de France, mais seulement après avoir reçu l'agrément du gouvernement chinois (1). Cette démarche de la cour de Hué empruntait aux circonstances une importance particulière, que l'on ne parut soupçonner, ni en France, ni en Cochinchine. Elle dénotait une tendance véritable à éviter la moindre apparence de soumission à notre pays, et à rechercher les occasions d'en faire parade vis-à-vis de la Chine. Après avoir toléré cette première infraction officielle au traité du 15 mars, nous devions être mal venus à repousser plus tard l'ingérence du Céleste-Empire en Annam. La solution que proposait l'amiral Duperré eût été assurément plus conforme à la logique

(1) *Livre jaune*, lettre de M. Kergaradec à l'amiral Duperré, 27 septembre 1876.

L'effacement volontaire de la France rendait inutiles les négociations ébauchées pour l'ouverture de Mang-Hao au commerce. On disait, d'ailleurs, cette ville au pouvoir des rebelles du Yunnan. Notre ministre à Pékin crut donc devoir garder le silence à ce sujet (1).

Quelques mois après, en mai 1877, l'incident de l'ambassade annamite envoyée en Chine semblait devoir être l'occasion d'une reprise des négociations. L'amiral Duperré avait émis, au sujet de cette démarche de Tu-Duc, des appréciations singulièrement hasardées. D'après lui, nous ne devions pas attacher d'inportance à un « acte de pure courtoisie », qui ne pouvait resserrer en rien les liens existants entre l'Annam et la Chine. De son côté, le duc Decazes, ministre des affaires étrangères, ne pouvait admettre que l'on fit si bon marché des traditions séculaires, qui liaient deux peuples, si fort attachés à leurs anciennes coutumes. L'indifférence que le Céleste-Empire avait témoignée jadis, quand il s'agissait de l'annexion à la France de la Basse-Cochinchine, pouvait fort bien ne plus exister au sujet de notre protectorat déguisé sur des provinces beaucoup plus rapprochées de ses frontières. Si la Chine devait avoir un jour moins d'intérêt à nous ménager, la vassalité que Tu-Duc affirmait vis-à-vis d'elle serait de nature à entraîner de graves inconvénients. Ces considérations, dont l'avenir devait si complètement démontrer la justesse, paraissaient justifier la reprise des négociations sur la question de la suzeraineté en Annam (2).

Le duc Decazes se montrait d'ailleurs l'ennemi de toutes

(1) *Livre jaune*, lettre du vicomte de Montmorand au duc Decazes, 26 novembre 1876.

(2) *Livre jaune*, lettre du duc Decazes au vicomte de Montmorand, 30 mai 1877.

tentatives d'expansion au Tonkin; malgré les changements avantageux survenus dans la situation diplomatique de la France depuis 1874, tout essai de ce genre pourrait nous entraîner au delà du but que nous nous étions fixé; à supposer que la conquête du Tonkin fut facile, nous éprouverions ensuite une difficulté déjà signalée par Garnier, l'insuffisance de notre personnel administratif spécial. Par contre, le ministre se ralliait encore moins au projet mis en avant par les amiraux de Montaignac et Duperré, d'après lequel on aurait remédié aux difficultés de notre situation au Tonkin, en provoquant le retrait des concessions que la cour de Hué nous avait faites. L'effet produit par ce revirement politique serait déplorable, aussi bien sur le gouvernement annamite que dans tout l'Extrême-Orient. En 1874, la seule nouvelle de l'échec de Garnier et de la signature des conventions Philastre, avait eu un immense retentissement sur toutes les côtes de Chine. A ce moment, le Tsong-li-Yamen changeait lui-même d'attitude à l'égard de notre légation. Le duc Decazes concluait donc au maintien du *statu quo* au Tonkin : ni extension, ni renonciation, tel était son programme (1).

Malgré les recommandations du ministre, les négociations entre la France et la Chine ne prirent nullement une allure plus décidée. Les obscurités dont le texte du traité du 15 mars était plein, les contradictions qu'il contenait, ne semblaient pas au ministre de France à Pékin, M. de Montmorand, fournir une base suffisante pour les revendication de la France. La traduction de la lettre du prince Kong (15 juin 1875), sur laquelle notre diplomatie s'appuyait pour admettre la renonciation de la Chine à sa suze-

(1) *Livre jaune*, lettre du duc Decazes à l'amiral Gicquel des Touches, 7 septembre 1877.

raineté sur l'Annam (1), pouvait fort bien ne pas être exacte. D'ailleurs, le même document renfermait des assertions contradictoires sur ce point délicat. En somme, aucun texte positif ne prouvait le consentement de la Chine à l'état de choses résultant de nos traités avec Tu-Duc. Si même elle n'avait pas protesté, en 1875, contre leur conclusion, il fallait surtout l'attribuer, d'après M. de Montmorand, au désir d'éviter de nouvelles difficultés, dans un moment où des négociations délicates venaient de s'ouvrir avec l'Angleterre. Pour lui, l'Annam avait deux protecteurs; il était donc difficile d'interdire aux Annamites un acte de courtoisie et de soumission, dont la portée immédiate serait médiocre. Les circonstances dans lesquelles s'était fait l'envoi de l'ambassade de Tu-Duc, qui avait quitté la Chine sans se présenter à la légation de France, indiquaient clairement que la vassalité de l'Annam restait entière, aussi bien pour Hué que pour Pékin. On ne pouvait espérer de voir, en un jour, se rompre des liens traditionnels aussi anciens que ceux entre la Chine et ses tributaires. Le ministre de France concluait donc, lui aussi (2), au maintien du *statu quo* sur le terrain diplomatique, et il réussissait à faire admettre cette manière de voir au successeur du duc Decazes, le marquis de Banneville (3).

Cependant, des changements s'étaient produits au Tonkin et en Cochinchine; l'amiral Duperré avait été relevé,

---

(1) Voir plus haut, page 145.

(2) *Livre jaune*, lettre du vicomte de Montmorand au duc Decazes, 30 septembre 1877.

(3) *Livre jaune*, lettre du marquis de Banneville au vicomte de Montmorand, 30 septembre 1877.

sur sa demande, par le contre-amiral Lafont (1). Les deux voyages de M. de Kergaradec sur le fleuve Rouge, celui du docteur Harmand dans le Laos et en Annam (1876-1877), complétaient utilement les notions que nous possédions sur ces pays.

M. de Kergaradec avait été chargé par l'amiral Duperré, de reconnaître la situation politique du Tonkin-Nord et les conditions d'exploitation de la voie du Fleuve Rouge (2). Après une première tentative infructueuse en 1875, il repartait d'Hanoï, le 23 novembre 1876, avec une escorte de cinquante hommes, dont trente Annamites. Son canot à vapeur parvenait à franchir les rapides qui se succèdent le long du Song-Koï, depuis celui de Thac-Thù, le « commencement des dangers » jusqu'à Lao-Kay. La population indigène, très clairsemée, n'avait pas songé à arrêter son voyage ; Tho, Mang, Méo (chats) se tenaient dissimulés le plus possible sur le passage de l'expédition. Le 1er janvier 1877, M. de Kergaradec pénétrait à Lao-Kay, où il était accueilli avec une hostilité à peine dissimulée par les Pavillons-Noirs. Luu-Vinh-Phuoc ne cachait pas son aversion pour les barbares étrangers, et notre consul était forcé de renoncer, pour cette fois, à remonter plus avant le Fleuve Rouge.

Le 18 février suivant, après avoir reçu des passeports des autorités chinoises du Yunnan, M. Kergaradec repartait d'Hanoï, avec quatre Asiatiques seulement, dans deux petites barques du pays et parvenait enfin à atteindre Mang-Hao, le 21 mars 1877.

(1) *Livre jaune*, lettre de l'amiral des Touches au duc Decazes, 31 juillet 1877.

(2) *Livre jaune*, lettre de l'amiral Duperré au vicomte de Montmorand, 1876.

Ce marché était déchu de son importance antérieure. Les exactions de Luu, l'état de guerre à peu près continuel depuis le début de la révolte des Taïpings, avaient singulièrement restreint le courant commercial sur le Song-Koï. L'exploitation des mines était à peu près arrêtée ; malgré des droits presque prohibitifs (jusqu'à 33 %), le produit des douanes de Lao-Kay ne dépassait pas 144,000 francs par mois et le roi Tu-Duc en était réduit à fournir des subsides aux sept ou huit cents Pavillons-Noirs qui faisaient toute l'armée de Luu.

Cet état de troubles semble d'ailleurs avoir toujours existé sur la frontière du Yunnan et du Tonkin : un proverbe du pays dit en effet que personne n'a pu, jusqu'ici, demeurer plus de dix ans maître de Lao-Kay.

En somme, le Fleuve Rouge, d'après M. de Kergaradec, était utilisable pour le commerce, non sans difficultés, il est vrai ; les véritables obstacles qu'il opposait à la navigation venaient des Pavillons-Noirs et des mandarins du Yunnan. On ne pouvait songer à en tirer parti avant d'avoir obtenu le consentement des uns et la disparition des autres.

L'exploration du docteur Harmand, médecin de la marine et ancien compagnon de Garnier, nous valait également des renseignements précieux sur une grande partie du Cambodge, du Laos et de l'Annam. En 1876, M. Harmand avait parcouru la vallée du Stung-Sen, affluent du grand lac de Toulé-Sap, qui joue un rôle si important comme déversoir du Mékong (1). Il étudiait ensuite la ligne de partage qui

(1) Pendant la saison des pluies, le Mékong dirige vers le Grand-Lac un courant d'alimentation, qui se renverse du lac au fleuve, durant la saison sèche. Le Toulé-Sap régularise donc le régime des eaux du Mékong, dans sa partie inférieure.

sépare le Stung-Sen du Sé-Lam-Phan, un des affluents de droite du fleuve.

En 1877, le docteur suivait la vallée de Sé-Moun, l'un des cours d'eau les plus importants de ce bassin et traversait le plateau à l'Est de Bassac, entre cette ville et Attopeu; toute cette partie de Laos siamois, intéressante par sa situation entre le Cambodge, l'Annam et le Siam, était l'objet d'études approfondies, qui complétaient les résultats de l'exploration du Mékong par Doudart de Lagrée. M. Harmand terminait son expédition en franchissant, par un col de 250 mètres seulement d'altitude, la ligne de partage entre le bassin fluvial du Laos et la Mer de Chine. La possibilité d'établir des communications faciles de l'Annam au Mékong était ainsi pratiquement démontrée.

A la fin de son périlleux voyage, le docteur était en butte aux mauvais procédés des mandarins annamites, vis-à-vis des quels le protégeait, peu ou point, l'influence du résident de France, M. Philastre (1). A Quang-Tri, sur le point d'arriver à Hué, M. Harmand reçut une lettre de ce fonctionnaire lui rappelant que son voyage avait été entrepris sans l'autorisation du gouvernement de Tu-Duc, que le séjour de la capitale était interdit aux étrangers, et l'invitant à regagner la mer au Tonkin, après avoir traversé une grande partie de l'Annam! Ce trait mérite d'être cité, ne serait-ce que pour montrer comment certains de nos agents à l'étranger entendent la protection de leurs nationaux.

Loin d'accepter de bonne grâce le protectorat de la France, la cour de Hué se flattait encore, grâce au manque de netteté qui caractérisait notre politique, d'obtenir la

---

(1) *Le Laos et les populations sauvages de l'Indo-Chine*, Dr Harmand.

TU-DUC

restitution des provinces conquises en 1867 : c'était le motif principal qui lui faisait projeter l'envoi d'une ambassade à Paris. Elle était ainsi conduite à donner une satisfaction apparente aux réclamations de la France, particulièrement sur des questions douanières. L'ambassade put donc quitter Saïgon au commencement de l'année 1878; mais l'accueil qu'elle trouva en France, et le langage très ferme qui lui fut tenu par le ministre de la marine, ne lui permirent pas de conserver longtemps ses illusions sur la possibilité d'une restitution de la Cochinchine (1). Elle ne put même pas, comme il était naturel, aborder cette question, qui semblait être définitivement vidée; un avenir prochain allait démontrer que le gouvernement de Tu-Duc était bien loin d'en juger ainsi.

L'amélioration passagère, observée dans les relations de nos agents avec les autorités annamites, n'avait pas tardé à disparaître. Dès le mois de mars 1878, le nouveau gouverneur de la Cochinchine les signalait comme n'étant rien moins que cordiales. Les mandarins montraient à notre égard la mauvaise volonté la plus évidente et laissaient clairement apercevoir une haine profonde pour la France. Toute concession, qu'elle fut arrachée à notre lassitude ou à notre insouciance, était tenue pour un acte de faiblesse par la cour de Hué.

Son attitude n'avait pas moins nui à nos intérêts qu'à notre prestige au Tonkin. Tout le mouvement commercial de Haï-Phong et de Quin-Hon s'effectuait par Hong Kong : même les marchandises destinées à Saïgon s'y rendaient au prix d'un énorme détour. Les Chinois occupaient au Tonkin une situation commerciale tout à fait prépondérante.

Une pareille situation ne paraissait pas justifier, pour

(1) *Livre jaune*, lettre de l'amiral Lafont à l'amiral Pothuau, 17 septembre 1878.

l'amiral Lafont, le retrait de nos troupes : il compliquerait plutôt nos rapports avec l'Annam qu'il ne les simplifierait (1). D'ailleurs, la présence de petites garnisons françaises à Haï-Phong, Hanoï et Quin-Hon n'avait pas été sans exercer une influence avantageuse à notre égard. Les troubles, si fréquents autrefois autour de Haï-Duong et Quang-Yen, avaient cessé ; grâce à la situation privilégiée que les traités de 1874 attribuaient à nos consuls, aucune autre nation européenne n'avait en Annam de représentants officiels. Supprimer les gardes de nos consuls revenait à l'abandon de ces avantages, que l'avenir permettrait sans doute d'accroître. Il y avait donc nécessité à maintenir les garnisons actuelles d'Hanoï et d'Haï-Phong ; la seule qui pût être réduite, sans trop de dangers, était celle de Quin-Hon, en raison du peu d'importance de ce port.

Quant à remettre les douanes entre les mains du gouvernement annamite, il n'y fallait pas songer. Leur produit serait rapidement annulé par les concussions des mandarins, fort coutûmiers du fait. La seule concession, qui pût être faite à la cour de Hué, était donc la diminution de la garnison de Quin-Hon ; toutes les autres seraient funestes à nos intérêts, aussi bien qu'à notre influence.

Les sentiments qu'exprimait si énergiquement l'amiral étaient également ceux des ministres de la marine et des affaires étrangères (2). Il y avait cette fois identité de vues entre ces deux départements, mais cet accord motivait un nouveau revirement dans notre politique vis-à-vis de l'Annam, déjà trop souvent modifiée jusque-là.

(1) *Livre jaune*, lettre de l'amiral Lafont à l'amiral Pothuau, 21 mars 1878.

(2) *Livre jaune*, lettre de l'amiral Pothuau à M. Waddington et de M. Waddington à l'amiral Pothuau, 6 et 9 mai 1878.

A Pékin, on ne négligeait rien pour accentuer la vassalité de l'Annam : son ambassade avait quitté la Chine en emportant des présents, « comme marque d'une faveur dont un petit état n'est pas ordinairement l'objet (1). » M. Waddington et notre ministre à Pékin étaient pourtant d'accord pour admettre le « caractère inoffensif » des relations de Tu-Duc et de la Chine (2). Elles leur paraissaient pouvoir être continuées sans danger.

Notre tolérance à cet égard encourageait l'Annam dans ses revendications : la cour de Hué renouvelait avec insistance, auprès de M. Philastre, la demande du retrait de nos garnisons, et les tendances « un peu trop conciliantes (3) » de notre résident étaient de nature à lui faire espérer une solution favorable. Mais un nouvel incident venait hâter la marche des événements, en accentuant les difficultés auxquelles se heurtait notre action au Tonkin. Par un télégramme du 21 octobre 1878, l'amiral Lafont annonçait l'entrée dans le Nord du pays de sept mille pillards chinois : les Annamites réclamaient nos secours, en vertu de ces mêmes traités de 1874, si souvent violés par eux, quand il s'agissait de clauses qui nous étaient favorables. Un ancien général des Taïpings, Li-Young-Tchoï, passé au service de l'Empire chinois, avait soulevé une partie du Kouang-Si, dès le mois de septembre 1878. Renforcé de nombreuses bandes de Mia-Tzé, aborigènes des confins du Yunnan, du Kouang-Si et du Tonkin, il pénétra dans le Nord de ce dernier pays, où il

(1) *Livre jaune, Gazette de Pékin*, 20 mars 1878.

(2) *Livre jaune*, lettre de M. Waddington au vicomte de Montmorand, 25 juillet 1878.

(3) *Livre jaune*, lettre de l'amiral Pothuau à M. Waddington, 31 octobre 1878.

trouva de nombreux partisans parmi les anciens Pavillons-Jaunes, les pillards chinois ou les pirates annamites. Ses bandes dépassèrent un instant vingt mille hommes, d'après les uns, cinquante mille d'après les autres. Il se donnait pour un descendant des Li, antérieurs aux Lê, et s'était proclamé souverain du Tonkin. Toutes les provinces du Nord étaient en feu ; celles du Sud menaçaient de se soulever, et leurs notables sondaient le consul de France à Haï-Phong sur nos intentions (1).

Cette révolte soudaine pouvait s'étendre singulièrement. Maître de Thaï-Nguyen, Li menaçait Lang-Son. Une partie du Kouang-Si était à lui ; le Yunnan semblait prêt à s'insurger de nouveau et la grande île de Haïnan était également en proie à une insurrection (2). Les troupes annamites gardaient la défensive, et le prince Thuyet, qui commandait à Bac-Ninh, n'osait quitter la citadelle, Li ayant mis sa tête à prix.

Le gouvernement chinois avait lancé contre Li-Young-Tchoï un ancien Taïping comme lui, le général Peng-Tzé-Tsaï ; mais, pendant longtemps, les hostilités entre eux furent peu actives : Li demeurait dans les montagnes du Haut-Tonkin et son adversaire se contentait d'en bloquer les passages, laissant croire par son attitude à des intelligences secrètes avec son adversaire.

Le Tsong-li-Yamen avait prévenu officiellement notre ministre à Pékin de l'entrée de ses troupes au Tonkin, motivée, disait-il, par la demande expresse de Tu-Duc.

---

(1) *Livre jaune*, lettre de l'amiral Jauréguiberry à M. Waddington, 17 octobre 1879.

(2) *Livre jaune*, lettre de l'amiral Lafont à l'amiral Pothuau, 16 décembre 1878 ; lettre du vicomte de Montmorand à M. Waddington, 10 novembre 1878.

Cette intervention, si peu dans l'esprit du traité du 15 mars, paraissait, avec raison, très fâcheuse à M. de Montmorand et il eut un instant la pensée d'en faire l'objet d'une protestation adressée au gouvernement chinois. Mais il se souvint du désaveu de Garnier en 1874 et abandonna ce projet (1).

Les Chinois affectaient d'ailleurs de n'attribuer aucune importance à cet envoi de troupes au Tonkin. A les en croire, il s'agissait uniquement de la protection de leurs frontières. Ils établissaient même, à ce sujet, une fausse analogie entre leur situation en 1873, lors de la révolte de Hoang-Tsoung-In, dont nous avons parlé, et celle où ils se trouvaient en 1878. Vainement la légation française leur faisait-elle remarquer combien les traités de 1874 avaient modifié les rapports de l'Annam avec les puissances autres que la France : les membres du Tsong-li-Yamen semblaient ignorer la teneur de ces conventions, mais sans protester toutefois contre l'interprétation que nous en faisions. Les difficultés entre le Céleste-Empire et la Russie, au sujet de la Kachgarie, n'étaient pas encore assoupies, et le gouvernement chinois évitait de les compliquer d'un nouveau démêlé avec une puissance occidentale. Chose singulière, il semblait même craindre que la France ne le rendit responsable des faits et gestes de Li-Young-Tchoï (2).

Malgré ces assurances pacifiques, M. Waddington, notre ministre des affaires étrangères, se préoccupait des inconvénients qui pourraient résulter de la rencontre, toujours

(1) *Livre jaune*, le vicomte de Montmorand à M. Waddington, 10 novembre 1878; le Tsong-li-Yamen au vicomte de Montmorand, 12 décembre 1878.

(2) *Livre jaune*, M. de Kergaradec à l'amiral Lafont, 1er mai 1879.

possible, de nos troupes avec celles de la Chine, au Tonkin. Il aurait souhaité de voir le Tsong-li-Yamen, sinon renoncer entièrement à exercer en Annam des droits que la France laissait périmer entre ses mains, du moins consentir à limiter strictement son action dans ce pays. Les difficultés que nous aurions à obtenir ce résultat ne lui avaient pas échappé, et il recommandait au ministre de France de n'aborder un sujet aussi délicat qu'en y mettant la circonspection et les ménagements nécessaires (1).

De son côté, l'amiral Pothuau, ministre de la marine, était partisan d'une politique plus décidée. Les inconvénients majeurs des traités de 1874, la faiblesse du gouvernement annamite, si grande qu'elle pouvait encourager toutes les tentatives de conquêtes ou de soulèvements intérieurs, ces causes réunies rendaient notre situation des plus délicates. L'amiral inclinait à penser qu'elle exigeait des résolutions énergiques et il était d'avis de porter la question du Tonkin devant le conseil des ministres (2). Notre protectorat devait sortir de la révolte de Li-Young-Tchoï, quel que dût en être le résultat : victoire de l'Annam avec notre concours, ou établissement d'un nouveau royaume au Tonkin. Pour parer à tous les cas imprévus, le ministre de la marine proposait de confier à l'amiral Lafont les pouvoirs nécessaires à la conclusion d'un nouvel arrangement avec l'Annam.

Les bases du traité à intervenir, telles qu'elles résultèrent de l'entente des deux départements de la marine et

(1) *Livre jaune*, M. Waddington au vicomte de Montmorand, 26 décembre 1878.

(2) *Livre jaune*, l'amiral Pothuau à M. Waddington, 30 décembre 1878; M. Waddington à l'amiral Pothuau, 9 janvier 1879.

des affaires étrangères, étaient les suivantes : le droit exclusif de régler les relations extérieures du pays serait reconnu à la France ; ses agents auraient à rendre la justice, dans les causes intéressant à la fois des indigènes et des sujets français ou étrangers ; enfin, on maintiendrait les douanes, mais leur perception se ferait à notre profit (1). Nous ne pouvions hésiter, pensait l'amiral, « à rendre plus nette une situation, qui nous avait déjà imposé des sacrifices considérables ».

Les prévisions qu'émettait le ministre de la marine ne devaient pas se réaliser complètement ; au lieu de continuer à réclamer notre aide, pour faire face à la rébellion de ses provinces du Nord, l'Annam s'adressa plus que jamais à la Chine ; bien loin de se simplifier, la situation du Tonkin devenait chaque jour plus inextricable. Les populations, en proie à une famine presque générale, pillées tour à tour par les pirates, les bandes chinoises ou les mandarins annamites, n'attendaient qu'une occasion pour se révolter contre leurs maîtres. Les lettrés, si puissants au Tonkin, ne voyaient pas sans regret notre intervention ; mais, plus encore que les étrangers, les mandarins de Hué étaient l'objet de leur haine : ils auraient accepté notre protectorat, s'ils avaient pensé que notre domination ne leur enlèverait pas tous les postes avantageux. Quant à la masse du peuple, elle eût préféré notre domination directe ou le rétablissement de la dynastie des Lê (2). Son mécontentement allait si loin qu'on attendait un soulèvement général pour juillet et août, après les récoltes.

(1) *Livre jaune*, l'amiral Pothuau à l'amiral Lafont, 10 janvier 1879.

(2) *Livre jaune*, l'amiral Lafont à l'amiral Pothuau, 16 décembre 1878 ; M. de Kergaradec à l'amiral Lafont, 1er et 20 mai 1879.

LE VICE-AMIRAL JAURÉGUIBERRY

Nous n'étions guère en état de profiter de ces circonstances, pour exiger la stricte exécution des traités de 1874. Non seulement l'Annam n'avait point persisté à réclamer nos secours, mais nos petites garnisons, renforcées d'une seule compagnie, auraient été dans l'impossibilité de répondre à ces demandes. Leur action était strictement limitée au territoire à portée des concessions (1). Il faut convenir que le gouvernement annamite avait beau jeu à violer un traité, que nous songions si peu à exécuter : il devait nécessairement réclamer de la Chine l'appui que la France renonçait à lui assurer.

Nos garnisons du Tonkin eurent donc l'humiliation de voir les Impériaux battre les rebelles sous leurs yeux : les canonnières du vice-roi de Canton vinrent couler des jonques et brûler des villages en vue de nos bâtiments. Cette situation si humiliante pour notre orgueil national ne pouvait durer : mieux eût valu assurément une évacuation complète et immédiate, telle que l'avait proposée l'amiral Duperré.

Le gouvernement de Hué la croyait sans doute probable, en raison de notre attitude ; du moins, une démarche que tentait à cette époque Tu-Duc auprès de notre résident, M. Philastre, semblerait le prouver. Il lui adressait une lettre fort curieuse (2), dans laquelle il faisait appel

(1) *Livre jaune*, l'amiral Lafont à l'amiral Pothuau, 21 octobre 1878.

(2) Voici la substance de cette lettre, telle qu'elle est donnée par le *Livre jaune* :

« J'admire la grandeur de la France, je n'ai rien de plus à cœur que de faire profiter mon royaume du bénéfice du savoir acquis dans votre pays et je m'applique à en trouver les moyens. Je n'ai que des intentions loyales vis-à-vis de la France, mais, si une ombre douloureuse obscurcit encore nos relations, outre les questions de différences entre les mœurs, différences que vous savez apprécier, cela tient, vous le savez bien, à l'amertume de mes derniers jours.

« Par des causes diverses, dans lesquelles entrent mes fautes, j'ai amoindri l'œuvre de mes ancêtres, et je vois le terme de ma vie approcher sans espoir de réparer le mal. Pourquoi faut-il qu'après avoir contribué à édifier l'œuvre, la France en soit venue à la détruire? Vous êtes animé, Monsieur le Chargé d'affaires, des sentiments de la justice et de la sincérité. Vous avez étudié nos doctrines

aux « sentiments de justice et de sincérité », dont il le savait animé, pour arriver à pallier le mal qu'il avait commis, en laissant déchoir entre ses mains « l'œuvre de ses ancêtres ». Son but n'était autre que la restitution de la Cochinchine : elle seule pourrait adoucir « l'amertume de ses derniers jours ». Cette démarche, à laquelle notre résident ne fit pas une réponse d'une netteté suffisante (1), prouvait combien notre prestige avait diminué aux yeux des Annamites, et combien il était urgent de renoncer à la politique d'atermoiements et de demi-mesures, que nous avions menée jusque-là vis-à-vis d'eux (2). Il y avait unanimité à cet égard, aussi bien dans la métropole qu'en Cochinchine. Les dépêches si nettes de l'amiral Jauréguiberry, celles de M. Waddington, comme du successeur de l'amiral Lafont, M. le Myre de Vilers, en font foi.

M. Le Myre de Vilers, ancien directeur général des affaires civiles et financières de l'Algérie, remplaçait le 13 mai 1879, comme gouverneur civil, l'amiral Lafont, autorisé à rentrer en France sur sa demande (3). Ainsi que ce dernier, il recevait des pouvoirs ordinaires et extraordinaires, qui le mettaient à même de conclure des

et vous savez les apprécier. N'est-il donc pas des moyens aux prix desquels je puisse réparer le mal survenu ? Veuillez me dire votre sentiment, et si vous ne voyez aucune voie pour me faire rentrer en possession de ce que j'ai perdu, en effaçant pour jamais de ma mémoire les griefs dont je souffre. »

(1) *Livre jaune*, l'amiral Jauréguiberry à M. Waddington, 24 mai 1879. M. Philastre ne répondit pas immédiatement à la lettre de Tu-Duc ; il se proposait de le faire plus tard ; mais une pareille demande exigeait plus de décision et de fermeté de la part de notre envoyé.

(2) *Livre jaune*, M. Waddington à l'amiral Jauréguiberry, 31 mai 1879 ; l'amiral Jauréguiberry à M. Waddington, 13 juin 1879.

(3) *Livre jaune*, décembre 1883.

arrangements avec l'Annam. Mais cette éventualité devenait chaque jour moins probable : Li-Young-Tchoï, battu par les Impériaux, était en fuite avec quelques centaines d'hommes (1). Sa capture ne pouvait tarder et rendrait encore plus urgente la nécessité de remédier à une situation « aussi compromettante pour les intérêts que pour la dignité de la France (2). »

Dans la pensée du nouveau gouverneur de la Cochinchine, comme pour l'amiral Jauréguiberry, notre choix était borné à deux solutions : établir nettement le protectorat de la France en Annam, ou y réduire son action à de simples institutions consulaires. Le premier de ces programmes, exigerait une expédition et, partant, des sacrifices très notablement supérieurs à ceux que le Tonkin nécessitait depuis 1875 (3). Une force de trois mille hommes d'infanterie de marine, trois mille auxiliaires annamites, douze canonnières ou avisos, serait probablement suffisante pour purger le pays des pirates et y établir notre protectorat. Le Tonkin n'en resterait pas moins partie intégrante de l'Annam ; Tu-Duc s'inclinerait aisément, pensait l'amiral, devant le fait accompli, et accepterait une protection qui le délivrerait de la suzeraineté de la Chine. Les produits du Delta tonkinois suffiraient sans doute à nous indemniser de nos sacrifices.

---

(1) *Livre jaune*, l'amiral Lafont à l'amiral Jauréguiberry, 26 juin 1879.

(2) *Livre jaune*, l'amiral Jauréguiberry à M. Waddington, 1er octobre 1879.

(3) Les dépenses extraordinaires de notre installation au Tonkin montaient à 2,400,000 francs, répartis par annuités sur les exercices 1875, 1876, 1877 et 1878. Les crédits ordinaires s'étaient élevés à 866,000 francs pour chacun des exercices 1877, 1878, 1879, 1880. (*Rapport de M. Berlet, député, à la Commission du budget*, 5 juin 1879.)

Par contre, renoncer à notre situation vis-à-vis de l'Annam nous affaiblirait, aussi bien en Cochinchine qu'au Tonkin, et nous exposerait à voir une puissance européenne recueillir notre succession dans ce dernier pays, malgré tous les sacrifices déjà consentis par nous. L'amiral Jauréguiberry, qui ne cachait pas son éloignement pour cette solution, demandait à M. Waddington de porter la question devant le conseil des ministres (1).

L'opinion publique commençait à s'en préoccuper. Les efforts persévérants de M. Dupuis pour obtenir justice avaient fini par émouvoir le Parlement; après trois années de tentatives inutiles, sa pétition à la Chambre des députés était l'objet d'un rapport très complet de M. Émile Bouchet (2). L'honorable député y trouvait l'occasion d'étudier avec soin toutes les phases de notre intervention au Tonkin. Malgré le légitime retentissement de ce rapport, en dépit des instances de l'amiral Jauréguiberry, aucune résolution n'était prise au sujet de l'Annam. De très hautes influences s'opposaient, dit-on, à l'adoption du projet d'expédition préparé par l'amiral (3). Plus que jamais nos représentants en Extrême-Orient allaient être condamnés à la tâche ingrate de réclamer des Annamites l'exécution de traités que nous-mêmes refusions d'exécuter.

M. Philastre avait été remplacé à Hué par M. Rheinart,

(1) *Livre jaune*, l'amiral Jauréguiberry à M. Waddington, 1er octobre 1879.

(2) *Journal officiel*, 17, 18, 19 et 20 janvier 1880.

(3) Ce projet « échoue, dans le cabinet, contre une opposition insurmontable. » *Débats parlementaires*, Chambre, 30 octobre 1883, discours de M. Challemel-Lacour.

qui rencontrait de la part du gouvernement annamite la même inertie calculée. La cour de Hué ne renonçait nullement à nous voir évacuer la Cochinchine; quant aux traités de 1874, elle comptait que notre impuissance à en assurer l'exécution nous y ferait renoncer entièrement. Toutes les négociations devaient échouer vis-à-vis d'une pareille stagnation dans les idées (1).

Tu-Duc manifestait vers cette époque l'intention d'envoyer une ambassade complimenter M. Grévy au sujet de son élection à la présidence. Peut-être cherchait-il encore là une occasion de réclamer la rétrocession des provinces dont la perte lui tenait tant à cœur. M. Le Myre de Vilers voulut en profiter pour obtenir l'établissement de rapports directs entre le roi d'Annam et notre résident. Mais Tu-Duc était lui-même trop bien l'esclave des traditions, pour admettre une pareille dérogation aux rites, et son projet d'ambassade fut abandonné (2).

En Chine, les prétentions à la suzeraineté sur l'Annam s'affirmaient de plus en plus. La prise et l'exécution de Li-Young-Tchoï (17 octobre 1879 et 8 janvier 1880) étaient pour le Tsong-li-Yamen des occasions nouvelles d'insister sur la vassalité de Tu-Duc, qu'il traitait simplement de « prince du Vietnam » (3). L'intervention des Impériaux

(1) *Livre jaune*, l'amiral Jauréguiberry à M. Waddington, 17 octobre 1879.

(2) *Livre jaune*, M. le Myre de Vilers à l'amiral Jauréguiberry, 21 octobre 1879; M. Waddington à l'amiral Jauréguiberry, 3 décembre 1879.

(3) *Livre jaune*, *Gazette de Pékin*, 11 et 19 décembre 1879.

au Tonkin avait « aggravé une situation déjà compromise ». Rien ne montrait mieux l'erreur où étaient tombés la plupart de nos ministres, depuis 1874, en demandant « à la diplomatie ce qui n'était pas de son ressort, et en croyant que des négociations suffiraient à asseoir notre influence » dans le Delta du Fleuve Rouge (1).

(1) *Livre jaune*, M. Patenôtre à M. Waddington, 25 décembre 1879.

CHAPITRE III

Le marquis Tseng. — Première demande de crédits pour le Tonkin, 29 avril 1880. — Envoi d'une nouvelle ambassade annamite en Chine. — Projet d'opérations de l'amiral Cloué. — Déclaration du marquis Tseng. — Réponse de M. Barthélemy Saint-Hilaire. — Demande de crédits du 12 février 1881. — Vote du 28 juillet 1881. — Instructions de M. Le Myre de Vilers. — Nouvelles déclarations du marquis Tseng. — Explorations de MM. Villeroy d'Augis, Courtin et Aumoitte.

Une nouvelle phase de la question du Tonkin ne tardait pas à s'ouvrir : cette fois, bien loin de songer à faire incliner ses droits sur l'Annam devant les nôtres, la Chine prenait l'initiative de les revendiquer. Dès le 25 janvier 1880, l'ambassadeur impérial à Paris, marquis Tseng, débutait dans le rôle bruyant, si peu conforme aux traditions diplomatiques, qu'il devait jouer pendant plusieurs années, en rappelant, dans une conversation avec M. de Freycinet, alors ministre des affaires étrangères (1), les liens de vas-

(1) M. de Freycinet, né en 1828, à Foix; entré, en 1845, à l'École Polytechnique et, en 1847, à l'École des Mines; nommé ingénieur, il dirige l'exploitation du chemin de fer du Midi. Sa carrière politique commence en 1870; il joue alors un grand rôle, d'ailleurs très discuté, comme délégué du gouvernement de la Défense nationale au

salité qui attachaient l'Annam à la Chine, et en s'enquérant de nos projets (1).

De son côté, le Tsong-li-Yamen, ne s'empressait nullement de retirer ses troupes du Tonkin et se bornait à faire connaître que ce retrait était subordonné aux décisions des autorités chinoises, voisines de la frontière, qui s'inspireraient des nécessités de la situation (2). Dans toutes leurs communications officielles, les fonctionnaires impériaux semblaient viser à faire ressortir la vassalité du « prince de Vietnam ». Le gouverneur du Kouang-Si s'adressait même à Tu-Duc, en employant les formes de correspondance usitées en Chine entre personnes du même rang. Un mot d'ordre paraissait avoir été donné, afin de faire échec à toutes nos prétentions au protectorat sur l'Annam. Quoique notre ministre à Pékin, M. Patenôtre, pensât qu'il s'agissait surtout là pour l'Empire d'un « succès d'amour-propre », il jugeait « le moment venu de sortir d'une abstention qui compromettrait gravement notre crédit dans l'Extrême-Orient (3). » Cette opinion venait encore renforcer la tendance qui commençait à pousser la France vers une politique plus virile.

Un premier pas, bien timide il est vrai, était fait dans cette direction par le gouvernement. Il déposait, le 29 avril 1880, une demande de crédit supplémentaire se

---

ministère de la Guerre. En 1877, il devient ministre des travaux publics. On sait la part qu'il prend à l'élaboration des projets de Transsaharien et du plan de grands travaux, plus brillant que pratique, qui porte son nom.

(1) *Livre jaune*, le marquis Tseng à M. Barthélemy Saint-Hilaire, 10 novembre 1880.

(2) *Livre jaune*, *Gazette de Pékin*, 25 janvier 1880.

(3) *Livre jaune*, M. Patenôtre à M. de Freycinet, 29 janvier, 4 mars 1880.

montant à 1,200,000 francs environ, pour l'armement ou la construction d'un certain nombre de petits bâtiments destinés au Tonkin. En même temps, il songeait à accréditer auprès de la cour de Hué un envoyé extraordinaire, chargé d'en obtenir un protectorat positif. Une démonstration maritime devait appuyer cette démarche (1), que rendait nécessaire le courant d'hostilité régnant en Annam contre nous. Il ne devait guère être possible d'en triompher que par une attitude très résolue.

La situation du Tonkin paraissait assez grave, aussi bien à M. de Freycinet qu'à l'amiral Jauréguiberry, pour être soumise prochainement à « l'action souveraine du Parlement ».

Malheureusement, il n'en devait pas être ainsi : la demande de crédits, renvoyée à la commission du budget, restait sans solution. Le ministre de la marine avait pourtant fait les déclarations les plus nettes devant la Commission, sur la nécessité de choisir entre l'occupation complète et définitive du Tonkin, ou la retraite immédiate de nos troupes. Il admettait même que ce dernier parti, fâcheux pour notre influence dans l'Extrême-Orient, n'aurait aucun inconvénient pour nos intérêts matériels en Cochinchine. D'après l'amiral, le crédit de 1,200,000 francs serait insuffisant : la demande du gouvernement était un simple moyen de consulter les Chambres. Quant à rétablir l'ordre sur le Fleuve Rouge, uniquement au moyen de canonnières, il ne fallait pas y songer (2).

Tandis qu'en France on ne pouvait se décider à pren-

(1) *Livre jaune*, M. de Freycinet, à l'amiral Jauréguiberry, 29 avril 1880.

(2) *Débats parlementaires*, *Chambre*, 7 décembre 1883, page 2694.

dre un parti indispensable, la situation s'aggravait chaque jour dans l'Extrême-Orient.

Le 27 janvier 1880, l'Espagne signait, sans notre participation, un traité avec l'Annam ; il s'agissait simplement, en apparence, de régulariser l'envoi de coolies annamites à Cuba, mais il est permis de croire qu'Alphonse XII et le ministère Martinez-Campos saisissaient avec empressement l'occasion de donner libre cours à leur antipathie pour la France, en prenant ce moyen détourné de lui créer des embarras.

L'intervention des Chinois au Tonkin devenait de plus en plus active. L'exportation du riz, interdite pour nos navires, était permise à leurs jonques, et la *China Merchant's Company*, une puissante compagnie dont le vice-roi du Tché-Li, Li-Hong-Tchang, était l'un des principaux actionnaires, faisait construire à Haï-Phong d'immenses magasins destinés à recevoir cette denrée.

Un Chinois nommé Ma-Kien-Tchong, ancien élève de l'École de droit et de l'École des sciences politiques de Paris, l'une des créatures du vice-roi, était alors au Tonkin où il entretenait d'actives menées contre notre influence.

Celle-ci décroissait chaque jour en Annam, comme le démontrait un incident récent survenu à Hué. Pendant une promenade en barque, notre résident, M. Rheinart, avait été brutalement invité à mettre pied à terre et à faire un grand détour à travers champs, sous prétexte d'éviter le roi, alors occupé à pêcher à la ligne.

Notre attitude vis-à-vis de Tu-Duc ne justifiait pourtant pas de pareils agissements : quelques villes du Tonkin ayant manifesté une certaine agitation, les autorités indigènes s'adressèrent à notre consul d'Haï-Phong, M. Turc, qui envoya le *Ducouëdic* croiser devant Tra-Ly, et la *Hallebarde* visiter Nam-Dinh. Les Annamites visaient, plus que jamais, on le voit, à nous faire supporter les charges d'un protectorat dont ils nous déniaient les moindres bénéfices.

Une dépêche de M. Le Myre de Vilers à l'amiral Jauréguiberry, datant de cette époque, contient un tableau significatif : « L'année qui vient de s'écouler n'aura à cet égard guère vu que décroître notre influence et notre situation au Tonkin. Dans cet ordre d'idées, je mentionnerai le coup porté à notre crédit par la présence des troupes chinoises et par la facilité avec laquelle on nous a vus accepter cette intervention étrangère sur un sol placé, dans une certaine mesure, sous notre protectorat. Li-Young-Tchoï pris, l'occupation persiste et l'armée régulière du Céleste-Empire continue à camper à quelques étapes de nos garnisons. Les irréguliers et les Drapeaux-Noirs restent établis sur le Fleuve Rouge, où ils arrêtent le commerce au détriment de nos concessions et au mépris des traités. La piraterie désole les côtes de l'Annam et les jonques de guerre chinoises promènent leur pavillon et procèdent à des exécutions sommaires sur mer et sur terre, en l'absence de nos croiseurs. Le riz continue à sortir en contrebande, avec la complicité des mandarins, tandis que l'exportation en reste interdite dans les ports ouverts. Le commerce étranger, dans ces ports, ruiné par la crise des riz, se débat au milieu des plus graves difficultés ; des procès naissent et ne peuvent être conciliés ; nos consuls sont obligés d'avouer leur impuissance en fait de juridiction, et le jour approche où les plaideurs, à la recherche d'un tribunal, s'adresseront à leurs gouvernements respectifs pour obtenir la distribution d'une justice quelconque. »

Ce tableau de notre situation au Tonkin était fait pour inspirer des appréhensions d'autant plus sérieuses, que l'entente de la Chine et de l'Annam s'y lisait clairement.

A ce moment, Tu-Duc demandait à la cour de Pékin, par l'intermédiaire du gouverneur du Kouang-Si, l'autorisation d'envoyer le tribut de 1881, et se servait, vis-à-vis de ce fonctionnaire, d'une forme de correspondance réservée aux relations d'inférieur à supérieur ; la *Gazette de Pékin* faisait ressortir l'humilité de l'attitude de l'Annamite (1).

Certains de nos agents auraient voulu voir la France s'opposer à l'envoi de cette nouvelle ambassade à Pékin ; mais une pareille mesure, après la tolérance dont nous avions usé en 1876, était difficilement admissible. M. de Freycinet se borna donc à faire entendre à la cour de Hué que la France verrait cet envoi d'un mauvais œil (2). Il est à peine utile de dire que cette déclaration inoffensive n'arrêta pas le départ des ambassadeurs de Tu-Duc.

Les bruits relatifs à une prochaine intervention de notre part prenaient chaque jour plus de consistance dans l'Extrême-Orient et les Annamites faisaient des préparatifs de défense (3). En faisant part au ministre de la marine de cette circonstance, le capitaine de vaisseau de Foucault, commandant la station navale de Cochinchine, ajoutait que le peuple tonkinois nous accueillerait comme des libérateurs. Mais on n'en commettrait pas moins une grave erreur en s'imaginant qu'il suffirait « de renouveler l'échauffourée Garnier pour prendre le Tonkin » : il faudrait, au contraire, dès le début, y envoyer des forces respectables.

Malgré ces sages avis, un an ne devait pas s'écouler avant

(1) *Livre jaune*, M. Patenôtre à M. de Freycinet, 5 mai 1880 ; *Gazette de Pékin*, même date.

(2) *Livre jaune*, M. de Freycinet à l'amiral Jauréguiberry, 24 mai 1880.

(3) *Livre jaune*, M. de Foucault à l'amiral Cloué, 28 mai 1880.

l'envoi au Tonkin d'une nouvelle expédition, à peu près équivalente, comme effectif, à celle du malheureux Garnier. Rien ne prouve mieux combien les leçons de l'histoire sont, le plus souvent, destinées à demeurer inutiles.

Nous étions peu à peu entraînés, par l'hostilité des mandarins, à nous immiscer dans les affaires intérieures de l'Annam. Un Tonkinois, nommé Phan-Quang-Riên, avait rendu d'importants services à Garnier, et s'était attiré ainsi la haine des mandarins annamites. En 1880, sous un prétexte, il est condamné par eux au rotin et à l'exil. Notre homme se réfugie aussitôt chez M. de Kergaradec, qui ne peut lui refuser sa protection. Consulté aussitôt, M. de Vilers ordonne de la lui maintenir, quoique les traités de 1874 ne nous en donnent pas le droit (1).

Ces agitations avaient leur contre-coup en Cochinchine ; les consuls annamites de Saïgon entretenaient des intrigues constantes avec la population ou avec certains consuls étrangers, et le moment approchait où nous serions obligés de les expulser.

A ce moment un incident faillit hâter la marche des événements : le gouvernement de Hué avait décidé que tous les contrebandiers de faux-sapèques, Européens comme Indigènes, seraient punis de la bastonnade. Le gouverneur de Cochinchine demanda l'autorisation de rappeler notre résident de Hué, si le décret n'était abrogé, tout en évitant « une action militaire, qui, fatalement, nous conduirait à des aventures ». Un télégramme de l'amiral Jauréguiberry maintint M. Rheinart près de Tu-

(1) Bouinais et Paulus, ouvrage cité.

Duc, mais en autorisant le blocus de l'Annam, si les mandarins exécutaient le décret vis-à-vis des Européens (1). Cette fois, la cour de Hué céda.

Quelques jours après, un nouveau revirement se produisait dans la politique du gouvernement français; il ne s'agissait plus de préparer l'envoi de quelques canonnières au Tonkin, mais bien d'une véritable expédition, devant aboutir « à une solide occupation du fleuve jusque dans sa partie supérieure ». M. de Freycinet revenait au système préconisé par l'amiral Jauréguiberry, dans sa lettre du 1er octobre 1879, et priait son collègue de préparer un projet de loi dans ce sens, de manière à pouvoir en saisir le président de la République et le conseil des ministres vers la fin de septembre. Avec un optimisme trop vite démenti, M. de Freycinet n'attendait « aucune complication du côté de la Chine », qui peut-être se verrait volontiers soulager de la « police intermittente », qu'elle faisait aux embouchures du Song-Koï (2).

Ce nouveau programme d'opérations ne devait pas avoir plus de suites que les précédents; le ministère disparaissait peu après, et un projet préparé par l'amiral Cloué, successeur de l'amiral Jauréguiberry, était rejeté au conseil des ministres. On limitait de nouveau notre action future aux propositions déjà communiquées à la Chambre et qui ne devaient être l'objet d'aucune discussion en 1880. « La question d'une occupation plus étendue ou d'une annexion demeurait réservée (3). »

---

(1) *Livre jaune*, l'amiral Jauréguiberry à M. de Freycinet, 19 juillet 1880.

(2) *Livre jaune*, M. de Freycinet à l'amiral Jauréguiberry, 26 juillet 1880.

(3) *Documents parlementaires*, rapport de la commission des finances du Sénat, 15 novembre 1880.

LE PRINCE TONG

Le roi d'Annam n'avait nullement renoncé, nous l'avons dit, au projet d'envoyer une ambassade en Chine. Au moment où l'amiral Cloué proposait de s'opposer, même par la force, à son envoi (1), on apprit qu'elle avait déjà franchi les frontières impériales. Bientôt après paraissait, dans la *Gazette de Pékin*, un mémoire de Tu-Duc, conçu dans les termes les plus serviles : « Jouan-Fou-Cheu (2), roi d'Annam, se prosterne humblement et adresse le mémoire suivant à l'Empereur au sujet de l'envoi prochain du tribut et des préparatifs qui sont respectueusement faits pour réunir les caisses qui doivent les (*sic*) contenir.

« Votre Majesté a toujours daigné accorder l'investiture et des grâces particulières aux souverains de mon pays qui, depuis longtemps, fait partie des royaumes tributaires de la Chine. Nous avons reçu autrefois l'ordre impérial d'apporter le tribut, une fois tous les quatre ans ; c'est une règle établie pour l'éternité. Aussi, lorsque l'époque d'offrir ce tribut arrive, nous devons respectueusement nous conformer aux règlements...... Les montagnes et les cours d'eau de l'Annam sont immobiles et reçoivent les ordres de Votre Dynastie ; tous les royaumes tributaires ne demandent qu'à aller vous offrir tribut continuellement. »

« L'époque du tribut étant arrivée, j'éprouve le plus vif désir de me conformer aux règlements et d'aller vous l'offrir, afin que Votre Majesté daigne s'apercevoir de la sincérité de mon respect et de mon obéissance, et pour que mon humble pays puisse mettre au jour les sentiments de respectueuse affection qu'il a pour Elle.

« Je me suis conformé avec respect aux règles que doivent suivre les princes vassaux, et de loin j'ai les yeux

(1) *Livre jaune*, l'amiral Cloué à M. Barthélemy Saint-Hilaire, 25 novembre 1880 ; M. Barthélemy Saint-Hilaire à l'amiral Cloué, 21 décembre 1880 ; l'amiral Cloué à M. Barthélemy Saint-Hilaire, 29 décembre 1880.

(2) Nom chinois de Tu-Duc.

fixés sur votre Cour. Je remets diligemment les objets du tribut de 1881 à mes ministres, Jouan-Chou et autres, qui iront les offrir, et j'attends humblement que Votre Majesté daigne les recevoir.

« Outre que j'adresse ce mémoire à Votre Majesté, je prends la liberté de lui présenter un placet. J'attends avec respect les ordres de Votre Majesté, et j'espère qu'Elle voudra bien y jeter les regards.

« J'envoie trois de mes officiers, les nommés Jouan-Chou, Tcheun-Lching-Tiaine et Jouan-Tchouan, et présente la liste suivante des objets composant le tribut :

« 2 dents d'éléphant ;

« 2 cornes de rhinocéros ;

« 45 livres de noix d'arec ;

« 45 livres de graines de paradis ;

« 600 onces de sou-chiang (parfum provenant d'un arbre résineux) ;

« 300 onces de bois d'aloès ;

« 100 pièces de satin indigène ;

« 100 pièces de soie indigène ;

« 100 pièces de taffetas indigène ;

« 100 pièces de toile indigène (1). »

Même en faisant la part de l'exagération orientale, ce singulier document semblait plutôt provenir du gouverneur d'une province sujette que du souverain d'un royaume placé sous la protection de la France. La vassalité de l'Annam y était rappelée avec une insistance voulue ; en outre, le placet dont parlait Tu-Duc était, dit-on, destiné à implorer les secours de son puissant suzerain (2). Tout cet

(1) *Livre jaune.*

(2) *Livre jaune*, *Gazette de Pékin*, 25 décembre 1880 ; M. Bourée à M. Barthélemy Saint-Hilaire, 27 décembre 1880.

ensemble de faits donnait à l'ambassade annamite le caractère d'un audacieux défi, qui répondait aux bruits d'intervention française répandus dans les derniers temps. Ce qui contribuait à accroître son importance était l'entente visible que l'on pouvait constater entre Hué et Pékin. Pour M. Bourée, alors ministre de France en Chine, comme pour son prédécesseur, il ne nous était plus possible de temporiser davantage. Mais l'heure des résolutions viriles n'était pas encore venue pour le gouvernement français (1).

Cependant, le marquis Tseng avait accentué ses protestations contre les projets de conquête attribués à la France. Sa dépêche du 10 novembre revendiquait nettement le droit pour la Chine de s'ingérer dans les affaires de l'Annam, son vassal (2). « Le gouvernement Chinois ne saurait regarder avec indifférence des opérations qui tendraient à changer la situation politique d'un pays limitrophe comme le royaume du Tonkin, dont le prince a reçu jusqu'à présent son investiture de l'empereur de Chine. »

De son côté, M. Barthélemy Saint-Hilaire invoquait les clauses du traité de 1874, proclamant l'indépendance de ce pays, mais en attestant que la France ferait tous ses efforts pour parer aux difficultés possibles entre elle et la Chine.

Quant au Céleste-Empire, il connaissait, au dire du marquis Tseng, les droits et les devoirs résultant pour la France des traités de 1874; mais il n'y avait nullement

(1) *Livre jaune*, M. Bourée à M. Barthélemy Saint-Hilaire, 27 décembre 1880.

(2) *Livre jaune*, le marquis Tseng à M. Barthélemy Saint-Hilaire, 10 novembre 1880.

vu la rupture des liens de vassalité existant entre l'Annam et lui (1). D'ailleurs, la Chine était encore à ce moment en litige avec la Russie au sujet de la Kachgarie, et elle ne pouvait prendre vis-à-vis de nous une attitude aussi décidée qu'elle l'eût souhaité sans doute. L'effet inverse se produisait dans notre politique vis-à-vis de la cour de Pékin ; nos agents affirmaient nettement la suppression de tout lien entre l'Annam et les puissances autres que la France. (2) M. Barthélemy Saint-Hilaire allait même jusqu'à refuser d'entrer en explications avec la Chine au sujet de notre action en Annam. Pour donner quelque poids à ces déclarations un peu tardives, il eût fallu des actes énergiques, et le gouvernement français n'y paraissait guère disposé. En altérant aussi complètement le ton de nos rapports avec la Chine, nous préludions à ce système que M. le duc de Broglie a justement caractérisé ainsi : agir comme il aurait fallu négocier, et négocier comme on aurait dû agir (3).

La demande de crédits pour le Tonkin, demeurée sans résultats en 1880 (4), fut reproduite le 19 février 1881 seulement. Cette fois, le gouvernement portait le crédit proposé à 2,487,851 francs.

D'après l'exposé des motifs, notre but restait le même : faire disparaître du Tonkin « toute trace de rébellion et de piraterie, » en assurant la liberté commerciale du Fleuve

(1) *Livre jaune*, général Chanzy à M. Barthélemy Saint-Hilaire, 8 janvier 1881.

(2) *Livre jaune*, M. Barthélemy Saint-Hilaire au général Chanzy, 21 janvier 1881.

(3) *Débats parlementaires*, Sénat, 19 décembre 1883.

(4) La commission du budget, à qui elle avait été renvoyée, ne se trouva pas suffisamment éclairée et la laissa en suspens.

Rouge. Le ministère pensait que ce programme, un peu ambitieux, serait « peut-être » accompli, surtout aux embouchures du Song-Koï, à la suite d'un petit accroissement de nos forces navales (1) ; il avait d'ailleurs formellement admis, devant la Commission, qu'aucun débarquement n'aurait lieu au Tonkin (2).

A la Chambre, l'adoption du crédit ne rencontra que peu d'opposants. M. Georges Périn montra leur insuffisance pour le but qu'on se proposait : elle lui faisait craindre, avec juste raison, que le Gouvernement n'y vît un simple moyen « d'amorcer la question » ; il fit prévoir l'ingérence de la Chine dans les affaires de l'Annam, dont elle ne se désintéressait nullement, comme on semblait le croire. Poussant jusqu'au bout les conséquences de sa démonstration, l'honorable député proposa de dénoncer les traités, ou, tout au moins, de réduire notre occupation à Haï-Phong.

Les déclarations du gouvernement et du rapporteur, M. Antonin Proust, représentèrent le vote du crédit comme un « acte conservatoire, » destiné à maintenir les droits que nous avions en Annam. « Nous ne voulons pas faire de conquête, disait l'amiral Cloué ; nous voulons avoir une situation honorable et, en ce moment, elle n'est pas honorable. » Quelques fragments d'un rapport de M. Serval,

(1) Les crédits devaient permettre d'armer un aviso, deux petites canonnières et de construire trois bateaux de rivière et un aviso. Nous avions alors au Tonkin un aviso et deux petites canonnières seulement : encore le premier était-il souvent envoyé en Cochinchine pour le service de la correspondance officielle. *Documents parlementaires*, Chambre : Exposé des motifs du projet de loi portant ouverture d'un crédit de 2.487.851 fr. (Séance du 21 juillet 1881.)

(2) *Débats parlementaires*, Chambre, 9 décembre 1883, p. 2721. Discours de M. Antonin Proust.

commandant le *Ducouëdic*, dans lesquels l'occupation du Tonkin était représentée comme facile, et les inconvénients de l'évacuation peut-être un peu exagérés, achevèrent la victoire de l'amiral Cloué; le crédit voté par 308 voix contre 82 à la Chambre, était adopté par le Sénat, le 28 juillet 1881 (1), avec une majorité aussi considérable.

Cependant à Hué, nos représentants continuaient leurs négociations pour arriver à une interprétation plus favorable et à une exécution plus exacte des traités. M. de Champeaux, le successeur de M. Rheinart, cherchait, comme ce dernier, à obtenir des audiences privées de Tu-Duc. Une conférence eut même lieu, pour la première fois, entre lui et le ministre des Rites, dans l'intérieur du palais. Vis-à-vis de gens si fort attachés à leurs coutumes, c'était presque l'équivalent d'une victoire. Mais les premières concessions arrachées aux Annamites ne furent suivies d'aucune autre : le résultat final fut « absolument nul (2). »

Quelques jours après le vote du crédit, le gouvernement français définissait la juridiction consulaire en Annam, et faisait ainsi un nouveau pas vers l'établissement d'un protectorat effectif. Aux termes du décret du 24 août 1881, la justice devait être rendue, dans tous les ports ouverts, aux nationaux, sujets ou protégés français, aussi bien qu'à tous les sujets ou protégés des puissances étrangères, par

(1) Dans le cours de la discussion à la Chambre, M. Jules Ferry, président du Conseil, déclare que « le traité de 1874 a été fait en dehors de l'Empire de la Chine et sans soulever aucune réclamation. »

(2) *Livre jaune*, M. Le Myre de Vilers à M. Barthélemy Saint-Hilaire, 31 janvier 1881; le général de Trentinian à l'amiral Cloué, 5 juin 1881.

des tribunaux français institués au siège des résidents. Cette clause ne devait avoir son plein effet que dans le cas où aucun Annamite ne serait en cause ; s'il en était autrement, le régime créé par le traité de 1874 demeurerait applicable (1).

En octobre 1881, M. Le Myre de Vilers, qui était venu passer quelque temps en France, repartait avec des instructions émanant de l'amiral Cloué et qu'il est important de connaître, car elles donnent la clé de la plupart des événements qui suivirent. Il devait s'attacher à « relever le prestige de l'autorité française, amoindrie par nos hésitations et nos faiblesses, et cependant se garder, avant avant tout, de se lancer dans les aventures d'une conquête militaire. » Pour appuyer ses revendications et assurer la sécurité du commerce au Tonkin, il aurait à mettre à profit « une manifestation matérielle », sans aucun des caractères d'une expédition. Il suffirait de faire comprendre aux Annamites que nous avions « les moyens de faire respecter la volonté de la France. »

---

(1) Article 16 du traité du 15 mars 1874 : « Toute contestation entre Français, ou entre Français et étrangers, sera jugée par le Résident français.

« Lorsque des sujets français ou étrangers auront quelque contestation avec des Annamites, ou quelque plainte ou réclamation à formuler, ils devront d'abord exposer l'affaire au Résident, qui s'efforcera d'arranger l'affaire à l'amiable.

« Si l'arrangement est impossible, le Résident requerra l'assistance d'un juge annamite, commissionné à cet effet et, tous deux, après avoir examiné l'affaire conjointement, statueront d'après les règles de l'équité.

« Il en sera de même en cas de contestation d'un Annamite avec un Français ou Étranger : le premier s'adressera au magistrat, qui, s'il ne peut concilier les parties, requerra l'assistance du Résident français et jugera avec lui. »

LE MARQUIS TSENG

L'envoi de tout l'effectif naval disponible sur les côtes du Tonkin, au besoin un léger accroissement des garnisons d'Hanoï et d'Haï-Phong, suffiraient sans doute pour assurer un résultat favorable : on trouverait ensuite un motif pour remonter le Fleuve Rouge (1).

(1) *Livre jaune*, l'amiral Cloué à M. Barthélemy Saint-Hilaire, 26 septembre 1881.

Il faut convenir que ces instructions témoignaient d'un optimisme bien mal justifié par les événements antérieurs : le gouvernement annamite s'était toujours montré rebelle à toute démonstration autre qu'une action brutale; une manifestation matérielle, sans les caractères d'une expédition, ne serait pour lui qu'un nouvel aveu de notre impuissance (1). D'ailleurs, comment assurer la liberté commerciale sur le Fleuve Rouge, en se bornant à l'envoi de quelques navires, incapables de le remonter un peu avant par suite de leur tirant d'eau, ou même en admettant un « léger accroissement de nos garnisons consulaires ? » Ces instructions n'attestaient donc pas autre chose que la continuation d'une politique hésitante, mal définie, qui n'avait jamais su proportionner les moyens aux résultats à atteindre, et qui prétendait imposer, à des Orientaux, par la seule force de négociations, l'établissement d'un état de choses absolument contraire à leurs mœurs et à leurs traditions.

Ce genre de politique ne pouvait demeurer longtemps de mise : au moment même où l'amiral Cloué signait les instructions de M. Le Myre de Vilers, le marquis Tseng signifiait à M. Barthélemy Saint-Hilaire, dans les termes les moins diplomatiques, l'impossibilité où se trouvait la Chine de reconnaître les traités de 1874. « .... Maintenant, j'ai à informer Votre Excellence que le Gouvernement Impérial ne peut reconnaître le traité de 1884. Mais le Cabinet français ayant promis d'appliquer tous ses efforts à empêcher qu'aucun malentendu ne s'élève au sujet du

(1) « Nous avons affaire à des races asiatiques qui ne comprennent que les manifestations de la force brutale, et pour lesquelles les calculs de la diplomatie européenne sont d'inintelligibles subtilités. » Francis Garnier, *la Cochinchine française en* 1864.

Tonkin entre la France et la Chine, il est permis de croire que le Gouvernement de la République cherchera dans toutes les circonstances à se mettre d'accord avec la cour de Pékin, afin que l'affaire en question soit réglée d'une façon satisfaisante.

« Le Gouvernement chinois espère que le Gouvernement de la République trouvera moyen de conserver ses intérêts dans le Tonkin, sans porter atteinte à ceux que l'Empire de Chine y possède incontestablement, soit à titre de suzerain, soit comme voisin et limitrophe. Il soutient, en outre, que la reconnaissance par la France de l'indépendance du prince d'Annam, ne peut, par ce fait, changer les relations déjà existantes entre la Chine et l'Annam; et que le prince de ce pays ne peut, par aucun acte, conférer à qui que ce soit, surtout à une puissance étrangère, aucune partie des droits souverains qu'il tient directement de l'Empereur de Chine, en vertu de son investiture... »

Par manière de correctif, le marquis Tseng proposait pourtant l'ouverture de négociations, destinées à concilier les intérêts français et chinois en Annam (1). Combien de vies humaines, que de millions auraient été épargnés, si le gouvernement français avait accordé à ces premières ouvertures l'accueil qu'il devait être contraint de faire plus tard à des démarches semblables, au lendemain de la retraite de Lang-Son!

En somme, si la protestation de Tseng se fut produite en mars 1875, au moment où le Tsong-li-Yamen venait de recevoir copie des traités de 1874, elle eût été parfaitement légitime. Une convention entre la France et l'un des vassaux de la Chine ne pouvait devenir définitive qu'après

(1) *Livre jaune*, le marquis Tseng à M. Barthélemy Saint-Hilaire, 24 septembre 1881.

avoir été approuvée par ce dernier pays. Mais le gouvernement chinois avait laissé six années s'écouler avant de nous notifier qu'il ne pouvait « reconnaître le traité de 1874. » Nous étions en droit de trouver le délai excessif et le procédé irrégulier. La politique du ministère, vis-à-vis de la Chine, se résuma donc à « réserver courtoisement notre liberté d'action, dans les limites de nos droits incontestables, qui n'affectaient nulle part ceux de l'Empire chinois (1) ». Il ne pouvait y avoir de conciliation possible entre des prétentions aussi opposées.

Tandis que notre diplomatie rencontrait des difficultés incessantes, de la part du roi Tu-Duc ou du gouvernement Chinois, pour faire reconnaître son protectorat en Annam, nos voyageurs continuaient à compléter les données recueillies jusque-là sur la presqu'île indo-chinoise et sur le Tonkin.

Vers la fin de 1879, les capitaines Peyrusset et Rozée d'Infreville, le docteur Ricard, exécutaient une reconnaissance pour l'établissement d'une voie ferrée entre Saïgon et la capitale du Cambodge, Pnom-Peh. Le capitaine Aymonier, si connu par ses recherches archéologiques en Indo-Chine, parcourait la région à l'Ouest du Mékong, vers Kompot, Oudong et Pnom-Peh. Enfin, dans la même année 1880, le docteur Néis visitait la partie supérieure du haut Donnaï, chez les sauvages tribus Moïs qui habitent les confins de la Cochinchine et de l'Annam ; M. Boulangier, ingénieur des ponts et chaussées, se rendait de Saïgon à Bangkok par le Cambodge, en explorant la région du Grand-Lac dont nous avons déjà parlé.

(1) *Livre jaune*, M. Barthélemy Saint-Hilaire à M. Bourée, 26 octobre 1881.

MM. Villeroy d'Augis et Courtin remontaient la Rivière Claire jusqu'auprès de Vang-Giam, avec l'intention d'aller au Yunnan; mais les Pavillons-Noirs les forçaient à la retraite, après avoir blessé un de leurs hommes d'escorte, et M. Courtin succombait pendant le retour vers le Song-Koï (1).

A l'Est, M. Aumoitte suivait la route de Lang-Son jusqu'à la frontière chinoise et reconnaissait dans le Song-Ki-Kong un affluent de la Rivière de Canton, au lieu d'un tributaire du Fleuve Rouge, comme on l'avait admis jusque-là.

Notre situation commerciale au Tonkin était bien loin de répondre aux sacrifices que nous avions déjà faits et que nous continuons de nous imposer pour y établir notre influence. Le mouvement d'affaires d'Haï-Phong, qui avait quintuplé depuis 1874, était presque tout entier entre les mains des étrangers : Anglais, Chinois, Américains, Allemands, Hollandais. Le pavillon français, à peine représenté au Tonkin, ne l'était que grâce aux subventions accordées à une ligne de vapeurs partant de Saïgon (2). Le commerce des Hollandais eux-mêmes avait plus d'importance que le nôtre à Haï-Phong. Ce début n'était guère encourageant.

(1) *Livre jaune*, M. Rouvier à M. Gambetta, 26 décembre 1881.

(2) Mouvement d'affaires à Haï-Phong, en 1881 :

Pavillon anglais,	5 0/30	du tonnage total.
— chinois (sans les jonques),	23,5 0/0	—
— américain,	20 0/0	—
— allemand,	11 0/0	—
— hollandais,	5,5 0/0	—
— français,	5 0/0	—

Excursions et reconnaissances en Cochinchine.

CHAPITRE IV

Projets de M. Le Myre de Vilers, janvier 1882. — Instructions du commandant Rivière. — Chute du Grand ministère. — Nouvelles négociations avec la Chine. — Le commandant Rivière. — Départ pour Hanoï. — Relations avec les mandarins. — Attaque et prise de la citadelle. — Convention du 29 avril.

Au commencement de l'année 1882, la situation s'annonçait au Tonkin sous des dehors peu rassurants. La mauvaise volonté du gouvernement annamite ne pouvait faire doute ; d'importantes saisies d'armes opérées à Hanoï montraient, chez les mandarins, de toutes autres préoccupations que celles du maintien de la paix (1). De plus, Luu-Vinh-Phuoc, après avoir reçu au Tonkin les honneurs dus à un général en chef, partait à ce moment pour la Chine, avec des sommes considérables, dans le but, assurait-on, de recruter de nouveaux mercenaires pour ses bandes.

M. Le Myre de Vilers crut le moment venu de prendre

(1) *Livre jaune*, télégramme de M. Le Myre de Vilers à M. Rouvier, 16 janvier 1882. Ces saisies portaient sur 1,000 fusils nouveau modèle, 200 revolvers et une grande quantité de munitions, *Progrès militaire*, 1er mars 1882.

au Tonkin une attitude plus énergique et, le 17 janvier, il annonçait par télégramme, à M. Rouvier (1), l'intention de renforcer la garnison d'Hanoï de deux compagnies. Toutefois, aucune opération militaire ne devait résulter de l'envoi de ces deux cents hommes. M. Le Myre de Vilers espérait sans doute intimider le gouvernement de Hué et en obtenir aisément l'exécution loyale et sincère des traités (2).

En même temps, le gouverneur de Cochinchine remettait des instructions très détaillées au capitaine de vaisseau Rivière, commandant la division navale de Cochinchine, dont il avait fait choix pour présider à l'envoi de ces renforts et prendre la direction de nos affaires au Tonkin. M. Le Myre de Vilers donnait pour motif de cette sorte d'expédition l'impuissance du gouvernement de Hué à faire respecter les traités de 1874. L'attentat dont MM. Villeroy d'Augis et Courtin avaient été récemment victimes, et que la cour de Hué laissait impuni, suffisait à prouver qu'elle ne possédait pas l'autorité nécessaire pour se faire obéir. Dès lors, l'emploi de mesures énergiques devenait indispensable pour la France. Mais l'envoi de deux compagnies à Hanoï ne devait nullement coïncider, dans la pensée du gouverneur de Cochinchine, avec le début, à 4,000 lieues de nos côtes, d'une guerre de conquête d'où pourraient sortir de graves complications. Notre influence s'accroîtrait par d'autres moyens que ceux des armes. « C'est politiquement, pacifiquement et administrativement que nous devons établir et affirmer notre influence au Tonkin

(1) Ministre du commerce et des colonies depuis la constitution du Grand ministère, 26 novembre 1881.

(2) *Livre jaune*, M. Le Myre de Vilers à M. Reinhardt, 17 janvier 1882.

MONSEIGNEUR PUGINIER

et en Annam », ajoutait M. Le Myre de Vilers (1) : aussi les

(1) M. Le Myre de Vilers insistait encore sur ces conditions, dans une lettre du 18 janvier à M. Rouvier (*Livre jaune*) : « C'est pacifiquement, administrativement, politiquement, que nous devons opérer au Tonkin; une action militaire pourrait avoir des conséquences graves et entraîner le gouvernement de la République dans des complications hors de proportion avec les résultats à atteindre. J'ai la

mesures annoncées devaient-elles avoir un caractère essentiellement préventif.

Entrant alors dans le détail de la mission réservée au commandant Rivière, le gouverneur lui recommandait de faire opérer les études nécessaires pour établir un poste fortifié au confluent de la Rivière Claire et du Song-Koï. On ne mettrait d'ailleurs cet ordre à exécution que si les circonstances le permettaient aisément. « J'ai tout lieu de croire, disait à ce propos M. Le Myre de Vilers, que vous ne rencontrerez aucune opposition sérieuse. » Il recommandait néanmoins d'éviter soigneusement tout conflit avec les troupes impériales chinoises, de ne s'associer à aucun mouvement insurrectionnel sans lui en avoir référé. « Toute ma pensée, ajoutait-il en forme de conclusion, peut se résumer en cette phrase : évitez les coups de fusil ; ils ne serviraient à rien qu'à nous créer des embarras (1). » M. de Vilers chargeait d'ailleurs notre résident à Hué d'informer le gouvernement annamite de ses intentions, et de réclamer de lui les mesures nécessaires, pour l'installation provisoire des troupes. M. Rheinart devait insister sur notre désir de maintenir une ligne de conduite pacifique, mais en même temps d'assurer l'exécution loyale et sincère des traités, deux termes malaisés à concilier.

Il faut en convenir, malgré une certaine précision de

---

conviction qu'avec de la fermeté, de la persévérance et de l'esprit de suite, nous ferons ce que nous voudrons..... Les Pavillons-Noirs se garderont bien de s'exposer à nos coups et se retireront devant nous. »

M. Le Myre de Vilers ajoutait, au sujet du commandant Rivière : « Je crois pouvoir compter sur sa prudence et sa modération. »

(1) *Livre jaune*, M. Le Myre de Vilers au commandant Rivière, 17 janvier 1882.

forme, ces instructions traçaient au commandant Rivière une ligne de conduite singulièrement difficile à suivre. Les deux compagnies qu'il devait conduire à Hanoï n'y seraient d'aucun effet moral, à cause de leur petit nombre. Dès lors comment notre influence pourrait-elle s'y affirmer « politiquement, pacifiquement et administrativement », tandis que jusqu'alors la présence de nos garnisons au Tonkin n'avait produit aucun effet? Depuis 1874 elles avaient été plusieurs fois augmentées, sans qu'il en fût résulté aucun progrès pour nos intérêts commerciaux ou autres. Envoyer une fois de plus dans le Delta des renforts insuffisants pour l'occuper, et même pour y assurer la liberté commerciale, ne pouvait avoir d'autre conséquence que d'accroître les éléments de conflagration possible. « Nous avions un baril de poudre au Tonkin, nous en aurons maintenant une tonne », devait dire quelque temps après M. Rheinart (1), en apprenant le départ du commandant Rivière.

D'ailleurs, ce projet d'expédition était brusquement arrêté par des ordres venus de Paris. Le 17 janvier le ministre de la marine, M. Gougeard, prescrivait par télégramme de suspendre toute mesure de ce genre jusqu'à l'arrivée du contre-amiral Pierre, désigné pour prendre le commandement des forces de terre et de mer en Cochinchine (2). Le Grand ministère ne voulait pas entamer une action militaire au Tonkin, avant d'avoir créé une armée coloniale, ou, tout au moins, de disposer de ressources

(1) *Livre jaune*, M. Rheinart à M. Le Myre de Vilers, annexe à la lettre du 27 avril 1882.

(2) *Livre jaune*, M. Gougeard à M. Le Myre de Vilers, 17 janvier 1882.

nécessaires pour frapper un coup définitif (1). En attendant, l'amiral Pierre devait se borner à faire étudier les ressources et la configuration du pays, en vue d'une expédition future.

Quelques jours après, un nouveau coup de théâtre venait encore une fois changer la politique extérieure de la France; le Grand ministère tombait le 26 janvier; MM. de Freycinet et Jauréguiberry, qui succédaient à Gambetta et à M. Gougeard, reprenaient les idées dont l'arrivée aux affaires du ministère précédent avait arrêté la réalisation. Le gouverneur de Cochinchine n'allait donc point tarder à exécuter son projet d'expédition au Tonkin (2).

Vis-à-vis de la Chine, la politique française n'obéissait pas aux mêmes fluctuations. Dès le 1er janvier, Gambetta avait confirmé au marquis Tseng les déclarations de M. Barthélemy Saint-Hilaire (27 décembre 1880) au sujet de l'Annam. Il faisait remarquer à l'ambassadeur chinois que le Tsong-li-Yamen n'avait jamais soulevé, avant une époque récente, d'objections formelles contre les traités de 1874. Pour le ministre des affaires étrangères, la suzeraineté de la Chine sur l'Annam ne présentait qu'un « intérêt historique » et ne pouvait empêcher le gouvernement français de revendiquer l'entière liberté de ses actions dans ce dernier pays (3).

---

(1) Discours de M. Rivière, député, *Journal officiel*, 7 décembre 1883, p. 2696.

(2) Le décret du 20 janvier, qui instituait un commandant en chef des forces de terre et de mer dans l'Indo-Chine, était rapporté le 1er février suivant, sur la proposition de l'amiral Jauréguiberry. Il avait motivé, à deux reprises, l'offre de démission de M. Le Myre de Vilers.

(3) *Livre jaune*, M. Gambetta au marquis Tseng, 1er janvier 1882.

La réponse du marquis Tseng relevait le malentendu que nous avons déjà signalé, au sujet de la lettre du prince Kong, du 15 juin 1875. La suzeraineté de la Chine sur l'Annam, bien loin de ne présenter qu'un intérêt purement historique, était prouvée par une suite d'actes de soumission remontant à de longues années, ainsi que par la protection effective du suzerain vis-à-vis de son vassal. Cette déclaration du prince Kong ayant vicié le fond même des traités de 1874, la Chine avait jugé inutile d'en discuter les articles. Le marquis Tseng omettait d'ajouter qu'en 1875 les difficultés pendantes avec l'Angleterre faisaient redouter à la Chine la moindre complication et que la netteté de son attitude vis-à-vis de nous s'en était ressentie.

En 1882, les circonstances s'étaient avantageusement modifiées pour elle, et le Tsong-li-Yamen ne trouvait plus aucun inconvénient à revendiquer entièrement des droits qu'il avait si longtemps paru négliger. Mais, quant au fond même de la question, il semble évident que la vérité était du côté de l'ambassadeur chinois et que la suzeraineté de son pays sur l'Annam n'avait nullement pour base un simple souvenir historique. Quelles que fussent les idées réelles du gouvernement français à cet égard, il n'en paraissait pas moins rassuré sur les suites possibles d'une intervention de la Chine; le Céleste-Empire lui semblait ne devoir mettre aucun obstacle à la réalisation de nos projets, tant que nous nous en tiendrions aux droits conférés par les traités de 1874 (1).

On revenait bientôt au project d'expédition préparé par

(1) *Livre jaune*, M. de Freycinet à M. Bourée, 18 mars 1882; l'amiral Jauréguiberry à M. de Freycinet, 4 mars 1882.

M. Le Myre de Vilers. Un conflit récent survenu à Hué rendait en effet de plus en plus urgente la solution de nos difficultés avec l'Annam. L'un des serviteurs annamites de la légation française ayant été arrêté par le fermier royal de l'opium, M. Rheinart dut consacrer douze jours de discussions pénibles, pendant lesquelles notre représentant déploya son énergie ordinaire, pour obtenir sa mise en liberté.

D'autres faits indiquaient qu'il serait imprudent de tarder davantage à régler notre situation en Annam, vis-à-vis des puissances étrangères. Vers cette époque, un Chinois, sujet anglais, Ang-Ki-Loch, se rendait à Haï-Duong pour présenter une réclamation au gouverneur annamite. Ang-Ki-Loch, était alcoolique et sujet à des hallucinations; aussi sa famille s'empressa-t-elle de prévenir notre consul de son départ, afin de le faire arrêter avant son arrivée à Haï-Duong. Mais il était trop tard : à peine devant la citadelle, il avait été arrêté par ordre du gouverneur, qui ne comprenant rien à ses réclamations bruyantes, lui faisait trancher la tête.

Sa famille s'adressa au consul anglais de Saïgon pour réclamer réparation. M. Le Myre de Vilers et M. Rheinart intervinrent inutilement à Hué : enfin le gouverneur de Cochinchine fit prélever une indemnité de 20,000 piastres sur le produit des douanes annamites et la remit au consul anglais (1). Nous avions donc toutes les charges d'un protectorat qui n'existait pas même de nom et on pouvait craindre qu'au cas où une réparation serait moins facile à obtenir, une puissance étrangère ne fut tentée, quelque jour, de l'exiger elle-même du gouvernement décrépi qui régissait encore l'Annam.

(1) Bouinais et Paulus, ouvrage cité.

Toutes ces difficultés firent que le nouveau ministre de la marine autorisa le gouverneur de Cochinchine à envoyer le commandant Rivière au Tonkin, avec les instructions dont nous avons parlé plus haut. Mais en donnant cette approbation, l'amiral Jauréguiberry ne dissimulait pas combien il avait peu confiance dans les résultats qu'attendait de cette opération M. Le Myre de Vilers. Nos trois compagnies seraient tout à fait insuffisantes pour maintenir l'ordre et la sécurité commerciale dans un pays habité par douze millions d'habitants, livré depuis de longues années à une anarchie complète et envahi fréquemment par des bandes de pillards chinois.

Pourtant, l'amiral n'appréhendait aucune difficulté sérieuse de la part de l'Annam et de la Chine. Il semblait donc voir, dans l'envoi du commandant Rivière au Tonkin, un moyen assez inoffensif « d'amorcer la question » de notre protectorat effectif.

M. de Freycinet donnait également son approbation aux projets de M. Le Myre de Vilers, mais en recommandant tout particulièrement d'éviter la prise de possession, même purement administrative, de points du territoire annamite. De pareils empiètements nous exposeraient à voir l'expédition prendre un développement tout à fait en dehors de nos prévisions.

Vis-à-vis de la Chine, le ministre des affaires étrangères jugeait également la prudence indispensable : « J'ai vu avec satisfaction que les plus grandes précautions étaient recommandées à M. Rivière, pour prévenir tout contact avec les troupes régulières chinoises, qui, contre tout droit du reste, se maintiennent dans le Tonkin. Il y a là une question dont le gouvernement de la République pourra être conduit à s'occuper plus tard, mais qu'il serait tout à fait inopportun de réveiller avant l'heure. Il est permis d'espérer d'ailleurs que le commandant de notre station navale ne sera, en aucune façon, gêné par les réguliers chinois, confinés sur la frontière du sol annamite, à distance du Fleuve Rouge. »

De ce qui précède, il résulte que le gouvernement français n'envisageait pas avec une entière confiance les résultats de l'expédition Rivière. L'amiral Jauréguiberry inclinait à croire qu'ils seraient incomplets et que nous aurions d'importants renforts à envoyer au Tonkin, avant d'y établir notre protectorat. Quant à M. de Freycinet, il paraissait redouter de nous voir entraînés à prendre possession de territoires plus ou moins étendus, c'est-à-dire à courir les risques afférents à une conquête lointaine. Seul, M. Le Myre de Vilers avait pleine confiance dans la réussite de son projet. « Vous devez donc n'avoir recours à la force qu'en cas d'absolue nécessité, avait-il écrit au commandant Rivière, et je compte sur votre prudence pour éviter cette éventualité, peu probable d'ailleurs. »

Malheureusement, afin de « rendre le Fleuve Rouge accessible au commerce et de purger ses rives des bandes qui l'infestaient », il eût fallu de tout autres forces que celles confiées au commandant Rivière, et la mort de ce malheureux officier ne devait point tarder à le démontrer.

Le capitaine de vaisseau Rivière (1) commandait la division navale de Cochinchine depuis quelques mois, quand M. Le

(1) Né à Paris, le 12 juillet 1827. Entré à l'École navale en 1842, aspirant en 1845, enseigne en 1849, lieutenant de vaisseau en 1856, capitaine de frégate en 1870 et capitaine de vaisseau en 1880. Lors de la révolte des Canaques, il commandait la station navale de la Nouvelle-Calédonie. (Bouinais et Paulus, ouvrage cité.)

M. DE FREYCINET

Myre de Vilers l'envoya au Tonkin. Esprit humoristique et primesautier, avec des tendances quelque peu féminines, lettré délicat, plus connu jusque-là pour sa collaboration active à la *Revue des Deux-Mondes* que pour ses qualités de marin et de soldat, Rivière avait pris, peu de temps auparavant, une part brillante à la répression de la révolte des Canaques, et cette circonstance semblait avoir tardivement décidé de son avenir, comme il le disait lui-même. Ses romans ou ses nouvelles portent l'empreinte d'une imagination tourmentée et maladive, s'attachant de préférence à des sujets bizarres, où semblent parfois s'incarner les rêves d'un halluciné (1). Ses lettres indiquent un écrivain de race, devenu marin un peu en dépit de ses goûts, et apportant à l'accomplissement de sa tâche officielle toutes les préoccupations d'un romancier et d'un poète. « Je m'en vais par le Tonkin à l'Académie française, » disait-il, quelque temps après son départ pour Hanoï. Ses malencontreux essais au théâtre avaient laissé plus de traces dans son esprit que les difficultés de sa carrière maritime : « Dites-vous bien, écrivait-il à l'un de ses amis, qu'il estplus difficile d'écrire un roman que de prendre une

(1) De 1862 à 1882, Henri Rivière avait publié dans la *Revue des Deux-Mondes* : Le colonel Pierre, La seconde vie du docteur Roger, Voix secrètes de Jacques Lambert, Les méprises du cœur, Le meurtrier d'Albertine Renouf, La marquise de Cireix, L'Envoûtement, Mademoiselle d'Apremont, Le comte d'Arbray, Les hallucinations de M. Margerie, Mme Herbin, La Faute du mari, Philippe, Le Châtiment, Un dernier succès, Flavien, Edmée de Merteuil, La marquise de Ferlon, La marquise d'Argantini. En outre de ces romans ou nouvelles, la *Revue* avait publié de lui des ouvrages historiques : Les derniers Marins du règne de Louis XIV, La guerre de course et la guerre d'escadres, La marine de course, Forbin et Duguay-Trouin.

On remarquera la part qu'occupe le surnaturel dans cette longue liste de nouvelles ou de romans. Un curieux récit de M. F. Febvre, paru dans le *Figaro*, supplément, 13e année, n° 10 : *Le dernier fantôme*, montre quelles étaient les tendances de Rivière à cet égard.

En dehors de la *Revue*, il avait publié un volume de vers, Loisirs de voyage, des Souvenirs de la Nouvelle-Calédonie et une Histoire de la marine française au Mexique. Ses tentatives au Théâtre-Français et au Vaudeville n'avaient pas réussi.

delle et de faire de l'histoire à coups de fusils. Qu'est-ce qu'on risque à se battre ? de mourir : au moins il n'y a personne pour vous siffler. »

La tournure naturelle à son esprit ne lui faisait voir que les difficultés et le péril de l'heure présente : « Je vis au jour le jour, en attendant un dénouement, quel qu'il soit, » devait-il écrire quelques mois après (1). Peut-être ce brillant écrivain, ce causeur spirituel, n'était-il pas l'homme qu'il eût fallu pour la tâche ingrate réclamée par les instructions de M. Le Myre de Vilers. Leur défaut de précision, quant au but à viser et aux moyens d'y parvenir, prêtait singulièrement aux difficultés, en raison surtout de l'imagination vive et du caractère mobile, quelque peu indécis, du commandant Rivière. « Rien n'est bien précis dans mes instructions, écrivait-il à ce propos. Aussi je vais là comme Fabius Cunctator et je ne passerai le Rubicon, comme César, que si j'y suis absolument forcé. »

Le 26 mars (2) il quittait Saïgon avec le *Drac* et le *Parseval*, deux compagnies d'infanterie de marine, une demi-batterie d'artillerie de montagne et un petit détachement de tirailleurs cochinchinois : ces renforts, non compris les équipages, dépassaient à peine trois cents hommes. Le chef de bataillon Chanu, qui devait avoir le commandement supérieur des troupes, accompagnait Rivière. Le soir du 2 avril, ce dernier atteignait Hanoï et se mettait aussitôt en communication avec les mandarins.

Au cours d'une réception solennelle dans la citadelle, il

(1) 1er octobre 1882.

(2) *Livre jaune*, le commandant Rivière à M. Le Myre de Vilers, 10-18 avril 1882.

informait le Tong-Doc des motifs de son envoi au Tonkin. Plusieurs incidents récents ayant prouvé l'impuissance du gouvernement annamite à faire respecter la vie et les intérêts de nos nationaux, malgré les traités, nous prenions le parti de les protéger nous-mêmes. L'accroissement de nos troupes n'avait pas d'autre but. Mais ces déclarations pacifiques ne parvinrent pas à convaincre les fonctionnaires de Tu-Duc et, de plus, l'effet moral, sur lequel on avait paru compter en doublant la garnison d'Hanoï, fut absolument nul. Malgré l'apparence assez courtoise de sa réception, le Tong-Doc s'abstenait de rendre à Rivière la visite qu'il lui avait faite dès le 4 avril. En outre, la citadelle se remplissait peu à peu de soldats ou de miliciens levés dans les provinces du Delta ; de nombreux préparatifs de défense étaient faits. Par contre, on n'accordait aucune satisfaction aux réclamations que présentait Rivière.

Il devenait évident que les Annamites ne céderaient pas plus, devant le déploiement de forces ordonné par M. Le Myre de Vilers, qu'ils ne l'avaient fait en 1873 et dans les années suivantes. « Cet état de choses, écrivait Rivière, ne saurait se prolonger qu'au détriment de notre influence et en constituant pour nous un danger qui peut devenir grave. »

Dès le 17 avril, il annonçait au ministre de la marine qu'il serait probablement nécessaire d'occuper la citadelle. Il songeait même déjà à prendre Sontay, Nam-Dinh et Bac-Ninh (1). Vis-à-vis de M. Le Myre de Vilers il était beaucoup moins affirmatif : « Je crois que le moment est venu

(1) A. Gervais : La conquête du Tonkin, *Revue scientifique*, 1885; Lettre de Rivière au ministre de la marine, 17 avril 1882. D'après le même auteur, Rivière s'entretenait, à bord du *Drac*, avant d'arriver à Haï-Phong, de la nécessité où il serait d'occuper la citadelle.

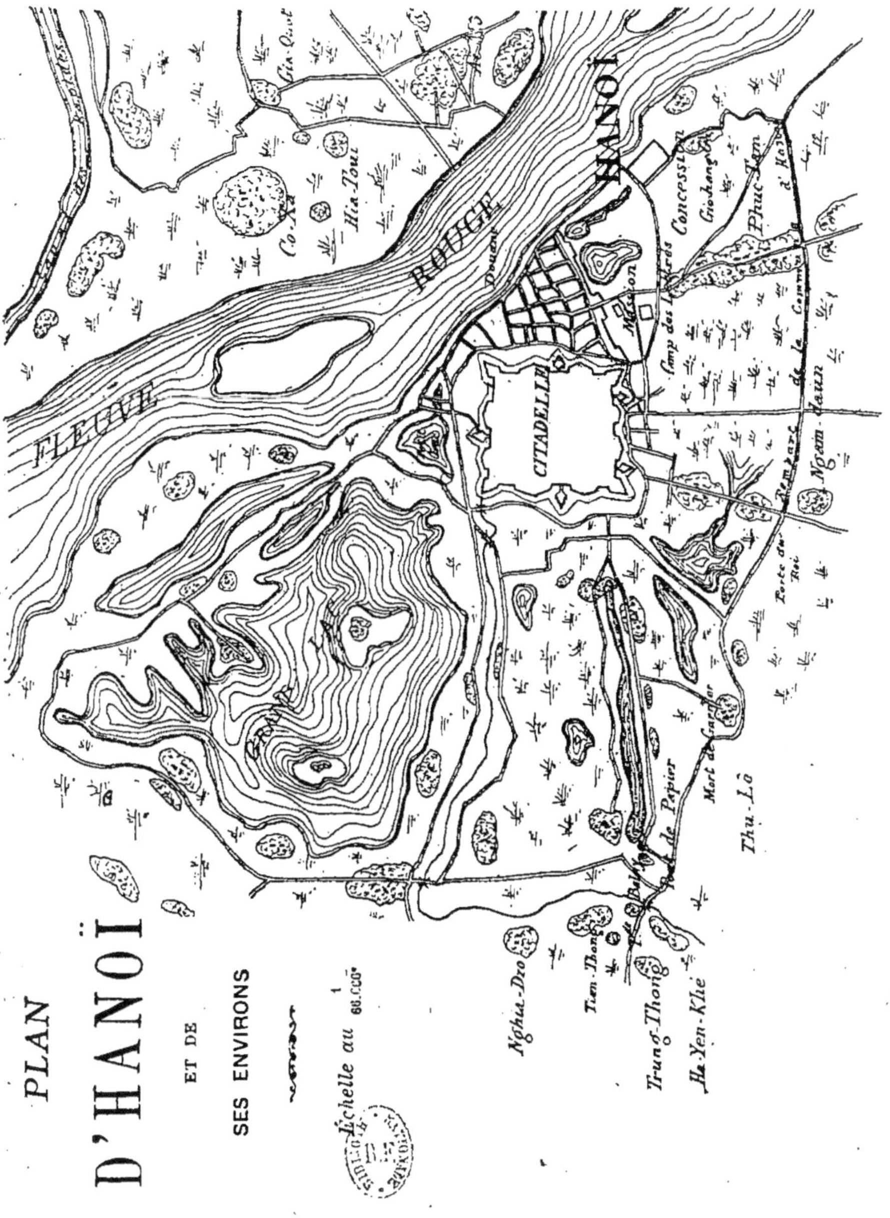
PLAN
D'HANOÏ
ET DE
SES ENVIRONS
Échelle au 1/60.000
FLEUVE ROUGE
HANOÏ
CITADELLE
Concession
Mission
Camp des Lettrés
Phuc-Lam
Hia-Toui
Co-Xa
Douane
Porte du Roi
Papier
Thu-Lô
Nghia-Dro
Trung-Thong
Ha-Yen-Khê

d'aviser; je vais le faire aussi prudemment et aussi nettement qu'il me sera possible. » (18 avril 1882.)

Dans la prévision des événements qui se préparaient, Rivière faisait venir d'Haï-Phong et de la baie d'Along, où toute une flottille se trouvait rassemblée (1), des renforts et des munitions. Le tirant d'eau de la *Fanfare* et de la *Surprise* était modifié et ces deux canonnières se rendaient, ainsi que la *Massue*, à Hanoï, par le Cua-Day, demeuré inexploré jusque-là. Le 24 avril arrivait encore une compagnie de débarquement fournie par l'*Hamelin*, le *Parseval* et le *Drac*, ainsi qu'une demi-compagnie d'infanterie de marine venue d'Haï-Phong (2). Le nombre total des combattants sous les ordres de Rivière se montait à six cent vingt, avec quatre pièces de canon (3).

Le 25, à cinq heures du matin, il envoyait un ultimatum au Tong-Doc. Après lui avoir rappelé tous nos griefs, il l'invitait à évacuer immédiatement la citadelle, en y laissant les armes de la garnison, et à se constituer prisonnier, avec tous les hauts fonctionnaires, avant huit heures du matin. Le commandant Rivière s'engageait à restituer

(1) L'*Hamelin*, éclaireur d'escadre, 6 canons, 157 hommes.
Le *Parseval*, aviso, 4 canons, 116 hommes.
Le *Drac*, transport, 4 canons, 117 hommes.
La *Fanfare* et la *Surprise*, canonnières, 2 canons, 62 hommes.
La *Carabine*, chaloupe-canonnière, 2 canons, 26 hommes.
La *Massue*, chaloupe-canonnière, 1 canon, 26 hommes.
Le *Haïphong* et le *Cua-Cam*, embarcations à vapeur.

(2) Compagnie de débarquement, 100 fusiliers-marins, M. Fiaschi, lieutenant de vaisseau; 1/2 compagnie d'infanterie, 50 hommes. M. Montignault, lieutenant.

(3) 450 hommes d'infanterie de marine, 20 artilleurs, 20 tirailleurs annamites, 130 matelots, 1 pièce de 12 et 3 pièces de 4 de montagne. (Rivière, *Rapport officiel*.)

la plus grande partie de l'enceinte et l'intérieur de la citadelle aux autorités annamites, dès qu'elle aurait été mise hors d'état de défense. Rien ne serait changé à l'administration de la province. Faute pour le Tong-Doc de se conformer à ces conditions, l'attaque commencerait à huit heures (1).

Dans la prévision d'un refus, Rivière avait pris toutes ses mesures pour une attaque. Tandis que les trois canonnières bombarderaient la citadelle, deux colonnes d'assaut se porteraient sur la face Nord et y prendraient pied, à la faveur d'une fausse attaque dirigée sur la porte de l'Est : ce programme fut exécuté.

Le 25 avril, à sept heures et demie du matin, la réponse du Tong-Doc n'est pas encore arrivée. A ce moment paraît un mandarin subalterne, porteur d'une lettre du gouverneur demandant un délai de vingt-quatre heures. Avant même que Rivière ait pu répondre à cette demande, l'Annamite a disparu ; les ordres donnés pour l'attaque sont donc maintenus.

A huit heures quinze, le bombardement commence et, pendant une heure, il s'adresse surtout à la porte Nord, ainsi qu'à ses courtines de droite et de gauche. Dès huit heures la compagnie Retrouvey (2), qui est chargée de la fausse attaque sur la porte de l'Est, s'y dirige avec une pièce de douze servie par des marins. Elle commence aussitôt sa démonstration.

Les autres colonnes suivent le fleuve, traversent les

(1) *Livre jaune*, le commandant Rivière au Tong-Doc du Hanoï, 25 avril 1882.

(2) 29e du 3e.

LE V.CE-AMIRAL POTHUAU

quartiers chinois, et reprennent la digue de Song-Koï, pour arriver directement devant la face Nord. Presque tout leur parcours est dissimulé par des arbres, des paillottes ou par les mouvements du sol. La citadelle les salue pourtant au passage de quelques boulets inoffensifs. La demi-batterie du lieutenant Deviternes vient occuper un point légèrement dominant, à huit cents mètres de la citadelle; de là elle concourt au bombardement en écrétant les courtines de la demi-face Nord-Ouest. Un de ses premiers obus fait sauter une poudrière.

Une compagnie d'infanterie, les tirailleurs annamites, se déploient devant la face Nord, et tirent contre ses défenseurs, qui font pleuvoir quantité de projectiles ou de fusées sur les assaillants et sur nos pièces. Les paillottes environnantes s'enflamment et obligent à déplacer plusieurs fois notre artillerie.

Derrière ces tirailleurs viennent se poster les cent abordeurs, cinquante marins et cinquante soldats d'infanterie, armés par moitié de revolvers et porteurs d'échelles en bambou. Une pièce de quatre les accompagne et ouvre le feu sur les mêmes objectifs que la batterie Deviternes. Puis arrivent les réserves : cent hommes d'infanterie de marine et une section d'artillerie de montagne, qui prend également part au bombardement, et enfin quarante marins, avec lesquels marche le commandant Rivière.

A partir de neuf heures, le bombardement est dirigé sur les principaux bâtiments de la citadelle, de manière à éviter nos troupes, qui sont déjà dans le voisinage de la porte Nord ; il doit cesser à dix heures quinze, mais l'effet produit est insuffisant, et Rivière donne l'ordre de continuer le feu une demi-heure de plus. A dix heures quarante-cinq, la colonne d'assaut s'élance sur la courtine Nord-Ouest ; en un instant la crête du rempart est couronnée, soldats et marins se précipitent vers la porte du Nord. Celle-ci est attaquée par les réserves qui ont fait sauter la porte du redan avec un pétard. Mais les abordeurs du capitaine Martin (1) et du lieutenant de vaisseau Thes-

(1) 31e compagnie du 2e régiment.

mar (1) se sont déjà emparés du mirador et de la porte, où ils ont pratiqué une ouverture à la dynamite.

Les défenseurs de la citadelle sont en fuite, laissant quarante morts et une vingtaine de blessés. Le Tong-Doc s'est pendu pour ne pas survivre à sa défaite : elle ne nous a coûté que quatre blessés, dont un officier (2).

Cette brillante échauffourée n'était pas une solution. Les difficultés de notre situation au Tonkin n'en pouvaient qu'être accrues. En raison de ses instructions, qui ne prévoyaient nullement l'occupation de la citadelle, et aussi de la difficulté de garder sa nouvelle conquête, Rivière résolut de l'évacuer, après l'avoir mise hors d'état de défense. Du 25 au 30 avril, tous les canons annamites étaient encloués et jetés dans les fossés. En outre, quatre grandes brèches étaient pratiquées à côté des portes du Nord et de l'Est, détruites également, ainsi que celles des redans.

Le seul point destiné à être occupé dans la citadelle était la Pagode Royale ; avec la Concession mise en état de défense, ces deux points suffiraient à tenir solidement Hanoï. Rivière espérait même que cette occupation, jointe à celle du poste projeté au confluent de la Rivière Claire, assurerait la liberté commerciale sur le Fleuve Rouge (3). L'avenir ne devait pas longtemps respecter ces illusions.

Le 29 avril, Rivière concluait avec le Quan-An (4) d'Hanoï une convention pour la remise de la citadelle. Dès le 1er mai, elle lui serait rendue, à l'exception de

(1) De l'*Hamelin*.

(2) Le chef de bataillon Berthe de Villers.

(3) *Livre jaune*, le commandant Rivière à M. Le Myre de Vilers, 25 avril 1882.

(4) Mandarin de la Justice.

la Pagode et du réduit y attenant. La garnison annamite de la citadelle ne dépasserait pas deux cents hommes, et aucun travail de défense n'y serait fait (1). Cette convention fut exécutée le 1er mai ; le pavillon jaune d'Annam avait remplacé nos couleurs dès le 27 avril.

Cette restitution, que les Annamites étaient bien près d'attribuer à notre faiblesse, ne modifia guère l'état des choses au Tonkin. Une paix armée subsistait entre Rivière et les mandarins ; mais, de Sontay, le prince Hoang adressait force menaces aux Français d'Hanoï. A son instigation, des barrages étaient commencés sur le canal des Bambous, et Rivière se voyait forcé d'y envoyer deux canonnières Aussi jugeait-il nécessaire d'aller s'emparer de Sontay, mais après avoir reçu quelques renforts ; cinq cents hommes d'infanterie de marine lui semblaient devoir suffire pour garder Haï-Phong et Hanoï. Il croyait même pouvoir enlever Sontay avec deux cents hommes. Enfin, l'envoi immédiat d'un plénipotentiaire à Hué lui paraissait devoir amener, en trois jours, la cour de Hué à reconnaître notre protectorat (2). Il n'y avait pas grand fond à faire sur de pareilles espérances.

(1) *Livre jaune*, le commandant Rivière au Quan-An d'Hanoï, 29 avril 1882.

(2) *Livre jaune*, le commandant Rivière à M. Le Myre de Vilers, 6 mai 1882.

CHAPITRE V

Résultats de la prise d'Hanoï en Cochinchine et en France. — Effet produit à Hué. — Attitude de la Chine. — Lettre du marquis Tseng, 14 juin 1882.

M. le Myre de Vilers n'avait nullement prévu le conflit d'Hanoï; le 27 avril il écrivait encore au ministre de la marine : « Le commandant Rivière est un homme trop prudent et trop sensé pour s'engager à la légère dans une voie contraire à l'esprit de vos instructions; il attendra certainement le retour du courrier avant d'agir (1). » De son côté, le gouvernement de Hué n'avait rien fait pour éviter cet incident; un ambassadeur annamite arrivé à Saïgon ne semblait songer qu'à traîner les négociations en longueur (2). Trois jours après, le gouverneur de Cochinchine annonçait à l'amiral Jauréguiberry la prise d'Hanoï (3) et

(1) *Livre jaune*, le commandant Rivière à M. Le Myre de Vilers, 6 mai 1882.

(2) *Livre jaune*, M. Le Myre de Vilers à l'amiral Jauréguiberry, 27 avril 1882.

(3) *Livre jaune*, télégramme de M. Le Myre de Vilers à l'amiral Jauréguiberry, 1er mai 1882.

marquait l'intention de profiter de cet événement, qu'on eût peut-être pu éviter, disait-il, pour asseoir notre domination, sans avoir recours à l'occupation effective (1). La paix serait d'ailleurs maintenue avec l'Annam et la province d'Hanoï continuerait à être administrée au nom de Tu-Duc : la haute police et la gestion des douanes passeraient seules entre nos mains.

M. Le Myre de Vilers annonçait d'ailleurs la construction prochaine du poste projeté au confluent de la Rivière Claire, ainsi que l'ouverture de Nam-Dinh au commerce ; mais il comptait toujours éviter des opérations militaires, ou même une occupation effective, et persistait à vouloir imposer aux Annamites le respect de nos droits, uniquement par des moyens pacifiques. La réalisation de ce programme, assurément difficile, lui inspirait encore pleine confiance ; il ne demandait que du temps, de la patience et de la perspicacité pour y arriver (2).

A Hué, le départ du commandant Rivière pour le Tonkin n'avait d'abord produit qu'un redoublement d'hostilités (3) ; sur les instances pressantes de M. Rheinart, la cour parut ensuite disposée à donner au Tong-Doc d'Hanoï l'ordre de désarmer ; mais notre résident était le premier à considérer ces promesses comme purement dilatoires. Elles cachaient le désir de se renforcer au Tonkin par l'appel de nouvelles bandes chinoises (4). L'annonce de la

(1) *Livre jaune*, M. Le Myre de Vilers à l'amiral Jauréguiberry, 5 mai 1882.

(2) *Livre jaune*, M. Le Myre de Vilers à l'amiral Jauréguiberry, 22 mai 1882.

(3) *Livre jaune*, M. Rheinart à M. Le Myre de Vilers, annexe à la lettre du 27 avril 1882.

(4) *Livre jaune*, M. Rheinart à M. Le Myre de Vilers, 1er mai 1882.

prise d'Hanoï parut un instant devoir amener une rupture avec l'Annam : l'irritation des ministres de Tu-Duc semblait extrême. Mais l'offre de rendre la citadelle après l'avoir démantelée, faite par M. Rheinart d'après les instructions de M. Le Myre de Vilers, amena un changement complet dans les dispositions de la cour de Hué. Elle paraissait être d'accord avec le gouverneur de Saïgon et le commandant Rivière, pour rejeter sur le malheureux Tong-Doc toute la responsabilité du malentendu survenu entre deux fidèles alliés. Les Annamites ne désiraient qu'une concession, en apparence insignifiante : l'envoi de notre résident au Tonkin (1). En réalité, cette mesure eût impliqué dans leur pensée un désaveu éclatant, infligé au commandant Rivière. L'aventure de M. Philastre, en 1873-1874, avait eu des suites trop avantageuses aux Annamites, pour qu'ils ne désirassent pas de la voir se reproduire. De l'extrême abattement ou de la colère la plus accentuée, leurs ministres étaient passés à une confiance entière. Ils n'auraient pas agi autrement, s'ils nous avaient tenus pour des gens ayant la manie d'enlever une citadelle tous les neuf ans, pour la rendre aussitôt à son propriétaire légitime (2).

La cour de Tu-Duc espérait évidemment nous jouer une fois de plus, ce qui ne l'empêchait pas de continuer des travaux de défense en aval de Hué, et d'entreprendre des

(1) *Livre jaune*, M. Rheinart à M. Le Myre de Vilers, 1er mai 1882; le Tuong-Bac à M. Rheinart, 2 mai 1882; M. Rheinart à M. Le Myre de Vilers, 2 mai 1882.

(2) *Livre jaune*, M. Rheinart à M. Le Myre de Vilers, dernière lettre citée.

préparatifs plus bruyants qu'efficaces dans tous les environs (1).

Dès le milieu de mai, ces allures belliqueuses s'accentuaient ; la majorité des ministres s'était prononcée, dit-on, pour la lutte, contre l'avis personnel du roi. En même temps des symptômes d'agitation se produisaient dans le Nghé-An et autour de Hué ; les chrétiens étaient menacés. Il devenait de plus en plus nécessaire de prendre vis-à-vis de l'Annam une attitude énergique, et de renforcer nos garnisons du Tonkin ou de Cochinchine, en prévision des complications probables (2). Elles étaient d'autant plus à craindre que la Chine ne paraissait nullement disposée à se désintéresser des affaires de l'Annam. Dès le 6 mai, le marquis Tseng prenait texte de prétendues déclarations, faites par M. de Freycinet dans une entrevue du 3 mai, pour en conclure que la France désavouait le commandant Rivière, comme jadis l'infortuné Garnier, et qu'elle se hâterait de rappeler ses troupes du Tonkin, ainsi qu'elle l'avait fait « loyalement et spontanément en 1873 (3) ». Cette invitation hasardée demeurait provisoirement sans réponse.

A Pékin, sans être aussi affirmative dans ses revendications, la politique du Céleste-Empire revêtait le même caractère. Le Tsong-li-Yamen, renouvelant ses déclarations au sujet de la vassalité de l'Annam, prenait acte de nos promesses de respecter l'autonomie de Tu-Duc. Toutefois

(1) *Livre jaune*, M. Rheinart au Ministre des relations extérieures d'Annam, 12 mai 1882.

(2) *Livre jaune*, M. Rheinart à M. Le Myre de Vilers, 14 mai 1882.

(3) *Livre jaune*, le marquis Tseng à M. de Freycinet, 6 mai 1882.

PAVILLONS NOIRS D'AUTREFOIS

il paraissait disposé à admettre notre intervention au Tonkin, si nous devions ménager les susceptibilités de l'Empire. M. Bourée, qui résumait ainsi l'état des esprits à Pékin, ajoutait qu'il serait très peu adroit de froisser la Chine, en attaquant de front des préjugés respectables, et en ne tenant aucun compte des « vœux si inoffensifs » exprimés par ses ministres (1).

Si les dispositions contraires prévalaient alors en France, il faut peut-être l'attribuer en partie aux allures, un tant soit peu cavalières, qu'avait prises le représentant de la Chine dans ses rapports avec nos ministres. Le 31 mai 1882, en réponse à l'invitation dont nous avons parlé, M. de Freycinet protestait contre le sens attribué à ses paroles et revendiquait hautement le droit d'exécuter les traités de 1874, sans avoir à fournir aucune explication au gouvernement chinois pour une question qui ne concernait que la France et l'Annam (2).

Le marquis Tseng ne laissait point passer cette réponse sans protestation, et sa lettre du 14 juin (3) s'écartait, plus encore que les précédentes, du ton habituel aux relations diplomatiques. Après avoir constaté avec regret le peu de cas qui était fait des justes revendications de la Chine, il émettait l'espoir que le Gouvernement se déciderait à prendre « en sérieuse considération » une question qui pouvait devenir « grave ».

« Si, comme Votre Excellence ne l'ignore pas, ajoutait le marquis Tseng, les droits politiques des États ne changent pas avec les latitudes, l'assertion, d'après laquelle ce qui se passe au Tonkin ne concerne pas la Chine, est une thèse

(1) *Livre jaune*, M. Bourée à M. de Freycinet, 14 mai 1882.
(2) *Livre jaune*, M. de Freycinet au marquis Tseng, 31 mai 1882.
(3) *Livre jaune*, le marquis Tseng à M. de Freycinet, 14 juin 1882.

difficile à soutenir, et je m'étonne même que votre Excellence ait voulu la poser sans la démontrer. Car ce serait une position qu'aucun de ses deux prédécesseurs n'a voulu assumer, position que la Chine ne pourra point laisser prendre.

« Si une souveraineté séculaire sur le Tonkin, une frontière contiguë de plusieurs milliers de lieues (*sic*), une colonie nombreuse établie dans le pays, des intérêts commerciaux dont l'étendue ne cède à celle d'aucun pays quelconque, la navigation d'un fleuve qui est le débouché des produits du Sud-Ouest de la Chine, si, dis-je, tous ces titres réunis ne donnent pas au gouvernement Impérial le droit de s'intéresser à ce qui se passe au Tonkin, je serais heureux de savoir, monsieur le Ministre, ce qui pourrait conférer un pareil droit ».

Le ton de cette lettre, si fort en dehors des règles généralement admises, n'était pas de nature à concilier des opinions aussi nettement opposées que celles affichées par les deux gouvernements. La Chine n'allait d'ailleurs pas tarder à passer des paroles aux actes formels d'hostilité.

CHAPITRE VI

M. Le Myre de Vilers et les Annamites. — Revirement de la cour de Hué. — Les Chinois au Tonkin. — Projet de l'amiral Jauréguiberry, 15 octobre 1882. — Départ de *la Corrèze*.

A Hué, les réclamations du gouvernement annamite avaient d'abord paru s'accentuer. Non seulement il protestait au sujet de l'occupation par le commandant Rivière de la Pagode Royale d'Hanoï, mais il soulevait des objections tardives au sujet de l'envoi de troupes et de bâtiments au Tonkin, contrairement aux traités de 1874 (1). Par contre, M. Le Myre de Vilers montrait des dispositions de plus en plus confiantes. Pour lui, le prince Hoang-Ké-Vien ne trahirait « son hostilité par aucun acte, tant que nous resterions en relations avec la cour de Hué ». Le gouverneur de Cochinchine recommandait donc à Rivière de « se plier au tempérament et à la lenteur des Annamites », en usant de patience. « On ne réussit pas en Indo-Chine avec des nerfs », ajoutait-il encore, et il priait le commandant de remettre la Pagode d'Hanoï aux mandarins, si elle n'était

(1) *Livre jaune*, le Ministre des relations extérieures de Hué à M. Le Myre de Vilers, 22 mai 1882.

indispensable à sa défense. De plus, il interdisait tout prélèvement sur les caisses des douanes et sur les prises faites dans la citadelle. Enfin, d'après lui, l'occupation de l'embouchure de la Rivière Claire pourrait être ajournée (1), ce qui revenait à annuler tous les efforts faits jusque-là pour assurer la liberté du commerce sur le Song-Koï.

Pourtant, la possibilité d'une intervention chinoise n'avait point échappé à M. Le Myre de Vilers ; mais « cette éventualité ne l'inquiétait pas », car nous pourrions nous borner à occuper le Delta, en abandonnant aux Chinois les parties montagneuses et désertes du Tonkin. Du reste, « les mandarins ne se laisseraient pas entraîner, croyait-il, à ces mesures extrêmes » (2).

M. de Vilers n'était pas seul à professer ce dangereux optimisme. M. Rheinart admettait de la part des ministres de Hué un désir manifeste de la paix, même au prix de quelques sacrifices. Le prince Hoang avait reçu, disait-on, l'ordre de s'éloigner d'Hanoï, ainsi que les Pavillons-Noirs. Quant à l'incident du 25 avril, il semblait provisoirement vidé (3).

Ceux-ci restaient d'ailleurs « la principale préoccupation » de Rivière, mais il ne songeait pas à les poursuivre avant le mois d'octobre (4). Hanoï et ses environs étaient parfaitement tranquilles et les rapports du commandant avec les deux envoyés d'Annam très courtois.

M. Le Myre de Vilers concluait de ce changement si

(1) *Livre jaune*, M. Le Myre de Vilers au commandant Rivière, 23 mai 1882.

(2) *Livre jaune*, M. Le Myre de Vilers à M. Rheinart, 23 mai 1882.

(3) *Livre jaune*, M. Rheinart à M. Le Myre de Vilers, 30 mai 1882, 19 juin 1882 ; le Thuong-Bac à M. Rheinart, 3 juin 1882.

(4) Rapport de Rivière à M. Le Myre de Vilers, 28 mai 1882, A. Gervais, *la Conquête du Tonkin*, *Revue scientifique*, 1885.

prompt dans les dispositions apparentes de la cour de Hué, « qu'avec de la fermeté il nous serait facile d'imposer notre autorité au Tonkin et en Annam, sans avoir recours à une expédition militaire ». Notre situation semblait s'être sensiblement améliorée, et le gouverneur de Cochinchine prévoyait le moment où Tu-Duc réclamerait notre intervention pour rétablir l'ordre (1). De son côté, le gouvernement métropolitain ne ménageait son approbation, ni au commandant Rivière, ni à M. le Myre de Vilers. Il songeait comme eux à profiter de « l'acte de vigueur » du 25 avril, pour asseoir notre influence dans le bassin du Song-Koï, sans avoir recours à une occupation. On laisserait aux mandarins l'administration des provinces et la distribution de la justice civile, tout en se réservant la haute police et la gestion directe des douanes (2). Fait beaucoup plus grave et qui témoignait d'une confiance singulière, il donnait l'ordre de désarmer deux canonnières sur quatre que nous avions au Tonkin (3).

Tout cet échafaudage d'espérances et de projets s'écroula brusquement. Les ordres, que la cour de Hué disait avoir donnés au Tonkin pour le maintien de la paix, restèrent sans exécution, et, sur les réclamations du gouverneur de Cochinchine, son attitude changea de nou-

(1) *Livre jaune,* M. Le Myre de Vilers à l'amiral Jauréguiberry, 11 juin 1882. Dans la même lettre, le gouverneur demandait la croix de commandeur pour le commandant Rivière, en raison de « sa modération et de sa prudence. »

(2) *Livre jaune,* l'amiral Jauréguiberry à M. Le Myre de Vilers, 20 juin 1882; l'amiral Jauréguiberry à M. de Freycinet, 30 juin 1882.

(3) XX. *Nouvelle Revue,* 1883 : *la Politique française au Tonkin.* Ce travail a été attribué, probablement avec raison, à M. Le Myre de Vilers.

veau (1). Par un de ces coups de théâtre familiers aux Orientaux, elle revenait sur l'incident d'Hanoï, en apparence oublié, et accusait nettement le commandant Rivière d'avoir contrevenu, en le provoquant, aux ordres de ses chefs. Venaient ensuite des récriminations sur l'accroissement de nos garnisons, sur des litiges commerciaux déjà anciens. Puis des menaces : toute la population du Tonkin, même les femmes et les enfants, désirait la guerre. Pourtant, la cour de Hué assurait d'avoir confirmé ses ordres pour le désarmement des citadelles voisines d'Hanoï et le licenciement des troupes ; mais elle craignait que Rivière n'en profitât pour ordonner une attaque subite.

Vers la même date (30 juin), le vice-roi du Yunnan lançait une proclamation annonçant l'entrée de ses troupes au Tonkin pour y rétablir l'ordre. Cette mesure, rapprochée de l'attitude nouvelle des Annamites, était significative.

Le commandant Rivière ne songeait guère aux projets de conquête que lui prêtait si gratuitement la cour de Hué.

Ses premières lettres, après l'arrivée des ambassadeurs annamites à Hanoï, débordaient des assurances les plus confiantes : le pays était parfaitement tranquille, les rapports avec les envoyés de Hué très courtois (2) ; l'occupation du Tonkin, « en sachant se borner, ne coûterait presque rien en hommes et en argent (3) ». Puis, le ton

(1) *Livre jaune*, M. Le Myre de Vilers au Ministre des relations extérieures d'Annam, 19 juin 1882 ; le Ministre des relations extérieures à M. Le Myre de Vilers, 5 juillet 1882.

(2) *Livre jaune*, le commandant Rivière à M. Le Myre de Vilers, 14-28 mai 1882.

(3) Maurice Loir, *l'Escadre de l'amiral Courbet*, lettre du commandant Rivière, 4 juin 1882.

M. LE MYRE DE VILERS

changeait : les Annamites faisaient venir 700 hommes de Hué pour tenir garnison à Hanoï, et Rivière n'autorisait que l'entrée de 300 ou 400 d'entre eux dans la citadelle. Les gouverneurs de Bac-Ninh et de Nam-Dinh n'avaient pas arrêté leurs armements et leurs travaux de défense. Il était nécessaire d'envoyer une canonnière pour débarrasser le canal des Rapides des travaux de barrage qu'on y avait commencés.

Les Pavillons-Noirs constituaient déjà, pour Rivière, « sa principale préoccupation » (1). « Je pense qu'il ne faut point s'engager à terre à leur poursuite, et je ne le ferai point, ajoutait-il. Tout au plus, cela sera-t-il possible au mois d'octobre. »

Quelques semaines après, la situation devenait encore moins favorable : le commandant écrivait que Bac-Ninh et Sontay étaient pleines de réguliers et d'irréguliers chinois (2); la canonnière *la Surprise* annonçait la présence à Lao-Kay de 10,000 Impériaux; d'autres renseignements indiquaient Tuyen-Quan comme occupé par 400 Chinois, et Rivière ajoutait prophétiquement : « La question chinoise vient peut-être de se poser (3). »

M. Le Myre de Vilers n'avait pas attendu ces dernières lettres pour juger que la situation s'était complètement modifiée. Il interrompait les négociations entamées avec Hué et se bornait à maintenir le *statu quo*, en attendant le retour de dispositions meilleures (4). Le gouverneur de Cochinchine, comme le ministre de la marine, étaient d'accord pour attribuer à des négociations avec la Chine le revirement subit de l'Annam. L'amiral Jauréguiberry jugeait même nécessaire de faire au gouvernement de Pékin

(1) Rapport à M. Le Myre de Vilers, cité par M. Gervais, *la Conquête du Tonkin*. (28 mai 1882).

(2) *Journal officiel*, 5 juin 1885, page 990 (le 11 juillet 1882.)

(3) *Ibidem*, lettres du 10 et du 23 août 1882.

(4) *Livre jaune*, M. Le Myre de Vilers au Ministre des relations extérieures, 15 juillet 1882.

une déclaration assez ferme, pour couper court à ses velléités d'immixtion dans nos affaires au Tonkin (1). M. Rheinart, mieux placé encore pour juger de la situation, déclarait l'idée d'une rupture tout à fait accréditée à la cour de Hué : elle voulait s'allier à la Chine pour nous attaquer, ou laisser d'abord agir les troupes chinoises avant de se joindre à elles. Les autorités annamites d'Hanoï informaient officiellement Rivière de l'approche des Chinois et l'engageaient à se montrer prudent à leur égard. Enfin, M. Le Myre de Vilers adressait au ministre de la marine l'analyse de la lettre par laquelle Tu-Duc avait réclamé les secours du vice-roi de Canton contre nous (2). L'envoi de troupes de France devenait « absolument indispensable (3) », d'autant plus que M. Le Myre de Vilers signalait à la même époque des symptômes d'agitation en Cochinchine (4). La Société secrète du Ciel et de la Terre y entretenait des menées actives, avec le concours de Chinois immigrés et des consuls annamites (5).

Près de cinq mois devaient pourtant s'écouler avant que des renforts insuffisants ne parvinssent au commandant Rivière.

Sur de nouvelles lettres de M. Le Myre de Vilers, l'ami-

(1) *Livre jaune*, l'amiral Jauréguiberry à M. Duclerc, 8 septembre 1882.

(2) Bouinais et Paulus, *l'Annam et le Tonkin*, 24 septembre 1882.

(3) *Livre jaune*, M. Rheinart à M. Le Myre de Vilers, 30 septembre 1882.

(4) *Débats parlementaires*, Chambre, 5 juin 1885, page 990, lettre de M. Le Myre de Vilers, 3 octobre 1882.

(5) M. Le Myre de Vilers évalue à 60,000 le nombre des adhérents de cette société, dans la Cochinchine française; à 40,000 au Cambodge et à 60,000 au Tonkin.

ral Jauréguiberry avait renouvelé ses instances pour que notre attitude au Tonkin devînt plus énergique. D'après lui, l'envoi de renforts importants constituerait une « précaution que l'on serait coupable de ne pas prendre (1) ».

La rude franchise du ministre de la marine ne pouvait manquer de provoquer l'adhésion de ses collègues aux mesures qu'il réclamait. Le Conseil des ministres reconnaissait, le 21 octobre, « la nécessité de suivre désormais la politique que les événements commandaient » et l'amiral établissait un nouveau plan d'action au Tonkin (2).

Ce programme, qu'on devait réaliser plus tard, après de longs atermoiements et dans des conditions politiques beaucoup plus fâcheuses, comportait une double opération : le départ de renforts importants pour le Tonkin, et celui pour Hué d'un envoyé extraordinaire, appuyé d'une démonstration militaire et maritime assez importante. Nous imposerions à l'Annam un protectorat nettement défini, et la présence d'une petite garnison à Hué serait pour nous une garantie du nouveau traité.

Les renforts envoyés au Tonkin devaient porter nos forces à 6,000 hommes, dont 3,000 de troupes métropolitaines et 3,000 tirailleurs annamites. Une flottille de six bâtiments, dont 4 à faible tirant l'eau, faciliterait la surveillance du Delta. On mettrait des garnisons sur le Song-Koï, aux embouchures du fleuve et sur les frontières chinoises.

Cette dernière partie du plan de l'amiral supposait le rappel des troupes Impériales du Tonkin. Il admettait que ce serait chose facile, si l'on amenait la Chine à renoncer

(1) *Livre jaune*, l'amiral Jauréguiberry à M. Duclerc, 15 octobre 1882.

(2) *Livre jaune*, M. Duclerc à l'amiral Jauréguiberry, 22 octobre 1882.

à sa suzeraineté, pure affaire d'amour-propre d'ailleurs à l'en croire.

Enfin un commissaire du gouvernement, investi des pouvoirs civils et militaires, dirigerait notre installation au Tonkin (1).

L'adoption de ce plan, qui devait entraîner une dépense annuelle de 10 millions de francs environ, parut d'abord ne devoir rencontrer aucun obstacle ; le président du Conseil, M. Duclerc, lui donnait sa pleine et entière approbation ; mais, pas plus que ses devanciers, ce nouveau projet ne devait être soumis aux Chambres : des considérations tirées sans doute de notre politique intérieure empêchèrent son adoption. Sur l'intervention personnelle du Président de la République, on se bornait à décider l'envoi au Tonkin ou en Cochinchine d'un millier d'hommes environ (2). Encore ce renfort insuffisant ne quittait-il les côtes de France que le 29 décembre : nous avions laissé passer une fois de plus l'occasion d'en finir avec la question du Tonkin.

---

(1) *Livre jaune*, l'amiral Jauréguiberry à M. Duclerc, 31 octobre 1882. On voit que la paternité de cette dernière disposition, qui devait donner de si fâcheux résultats l'année suivante, revient à l'amiral.

(2) 950 hommes en tout, dont 750 pour le Tonkin, sous les ordres du chef de bataillon Badens ; un bataillon du 3e régiment d'infanterie de marine constituait la plus grande partie de ces 750 hommes.

CHAPITRE VII

Négociations avec la Chine. — M. Bourée. — Ouvertures du Tsong-li-Yamen. — M. Bourée à Tien-Tsin. — Li-Hong-Tchang. — Mémorandum de M. Bourée. — Ordre de retrait des troupes chinoises. — M. Bourée et le ministère français.

Le ton peu courtois de la correspondance du marquis Tseng avait amené une suspension à peu près complète des rapports officiels entre le gouvernement français et le représentant de la Chine à Paris. M. de Freycinet en informait M. Bourée, notre ministre à Pékin, en lui envoyant copie de la dépêche du 14 juin, dont il appréciait « le manque de convenance. Le moins que je puisse faire, ajoutait M. de Freycinet, est de ne pas répondre à une semblable communication. Je vous prie d'en aviser le Tsong-li-Yamen, en lui faisant observer que nous ne sommes pas habitués à de pareilles lettres, et que, si son représentant à Paris ne change pas le ton de sa correspondance, il ne devra pas s'étonner que nous ne lui répondions pas.

« Quant au fond même de l'affaire, je n'ai pas à vous rappeler que, pas plus à Pékin qu'à Paris, nous ne devons permettre à la Chine de s'ingérer dans la politique que nous suivons en Indo-Chine (1). »

Un peu plus tard, M. de Freycinet insistait sur notre ferme résolution de suivre, quoiqu'il arrivât, notre ligne de conduite actuelle vis-à-vis de l'Annam (2).

Évidemment, le but de cette déclaration était de persuader à la Chine et à son vassal que nous ne renoncerions pas, comme en 1873, à l'entreprise commencée, devant les difficultés dont nous étions menacés. Malheureusement l'instabilité de notre politique étrangère avait été assez grande dans les dernières années, pour justifier, ces espérances de la part des Chinois.

D'ailleurs, quelques jours après avoir adressé cette dépêche à M. Bourée, M. de Freycinet éprouvait au Parlement un échec au sujet de la question égyptienne, et M. Duclerc lui succédait au ministère des affaires étrangères. Vis-à-vis de la Chine, la ligne politique du nouveau cabinet restait à peu près la même. Tout en refusant d'autoriser l'ingérence de la Chine dans nos relations avec l'Annam, M. Duclerc n'en protestait pas moins contre la pensée de porter atteinte à aucun de ses droits (3). Ainsi, nous admettions implicitement leur existence, tout en refusant d'en autoriser l'exercice : il y avait là une singulière contradiction. La recommandation adressée à M. Bourée d'éviter tout ce qui pourrait blesser les susceptibilités du gouvernement Impérial (4) ne pouvait donc avoir aucune portée, puisque nous étions disposés à ne tenir aucun compte des réclamations de la Chine.

(1) *Livre jaune*, M. de Freycinet à M. Bourée, 4 juillet 1882.
(2) *Livre jaune*, M. de Freycinet à M. Bourée, 7 juillet 1882.
(3) *Livre jaune*, M. Duclerc à M. Bourée, 16 septembre 1882.
(4) *Livre jaune*, M. Duclerc à M. Bourée, 26 septembre 1882.

M. BOURÉE

De son côté, le Tsong-li-Yamen, sans nier les concentrations de troupes qu'il faisait opérer sur les frontières du Tonkin, les attribuait à la nécessité d'empêcher les incursions des pirates (1). Plus tard il reconnaissait que les Chinois avaient pénétré dans la partie Nord de ce pays, mais avec l'unique but de faire disparaître des bandes qui com-

(1) *Livre jaune*, M. Duclerc à M. Bourée, 29 septembre 1882.

promettaient la sécurité des frontières impériales. Quant à donner des assurances quelconques sur la date probable du retrait de ces troupes, ou sur les limites assignées à leur action, les ministres chinois ne paraissaient pas y songer (1).

Un fait significatif, qui se produisait vers cette époque, indiquait de la part de la Chine des dispositions belliqueuses. Un contrat passé entre le gouvernement impérial et un Français, professeur de droit à Tien-Tsin, contenait, pour la première fois, une clause résolutoire, en vue du cas de guerre ou de complications avec notre pays.

L'abstention de la France en Egypte, le bombardement d'Alexandrie, la victoire des Anglais à Tell-el-Kébir, tous ces faits contribuaient d'ailleurs à diminuer notre prestige en Extrême-Orient : chacun les y commentait comme une preuve de notre impuissance.

Cette situation semblait assez grave à M. Bourée pour que, dès le 20 octobre, il recommandât une démonstration vigoureuse au Tonkin : il fallait prouver à tous que nous entendions nous y maintenir (2). Cette lettre était suivie, le 24 octobre, d'un télégramme encore plus affirmatif et de nature à faire craindre pour la nature de nos relations futures avec la Chine (3). A la même époque (27 octobre), M. Duclerc écrivait à M. Bourée que la nécessité d'une politique énergique était admise « en principe » par le gouvernement français. Cette déclaration n'était pas pour affai-

(1) *Livre jaune*, le Tsong-li-Yamen à M. Bourée, 18 octobre 1882.

(2) *Livre jaune*, M. Bourée à M. Duclerc, 21 octobre 1882.

(3) *Livre jaune*, M. Bourée à M. Duclerc, 24 octobre 1882, télégramme. « Nos apparentes hésitations et surtout la restitution à Tu-Duc des prises d'Hanoï font croire que nous nous retirons devant les menaces de la Chine, et je redoute une nouvelle entreprise. »

blir l'effet de nos « hésitations apparentes » dans la question du Tonkin.

A ce moment, le Tsong-li-Yamen accentuait encore son attitude. Insistant de nouveau sur l'affirmation de la dépendance de l'Annam, vis-à-vis de la Chine, il informait M. Bourée que les dépêches du marquis Tseng représentaient la pensée même de la cour Impériale (1). C'était peut-être exagérer un peu l'approbation donnée à la correspondance du représentant de l'Empire.

D'ailleurs les ministres chinois n'accordaient aucune croyance, semble-t-il, à nos promesses de respecter l'autonomie de Tu-Duc. Ils supposaient que notre silence vis-à-vis du marquis Tseng cachait le désir de ne pas entraver notre action au Tonkin par des promesses formelles. Aussi réclamaient-ils avec insistance des réponses écrites aux communications du marquis Tseng ou aux leurs, tout en évitant avec soin de prendre aucun engagement pour le retrait des troupes chinoises (2). M. Bourée tentait inutilement d'obtenir une promesse de ce genre, en échange de celle que nous n'annexerions pas le Tonkin à la France : toutes ses démonstrations au sujet de l'utilité du Fleuve Rouge pour la Chine, s'il était ouvert au commerce, semblaient trouver dans les ministres Impériaux des auditeurs complaisants. Ils paraissaient admettre la sincérité de nos intentions, mais sans faire aucun pas pour la solution des difficultés pendantes.

L'hiver commençait et le golfe du Pé-tché-li allait être pris par les glaces : M. Bourée crut utile de descendre vers

(1) *Livre jaune*, le Tsong-li-Yamen à M. Bourée, 29 octobre 1882.

(2) *Livre jaune*, M. Bourée à M. Duclerc, 3 novembre 1882 et Annexe.

le Sud, de manière à se tenir plus aisément au courant des complications qui pourraient survenir au Tonkin. Dans ce but, il se rendit à Tien-Tsin, avec l'intention d'aller ensuite à Shang-Haï, où il tenterait d'agir auprès du vice-roi de Canton, l'un des voisins immédiats de l'Annam, auquel la cour de Pékin avait toujours laissé une certaine latitude dans ses rapports avec ce pays vassal (1).

Au moment de quitter Pékin, M. Bourée était l'objet de la part du Tsong-li-Yamen d'ouvertures inattendues : il s'agissait d'une sorte de partage du Tonkin entre la Chine et la France, et cette proposition, d'abord présentée indirectement, puis sous une forme plus sérieuse, était loin d'agréer, tout d'abord, à notre représentant. Un pareil arrangement lui semblait « détestable » (2). Il est bon de remarquer, à ce propos, que l'idée de ce partage était déjà répandue au Tonkin depuis quelque temps et qu'elle était fort bien accueillie par le chef de notre expédition (3), assurément bien placé pour juger des difficultés de son entreprise.

D'ailleurs le Tsong-li-Yamen se refusait à formuler par écrit aucune espèce de proposition; quant au retrait des troupes chinoises, il n'était pas plus affirmatif et se con-

(1) *Livre jaune*, M. Bourée à M. Duclerc, 4 novembre 1882.

(2) *Livre jaune*, M. Bourée à M. Duclerc, 4 novembre 1882 : « Je ne craindrais rien tant, quant à moi, que d'être saisi par le gouvernement chinois d'une proposition tendant à faire délimiter, comme je viens de le dire, les actions respectives de la Chine et de la France au Tonkin; je tiendrais un pareil arrangement comme détestable et comme devant nous faire perdre les principaux fruits de la politique nouvelle que nous avons inaugurée. »

(3) Lettre du commandant Rivière, 1er octobre 1882, citée par M. Francis Charmes, *Journal officiel*, 7 décembre 1883, page 2701. « Le bruit court qu'on s'est arrangé à Paris avec la Chine et que nous allons nous partager le Tonkin, en lui laissant la rive gauche du Fleuve Rouge et en gardant la droite. Ce ne serait pas si bête de la part de nos diplomates. Aussi, je n'y crois pas. »

tentait d'assurer qu'elles avaient reçu l'ordre d'éviter le contact de nos colonnes. Et M. Bourée comparait, à ce propos, notre petit corps expéditionnaire à une poignée d'agents de police, circulant au milieu d'une foule qui les entoure d'un cercle de plus en plus rétréci. Toutes ces circonstances avaient inspiré à notre représentant quelques doutes sur la sincérité des intentions du Tsong-li-Yamen ; il en prit donc congé, sans arriver à des négociations véritables (1).

Telle était la situation quand M. Bourée arriva à Tien-Tsin, vers la fin de novembre 1882 : les renseignements qu'il y recueillait, sur les préparatifs de guerre entrepris par la Chine, amenaient aussitôt un revirement complet dans ses dispositions.

Tout prouvait, en effet, que le Céleste-Empire n'avait jamais eu l'intention d'accepter « sans y avoir été contraint, » des sacrifices « dont la dignité ou plutôt la vanité nationale eussent fait les frais. » M. Bourée rappelait, à ce sujet, que cette susceptibilité était extrême chez les Chinois et qu'ils avaient failli entrer en lutte avec la Russie, trois ans auparavant, pour des intérêts de pur sentiment, analogues à ceux qu'ils avaient en Annam.

A la fin de 1882, l'orgueil national des Chinois était surexcité par leurs succès récents en Corée : il en résultait une tendance à rendre plus intimes les liens de la Chine et de ses tributaires.

En outre, les ministres Impériaux avaient confiance, plus que de raison, dans les progrès récents des armées et des flottes chinoises. A Tien-Tsin même, étaient stationnés

(1) *Livre jaune*, M. Bourée à M. Duclerc, 21 novembre 1882.

12,000 hommes armés, équipés et instruits à l'européenne; parmi les 60,000 soldats de l'armée du Tché-Li, un nombre assez considérable avait reçu la même instruction.

Quant à la marine chinoise, elle avait accompli des progrès beaucoup plus sensibles encore, à en croire M. Bourée, elle possédait un nombre vraiment imposant de navires de combat, de croiseurs, de transports, dont plusieurs comptaient parmi les types les plus achevés des constructions navales. M. Bourée leur supposait même des équipages et des officiers de beaucoup supérieurs à ce qu'ils étaient réellement, car il n'envisageait pas sans une patriotique émotion le cas où les flottes chinoises nous fermeraient les bouches du Song-Koï.

Les dispositions belliqueuses de certaines classes de la population, des lettrés, entre autres, étaient alimentées par les excitations des journaux anglais de Shanghaï. Dans leur haine jalouse contre la France, ils n'avaient cessé de la représenter comme l'objet de l'animadversion universelle : à les en croire, nous étions parvenus au dernier degré de faiblesse et d'impuissance.

M. Bourée était sous l'empire de ces impressions, quand M. Le Myre de Vilers lui annonça son intention d'agir vigoureusement contre les bandes chinoises du Tonkin. Cette nouvelle, qui contrastait avec le silence presque absolu gardé jusque là par le gouverneur de Cochinchine vis-à-vis du ministre de France (1), jeta ce dernier dans

---

(1) *Livre jaune*, M. Bourée à M. Duclerc, 20 décembre 1882. Voir la lettre de M. Le Myre de Vilers au commandant Rivière, 5 novembre 1882. A. Gervais, *la Conquête du Tonkin*.

les plus douloureuses perplexités. Il ne pouvait envisager de sang-froid les conséquences d'une attaque dirigée contre les troupes Impériales, et il craignait une explosion de colère et d'indignation quand la nouvelle en parviendrait à Pékin (1).

Ces dispositions, un peu exagérées, sans doute, mais qui reposaient, en somme, sur une connaissance exacte de la situation, animaient M. Bourée, quand il eut l'idée de s'adresser au vice-roi du Tché-Li, Li-Hong-Tchang, pour chercher un terrain d'entente, sur lequel puissent s'accorder les prétentions rivales des deux peuples. Ce haut fonctionnaire, très connu pour ses idées progressistes, entretenait avec M. Bourée des rapports particulièrement amicaux, depuis que notre envoyé et lui avaient concerté leurs efforts pour prévenir la guerre, qui menaçait d'éclater entre la Russie et la Chine. Il est à noter que notre installation au Tonkin n'avait pas été sans soulever une certaine opposition de sa part. En sa qualité de principal actionnaire de la *China Merchant's Company*, Li-Hong-Tchang ne pouvait voir volontiers les tentatives que nous faisions, pour ouvrir au commerce français le Delta du Fleuve Rouge. L'un de ses secrétaires, Ma-Kien-Tchong, avait même été, au Tonkin, nous l'avons dit, l'instrument actif des menées hostiles à la France.

A la fin de 1882, ces dispositions du vice-roi s'étaient sensiblement modifiées. Croyait-il impossible de résister au courant qui nous entraînait à la conquête du Tonkin? Préférait-il, comme cela semble plus probable, concentrer toute l'attention de la Chine vers la Corée, où était alors soulevée une question vitale pour les intérêts de l'empire?

(1) *Livre jaune*, M. Bourée à M. Duclerc, 5 décembre 1882.

Toujours est-il vrai qu'un premier entretien avec Ma-Kien-Tchong, ayant laissé entrevoir à M. Bourée la possibilité d'arriver à un arrangement avantageux, le ministre de France chercha à en jeter les bases dans une longue conférence avec le vice-roi. Quoique ce dernier ne semblât se prêter à des négociations au sujet du Tonkin qu'avec certaines arrière-pensées (1), M. Bouré ne tenta pas moins de résumer les vues échangées dans une sorte de mémorandum écrit de sa main, et destiné à être soumis au Tsong-li-Yamen, aussi bien qu'au gouvernement français, comme base des négociations futures.

L'arrangement projeté portait sur les points suivants :

1° Le Tonkin serait évacué par les Chinois, qui ne pourraient en dépasser la frontière au-delà d'une distance à déterminer;

2° La France s'engagerait à ne poursuivre aucune entreprise contre la souveraineté territoriale du roi d'Annam;

3° Le point *terminus* de la navigation du Fleuve Rouge au lieu d'être fixé à Mang-Hao (2), le serait à Lao-Kay, qui appartiendrait désormais à la Chine;

4° Les deux gouvernements établiraient une ligne de démarcation entre le Fleuve Rouge et la frontière de l'Empire; la partie du Tonkin placée au Nord de cette ligne serait sous la surveillance de la Chine; la partie du Sud

(1) *Livre jaune*, M. Bourée à M. Duclerc, 20 décembre 1882.

(2) Li-Hong-Tchang donnait pour raison de cette exigence que Mang-Hao est située au milieu d'un pays habité par des tribus insoumises; par suite, la Chine aurait craint pour sa responsabilité, si un lieu aussi dangereux avait été choisi comme centre d'échange entre le Tonkin et la Chine : il est permis de douter de la sincérité de ce motif.

LI-HONG-TCHANG
Vice-Roi du Tchéli.

sous celle de la France. Ces deux puissances devraient se garantir réciproquement l'existence de l'état de choses ainsi créé au Tonkin.

Li-Hong-Tchang accepta avec empressement ce projet de traité, et prit l'engagement de le soumettre aussitôt au Tsong-li-Yamen et à la cour de Pékin. Mais cette combinaison, toute avantageuse qu'elle fût pour la Chine, sembla beaucoup moins agréer aux ministres impériaux. Dans sa correspondance officielle, M. Bourée raconte avec quelles inquiétudes il voyait s'écouler les heures, pendant que, sur la route de Tien-Tsin à Pékin, les estafettes se succédaient sans relâche, envoyées par Li-Hong-Tchang pour porter des explications, vaincre des résistances obstinées, ou réfuter des objections incessamment renouvelées (1).

Le 2 décembre seulement, les négociations semblèrent prendre une tournure plus favorable : sans se prononcer formellement, le Tsong-li-Yamen trouvait, à première vue, les propositions de M. Bourée acceptables. L'entente serait donc facile sur ce terrain, et, comme première preuve de bon vouloir, Li annonçait que le gouvernement chinois avait donné des ordres formels de retraite (2) à ses troupes du Tonkin. Par contre, le Tsong-li-Yamen prenait acte de notre promesse de ne pas annexer ce pays, et M. Bourée insistait sur cet engagement dans les termes les plus formels (3).

L'entente des deux gouvernements semblait ne plus devoir faire aucun doute et Li-Hong-Tchang demandait déjà la désignation d'un représentant de la France, chargé de se mettre en rapport avec un fonctionnaire chinois, pour

(1) *Livre jaune*, M. Bourée à M. Duclerc, 20 décembre 1882.

(2) *Livre jaune*, entretien entre M. Bourée et Li-Hong-Tchang, 2 décembre 1882; Li-Hong-Tchang à M. Bourée, 2 décembre 1882.

(3) *Livre jaune*, M. Bourée au prince Kong, 2 décembre 1882 : « Rien de ce que nous entreprenons dans la vallée du Song-Koï ne saurait avoir pour effet de modifier les rapports existants, soit entre l'Annam et la Chine, soit entre l'Annam et la France. »

préciser les termes du traité définitif (1). A ce moment, M. Bourée informait le gouvernement français des résultats obtenus, par un télégramme très concis, que suivait bientôt un second, en termes plus explicites (2) : « La guerre avec la Chine semblait inévitable ; je crois maintenant que le danger est écarté ; après une résistance opiniâtre, le gouvernement chinois consent à rappeler ses troupes du Tonkin... »

Ces nouvelles ne pouvaient manquer de provoquer une grande émotion à Paris, d'autant plus que la correspondance antérieure de M. Bourée ne les faisait guère prévoir. Dès les premiers moments, un double courant d'opinions se manifesta au conseil des ministres ; tandis que, pour M. Duclerc, les conditions obtenues paraissaient acceptables, le ministre de la marine, amiral Jauréguiberry, était d'un avis tout à fait opposé ; « la reconnaissance de la protection française au Tonkin, sauf sur une zone à délimiter suivant la frontière chinoise, la garantie réciproque de cet état de choses » semblaient à l'amiral de très fâcheuses concessions faites à la Chine (3). Malheureusement cette idée, défendue par une partie de la presse, ardemment soutenue au Parlement, devait bientôt triompher à Paris, et nous allions nous trouver jetés dans une guerre aussi impopulaire qu'inutile, faute d'avoir su admettre les avis de l'homme le mieux placé pour juger des résolutions du gouvernement chinois.

Pourtant, les termes du mémorandum de M. Bourée con-

(1) *Livre jaune*, Ma-Kien-Tchong à M. Bourée, 5 décembre 1882.

(2) *Livre jaune*, M. Bourée à M. Duclerc, 5 décembre 1882 ; M. Bourée à M. Duclerc, 29 décembre 1882.

(3) *Livre jaune*, M. Bourée à M. Duclerc, 29 décembre 1882.

stituaient une base de négociations absolument acceptable. La plupart de nos hommes d'État avaient paru jusque-là ne point se soucier d'un fait évident : la question de l'ouverture du Song-Koï au commerce est entièrement liée à la conclusion d'une convention avec la Chine. Nier les droits de cet empire sur l'Annam, ces droits existant depuis de longues années, en vertu de traditions constantes et d'actes de soumission incessamment renouvelés, souvent avec notre tolérance tacite, était non seulement commettre un criant déni de justice, mais un simple non-sens. A quoi aurait pu servir une voie commerciale, ouverte à très grands frais, si l'une de ses extrémités eût été, pour longtemps, fermée à nos marchandises ? Tel était pourtant le cas où devait se mettre notre gouvernement, en rejetant, sans examen, toutes les prétentions de la Chine sur l'Annam.

La principale objection que l'on devait soulever contre le projet Bourée n'avait donc aucune valeur : ce n'était point sans de bonnes raisons qu'il admettait comme légitime une intervention de la Chine dans les affaires de l'Annam.

La cession au Céleste-Empire d'une partie du Tonkin, comprise entre le Fleuve Rouge et les frontières chinoises, présentait certainement plus d'inconvénients, en ce qu'elle diminuait la valeur intrinsèque de notre conquête future. Mais les termes du mémorandum étaient assez vagues pour permettre de très importantes modifications, qui eussent réduits à néant les avantages réels promis à la Chine. Même si nous devions être forcés de lui céder quelques kilomètres carrés de montagnes à peine habités, les profits à espérer d'une entente avec elle ne devaient pas moins être très considérables pour nous. Outre que le retrait de ses troupes supprimerait à peu près toutes les difficultés de notre conquête, son amitié permettrait seule d'en tirer quelque fruit. Puisqu'on avait commis la faute d'encourager la résistance de l'Annam et de la Chine, en ne sachant ni se retirer à propos du Tonkin, ni faire le nécessaire pour le conquérir, il fallait en supporter les conséquences : une cession territoriale devait être la simple rançon de nos fautes.

Enfin la garantie réciproque de l'état de choses créé au Tonkin était un avantage très réel, surtout pour le cas où une guerre européenne viendrait à exiger la concentration de toutes nos forces sur le territoire national : une telle condition était de nature à sauver notre colonie naissante, si nous étions forcés de l'abandonner à ses propres forces.

Pour toutes ces causes, le projet de traité de M. Bourée eût mérité de trouver un meilleur accueil parmi nos hommes politiques. Ils auraient dû s'attacher à l'améliorer, ce qui était évidemment possible (1) et non à le déchirer brutalement, au risque d'une guerre sans profit, avec une puissance dont bien peu connaissaient alors exactement la force. On se bornait, suivant un mot célèbre, à traiter le Céleste-Empire de *quantité négligeable*; la retraite de Lang-Son devait montrer ce que valait cette expression néfaste (2).

(1) *Livre jaune*, M. Bourée à M Duclerc, 27 décembre 1882.

(2) M. Blancsubé, député de la Cochinchine, a revendiqué le fâcheux honneur d'avoir créé cette expression.

Rien n'était plus fréquent alors que de voir nos hommes politiques nier les forces militaires de la Chine. Pourtant la *Revue militaire de l'étranger*, un organe officieux du gouvernement français, avait déjà publié des détails très précis sur l'armée chinoise : voir *les Forces militaires de la Chine*, n° 503, 1880; *les Milices chinoises*, n° 530, 1881; *Notes sur la Chine*, n° 585, 1883.

CHAPITRE VIII

Opposition de vues entre les ministres français. — Changement de ministère. — Rejet du traité Bourée. — Opinion de M. Rheinart. — Projet d'envoi à Hué de M. de Kergaradec.

Nous avons dit que la nouvelle de la signature d'une convention avec la Chine avait aussitôt provoqué la formation de deux courants d'opinions parmi les membres du gouvernement français. Cette divergence ne tardait pas à s'accentuer ; tandis que le ministre de la marine maintenait les réserves souvent exprimées par son département, sur l'opportunité d'autoriser l'immixtion de la Chine dans nos affaires d'Annam, et qu'il exprimait des doutes sur les dispositions conciliantes de Pékin (1), M. Duclerc expliquait le revirement politique de son ministère par la marche des événements depuis quelques mois. Sans se rallier complètement à des propositions imparfaitement connues, il jugeait imprudent de décourager les dispositions conciliantes de la Chine ; le voisinage du Tonkin et de l'Empire imposerait tôt ou tard une entente avec elle ;

(1) *Livre jaune*, l'amiral Jauréguiberry à M. Duclerc, 8 janvier 1883.

pourquoi ne pas tenter de l'établir immédiatement, puisque l'occasion s'en présentait (1)?

Quelques jours après, l'amiral Jauréguiberry d'gageait nettement sa respo sabilité de la politique nouvelle qu'annonçait la lettre de M. Duclerc. Les négociations entamées lui semblaient « inopportunes et dangereuses », parce qu'elles ajourneraient indéfiniment une solution « nécessaire et urgente » (2).

Mais la situation politique ne tardait pas à changer en France : la maladie de M. Duclerc, une crise ministérielle qui survenait au commencement de février, empêchaient le gouvernement de prendre une résolution. M. Fallières, ministre intérimaire des affaires étrangères, se bornait donc à une approbation vague, comme réponse aux demandes pressantes que lui adressait M. Bourée; en termes peu compromettants, il recommandait à ce dernier de maintenir son langage « conciliant et ferme » (3).

Sur ces entrefaites, se produisait un nouveau changement ministériel, qui modifiait une fois de plus la politique étrangère de la France. M. de Mahy prenait le portefeuille de la Marine et des Colonies ; à M. Jules Ferry (4), prési-

(1) *Livre jaune*, M. Duclerc à l'amiral Jauréguiberry, 13 janvier 1883.

(2) *Livre jaune*, l'amiral Jauréguiberry à M. Duclerc, 26 janvier 1883.

(3) *Livre jaune*, M. Fallières à M. Bourée, 14 février 1883, télégramme.

(4) M. Jules Ferry, né en 1832; avocat; publie, en 1861, un manuel électoral en collaboration de MM. Clamageran, Dréo, Floquet, Hérold; pose sa candidature dans le 5e arrondissement de Paris dès 1863 et se retire devant Garnier-Pagès. En 1865, il publie la brochure célèbre : *les Comptes fantastiques d'Haussmann*, collabore au *Temps* et à divers journaux. En 1869, M. Ferry est élu par la 6e circonscription de la Seine; le 4 septembre 1870, fait partie du gouvernement de la Défense nationale; est nommé maire de Paris le 6 septembre. Élu en 1871 par le département des Vosges, dont il est encore l'un des représentants.

M. JULES FERRY

dent du Conseil, incombait l'intérim du ministère des Affaires étrangères.

Les dispositions de ces nouveaux venus à l'égard de la Chine étaient tout autres que celles de leurs prédécesseurs: M. Jules Ferry surtout allait apporter dans la conduite de la question de l'Annam cette ténacité qui confine à l'obstination, ce dédain complet des moyens dans la poursuite du but visé, cette hardiesse de conception enfin, dont il avait donné des preuves si évidentes au moment de nos affaires de Tunisie. Son éclatant succès d'alors était fait pour exagérer les qualités et les défauts qu'il avait révélés en cette circonstance. Conscient d'une haute valeur personnelle, qu'il s'exagérait peut-être, il était disposé à traiter de quantités négligeables tous les obstacles dont il prévoyait la rencontre. Son plus grand tort fut de ne jamais laisser prévoir au Parlement quelles conséquences pouvait entraîner sa politique, et même de dissimuler le plus longtemps possible ce qu'elle avait de scabreux. Peut-être aussi lui manquait-il le don de pressentir les événements, cette qualité maîtresse de l'homme d'état, qui fait seule sa force en face de cette lutte incessante de forces brutales où se consume la vie des nations.

Enfin, il faut ajouter que l'arrivée prochaine de M. Challemel-Lacour, comme ministre des affaires étrangères, n'était pas faite pour rendre plus avisée et plus prudente la politique du nouveau président du Conseil. La hauteur, les allures cassantes de son collaborateur étaient plutôt de nature à accroître nos embarras extérieurs.

Au moment où le nouveau cabinet parvenait aux affaires, des nouvelles défavorables arrivaient d'Extrême-Orient.

Au lieu de recevoir du Tsong-li-Yamen une acceptation pure et simple des points posés par son mémorandum, M. Bourée s'était trouvé en présence de « contre-propositions de la nature la plus inattendue », absolument incompatibles avec l'arrangement qu'il avait préparé.

Dans la pensée des ministres chinois, aucun cadre ne devait être assigné aux travaux de la conférence projetée ; de plus, un délégué annamite en ferait partie, et les résolutions prises ne seraient exécutoires qu'en cas d'acceptation par la cour de Hué. Enfin, les Français devraient renoncer à porter leurs troupes en avant, « sous quelque prétexte que ce fût » ; autrement, « il pourrait en résulter des conséquences fâcheuses pour le maintien des bonnes relations entre les deux pays » (1).

Le ton si peu courtois de cette communication, ces propositions inattendues, ne pouvaient s'expliquer que par un revirement dans les dispositions du gouvernement chinois : les ennemis de l'influence européenne avaient visiblement repris une partie de l'avantage gagné par Li-Hong-Tchang et les progressistes. Sur l'intervention personnelle du vice-roi du Tché-li, des explications complémentaires vinrent modifier le ton et les termes de la dépêche du Tsong-li-Yamen (2) ; mais les intentions réelles du gouvernement chinois n'en pouvaient pas moins prêter désormais à des interprétations fâcheuses : cette circonstance allait puissamment contribuer à modifier la politique française dans l'Extrême-Orient.

Dès l'arrivée de la dépêche à laquelle nous venons de faire allusion, M. de Mahy accentuait l'opposition de son ministère au projet de M. Bourée. D'après les renseignements qu'il recevait du gouverneur de Cochinchine, la retraite des troupes chinoises n'avait été que simulée; l'annonce d'une convention avec la Chine soulevait une vive émotion dans tout l'Extrême-Orient. M. de Mahy ajoutait que ce projet aurait pour seule conséquence d'augmenter les sacrifices à faire pour notre établissement au Tonkin,

---

(1) *Livre jaune*, M. Bourée à M. Duclerc, 8 janvier 1883, arrivée à Paris le 19 février.

(2) *Livre jaune*, télégramme de Li-Hong-Tchang à Ma-Kien-Tchong, 29 décembre 1882. Il est à noter que ce télégramme adressé à un inférieur de Li ne constituait nullement un engagement ayant une valeur diplomatique et que, dans le fait, les termes de la dépêche du Tsong-li-Yamen n'en étaient pas infirmés.

et il émettait des doutes sur la manière dont nos intérêts avaient été sauvegardés par M. Bourée (1).

Le système de négociation défendu par ce dernier trouvait à ce moment un allié inattendu dans notre résident de Hué : M. Rheinart continuait les négociations qui avaient donné si peu de résultats jusque là. Sa situation devenait de plus en plus difficile, car il lui fallait, tout en parlant à l'Annam un langage énergique, éviter de s'engager au-delà de ce que voulait et pouvait le gouvernement français. Sa plus grande crainte était que « l'on ne répugnât ensuite à faire tout le nécessaire pour obtenir une solution satisfaisante ».

Pour M. Rheinart, comme pour M. Bourée, il n'y avait rien à espérer de négociations directes à Hué ; sans l'emploi de la force, elles ne seraient d'aucun résultat : il en donnait les assurances les plus énergiques. Par contre, le recours aux moyens violents nous exposerait à une guerre contre l'Annam et la Chine, c'est-à-dire à des sacrifices hors de proportion avec leur but. La situation du Tonkin devait donc être débattue entre Paris et Pékin, de manière à écarter la seule complication vraiment sérieuse que l'on eût à redouter en Annam (2).

Il y avait parfaite identité de vues entre nos représentants en Extrême-Orient ; pourtant le ministère crut devoir négliger les avis de ceux de nos agents les plus à même d'en donner. A diverses reprises, M. Bourée avait sollicité une réponse immédiate (3), aux ouvertures de la

(1) *Livre jaune*, M. de Mahy à M. Jules Ferry, 20 février 1874.

(2) *Livre jaune*, M. Rheinart à M. Thomson, 15 janvier 1883, parvenue à Paris fin février 1883.

(3) *Livre jaune* M. Bourée à M. Fallières, 21 février 1883. M. Bourée à M. Challemel-Lacour, 23 février 1883.

Chine : le 5 mars, notre nouveau ministre des affaires étrangères, M. Challemel-Lacour, lui notifiait par télégramme le rejet de ses propositions, et mettait brutalement fin à sa mission (1).

Ce procédé n'était pas de nature à satisfaire le gouvernement chinois; quoique M. Challemel-Lacour s'efforçât de nier toute pensée d'hostilité, il ne ressortait pas moins, du rejet des propositions chinoises et du rappel infligé à notre agent, que le gouvernement français se refusait à tout arrangement impliquant le droit pour la Chine d'intervenir dans les affaires de l'Annam : c'était courir de bien grands risques, auxquels il eût fallu pouvoir faire face, et nos forces en Extrême-Orient étaient loin de le permettre. Il est difficile d'admettre, comme le dit M. Bourée, que le gouvernement français ait pesé à l'avance toutes les conséquences de sa décision (2).

Plus tard, il est vrai, le ministère prit à tâche de faire montre d'intentions conciliantes. Il se déclara « tout disposé à chercher, de concert avec la cour de Pékin, les

(1) *Livre jaune*, M. Challemel-Lacour à M. Bourée, 5 mars 1883.

M. Challemel-Lacour, né à Avranches le 19 mars 1827. Entré en 1846 à l'École normale supérieure, il est professeur de philosophie à Limoges au moment du coup d'État. Il se prononce avec éclat contre le nouveau régime, est exilé, passe en Belgique, puis en Suisse; il professe la littérature française au Polytechnicum de Zurich. Rentré en France en 1859, M. Challemel-Lacour collabore à divers journaux, notamment à la *Revue politique*.

En 1870, il est préfet de Lyon et joue un rôle très discuté à la tête du département du Rhône. Sénateur depuis le 30 janvier 1876, M. Challemel-Lacour avait été quelque temps ambassadeur de la République à Londres; d'après les avis de la presse anglaise, il semblerait n'avoir pas réussi dans ce poste. Son passage au ministère des affaires étrangères devait être encore moins heureux.

(2) *Livre jaune*, M. Bourée à M. Challemel-Lacour, 7 mars 1883.

moyens de régler les relations de commerce et de bon voisinage entre les provinces limitrophes (1) » du Tonkin et de l'Empire ; mais l'effet produit par « l'éclatant désaveu » infligé à M. Bourée n'en existait pas moins : la Chine ne pouvait qu'y voir la négation des droits séculaires, auxquels l'attachaient toutes ses traditions.

En présence de la détermination prise, le ministre de France à Pékin dut se borner à faire entrevoir des conséquences graves. Il s'y attacha dans sa correspondance officielle, exprimant « les plus vives appréhensions » sur les résultats de la politique adoptée, et montrant la disproportion qui existerait entre les sacrifices à faire et les bénéfices à recueillir.

Pour lui, la guerre était devenue inévitable : la légitime irritation de Li-Hong-Tchang le rejetait dans le parti le plus hostile aux idées européennes. Si nous devions lutter avec la Chine, comme tout le faisait prévoir, nous ne pourrions lui infliger aucun revers décisif et il faudrait, finalement, se résoudre à l'acceptation de conditions plus défavorables que celles précédemment rejetées (2).

Ces avis si sages se heurtaient à l'optimisme incompréhensible du gouvernement français. « L'occupation du Tonkin est décidée en principe », écrivait à ce moment le ministre de la marine, M. Charles Brun, au gouverneur de Cochinchine, et il se préoccupait déjà du fonctionnement des douanes tonkinoises : l'application du système appliqué en Chine lui paraissait devoir être tentée (3); c'était aller un peu vite.

(1) *Livre jaune*, M. Challemel-Lacour, à M. Bourée, 14 mars 1883.

(2) *Livre jaune*, M. Bourée à M. Challemel-Lacour, 17 mars 1883 ; *idem*, 30 mars 1883.

(3) *Livre jaune*, M. Charles Brun au gouverneur de Cochinchine, 16 mars 1883.

En même temps, on autorisait M. Rheinart à rentrer en France, en laissant la garde de ses archives au secrétaire de la légation, et on apprêtait des instructions pour M. de Kergaradec, qui devait être nommé envoyé extraordinaire à Hué. Le but de cette mission était de préparer l'occupation très prochaine du Tonkin par nos troupes, en obtenant la renonciation des mandarins à une résistance inutile. En outre, M. de Kergaradec tenterait de faire accepter un nouveau traité au roi Tu-Duc. Mais comme nos forces en Indo-Chine étaient loin de pouvoir suffire à l'exécution de nos projets, notre envoyé éviterait de prendre un ton comminatoire vis-à-vis de l'Annam. C'était donc une mission essentiellement pacifique qu'allait recevoir le consul d'Hanoï; l'insuccès des tentatives précédentes aurait pu faire prévoir l'inutilité de celle-ci. Du reste, les événements allaient se charger de cette démonstration.

CHAPITRE IX

Situation au Tonkin. — Occupation de Hone-Gay et de Nam-Dinh. — Instructions de M. de Kergaradec. — Projet de crédit pour le Tonkin, 26 avril 1883. — Rentrée des troupes chinoises au Tonkin. — Réclamations de la Chine. — M. Tricou est nommé envoyé extraordinaire à Pékin. — Départ de M. Bourée.

Au mois de mars 1883, les rapports de notre agent de Hué avec le gouvernement annamite étaient suspendus de fait : les ministres de Tu-Duc avaient fini par renoncer à se plaindre de l'occupation de la Pagode d'Hanoï et de la confiscation des douanes tonkinoises. D'ailleurs, ils n'abandonnaient pas encore l'espérance de voir le gouvernement francais désavouer ses agents du Tonkin et de Cochinchine, ainsi qu'il l'avait fait en 1874. Aussi, devenait-il évident que la force seule pourrait leur imposer le nouvel état de choses (1).

Au Tonkin, la situation s'aggravait également. Dès le début de novembre, la présence des bandes chinoises aux environs d'Hanoï, vers Sontay et Bac-Ninh, motivait de la part de M. Le Myre de Vilers une résolution grave. S'au-

(1) *Livre jaune*, M. Rheinart à M. Thomson, 13 mars 1883.

torisant des déclarations récentes du gouvernement de la République, il prescrivait à Rivière de faire prisonniers tous les réguliers chinois qui viendraient à paraître dans Hanoï. Ceux qui tenteraient de résister seraient aussitôt passés par les armes. De plus, le gouverneur de Cochinchine autorisait le commandant à bombarder les citadelles du haut Song-Koï occupées par les Chinois, et à capturer leurs bâtiments (1). Il y avait loin de là, on le voit, à la conquête « politique, pacifique et administrative » que M. Le Myre de Vilers avait recommandée à Rivière quelques mois auparavant (2).

Le gouverneur de Cochinchine croyait évidemment la Chine une quantité négligeable. Un document officieux, émané de lui, à la date du 8 mars 1883, le prouve surabondamment. D'après ce rapport, il serait possible de traverser l'Empire chinois, de part en part, avec trois mille hommes (3). Ces illusions singulières trouvaient en France trop d'échos complaisants. Combien plus sage étaient l'opinion précédemment émise par M. Bourée ! Sa comparaison, entre une armée d'invasion en Chine et une poignée d'agents de police au milieu d'une foule, donnait l'idée la plus exacte des difficultés, qui devaient attendre plus tard la brigade du général de Négrier, au moment de sa pointe hardie dans le territoire chinois.

Quoi qu'il en soit, la lettre de M. Le Myre de Vilers, que

(1) A. Gervais, *la Conquête du Tonkin*, M. Le Myre de Vilers au commandant Rivière, 5 novembre 1882.

(2) *Livre jaune*, M. Le Myre de Vilers au commandant Rivière, 17 janvier 1882.

(3) Note du 8 mars 1883, citée dans la *Nouvelle Revue*, 1884. (*L'Expédition du Tonkin, le présent, le passé, l'avenir*, par M. Le Myre de Vilers).

nous venons de citer, modifiait entièrement notre situation au Tonkin, en accentuant l'état d'hostilité latente qui y existait déjà entre le Céleste-Empire et nous.

On sait comment ces instructions belliqueuses décidèrent M. Bourée à ouvrir des négociations avec la Chine. De son côté, malgré l'autorisation que lui avait donnée le gouverneur de Cochinchine, le commandant Rivière ajourna l'opération contre Sontay jusqu'à l'arrivée des renforts attendus. Quelques réguliers chinois arrêtés furent même relâchés par lui, sur les instances des mandarins annamites (1). D'ailleurs, de nouveaux ordres du ministère prescrivirent d'éviter tout acte d'hostilité contre les Chinois. Ceux-ci ne se montraient plus à Hanoï. Le petit corps expéditionnaire était « très tranquille, sauf l'imprévu (2). »

En présence du revirement survenu dans les intentions du ministère, le commandant Rivière s'attendait à être rappelé prochainement et prévoyait un ajournement indéfini de nos projets au Tonkin. L'interdiction de tout acte d'hostilité à l'égard des Chinois lui paraissait très admissible : « J'aime autant cela, ajoutait-il à ce sujet ; c'était une complication inutile. »

Pourtant, un grand nombre de faits pouvaient faire prévoir des événements graves en Annam et au Tonkin.

En Cochinchine même, la situation ne laissait pas que d'être assez inquiétante. Les menées des sociétés secrètes amenaient déjà de fâcheux résultats : on affichait partout des appels à la révolte. Le 5 janvier 1883, M. Le Myre de Vilers dût faire arrêter simultanément 150 individus com-

(1) A. Gervais, ouvrage cité, le commandant Rivière à M. Le Myre de Vilers, 24 novembre 1882.

(2) A. Gervais, ouvrage cité, lettre du commandant Rivière, fin décembre 1882.

promis dans ces agissements. Ce coup de vigueur améliora provisoirement la situation intérieure de notre colonie.

Mais il n'en était pas de même dans le delta du Fleuve Rouge : les rapports des missionnaires et des gens du pays permettaient de se rendre compte de l'infiltration lente des troupes chinoises au Tonkin. Jusque sur les derrières du petit corps d'occupation, à Nam-Dinh, des préparatifs de guerre se faisaient. Le gouverneur s'obérait à enrôler des Chinois et apprêtait des barrages pour arrêter nos canonnières.

Loin d'améliorer la situation, l'arrivée des 750 hommes de la *Corrèze*, au commencement de mars, augmenta l'effervescence des Annamites. Trop faible pour assurer la conquête du Delta, ce renfort leur prouvait simplement que nous avions l'intention d'y rester. Le mécontentement de la cour de Hué en fut accru.

A Haï-Phong, ses représentants refusèrent de donner à nos troupes une installation plus large; il fallut s'emparer de deux fortins pour les loger. Le commandant Rivière faisait occuper, bientôt après, le port de Hone-Gay, dans la baie d'Along; l'importance de ce point, situé à proximité des houillères, avait tenté une compagnie chinoise de Canton : elle en négociait l'achat avec les Annamites, pour le céder, disait-on, à une société anglaise de Hong-Kong. On construisit une redoute à Hone-Gay et on y laissa une petite garnison.

Rivière crut même le moment venu de tenter une opération plus importante, réclamée peut-être par les événements, mais qui n'était point, à coup sûr, dans les vues actuelles du gouvernement français : il résolut d'enlever Nam-Dinh.

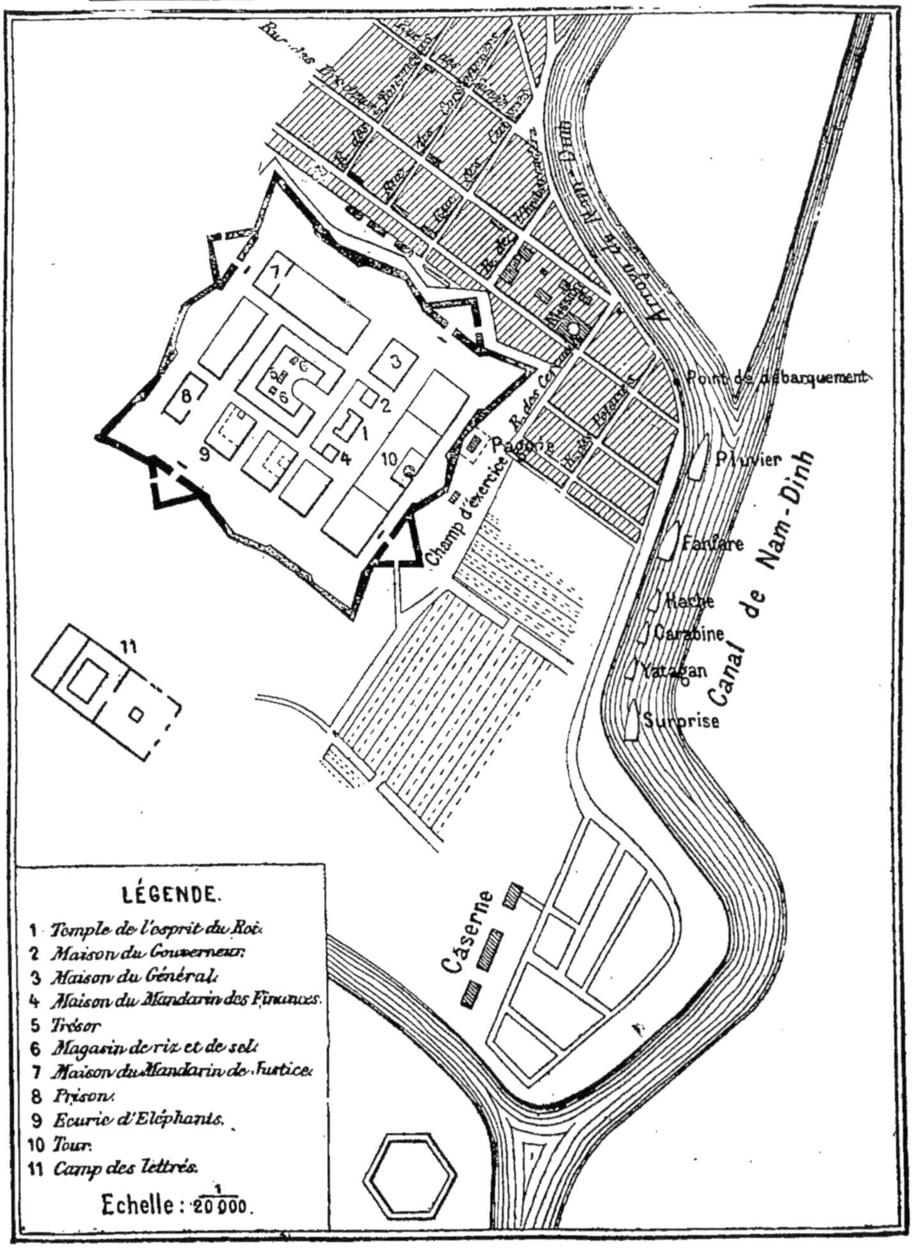
Arroyo de Nam-Dinh
Mission
Point de débarquement
Pagode
Champ d'exercice
Pluvier
Fanfare
Hache
Carabine
Yatagan
Surprise
Canal de Nam-Dinh
Caserne
1
2
3
4
6
7
8
9
10
11
LÉGENDE.
1 Temple de l'esprit du Roi.
2 Maison du Gouverneur.
3 Maison du Général.
4 Maison du Mandarin des Finances.
5 Trésor
6 Magasin de riz et de sel.
7 Maison du Mandarin de Justice.
8 Prison.
9 Ecurie d'Eléphants.
10 Tour.
11 Camp des lettrés.
Echelle : 1/20 000.

PLAN DE NAM-DINH

Nous avons déjà dit l'importance de cette citadelle pour l'occupation du Delta. L'attitude de son gouverneur n'avait pas changé, et Rivière y voyait un danger pour le corps expéditionnaire.

Le 23 mars, il quittait Hanoï, où il laissait 400 hommes sous les ordres du commandant Berthe de Villers, et il se rendait devant Nam-Dinh avec le reste de ses troupes : cinq compagnies d'infanterie de marine, dont l'une venue de Haï-Phong, l'aviso le *Pluvier*, les canonnières la *Fanfare*, la *Hache*, le *Yatagan*, la *Carabine*, la *Surprise;* d'autres petits bâtiments, le *Kiang-Nam*, le *Tonquin*, le *Whampoa*, le *Haï-Phong*, le *Cua-Hac* et quatre jonques.

Le 25 mars (1), la flottille était réunie auprès de Nam-Dinh et Rivière faisait débarquer son infanterie de marine dans la ville marchande. Nous occupions sans coup férir les grandes casernes des Annamites : ceux-ci apparaissaient en nombre, mais à bonne distance. Une sommation envoyée au gouverneur l'invitait à rendre la citadelle avant le 26, à huit heures du matin : il n'y était fait aucune réponse.

Le 26, un brouillard intense arrêtait nos mouvements; le lieutenant-colonel Carreau et le commandant Badens en profitaient pour faire une reconnaissance d'une hardiesse touchant à la témérité. Avec vingt-cinq hommes, ils débarquaient devant la face Est de la citadelle, refoulaient quelques groupes ennemis et allaient déterminer le point d'attaque. Dans la journée, la *Fanfare* appareillait et battait toute la face Sud.

Le 27 mars, le *Pluvier* et la *Fanfare* s'embossent dans l'arroyo au Sud de Nam-Dinh et ouvrent un feu précis

(1) Voir A. Gervais, ouvrage cité, rapport du commandant Rivière, 31 mars 1883.

sur les faces de l'Est, du Sud et de l'Ouest. En même temps, la *Hache*, le *Yatagan* et la *Carabine* vont débarquer l'infanterie de marine à portée du point d'attaque. La *Surprise* surveille les tentatives de mouvement tournant que les Annamites prononcent vers le Camp des Lettrés. Après un tir lent et précis, de sept heures cinquante à dix heures, le bombardement commence pour durer une heure environ. A onze heures, les deux compagnies chargées de l'assaut se portent en avant; l'une doit pétarder les portes de l'Est, l'autre escalader les murailles au moyen d'échelles. Le reste est déployé en tirailleurs ou formé en réserve pour les soutenir.

Avant d'atteindre l'enceinte, les compagnies d'assaut ont à traverser cinq cents mètres de broussailles et de paillotes dont beaucoup sont en flammes. Au-delà s'étend un chemin couvert précédant un fossé hérissé de piquets pointus et bordé de deux haies de cactus et de bambous. Nos soldats, joints à quelques marins de la *Surprise* et du *Pluvier*, s'ouvrent passage à coups de hache dans les paillotes et débouchent, sous un feu nourri, mais très mal dirigé, devant la demi-lune. Le capitaine du génie Dupommier pétarde successivement la porte de cet ouvrage et celle de l'enceinte. On escalade en même temps la muraille sur un autre point. En un instant, nos compagnies pénètrent dans la citadelle par deux endroits. Les 5,000 Annamites ou Chinois de la garnison sont déjà en fuite, saisis par une terreur panique; ils laissent derrière eux 50 morts et 98 canons, dont plusieurs ont été donnés par la France à Tu-Duc, en 1874. Nous n'avons que six blessés; malheureusement, le lieutenant-colonel Carreau est parmi eux. Cet officier supérieur, blessé d'un biscaïen à la cheville, doit être amputé sur-le-champ. Comme Rivière s'informe de son état, il lui répond gaiement : « Mon cher commandant,

SOLDAT RÉGULIER CHINOIS

c'est une économie de chaussure. » Le vaillant officier doit succomber, quelque temps après, à sa blessure.

Nos pertes matérielles sont à peu près nulles : la *Surprise* et la *Fanfare* ont reçu des avaries sans importance; mais cette opération, si facilement exécutée, doit avoir pour unique conséquence d'accroître nos embarras dans le Delta, en surexcitant la haine des mandarins annamites et en disséminant nos forces.

Dès que la nouvelle de ces événements parvint à Paris, elle souleva une émotion justifiée parmi les ministres, d'autant plus que la conquête de Nam-Dinh et l'occupation de Hone-Gay semblaient être les premiers actes d'un plan de conquête du Delta (1). L'entière approbation que leur donnait le nouveau gouverneur de Cochinchine, M. Thomson (2), rendait le danger de complications plus imminent, en même temps que l'envoi de renforts en devenait plus urgent. Mais il fallait attendre l'approbation du Parlement, et les circonstances ne permettaient pas de l'espérer avant le mois de mai. Le gouvernement fit donc intimer au commandant Rivière l'ordre formel de se maintenir dans le *statu quo*, en se bornant à l'occupation de Nam-Dinh. Aucune opération ne devait plus être entreprise, si elle n'était impérieusement exigée par la sécurité du corps expéditionnaire (3). En même temps, on prescrivait au gouverneur de Cochinchine d'envoyer des renforts au Tonkin dès qu'il serait nécessaire;

(1) *Livre jaune*, M. Thomson à M. Charles Brun, 2 avril 1883.

(2) M. Le Myre de Vilers avait été rappelé de Cochinchine à la suite de certains dissentiments survenus avec le gouvernement de la métropole.

(3) *Livre jaune*, M. Brun à M. Thomson, 3 avril 1883 et 6 avril 1883.

de son côté, l'amiral Meyer devait se rendre de Hong-Kong au Tonkin avec les bâtiments disponibles de la division navale (1), de manière à pouvoir également assister le commandant Rivière.

Mais les événements se pressaient, comme pour prouver au ministère français que ses temporisations étaient hors de saison : M. Rheinart arrivait le 6 avril à Saïgon, avec le personnel et le matériel de la légation de Hué; il avait dû renoncer à conserver son poste devant la mauvaise foi et les vexations continuelles des mandarins, aussi bien que l'effervescence provoquée dans la population par les nouvelles de Nam-Dinh (2).

Les intentions du gouvernement étaient dépassées : en fait, la rupture des relations devenait complète entre la cour d'Annam et la France. On reprit donc le projet d'envoyer M. de Kergaradec en mission extraordinaire à Hué. Outre les points dont nous avons parlé, il devait s'attacher à obtenir la reconnaissance formelle du protectorat français sur l'Annam, ainsi que de notre droit de présider à ses relations extérieures. Enfin, les douanes demeureraient entre nos mains et leur produit servirait à couvrir les dépenses du protectorat (3).

La mission de M. Kergaradec ne pouvait être d'aucune utilité, si elle n'était appuyée par l'envoi de renforts dans l'Indo-Chine. Malheureusement cette mesure urgente, dont la nécessité absolue était reconnue par tous nos agents de

---

(1) *Livre jaune*, M. Brun à l'amiral Meyer, 3 avril 1883.

(2) *Livre jaune*, M. Thomson à M. Brun, 7 avril 1883.

(3) *Livre jaune*, Instructions pour M. de Kergaradec, 13 avril 1887.

l'Extrême-Orient, se heurtait à d'inexplicables résistances. Le 26 avril seulement, sept jours après la rentrée du Parlement, un projet de loi sur ce sujet était déposé à la Chambre des Députés. Près de deux mois s'étaient écoulés depuis le rejet de la convention Bourée. On a supposé, pour expliquer ce fâcheux retard, que de hautes influences étaient intervenues une fois de plus et avaient ralenti l'effet des décisions du gouvernement (1). Malheureusement, le sang de nos soldats devait payer ces atermoiements et ces résistances intempestives.

La Chine n'avait point tardé à s'émouvoir du rejet des propositions de M. Bourée: dès le 2 avril, le Tsong-li-Yamen chargeait le marquis Tseng de réclamer des explications à ce sujet, et de rappeler que les troupes chinoises avaient reçu l'ordre de se retirer du Tonkin, en considération des négociations entamées (2). Pour donner plus de poids à ces réclamations, le gouvernement chinois faisait aussitôt rentrer ses troupes au Tonkin; dès le 16 avril, écrivait M. Bourée, plus de 10,000 hommes avaient passé du Yunnan dans les provinces annamites. « C'est l'avant-garde d'une autre armée d'invasion, disait-il encore, et nous aurons bientôt devant nous des masses considérables, avec un fort appoint de soldats exercés, bien armés, et d'officiers étrangers.

« On assure que la mise sur pied de guerre de toutes les forces de l'empire vient d'être ordonnée par la couronne. Si vous persistez dans la ligne adoptée, préparez-vous à

(1) *Débats parlementaires*, séance de la Chambre du 11 juillet 1883, discours de M. Delafosse. Aucun démenti ne fut alors opposé à cette assertion.

(2) *Livre jaune*, le Tsong-li-Yamen au marquis Tseng, 2 avril 1883.

une lutte des plus sérieuses, qu'aucune assurance amicale ne saurait plus conjurer. Je serais un agent déloyal si je ne vous tenais pas ce langage (1). »

Si peu d'accord qu'ils fussent avec les illusions que le gouvernement persistait à nourrir, ces avis auraient mérité de trouver plus d'écho en France, d'autant mieux qu'ils ne demeuraient pas isolés. Le 17 avril, M. Bourée complétait sa communication de la veille par des renseignements plus circonstanciés. Les troupes du Kouang-Si allaient suivre au Tonkin celles du Yunnan; les Chinois entreprenaient de grands travaux de fortification et d'armement à Port-Arthur; leurs arsenaux recevaient d'importants envois de matériel : tout faisait prévoir que le gouvernement impérial, disposé à céder sur les questious matérielles, demeurerait intraitable sur les principes et qu'il consentirait aux plus grands sacrifices pour ne pas « perdre la face (2). »

Le ton de la correspondance diplomatique des Chinois changeait également. La saisie à Haï-Phong d'un de leurs navires chargé de riz servait de prétexte au marquis Tseng pour affirmer une fois de plus les droits de l'Empire sur l'Annam. L'ambassadeur chinois jugeait même à propos de les exagérer, en faisant valoir non plus seulement les prétentions de la Chine à la suzeraineté, mais à la souveraineté de ces pays (3).

Le ministère français semblait attacher peu d'importance à cette attitude du Céleste-Empire. Vers la même date,

(1) *Livre jaune*, M. Bourée à M Challemel-Lacour, 16 avril 1883, (télégramme).

(2) *Livre jaune*, M. Bourée à M. Challemel-Lacour, 17 avril 1883.

(3) *Livre jaune*, le marquis Tseng à M. Challemel-Lacour, 23 avril 1883.

M. Challemel-Lacour écrivait à M. Bourée, en lui communiquant le projet de loi du 26 avril. « Quant au Tsong-li-Yamen, il devra comprendre que, s'il méconnaît nos intentions toutes pacifiques, nous sommes aujourd'hui trop engagés pour reculer devant aucune menace (1). » Le ministre renvoyait au jour où notre établissement au Tonkin ne serait plus contesté, les négociations à entreprendre avec la Chine. Cette politique était plus facile à affirmer qu'à soutenir jusqu'au bout.

Quelques jours après, le 9 mai, le marquis Tseng tentait d'ouvrir de nouvelles négociations avec le gouvernement français. Il attirait l'attention de M. Challemel-Lacour sur l'utilité qu'aurait l'entente des deux nations, si l'on songeait chez nous à demander l'ouverture du Yunnan à la Chine, et il proposait la réunion d'une conférence destinée à régler cette question en même temps que celle du Tonkin. Le ministre refusait nettement à accepter ces offres : « Le gouvernement français, ajoutait-il, n'a rien à demander au gouvernement chinois, puisqu'il écarte la question de la suzeraineté de la Chine sur l'Annam, » et il ajoutait, en manière de correctif, que l'intention de la France n'était pas de pénétrer dans les vastes régions qui séparent le Céleste-Empire du Delta. Le marquis Tseng tentait inutilement de faire donner à cet engagement verbal la forme plus sûre d'une convention écrite (2).

Il n'est pas surprenant qu'un pareil accueil, fait à ses ouvertures pacifiques, ait complètement modifié les idées du gouvernement chinois. Les renseignements les plus circonstanciés allaient en donner la preuve; le départ de

(1) *Livre jaune*, M. Challemel-Lacour à M. Bourée, 27 avril 1883.

(2) *Livre jaune*, entretien du marquis Tseng et de M. Challemel-Lacour, 9 mai 1883.

2,000 hommes de troupe d'élite était signalé de Tien-Tsin pour Pakhoï dès le 5 mai (1); les massacres de missionnaires français et de chrétiens commençaient au Yunnan (2). Les envois de troupes continuaient de l'intérieur de la Chine vers l'Annam. Avec un peu d'exagération sans doute, M. Bourée évaluait leur effectif, dès le 13 mai, à 150,000 hommes. Li-Hong-Tchang allait se rendre dans le Sud de l'Empire pour prendre le commandement des provinces et des armées voisines de l'Annam (3).

A ce moment, 16 mai, le gouvernement français se décidait à faire remettre à la cour de Chine les lettres de rappel de M. Bourée. En attendant la désignation de son successeur, il invitait M. Tricou, ministre de France au Japon, à se rendre immédiatement à Pékin comme envoyé extraordinaire. Le but assigné à sa mission était d'établir nettement que le rappel de M. Bourée n'impliquait aucun désir de rupture de la part du gouvernement français; ce dernier se déclarait même prêt à traiter sur d'autres bases, contrairement à ce qu'avait affirmé, le 9 mai, le ministre des affaires étrangères dans son entretien avec le marquis Tseng. Ce revirement était peut-être motivé par les préparatifs de guerre attribués à la Chine et au sujet desquels M. Challemel-Lacour réclamait alors des renseignements de M. Tricou, comme de notre consul général à Shanghaï (4.

(1) *Livre jaune*, M. Bourée à M. Challemel-Lacour, télégramme, 5 mai 1883; M. Flesch à M. Challemel-Lacour, télégramme, 16 mai 1883.

(2) *Livre jaune*, M. Bourée à M. Challemel-Lacour, télégramme, 8 mai 1883.

(3) *Livre jaune*, M. Bourée à M. Challemel-Lacour, 13 mai 1883, télégramme.

(4) *Livre jaune*, M. Challemel-Lacour à M. Tricou, télégramme, 15 mai 1883; M. Challemel-Lacour à M. Tricou, télégramme, 18 mai 1883.

Le ministère français persistait pourtant à voir dans l'attitude belliqueuse de la Chine de « simples tentatives d'intimidation », et il était confirmé, dans cette opinion, nous devons le dire, par diverses informations, acceptées trop volontiers, et provenant de plusieurs de nos agents en Chine (1); M. Bourée quittait donc son poste, à la fin de mai, après avoir tenté inutilement, encore une fois, de montrer les dangers de la voie où s'engageait le gouvernement français (2). Dans sa disgrâce, notre agent avait la satisfaction d'emporter avec lui les très vifs regrets manifestés par le président du Tsong-li-Yamen, le prince Kong.

(1) *Livre jaune*, M. Flesch à M. Challemel-Lacour, télégramme, 16 mai 1883.

(2) *Livre jaune*, M. Bourée à M. Challemel-Lacour, 16 mai 1883.

CHAPITRE X

Combats d'Hanoï et de Gia-Lac, 27 et 28 mars 1883. — Reconnaissances vers Sontay. — Attaque de la Mission d'Hanoï, 13 mai. — Reconnaissance du 16 mai. — Sortie du 19 mai. — Mort de Rivière et du commandant Berthe de Villers. — Résultats de l'échec du 19 mai 1883.

Dès la prise de Nam-Dinh, Rivière laissait le gouvernement de la citadelle et de la province au chef de bataillon Badens (1), et se hâtait de revenir à Hanoï, où sa présence était déjà devenue nécessaire.

Depuis plusieurs semaines, les bandes de Pavillons-Noirs, d'Annamites et de Chinois grossissaient sans cesse autour de cette ville. De l'autre côté du fleuve elles occupaient un village, Gia-Lac (2), dont elles avaient fait une sorte de camp retranché, couvert par des digues ou des épaulements en terre.

Dès le départ de Rivière, dans la nuit du 26 au 27 mars,

---

(1) *Livre jaune*, M. Thomson à M. Charles Brun, télégramme, 26 avril 1883. Cette désignation était faite en vertu d'une autorisation antérieure, donnée par M. Le Myre de Vilers. On voit que le malheureux Rivière ne doit pas être le seul à supporter la responsabilité de l'attaque de Nam-Dinh, comme sembleraient l'indiquer les dépêches de M. Challemel-Lacour et de M. Charles Brun.

(2) Gia-Lam, d'après la carte de la section géographique.

de fortes bandes d'Annamites et de Chinois, au nombre de 4,000 hommes, dit-on, attaquaient la citadelle d'Hanoï. La compagnie d'infanterie de marine Retrouvey occupait la Pagode Royale, organisée en réduit et entourée d'une muraille crénelée. Le feu de la petite garnison contint les assaillants devant la Pagode; pour les empêcher de gagner la ville marchande, le commandant de Villers, sorti de la Concession avec 200 hommes et quelques pièces de 4, les rejeta sur l'autre rive, où il les poursuivit un certain temps.

Le lendemain, 28 mars, le commandant Berthe de Villers renouvelait cette sortie avec plein succès. Deux compagnies d'infanterie de marine, soutenues par des marins du *Léopard* et par le feu de cette canonnière, franchissaient de nouveau le fleuve et attaquaient le camp de Gia-Lac. Après avoir traversé un espace de 5 à 600 mètres coupé de fossés, de talus, de haies de bambous et de chevaux de frise, elles enlevaient le village et rejetaient ses défenseurs à plusieurs kilomètres vers Bac-Ninh. Des canons, des fusils tombaient entre nos mains. Mais les bandes annamites et chinoises avaient paru mieux armées et équipées qu'à l'ordinaire: des armes de provenances anglaise et allemande étaient restées sur le champ de bataille. Nos pertes, assez sensibles, se montaient à une quinzaine de blessés pour ces deux jours de combat.

Le 29 mars, une nouvelle reconnaissance, dirigée cette fois sur la route de Sontay, ne rencontrait aucun obstacle : Hanoï semblait être dégagé (1). Mais la situation

(1) *Livre jaune.* M. Thomson à M. Charles Brun, télégramme, 26 avril 1883.

ne tardait pas à s'obscurcir de nouveau ; le 2 avril, quand Rivière rentrait dans la ville, les bandes ennemies la tenaient à peu près bloquée. La Pagode, la Concession, la maison des Missions, devaient être gardées avec soin et le reste de la ville était ravagé chaque nuit. Les rassemblements de Bac-Ninh et de Sontay grossissaient toujours et les réguliers chinois reparaissaient dans ces deux directions (1).

A Nam-Dinh, la situation était encore moins favorable; nous ne tenions que la citadelle et la ville était encore aux Annamites (2).

Le commandant Rivière dut se préoccuper de renforcer la garnison d'Hanoï ; la *Fanfare*, la *Hache*, le *Yatagan*, la *Carabine* avaient rejoint le *Léopard.* Les compagnies de débarquement de la *Victorieuse*, du *Villars* et de l'*Hamelin* allaient être envoyées à Hanoï par l'amiral Meyer, sur la demande expresse de Rivière, qui avait annoncé l'intention de tenter une sortie. Enfin, le gouverneur de Cochinchine faisait embarquer, le 9 mai, une compagnie d'infanterie et une de tirailleurs annamites, dont le commandant Rivière venait de réclamer instamment l'envoi.

Le cercle d'investissement, qui était à 8 kilomètres d'Hanoï vers le milieu d'avril, n'avait pas tardé à se rétrécir. Les troupes chinoises ou annamites qui le formaient comptaient déjà 20,000 hommes. Sans être critique, la situation exigeait qu'on se tînt prêt à tout événement (3).

---

(1) Le commandant Rivière signalait leur présence dans une lettre du 10 mai, *Débats parlementaires*, 4 juin 1885, discours de M. Armand Rivière, député, page 990.

(2) *Livre jaune*, octobre 1883.

(3) A. Gervais, ouvrage cité; le gouverneur de Cochinchine au ministre de la marine, 5 mai et 19 mai 1883.

Au commencement de mai, une crue inattendue du Fleuve Rouge permit d'envoyer le *Léopard* et la *Carabine* en reconnaissance vers Sontay. Mais le tirant d'eau du *Léopard*, 2m.70, le fit échouer plusieurs fois et nos deux bâtiments durent regagner Hanoï, après avoir été attaqués à plusieurs reprises. Cette circonstance accrut l'audace des Chinois et des Annamites. Le vieux Luu-Vinh-Phuoc (1) fit afficher dans Hanoï même, une proclamation où il invitait « les brigands hors la loi », à venir l'attaquer à Phu-Hoaï, ou, s'ils ne l'osaient, à lui apporter la tête de leurs chefs. A ce prix, il leur permettrait de retourner en Europe (2).

Ces menaces étaient suivies d'un commencement d'exécution, dès le 13 mai. Plusieurs centaines de Chinois et d'Annamites attaquaient la Mission, défendue par des chrétiens tonkinois et quelques marins. L'église catholique était incendiée et trois indigènes tués, mais l'ennemi se retirait avec une perte d'une vingtaine d'hommes.

Le soir du 14 mai arrivaient les compagnies de débarquement de la *Victorieuse*, du *Villars* et de l'*Hamelin* : 300 hommes environ et 3 pièces de 65 millimètres. Dès le lendemain, Rivière dirigeait sur la rive gauche du Fleuve Rouge une compagnie d'infanterie et quelques marins, qui allaient fouiller et brûler les villages occupés par les Annamites, et d'où ils canonnaient Hanoï chaque nuit. Cette opération ayant donné des résultats insuffisants, on la reprenait

(1) Nos soldats, dont la gaieté ne perd jamais ses droits, avaient traduit ce nom par celui de « Le Vieux Phoque. »

(2) *Livre jaune*, proclamation de Luu-Vinh-Phuoc aux Français, 10 mai 1883 ; procès-verbaux de la Commission du Tonkin, 26 novembre 1883; déposition de M. Bourée citée par M. A. Rivière, *Débats parlementaires*, 5 juin 1885, page 990.

M. CHALLEMEL-LACOUR

le 16 au matin avec des forces supérieures. Le commandant Berthe de Villers traversait de nouveau le fleuve avec deux compagnies d'infanterie de marine, les compagnies de débarquement de la *Victorieuse* et du *Villars*, deux pièces de 65 millimètres et un canon Hotschkiss; il balayait tout l'espace entre le fleuve et le canal des Rapides, sur la route de Bac-Ninh. Les villages à droite et à gauche, vivement enlevés, étaient fouillés et brûlés avec l'aide des canonnières. On prenait quatre canons, et on mettait hors de combat une centaine d'ennemis. Cette expédition, vigoureusement conduite, ne coûtait, dit-on, pas un blessé.

Malheureusement, ces combats continuels exigeaient une consommation considérable de munitions. Dans la matinée du 16 mai seule, 20,000 cartouches avaient été brûlées. Les résultats obtenus ne justifiaient pas ces sacrifices, car les villages, à peine évacués par nos troupes, étaient réoccupés par l'ennemi. Chaque nuit, il canonnait impunément la citadelle et nos bâtiments. Tout faisait croire à la présence d'officiers européens dans ses rangs. La situation paraissait même assez grave à Rivière pour qu'il réclamât d'autres renforts : un millier d'hommes au moins lui semblaient nécessaires pour enlever Bac-Ninh et Sontay. En attendant, il demandait au gouverneur de Cochinchine un nouvel envoi de quatre compagnies d'infanterie ou de tirailleurs annamites (1).

Cette suite ininterrompue de combats, les préoccupations que lui causaient les forces grossissantes de l'ennemi, le mauvais état de sa santé, tout contribuait à rendre plus critique la situation du commandant Rivière. Sa lettre du 16 mai à l'amiral Meyer, dont nous venons de parler, laisse percer une sorte de découragement, dû autant à la lassitude physique qu'à l'affaissement moral. Le malheureux officier cherchait inutilement le moyen de se débarrasser des bandes de Bac-Ninh et de Sontay, qui le bloquaient si étroitement sur les deux rives du Fleuve Rouge.

Les combats livrés jusque là n'avaient eu d'autre résultat

(1) *Livre jaune*, rapport du commandant Rivière, 16 mai 1883; A. Gervais, ouvrage cité, le commandant Rivière à l'amiral Meyer, 16 mai 1883.

que de réduire nos approvisionnements de cartouches : chaque jour, l'ennemi avait été refoulé sans la moindre difficulté, mais pour revenir en forces dès que nos troupes regagnaient leurs cantonnements. Étendre les positions occupées par nous aurait sans doute arrêté ces incursions; mais Rivière avait à peine l'effectif nécessaire pour garder Hanoï. Une seule opération était de nature à faire espérer des résultats plus durables : un combat aboutissant à la destruction ou à la capture de très nombreux ennemis.

Rivière crut donc indispensable de faire la grande sortie qu'il avait annoncée, le 9 mai, au gouverneur de Cochinchine (1).

Il estimait cette opération d'autant plus nécessaire, que l'amiral Meyer lui avait confié ses compagnies de débarquement pour un temps limité : le départ de la division navale nécessiterait bientôt leur rappel (2). En outre, Rivière croyait que, parfois, « un peu de résolution est la meilleure des prudences » ; il ordonna donc une sortie pour le 19 mai, par la route de Phu-Hoaï, celle même sur laquelle était tombé l'enseigne de vaisseau Balny d'Avricourt en 1873; son intention était de pousser l'opération à fond, et il ne comptait rentrer que le soir.

La colonne (3) commandée par le chef de bataillon Berthe de Villers doit quitter la Concession à 4 heures du matin,

(1) Une dépêche officielle du 6 mai, reçue à Hanoï le 13, autorisait, dit-on, Rivière à s'emparer de Sontay et de Ninh-Binh. F. Julien, ouvrage cité.

(2) *Livre jaune*, M. Forestier à M. Thomson, 20 mai 1883.

(3) 25e du 3e, capitaine Puech; 31e du 2e, capitaine Jacquin; compagnies de la *Victorieuse*, lieutenant de vaisseau Le Pelletier des Ravinières; du *Villars*, lieutenant de vaisseau Saintis; de l'*Hamelin*, enseigne Le Bris; demi-batterie de 65 mill., lieutenant de vaisseau Pissère; le tout comptant de 4 à 500 hommes.

le 19 mai 1883, et Rivière va l'accompagner. Au moment du départ, le lieutenant de Marolle, son chef d'état-major, étonné de ne pas le voir encore, monte dans sa chambre et le trouve moins bien portant que la veille; le commandant hésite même avant de se joindre à la colonne, tant il craint d'assister encore une fois à une échauffourée sans résultat. Peut-être aussi y a-t-il dans son hésitation l'effet d'un pressentiment inconscient qui lui fait entrevoir les funèbres événements de la journée? Enfin il descend, appuyé au bras de son chef d'état-major.

A 4 heures la petite troupe se met en marche vers la porte du Sud-Ouest; elle est précédée d'une compagnie d'infanterie, la 25e du 3e, formant avant-garde. Arrivée à l'embranchement du chemin de Thu-Lê, elle s'arrête un instant pour laisser les deux premières sections de la 25e compagnie fouiller ce village. Il est abandonné, mais quelques groupes ennemis apparaissent vers la pagode Balny, sur la route de Phu-Hoaï. Le gros s'engage dans cette direction, précédé d'une section d'infanterie; une autre suit un chemin parallèle à droite de la route.

En tête du gros marchent le chef de bataillon Berthe de Villers et la 31e compagnie du 2e régiment. Puis viennent les marins de la *Victorieuse*, du *Villars* et du *Léopard* avec trois canons de 65 millimètres.

Le commandant Rivière, encore très souffrant, se tient en voiture (1), au milieu de la colonne, derrière un groupe

(1) Dès le 16 mai, Rivière se plaignait d'une extrême fatigue, à la suite de jours et de nuits sans sommeil. (Lettre à l'amiral Meyer, déjà citée.) Nous avons surtout consulté, pour ce récit, les rapports de MM. Le Pelletier des Ravinières et Pissère, et celui de l'amiral Meyer, publiés par M. A. Gervais (ouvrage cité), ainsi que la dépêche de M. Thomson à M. Charles Brun, 26 mai 1883, *Livre jaune*.

LE COMMANDANT BERTHE DE VILLERS

de coolies. Il est entouré des officiers de son état-major, à cheval et semble toujours sous le poids de préoccupations sinistres.

Vers six heures du matin, malgré quelques coups de feu isolés, les trois groupes de l'avant-garde se réunissent sur la route de Phu-Hoaï, près de la pagode Balny. La colonne aperçoit déjà, au delà d'un arroyo, les villages où les Pavillons-Noirs sont retranchés. La section du lieutenant Bertin se porte aussitôt sur le pont de Papier, qui traverse le ruisseau; mais elle est accueillie par une vive fusillade et prend position sur la rive droite de l'arroyo, à l'abri de la digue. Le reste de l'avant-garde, puis une section de la compagnie Jacquin, et les marins de la *Victorieuse* viennent successivement la renforcer à droite et à gauche de la chaussée; le commandant Rivière, qui a mis pied à terre, fait alors placer deux de nos pièces en batterie, à 100 mètres environ de l'arroyo : elles ouvrent le feu aussitôt.

Les Chinois et les Annamites occupent plusieurs villages au-delà du pont de Papier. Tien-Thong à droite de la route, Ha-Yen-Khé à gauche, et Trung-Thuong à une certaine distance, dans la direction de Phu-Hoaï : de ces trois points, ils dirigent une fusillade nourrie sur nos tirailleurs.

Après quelques minutes de feu rapide, notre avant-garde franchit le pont de Papier : une partie fait face à droite vers Tien-Thong; une autre pénètre à gauche dans Ha-Yen-Khé, et engage une lutte acharnée avec ses défenseurs, auxquels deux pagodes servent surtout d'appui. La compagnie de la *Victorieuse*, qui vient de renforcer notre ligne de tirailleurs, fait partie du groupe entré dans Ha-Yen-Khé. Elle en est rappelée par Rivière au bout de vingt minutes, après de fortes pertes, et revient s'établir en réserve sur la rive droite de l'arroyo (1).

A ce moment, Rivière fait porter son artillerie au delà du pont de Papier, et le franchit lui-même avec son état-major. Au milieu du pont, il reçoit du lieutenant de vaisseau

(1) Rapport de M. Le Pelletier des Ravinières; Baude de Maurceley, *Le Commandant Rivière et la Guerre du Tonkin*.

Saintis un des trois drapeaux qui viennent d'être pris à l'ennemi.

A peine sur l'autre rive, il est en butte à un feu très nourri, parti de Trung-Thuong, tandis que la lutte continue avec acharnement dans Ha-Yen-Khé : les fourrés de bambous au milieu desquels s'élève ce village sont si épais, qu'on ne peut rien distinguer de ce qui s'y passe.

A droite, Tien-Thong semble inoccupé ; le commandant Rivière fait jeter quelques obus dans Trung-Thuong, qui ferme devant nous la route de Phu-Hoaï ; puis il lance sur ce village la compagnie de la *Victorieuse*. Nos marins s'élancent intrépidement sous une pluie de balles, mais ils se heurtent à des haies très épaisses, derrière lesquelles les Chinois les fusillent à bout portant.

Au même moment, Rivière est arrivé à mi-chemin de Trung-Thuong et du pont de Papier, dans un endroit découvert d'où il peut suivre l'ensemble du combat. Berthe de Villers vient d'avoir le ventre traversé par une balle ; tandis qu'on l'emporte vers la voiture du commandant, une seconde balle lui fracasse le bras droit ; il est mourant.

Tout à coup apparaît sur notre droite, vers Tien-Thong, une nouvelle bande ennemie qui prend à revers les assaillants de Trung-Thuong, et menace de les couper du pont. Il faut se hâter de rappeler la compagnie de la *Victorieuse*, et le lieutenant de Marolles y court. Aussitôt qu'elle commence sa retraite, les Chinois se portent en avant à sa suite, à découvert, bien alignés, et s'arrêtent à cent mètres des nôtres. Les morts tombent nombreux dans nos rangs : par sa contenance et par ses paroles, Rivière cherche à ranimer l'ardeur de chacun. Notre ligne reflue pourtant sur le pont de Papier, non sans désordre.

Au moment où les marins de la *Victorieuse* atteignent

un hameau sur la route, près du pont, l'une de nos pièces de 65 millimètres, celle du *Villars* est vivement menacée par l'ennemi. Rivière la fait charger à mitraille et diriger contre les Chinois qui affluent sur notre droite. On fait feu; mais, en reculant, la pièce tombe dans la rivière et il faut la remettre péniblement sur la route. L'ennemi met à profit cet incident, et s'avance rapidement de tous côtés en poussant des cris de mort. Il faut se hâter de regagner le pont pour éviter d'être coupé d'Hanoï. On essaie d'atteler la pièce du *Villars*, mais l'un des deux chevaux dont nous disposons est aussitôt blessé, et nos soldats, sous une grêle de balles, commencent à perdre leur sang-froid. Rivière, le capitaine Jacquin, le lieutenant d'Hérail de Brisis, l'aspirant Moulun, s'empressent pour arracher notre canon à l'ennemi: Rivière pousse lui-même aux roues.

Les Chinois sont arrivés à moins de cinquante mètres: Moulun tombe le premier, le crâne fracassé par une balle; le commissaire Ducorps est grièvement blessé; Rivière, est frappé à son tour; il a l'épaule trouée par un projectile; il se relève et fait quelques pas, mais pour retomber, atteint de nouvelles blessures. Le capitaine Jacquin, qui veut le sauver, est tué sur le corps du commandant.

Un petit groupe de braves gens réussit pourtant à ramener le canon de 65 millimètres au delà du pont, où le lieutenant de vaisseau de Marolles a rallié quelques hommes pour couvrir la retraite (7 heures). Mais de glorieuses victimes, Rivière, Jacquin, de Brisis, Moulun, sont restées, mortes ou blessées, aux mains de l'ennemi, et il est impossible de songer à reprendre leurs cadavres. Déjà le gros de la colonne est à plusieurs centaines de mètres vers Hanoï. Le lieutenant de vaisseau Pissère, qui prend le commandement, juge nécessaire de continuer la retraite. Le capitaine Puech et le lieutenant de vaisseau de Marolles la protègent, à la tête d'une trentaine de soldats et de marins. Heureusement, les Chinois se bornent, sur nos flancs, à quelques démonstrations, facilement arrêtées par des feux de salve. A neuf heures et demie, l'arrière-garde est rentrée tout entière dans la Concession, après avoir franchi, sans combattre davantage, les trois kilomètres qui séparent le pont de Papier d'Hanoï.

Nos pertes sont très considérables (1) : cinq officiers tués ou blessés mortellement, six officiers blessés, vingt-neuf soldats ou marins tués et quarante-quatre blessés. La colonne a perdu le cinquième de son effectif.

Peut-être aurait-il été possible d'éviter ce désastre. Suivant l'opinion émise par le contre-amiral Meyer (2), « nous avions poussé notre reconnaissance trop loin, entraînés par l'ardeur de chacun, et nous nous étions heurtés à des obstacles dont il eût été facile de venir à bout, en couvrant d'obus les villages où les Pavillons-Noirs nous attendaient. » L'échec du 19 mai était donc dû, en grande partie, aux défectuosités du projet d'opérations formé par le commandant Rivière, et au désordre qui avait présidé à son exécution. Il prouvait, d'ailleurs, une fois de plus, que nos marins, si brillants à bord, ne devaient pas être détournés de

(1) Rivière, capitaine de vaisseau; Berthe de Villers, chef de bataillon; Jacquin, capitaine; de Brisis, lieutenant; Moulun, aspirant, tués ou mortellement blessés; Saintis et Duboc, lieutenants de vaisseau; Marchand, lieutenant; Le Bris, enseigne; Ducorps, sous-commissaire, blessés; la *Victorieuse* eut vingt-six hommes hors de combat; le *Villars*, onze, et l'infanterie de marine, trente et un. Malgré les défaillances qui signalèrent la fin du combat, il y eut de beaux exemples de courage : le clairon Béhuré, de la 31e du 2e, sonna la charge avec deux balles dans le corps, au moment de l'attaque de Trung-Thuong.

(2) Rapport du 19 mai, A. Gervais, ouvrage cité.

leur tâche spéciale pour jouer le rôle d'une médiocre infanterie. Malheureusement, l'avenir devait le démontrer encore plus complètement.

Quoi qu'il en soit, ce douloureux échec, la mort du commandant Rivière et de ses compagnons, ouvraient une nouvelle phase de notre intervention au Tonkin. Jusque-là, il s'était agi simplement de faire respecter des traités revêtus de notre signature, en cherchant de nouveaux débouchés pour une activité commerciale encore très problématique; il faudrait maintenant tirer vengeance du sang répandu. Quelques jours s'étaient à peine écoulés que le ministre de la marine l'annonçait éloquemment à la division navale et au corps expéditionnaire : « La Chambre a voté à l'unanimité le crédit pour le Tonkin; la France vengera ses glorieux enfants. » Ce sentiment était celui de la patrie entière, quand elle reçut la douloureuse nouvelle des événements d'Hanoï.

FIN DU LIVRE II.

LIVRE III

SONTAY & BAC-NINH

LIVRE III

CHAPITRE PREMIER

Émotion publique à Paris. — Discussion des crédits du 26 avril 1883. Rapport de M. Blancsubé. — Vote unanime des crédits. — Envoi de renforts. — Le docteur Harmand, commissaire-général civil. — Ses instructions. — Attitude de la cour de Hué.

A Paris, la nouvelle de la mort de Rivière hâtait l'adoption des mesures depuis si longtemps pendantes pour renforcer notre corps expéditionnaire du Tonkin. Nous avons dit que le projet de loi les concernant n'avait été déposé que le 26 avril, huit jours après l'ouverture de la session. Ce projet consacrait simplement un compromis entre les partisans de la conquête et ceux de l'évacuation du Delta : comme toutes les demi-mesures, il ne donnait satisfaction ni aux uns ni aux autres.

D'après l'exposé des motifs, le gouvernement était d'avis que certaines précautions indispensables devaient être prises, pour conserver notre situation actuelle au Tonkin, à défaut d'une évacuation dont la possibilité ne lui semblait pas admissible. Il estimait que l'établissement de notre protectorat et l'ouverture au commerce de « l'un des plus riches pays de l'Asie » seraient obtenus par l'envoi de quelques bâtiments et de faibles renforts destinés au petit corps expéditionnaire (1). Il faudrait, croyait-on, le porter « au début » à 3,000 hommes de troupes métropolitaines joints à 1,000 tirailleurs annamites. Un renfort de 500 hommes venus de Cochinchine et de 1,500 venus de France serait donc suffisant. On le voit, ce n'était même plus les chiffres réclamés, dix-huit mois auparavant, par l'amiral Jauréguiberry, et pourtant la situation avait singulièrement empiré depuis cette époque, puisque l'hostilité de la Chine était devenue flagrante. On cédait donc à la tentation de réduire les sacrifices probables de l'expédition, pour les faire admettre plus aisément par les Chambres. Peut-être aussi obéissait-on à des calculs singulièrement optimistes.

Le vote de crédits ne souleva qu'un opposition insignifiante. A la Chambre des députés, le rapporteur, M. Blancsubé, exagéra encore les tendances confiantes du gouvernement. La question du Tonkin lui semblait fort simple, la salubrité du pays incontestable ; à l'en croire, le Fleuve Rouge était une voie navigable comparable au Yang-Tsé-Kiang, et le Delta un pays entièrement privilégié. Quant aux obstacles à surmonter, ils n'avaient nulle importance : « Du côté de l'Annam, il n'y a certainement rien à

(1) *Projet de loi*, du 26 avril 1883 : 1 cuirassé de station, 1 canonnière, 4 chaloupes canonnières, 2 torpilleurs, 4 chaloupes à vapeur, 2 transports. L'effectif des troupes métropolitaines, au Tonkin, était évalué à 1.000 hommes. Le crédit demandé se montait à 5,300.000 fr.

craindre, la Commission en est convaincue ». Quant au Céleste-Empire, M. Blancsubé lui réservait une appréciation presque aussi sommaire. « La Chine de 1883 ne diffère pas de la Chine de 1859, et ceux-là seuls qui ne la connaissent pas peuvent redouter quelque chose de ce côté. Elle a bien assez à faire sur ses frontières russes, en Corée et au Japon ». Enfin, « les nations européennes, assurait le député de Cochinchine, ne nous sont pas hostiles ; elles n'ont aucun intérêt à l'être » (1). C'est sur des assurances semblables, dont un prochain avenir allait démontrer l'inanité, que s'ouvrit la discussion des crédits. La seule disposition du projet de loi qui souleva une opposition sérieuse, fut celle prescrivant l'envoi au Tonkin d'un commissaire général civil, revêtu des pouvoirs civils et militaires. Mais cette opposition provenait simplement de la crainte de paraître empiéter sur les attributions du gouvernement, en posant dans une loi un principe d'une application exclusivement administrative. Nul ne fit remarquer les dangers de l'envoi d'un fonctionnaire civil, pour diriger l'administration d'un pays dont la conquête était encore à faire. On avait le très ferme espoir que « la période des opérations militaires serait courte » et on voulait prendre des « garanties contre de généreux, mais dangereux entraînement » (2). On comptait même sur la tournure d'esprit spéciale aux peuples de l'Extrême-Orient « qui accordent aux fonctionnaires civils un respect qu'ils ne donnent jamais aussi complètement aux mandarins militaires » (3). Le Delta du Tonkin était déjà conquis, sem-

(1) *Documents parlementaires*, rapport Blancsubé, 10 mai 1883.

(2) *Débats parlementaires*, discours de M. Challemel-Lacour au Sénat, 24 mai 1883.

(3) *Débats parlementaires*, discours de M. Challemel-Lacour au Sénat, 24 mai 1863.

blait-il ; il n'y avait plus qu'à y organiser notre établissement : en réalité, nous étions alors étroitement bloqués dans Hanoï et Nam-Dinh.

L'annonce de la mort de Rivière précipita le vote du projet de loi, qui menaçait de se heurter à des difficultés de procédure parlementaire. Adopté par 209 voix contre 4 au Sénat, il était voté le 26 mai à la Chambre, à l'unanimité de 494 voix. Les oppositions de droite et de gauche s'étaient patriotiquement confondues dans le désir de secourir nos soldats et de dégager notre pavillon. Mais cette union, née des circonstances, devait disparaître avec elles.

Le ministère n'avait pas attendu ce dernier vote pour prendre enfin les mesures indispensables : le 26 mai, il prescrivait au général Bouët, alors en Cochinchine, de se rendre au Tonkin en qualité de commandant supérieur des troupes et de la marine. Le même jour, il faisait ordonner à M. Morel-Beaulieu de se maintenir à tout prix dans Hanoï, sauf à évacuer Nam-Dinh, s'il était nécessaire, et d'abandonner Qui-Nhon. Il ajoutait même la recommandation un peu tardive de s'informer du nombre, de la nature et de l'armement de l'ennemi (1).

On pressait le départ des renforts ; deux transports quittait nos côtes avant la fin du mois, emportant sept cents hommes d'infanterie de marine, trois batteries d'artillerie de montagne et un petit parc (2). Deux compagnies d'infan-

---

(1) A. Gervais, ouvrage cité; télégrammes du ministre de la marine au gouverneur de Cochinchine, 26 mai 1883.

(2) 23 officiers et 360 hommes d'artillerie, 28 officiers et 700 hommes d'infanterie de marine partirent de France les 30 et 31 mai 1883. (Rapport de M. Ballue à la Commission des crédits du Tonkin et de Madagascar, décembre 1885.)

M. CHARLES BRUN

terie quittaient également la Nouvelle-Calédonie pour le Tonkin (1). Enfin, le contre-amiral Courbet était désigné pour commander la division navale créée sur les côtes de l'Annam; M. Harmand, l'ancien compagnon de Garnier, l'heureux explorateur du Laos, alors consul général de France à Bangkok était nommé, le 7 juin, commissaire général du

(1) 6 officiers et 200 hommes. (*Ibidem.*)

gouvernement de la République au Tonkin et ce choix semblait être entouré des meilleures garanties (1).

Mais les circonstances aussi bien que les instructions du ministère rendaient la tâche de M. Harmand singulièrement complexe. « Le commissaire général civil, lui écrivait le ministre de la marine, représente la pensée du gouvernement ; il est chargé d'empêcher que l'action militaire ne dévie et ne s'étende au-delà du cercle tracé....» En outre, il devait être à la fois administrateur et diplomate ; il aurait à organiser notre protectorat et à ouvrir des négociations avec l'Annam, la Chine et même les Pavillons-Noirs, s'il jugeait la chose utile.

Le ministère définissait plus nettement les bornes de notre occupation ; elle se bornerait au Delta et ne dépasserait ni Bac-Ninh, ni Hong-Hoa. On renonçait donc à occuper les régions voisines de l'Empire chinois, pour ne pas accroître son irritation, disait M. Charles Brun. Le commissaire général aurait à maintenir les opérations militaires dans ces limites ; le commandant supérieur disposerait des troupes suivant les nécessités de la situation, mais « après s'être concerté » avec le docteur Harmand.

Ces dernières dispositions semblaient faites pour amener presqu'infailliblement des conflits entre ces deux fonctionnaires. Le commissaire civil serait à peu près nécessairement entraîné à s'immiscer dans les affaires militaires, tandis que le commandant supérieur, tout en ayant l'entière responsabilité de ses actes, n'était pas assuré d'en avoir la liberté absolue ; c'était s'exposer à de graves

(1) Le docteur Harmand est né le 23 octobre 1845. Il séjourna en Cochinchine de 1866 à 1870. En 1873, il prit part à l'expédition Garnier. En 1875, 1876, 1877, il accomplit de brillantes explorations en Cochinchine, au Cambodge, au Laos et en Annam.

mécomptes. Pour ne pas en courir le risque, il eût fallu pouvoir compter que les deux fonctionnaires en présence feraient complètement abstraction de leur personnalité et la raison défendait de l'espérer, malgré la gravité des circonstances.

Le ministère espérait de voir cesser la période militaire le plus vite possible et il traçait déjà au commissaire civil tout un programme d'organisation du Tonkin. Il insistait tout particulièrement sur la nécessité d'y régler la perception des impôts, et il se flattait même de voir notre conquête future payer les dépenses auxquelles nous consentions, pour y entretenir la tranquillité (1).

Afin d'atteindre ce dernier but, nous limiterions au strict nécessaire notre intervention dans les affaires tonkinoises, en nous bornant à écarter les fonctionnaires hostiles. On éviterait d'encourager les prétentions des chrétiens indigènes à la domination du pays, tout en s'en servant le plus possible. Quant aux missionnaires, il faudrait également observer vis-à-vis d'eux la plus grande réserve, mais sans renoncer le moins du monde à utiliser leur influence. Le rôle des sept résidents, dont l'établissement était prévu, consisterait surtout à surveiller la perception des impôts et l'administration générale du pays, en en préparant la réforme.

Quant aux négociations de M. Harmand avec l'Annam, elles auraient les mêmes bases que celles données précédemment à la mission de M. de Kergaradec. Le ministre

(1) *Livre jaune*, M. Charles Brun à M. Harmand, 8 juin 1883 : « Il est admis en principe que l'occupation du Tonkin ne doit entraîner aucune dépense pour nous. »

admettait même la possibilité de réclamer une indemnité de guerre des Annamites.

Ceux-ci ne songeaient nullement à se laisser imposer un pareil sacrifice. La mort de Rivière leur avait simplement paru une occasion propice de regagner tout le terrain perdu par eux au Tonkin, depuis plusieurs années. Dès le 26 mai, la cour de Hué s'adressait au gouvernement de Cochinchine pour rejeter toute la responsabilité de l'affaire du 19 sur le malheureux Rivière, et nier toute intention hostile à son égard de la part des mandarins (1). Quelques jours après, le 6 juin, la nouvelle attitude du gouvernement annamite se dessinait encore plus nettement. Prenant acte de prétendues déclarations pacifiques faites par M. Thomson à ses envoyés de Saïgon, il accusait formellement Rivière d'avoir violé ses instructions, et proclamait sa mort une « vengeance du ciel », une simple compensation pour celle des hauts fonctionnaires précédemment massacrés par les Français. Aussi engageait-il notre gouvernement à rappeler ses troupes et ses navires du Tonkin, à lui rendre Hanoï et Nam-Dinh : « chacun oublierait le passé » et tout irait pour le mieux. Le ministère annamite demandait même une prompte réponse à ces singulières ouvertures (2) : il se croyait évidemment en 1873, au lendemain de la mort de Garnier.

M. Thomson fit à cette lettre la seule réponse qu'elle méritait, en expulsant de Saïgon les envoyés annamites compromis depuis longtemps par leurs menées anti-françaises ; il réclamait en même temps du gouvernement français l'a-

(1) *Livre jaune* le ministre des relations extérieures de Hué, à M. Thomson, 26 mai 1883.

(2) *Livre jaune*, le ministre des relations extérieures de Hué à M. Thomson, 6 juin 1883.

M. DE MAROLLES

doption de mesures plus énergiques. Il aurait voulu voir envoyer au Tonkin de nouveaux renforts, 2,500 hommes et trois batteries venant de la métropole ; en même temps, au lieu d'être réduite très sensiblement, la garnison de la Cochinchine aurait été accrue de 1,500 hommes et de 3 batteries. Un corps expéditionnaire dirigé sur Hué devait obtenir aisément, par la force, ce que des années de négociations n'avaient pu réaliser (1). De toutes ces propositions, aucune ne fut acceptée à ce moment par le ministère français. Il se contenta de suspendre l'envoi de M. de Kergaradec à Hué (2), en attendant de pouvoir prendre vis-à-vis de l'Annam des mesures plus énergiques.

---

(1) *Livre jaune*, M. Thomson à M. Ch. Brun, télégramme, 27 mai 1883.

(2) *Livre jaune*, M. Charles Brun à M. Thomson, télégramme, 27 mai 1883.

CHAPITRE II

Nos rapports avec la Chine. — Nouvelles négociations. — Leur rupture. — Le cabinet Ferry et l'opinion. — Interpellation Granet. — Question du duc de Broglie.

En face de la Chine, l'attitude du ministère français paraissait d'abord devoir être très nette.

« Nous ne saurions être détournés, écrivait M. Challemel-Lacour à M. Tricou, par la menace d'une rupture, d'une action qui s'impose aujourd'hui. » D'ailleurs, en arrivant à Shanghaï, la première impression de notre nouvel envoyé en Chine, était assez favorable. Quoique Li-Hong-Tchang, alors à Shanghaï également, redoutât une rupture, M. Tricou croyait à des dispositions assez conciliantes de la part des Chinois. Mais il ne jugeait pas moins nécessaires de nous préparer à toutes les éventualités (1). Ces bonnes impressions persistèrent quelque temps : au lieu de se rendre à Canton, pour prendre le gouvernement des provinces voisines de l'Annam, comme on l'avait annoncé, Li était demeuré à Shanghaï. Il avait même

(1) *Livre jaune*, M. Tricou à M. Challemel-Lacour, 8 juin 1883.

consenti à publier une proclamation, ordonnant aux volontaires du Hounan de rentrer dans leurs foyers, et annonçant qu'il ne se rendrait pas dans le Sud. De son côté, le ministère français prescrivait à M. Tricou d'accéder aux ouvertures qu'on lui ferait, *ad referendum*, si elles étaient acceptables (1).

Mais les dispositions conciliantes des Chinois disparaissaient bientôt. Dès le 18 juin, M. Tricou annonçait que Li-Hong-Tchang opposait une résistance systématique à toutes ses demandes et gardait même vis-à-vis de lui une attitude des plus arrogantes. Ce revirement, dû très probablement à l'intervention secrète de certains diplomates étrangers et notamment du ministre anglais, sir Henry Parkes, ne faisait que s'accentuer dans les jours qui suivirent. Li prétendait n'avoir aucun pouvoir pour traiter de la question du Tonkin, contrairement à ses propres affirmations et à celles du marquis Tseng (2). De plus, une sorte de manifeste officieux, communiqué à tous les journaux chinois et étrangers de Shanghaï, articulait pour la première fois, avec une certaine netteté, les prétentions de la Chine sur l'Annam. On colportait avec affectation le récit de la mort de Rivière; les préparatifs de guerre, un instant suspendus, étaient ostensiblement repris. Enfin, fait plus grave, le confident de Li, Ma-Kien-Tchong, se permettait, en présence du vice-roi et de l'un des interprètes de la légation française, de traiter le gouvernement de la République du ton le plus cavalier (3).

(1) *Livre jaune*, M. Challemel-Lacour à M. Tricou, télégramme, 12 juin 1883

(2) *Livre jaune*, M. Tricou à M. Challemel-Lacour, 22 juin 1883; conversation du marquis Tseng et de M. Jules Ferry, 21 juin 1883.

(3) *Livre jaune*, M. Tricou à M. Challemel-Lacour, 22 juin 1883.

M. Tricou inclinait pourtant à penser que l'intention de la Chine n'était nullement de prendre l'initiative d'une rupture. Li-Hong-Tchang lui en avait donné l'assurance formelle et il l'admettait volontiers, car rien n'aurait été plus contraire aux intérêts de la Chine. Elle eût couru le risque d'une rébellion intérieure, en outre de complications toujours possibles avec la Russie et le Japon. La cour de Pékin songeait simplement à nous fatiguer par des apparences de négociations, tout en nous harcelant dans l'Annam, et finalement à lasser l'opinion publique en France, de manière à faire imposer au gouvernement le rappel de ses troupes du Tonkin. Cette politique était, selon toute vraisemblance, inspirée par le marquis Tseng, fort au courant de nos coutumes et de nos travers nationaux, ainsi que par ses amis de Londres. On ne peut nier qu'elle fût parfaitement appropriée aux circonstances et, de fait, elle faillit aboutir à nous faire quitter le Tonkin, après nous avoir imposé les plus durs sacrifices pour le conquérir.

Vis-à-vis de la Chine, M. Tricou conseillait l'envoi d'une force maritime considérable sur les côtes impériales : il recommandait encore plus instamment de diriger une expédition sur Hué, de manière à y frapper un grand coup et à mettre l'Annam à notre merci. « Si nous devons employer la force, ajoutait-il, sachons au moins l'employer à temps (1) ». Mais le destin voulut le contraire : jamais durant cette campagne, on ne put se résigner en France à user des moyens nécessaires, alors qu'ils pouvaient encore produire quelque effet : on se contenta toujours de parer au plus pressé, en envoyant contre les Chinois les renforts que les circonstances rendaient absolument indispensables. Cette tactique

(1) *Livre jaune*, dépêche précédemment citée : M. Tricou à M. Challemel-Lacour, télégramme, 18 juin 1883.

ne prit fin qu'après la signature de la paix, alors qu'elle eût pu paraître mieux justifiée.

Tandis que les négociations se poursuivaient inutilement à Shanghaï, elles n'étaient pas plus fructueuses à Paris. Le marquis Tseng avait paru un instant animé de dispositions plus conciliantes. Protestant contre toute pensée d'aggression de la part de la Chine, il demandait simplement qu'on s'entendît avec elle; à l'en croire, il suffirait d'établir une zone neutre entre l'empire et les contrées soumises à notre protectorat. M. Jules Ferry n'écartait nullement cette manière de voir et insistait sur notre intention bien arrêtée de ne pas conquérir l'Annam (1).

Il semblait que les vues des deux gouvernements fussent à peu près identiques, mais ces apparences durèrent peu.

Malgré son premier échec, M. Tricou continuait ses négociations. Certaines ouvertures de Li-Hong-Tchang lui faisaient espérer que le gouvernement chinois se contenterait d'assurances positives sur nos intentions. La France s'engagerait à ne pas annexer le Tonkin, en retour d'un engagement semblable pris par le Tsong-li-Yamen et portant que la Chine ne gênerait en rien nos opérations militaires dans le Delta (2). C'était le projet d'arrangement déjà mis en avant par le marquis Tseng, et il était parfaitement acceptable en soi. Le ministère français lui donna donc son approbation, sous la réserve qu'il

(1) *Livre jaune.* Conversation du marquis Tseng et de M. J. Ferry, 21 juin 1883. M. J. Ferry au marquis Tseng et le marquis Tseng à M. J. Ferry, 22 juin 1883. M. J. Ferry remplissait alors, par intérim, les fonctions de ministre des affaires étrangères.

(2) *Livre jaune,* M. Tricou à M. Challemel-Lacour, télégramme, 1er juillet 1883.

ne porterait aucune atteinte aux traités de 1874 (1). Malgré certaines difficultés de détail, Li-Hong-Tchang paraissait disposé à soumettre au Tsong-li-Yamen un arrangement sur ces bases. M. Tricou admettait même le principe d'une rectification de frontières entre l'Empire et le Tonkin, en échange de laquelle la Chine eût accordé l'ouverture du Song-Koï au commerce (2). En somme, ce projet ne différait de celui de M. Bourée que sur des points de détail. Mais les événements avaient marché si vite, depuis le 6 mars, que le gouvernement français aurait définitivement admis sans doute ces nouvelles bases de négociations, si la Chine n'avait pris l'initiative d'une rupture. Dès le 5 juillet, Li-Hong-Tchang partait pour Tien-Tsin, dans des dispositions telles que M. Tricou ne pouvait douter de son désir d'arrêter les négociations pendantes. Tout annonçait que ce nouveau revirement était dû à l'influence du marquis Tseng, alors à Londres. Un de ses télégrammes avait, dit-on, laissé entrevoir à Li la possibilité d'une intervention de l'Angleterre en faveur de la Chine. Le ton général de la presse anglaise était d'ailleurs tel, que cette explication pouvait aisément être admise.

Différentes circonstances montraient alors, sous leur vrai jour, les intentions de la Chine; le Tsong-li-Yamen venait de nommer à un haut grade Luu-Vinh-Phuoc, l'ennemi mortel des Français, le véritable auteur de la mort de Rivière. Dans toutes les provinces de la Chine méridio-

(1) *Livre jaune*, M. Challemel-Lacour à M. Tricou, télégramme, 3 juillet 1883.

(2) *Livre jaune*, M. Tricou à M Challemel-Lacour, télégramme, 3 juillet 1883.

nale, on répandait à profusion une gravure représentant ce malheureux officier succombant sous les coups de réguliers chinois. M. Tricou ne voyait d'issue à la situation que dans une attitude énergique. La rupture des relations diplomatiques avec la Chine lui paraissait indispensable ; il représentait d'ailleurs les forces de l'Empire comme « singulièrement surfaites ». A l'en croire, les troupes éparses sur les frontières du Yunnan ne comptaient que 30,000 hommes mal armés, mal disciplinés, incapables de tenir devant six bataillons soutenus par une artillerie suffisante (1). Malheureusement, le ministère français adopta aisément ces appréciations, qui ne cadraient que trop avec ses désirs, et qui contribuèrent à le jeter dans une voie dangereuse, en lui faisant mépriser, à tort, les forces de nos adversaires.

Les difficultés de sa politique intérieure compliquaient singulièrement la tâche du cabinet Ferry. Il se rendait compte du peu de faveur dont jouissaient les entreprises coloniales dans la masse de la nation, qui n'y apercevait, en somme, qu'un accroissement des impôts et des charges militaires. Pour ne point s'aliéner l'opinion publique, si facile à émouvoir en France, le ministère se voyait entraîné à dissimuler la gravité de la lutte où il s'était jeté inconsidérément. Malgré les avis de nos agents en Extrême-Orient, toutes ses déclarations officielles allaient donc être conçues dans les termes les plus optimistes, tant que les faits ne parleraient pas assez haut pour l'obliger à des aveux tardifs. Ce déplorable système, qui devait coûter si

(1) *Livre jaune*, M. Tricou à M. Challemel-Lacour, télégramme, 5 juillet 1883.

M. TRICOU

cher à la France, s'affirmait dès le 10 juillet. En réponse à une interpellation de M. Granet, au sujet de la politique française au Tonkin, M. Challemel-Lacour exprimait les idées les plus rassurantes sur l'avenir de notre entreprise. Malgré les avis de ses agents, il affirmait que les renforts envoyés au général Bouët seraient plus que suffisants pour les difficultés à vaincre. Le ministre des affaires étrangères ne craignait même pas de manifester « la plus entière confiance dans le maintien des relations pacifiques de la France et de la Chine ». C'était aller bien loin, après les avis reçus de MM. Bourée et Tricou.

M. Challemel-Lacour ajoutait que l'interruption des négociations entre M. Tricou et Li-Hong-Tchang ne serait sans doute pas de longue durée. Ces assurances trouvaient peu d'adversaires. M. Granet, l'auteur de l'interpellation, partageait la même confiance à l'égard de la Chine, qui n'avait, croyait-il, « ni la volonté, ni les moyens de tenter contre nous, au Tonkin et dans l'Annam, une action directe ». L'opposition paraissait même « d'accord avec le Gouvernement sur la nécessité de nous établir au Tonkin sur quelques points... ». La seule contestation résidait dans leur détermination.

La politique « ferme et prudente » du cabinet trouva donc une approbation à peu près unanime (1). Quelques jours après, une question posée devant le Sénat par M. le duc de Broglie permettait à M. Challemel-Lacour d'insister sur les déclarations faites à la Chambre. Le ministre donnait, au sujet de nos relations avec l'Annam, des explications quelque peu embarrassées, d'où il résultait que nous étions en guerre avec ce pays, sans l'être régulièrement (2). Ce singulier état de choses, qui n'était ni la

(1) *Débats parlementaires*, Chambre, 10 juillet 1883. L'ordre du jour suivant fut voté par 302 voix contre 78 : « La Chambre, après avoir entendu les explications du Gouvernement, confiante dans sa politique ferme et prudente, passe à l'ordre du jour. »

(2) *Débats parlementaires*, Sénat, 20 juillet 1883. « Nous ne sommes en possession d'aucune preuve absolument certaine qui nous permette de dire que ces troupes (les troupes chinoises et annamites), obéissent aux ordres directs du gouvernement de Hué. » Et un peu plus loin : « Tout nous autorise, ou plutôt nous oblige à croire, qu'en réalité, nous sommes en guerre avec l'Annam. »

paix ni la guerre, mais qui unissait le plus souvent les inconvénients de l'une et de l'autre, cette situation indécise, paraissait avoir pour le ministère des attraits particuliers. Après l'avoir laborieusement maintenu pendant dix-huit mois vis-à-vis de l'Annam, il devait en prolonger l'existence, par rapport à la Chine, bien au-delà de ce qu'auraient exigé nos véritables intérêts.

L'approbation de la Chambre encouragea le cabinet à suivre la ligne politique déjà prise. M. Challemel-Lacour était d'accord avec M. Tricou pour attendre sans impatience les propositions de la Chine, tout en proclamant notre volonté de maintenir énergiquement nos droits si le gouvernement chinois cédait à de funestes conseils (1). Cette déclaration belliqueuse ne cadrait guère avec « l'entière confiance » que M. Challemel-Lacour avait manifestée, le 10 juillet, dans le maintien de la paix avec la Chine.

(1) *Livre jaune*, M. Challemel-Lacour à M. Tricou, télégramme, 11 juillet 1883 ; M. Tricou à M. Challemel-Lacour, 20 juillet 1883.

CHAPITRE III

Effet de l'échec d'Hanoï au Tonkin et en Cochinchine. — Arrivée de renforts. — Situation au Tonkin. — Combat de Cangiaï. — Relations du docteur Harmand et du général Bouët. — Mort de Tu-Duc. — Conférence du 30 juillet 1883.

L'échec du 19 mai produisit au Tonkin et en Cochinchine un émoi profond : on ignorait si la petite garnison d'Hanoï pourrait s'y maintenir ; la défense de la Pagode semblait surtout difficile. Pendant le combat du 19 une partie de la ville marchande avait été pillée et brûlée par les troupes chinoises : cet état de choses pouvait justifier les plus graves appréhensions, car l'ennemi, enhardi par un succès si complet, semblait d'abord redoubler d'audace. Les postes français étaient même canonnés nuit et jour.

Aux premieres nouvelles du combat du 19 mai, l'amiral Meyer se rendait à Haï-Phong et y trouvait la situation assez grave pour qu'il examinât l'éventualité de l'abandon d'Hanoï (1). Mais le capitaine de frégate Morel-Beaulieu, du *Parseval*, qui avait pris le commandement de cette ville,

(1) *Livre jaune*, l'amiral Meyer à M. Thomson. 20 mai 1883 ; A. Gervais, ouvrage cité, lettre du commandant Morel-Beaulieu, 27 mai 1883.

n'eut point à repousser de nouvelles attaques. De plus il recevait bientôt d'importants renforts. Avant même la nouvelle du combat du 19 mai, M. Thomson avait envoyé deux compagnies au Tonkin ; le 26, il faisait partir 500 hommes d'infanterie (1) et une batterie de 4 de montagne. De plus l'amiral Meyer dirigeait sur Hanoï la compagnie de débarquement du *Kersaint* et les garnisons de Hone-Gay et de Qui-Nhon (2). Ces renforts suffisaient à mettre Hanoï en état de résister à l'ennemi ; Nam-Ðinh n'avait pas été sérieusement inquiétée jusque là.

En Cochinchine l'émoi n'était guère moindre qu'au Tonkin ; les renseignements venus de Hong-Kong annonçant l'entrée au Tonkin de 20,000 Chinois. « L'intervention de la Chine ne paraît plus douteuse », assurait M. Thomson (3), et il se croyait obligé de lancer une proclamation pour calmer l'émotion profonde de la population D'ailleurs, à en croire une étude signée Lux et parue dans la *Nouvelle Revue* (1885), Saïgon était alors dans le plus déplorable état de défense : le port était commandé par un officier marinier ; l'arsenal renfermait, en tout, trente fusils pour l'armement des milices tonkinoises. Cette situation était d'autant plus grave, que les menées chinoises et annamites se continuaient activement dans notre colonie. Dès le début de 1883, nous l'avons vu, il avait fallu en venir à de nombreuses arrestations dans sa population asiatique.

---

(1) Trois compagnies de tirailleurs annamites et deux d'infanterie de marine.

(2) Une compagnie et demie d'infanterie, cinquante-six marins.

(3) *Livre jaune*, M. Thomson à M. Charles Brun, 26 mai 1883.

Cependant, la situation restait la même au Tonkin (1) : Nam-Dinh et Hanoï n'étaient pas attaqués, et on pouvait même ravitailler sans difficulté la citadelle d'Hanoï, contre toutes les apparences. Le capitaine de frégate Morel-Beaulieu, qui avait recueilli la lourde succession de Rivière, prenait les mesures les plus urgentes. Un bureau politique était créé, un peu tard, il est vrai, et on faisait appel à la bonne volonté des fonctionnaires indigènes de tout rang. Le général Bouët (2), que le gouvernement métropolitain venait d'appeler au commandement supérieur des troupes au Tonkin, arriva le 7 juin à Haï-Phong, et son premier soin fut de mettre cette ville et Nam-Dinh en état de défense, de manière à tenir solidement la partie inférieure du Delta.

A Hanoï, où le général arriva le 16 juin, il améliora les fortifications de la citadelle et étudia les moyens d'en réduire la garnison. Il fit réunir des miliciens indigènes, qui furent l'origine première de nos régiments de tirailleurs tonkinois, et il autorisa l'un des officiers de M. Dupuis, le capitaine Georges Vlavianos, à lever une troupe de Pavillons-Jaunes qui forma bientôt un petit bataillon. Malheureusement ces Chinois auxiliaires devaient rendre des services à peu près négatifs.

---

(1) Le 31 mai 1883, l'effectif des troupes de la marine au Tonkin se montait à 23 artilleurs, 55 officiers et 1,820 hommes d'infanterie. (Rapport Ballue.)

(2) Le général Bouët, né le 6 décembre 1833, sorti de Saint-Cyr, le 1er octobre 1854, comme sous-lieutenant d'infanterie de marine; lieutenant, le 17 octobre 1857; capitaine, le 31 août 1860; chef de bataillon, le 8 janvier 1868; lieutenant-colonel, le 10 juin 1871; colonel, le 26 octobre 1875; général de brigade, le 19 juin 1882. Il était commandant supérieur des troupes en Cochinchine au moment de son envoi à Hanoï.

Le général Bouët est mort au commencement de 1887.

Le maintien de la discipline fit également l'objet des préoccupations du général Bouët ; deux conseils de guerre furent créés à Hanoï et à Haï-Phong ; un conseil de revision dans la première de ces villes. Deux officiers, MM. Puech et Forestier, furent provisoirement chargés de l'administration des territoires d'Hanoï et d'Haï-Phong. Le service des hôpitaux et des ambulances, la construction de baraquements, la réunion d'approvisionnements de toute espèce, l'ouverture de rues dans Hanoï (13 kilomètres), pour la circulation des troupes et du matériel, ces questions, si importantes pour le corps expéditionnaire, furent également l'objet des préoccupations de son nouveau chef. Enfin, après avoir organisé un corps d'indigènes auxiliaires du génie et des coolies pour le transport des munitions et des vivres, il répartit les forces dont il pouvait disposer en troupes de garnison et troupes actives.

Toute cette organisation était à créer lors de l'arrivée du général Bouët, et elle se poursuivit malgré les difficultés que la présence de l'ennemi, si près de nos postes, provoquait à chaque instant. Nous dirons plus tard combien le général eut également à lutter contre l'autorité civile, que représentait M. Harmand, récemment nommé commissaire général au Tonkin. Toutes ces circonstances contribuèrent à rendre sa tâche plus pénible, et les résultats qu'il obtint furent assez importants pour lui faire le plus grand honneur. On a trop souvent été tenté d'oublier la part qui revient au général Bouët dans les succès remportés par nos troupes, pour que nous ne cherchions pas à faire ressortir l'importance de ses efforts.

Vers le milieu de juin, les opérations militaires étaient à peu près arrêtées, car le général voulait attendre l'arrivée de renforts avant de tenter aucun mouvement. Le

LE DOCTEUR HARMAND

21 juin, la *Fanfare* dirigeait pourtant une reconnaissance vers Sontay. Elle détruisait des jonques et des radeaux préparés pour barrer le fleuve, à la bifurcation du Day et du Song-Koï, et revenait à Hanoï sans aucune perte.

Les Annamites avaient fait de nombreuses démonstrations sur Nam-Dinh. Jusqu'à la fin de juin, la garnison dut se contenter de les repousser. Quelques renforts lui permirent de faire mieux, et le 26 juin, le lieutenant-colonel Badens dirigeait une sortie contre les positions ennemies, qui étaient aisément enlevées : on capturait même quatre canons; mais, dès le lendemain, les Annamites avaient réoccupé les environs immédiats de la ville, et leurs pièces étaient en batterie à 1,000 mètres de la citadelle.

Nos autres postes n'étaient pas plus à l'abri des tentatives ennemies. Dans la nuit du 4 au 5 juillet, Haï-Phong était attaquée par des bandes nombreuses, qui s'emparaient même d'une pagode, mais pour être repoussés, bientôt après, avec de grosses pertes.

Hanoï était lui-même insulté par les Chinois et les Annamites, qui en occupaient la partie Sud dans la nuit du 10 au 11. Mais ils étaient repoussés. Une sortie de la garnison, faite le lendemain avec cinq compagnies, ne donnait que peu de résultats, achetés, dit-on, par la perte d'un grand nombre d'hommes frappés d'insolation (1). Rien ne pouvait mieux démontrer l'impossibilité d'opérations actives pour des troupes européennes, pendant l'été du Delta tonkinois.

(1) A. Gervais, *la Conquête du Tonkin* : un officier et six soldats morts, trois officiers et vingt hommes atteints gravement.

Le 11 juillet avait lieu sur Nam-Dinh une nouvelle attaque aussi infructueuse d'ailleurs que les précédentes; mais ces alertes continuelles épuisaient la garnison, à défaut d'autres résultats. Le lieutenant-colonel Badens, qui venait de recevoir une centaine d'hommes de renfort (1), résolut d'y couper court par une sortie énergiquement menée.

Les Annamites étaient établis à l'Ouest de la ville, dans les villages qui bordent l'arroyo de Cangiaï. Cette rivière suit une direction à peu près perpendiculaire à celle du canal de Nam-Dinh et vient s'y jeter près du hameau du Coq (2). Elle est traversée par un petit nombre de ponts.

Le 19 juillet, à trois heures trente du matin, un premier détachement (3), commandé par le lieutenant Goullet, quittait la citadelle de Nam-Dinh et suivait la digue de la rive droite du canal. Arrivé au confluent de celui-ci et de l'arroyo, il refoulait les postes ennemis et commençait à remonter vers Cangiaï.

Derrière lui, venait une deuxième colonne (4) sous les ordres du capitaine Lacroix; elle était transportée par eau jusqu'au débarcadère du Coq et suivait ensuite la première colonne, qui formait avant-garde. Tandis que ces deux détachements attaquaient de flanc les villages échelonnés le long de l'arroyo de Cangiaï, une troisième co-

(1) Quatre-vingt-onze soldats et six officiers.

(2) Voir le rapport du lieutenant-colonel Badens sur le combat de Cangiaï (*Progrès militaire* du 22 septembre 1883).

(3) Vingt-six tirailleurs annamites et deux cents auxiliaires tonkinois.

(4) Cent vingt hommes d'infanterie de marine.

lonne (1), commandée par le lieutenant Onfroy de la Rozière, se portait directement à l'Ouest de la citadelle et engageait le feu avec les avant-postes annamites, de manière à détourner leur attention vers Nam-Dinh.

Cette double attaque réussit entièrement ; M. de la Rozière enleva aisément le village de Lang-Tinh et commença une démonstration sur une pagode et sur des retranchements occupés par les Annamites vers l'Ouest. De leur côté, MM. Goullet et Lacroix s'emparaient aisément des villages et des ponts du Cangiaï ; les Annamites et les Muongs qui les défendaient se comportaient bravement, quoique beaucoup ne fussent armés que d'arcs et de flèches empoisonnées, ou de fusils sans crosses de l'aspect le plus primitif. Nos détachements enlevaient plusieurs canons.

L'opération se terminait par l'attaque et la prise des retranchements élevés entre le Cangiaï et Nam-Dinh. Pris à revers par le capitaine Lacroix et le lieutenant Goullet, ils étaient attaqués de front par M. de la Rozière et occupés sans grande difficulté (huit heures). Tous les points attaqués tombaient en notre pouvoir; sept canons restaient entre nos mains. Les pertes des Annamites se montaient, dit-on, à un millier d'hommes. Plusieurs mandarins, dont un dé-doc, étaient restés sur place (2).

La faiblesse de nos pertes (3) tenait à l'habileté avec laquelle les mesures avaient été prises, et qui faisait grand honneur au lieutenant-colonel Badens. Malheureusement,

(1) Cinquante hommes d'infanterie de marine, cent auxiliaires tonkinois.

(2) Général de division.

(3) Trois tués et huit blessés, dont deux Annamites tués et trois blessés; parmi nos blessés était un officier, le lieutenant Onfroy de la Rozière.

dès le soir du combat, les positions que nous avions dû évacuer, faute de l'effectif nécessaire pour les garder, furent réoccupées. Cet acharnement, après un choc aussi rude, ne laissait pas que d'inspirer les plus sérieuses préoccupations (1).

A ce moment, M. Harmand arrivait au Tonkin ; en débarquant à Haï-Phong, le 23 juillet, le commissaire civil trouvait la ville en bon état de défense ; mais la situation générale lui semblait quelque peu confuse. Les différentes autorités en présence ne se rendaient nullement compte de leurs attributions réciproques et n'évitaient des conflits que grâce à leur esprit de conciliation. Mais il eût été imprudent de toujours compter sur de pareilles dispositions, et les relations entre M. Harmand et le général Bouët n'allaient pas tarder à en fournir la preuve.

A Hanoï, la situation s'améliorait lentement; la température arrêtait toutes les opérations militaires, sans pourtant apporter de sérieux dommages à l'état sanitaire des troupes ; d'ailleurs, nos canonnières étaient chaque jour accueillies par des coups de canon ou par la fusillade, pendant leurs reconnaissances. Le 23 juillet *la Carabine* avait encore eu un tué et un blessé, dans l'une de ces affaires. Cette situation générale donnait à réfléchir à M. Harmand, et il en avertissait le gouvernement dans les termes les moins équivoques (2), lui demandant de prépa-

(1) *Livre jaune*, M. Harmand à M. Ch. Brun, 25 juillet 1883.

(2) *Livre jaune*, M. Harmand à M. Ch. Brun, 25 juillet 1883 : « Il nous faudra des efforts bien plus considérables et des sacrifices bien plus grands qu'on ne paraît s'imaginer, avant d'arriver à être réellement maîtres du pays. »

rer l'opinion publique à l'idée que l'occupation du Tonkin serait chose sérieuse.

Malheureusement, l'entente ne devait pas un seul instant exister entre M. Harmand et le général Bouët. Ce dernier avait vu avec regret la nomination au Tonkin, comme son supérieur immédiat, d'un médecin de marine auquel son grade assignait un rang très inférieur au sien (1). Il ne cacha point son mécontentement. De plus, M. Harmand s'attendait à recevoir la visite du général à Haï-Phong, comme il avait reçu celle de l'amiral Courbet. Le général Bouët crut que les circonstances le retenaient à Hanoï et le commissaire général dut « l'inviter » à se rendre auprès de lui « dans le plus bref délai (2). »

La mésintelligence entre M. Harmand et le général Bouët avait encore d'autres causes, plus sérieuses. Dès son débarquement, le commissaire civil levait l'état de siège établi par le général. Il prenait possession, en vertu des instructions ministérielles, des hôpitaux, des directions de l'artillerie et du génie, des services administratifs, du trésor et des postes, et enfin du service des renseignements. L'action du commandant supérieur des troupes était donc à peu près annulée, dans un moment où elle aurait dû être souveraine : c'était courir au devant de dangers graves.

Le 30 juillet eut lieu à Haï-Phong une conférence très importante entre l'amiral Courbet, le général Bouët et M. Harmand : il s'agissait de déterminer les opérations à entreprendre. Dès le 15 juillet, le commissaire général avait proposé au gouvernement français, avec l'avis conforme de

(1) Voir une lettre du Dr Harmand au général Bouët, publiée par le *Figaro* (31e année, no 207).

(2) *Livre jaune*. M. Harmand à M. Ch. Brun, 31 juillet 1883.

l'amiral Courbet, une attaque des forts de la rivière de Hué. La réponse du ministère ayant été favorable (1), il restait à s'entendre sur les moyens et la date de l'exécution. Quelques jours auparavant, 17 juillet, le roi Tu-Duc était mort et il importait de profiter de l'ébranlement causé dans l'Annam par cet événement. En outre, la saison était assez avancée pour qu'on ne pût retarder beaucoup l'opération projetée. Plus tard, l'état de la mer l'aurait rendue impossible. Comme le corps du Tonkin ne pouvait fournir que des ressources très faibles, on résolut d'avoir recours à la Cochinchine. Elle mettrait à la disposition de l'amiral Courbet, pour être embarqués sur la division navale, un bataillon d'infanterie, le matériel et une partie du personnel d'une batterie de 4 de montagne ; le Tonkin fournirait des coolies et le complément de cette batterie. On embarquerait en outre quinze jours de vivres pour 800 hommes, du matériel de campement, des outils et des munitions en quantité suffisante. La concentration devant la rivière de Hué aurait lieu dès le 15 août (2).

Mais l'accord entre M. Harmand et le général Bouët s'arrêta là. Le commissaire civil eût souhaité de voir précéder l'attaque des forts de Hué d'un mouvement sur Sontay, fait par les troupes du général. Ce dernier déclara une pareille entreprise impossible, au moins à bref délai. Il consentit simplement à tenter l'attaque de Phu-Hoaï, mais vers le 15 août seulement. L'avancement des préparatifs nécessaires ne le permettait pas pour une date antérieure. En outre, les positions ennemies autour d'Hanoï n'étaient pas encore suffisamment connues.

---

(1) *Livre jaune*, M. Harmand à M. Ch. Brun, télégramme, 15 juillet 1883; M. Ch. Brun à M. Harmand, télégramme, 19 juillet 1883.

(2) *Livre jaune*, procès-verbal de la conférence du 30 juillet 1883.

Ce mécompte ne pouvait améliorer les relations déjà tendues entre le commissaire civil et le général Bouët. Le premier en laissait pressentir l'étendue dans sa correspondance officielle, et réclamait « une grande liberté d'action », se déclarant prêt à accepter « toutes les responsabités. » Il était aisé de prévoir que l'apparence même de la bonne entente ne subsisterait pas longtemps entre le docteur Harmand et le général. D'ailleurs, ainsi qu'il arrive toujours en pareil cas, les entourages de ces deux fonctionnaires avaient formé, dès les premiers jours, deux clans rivaux, toujours prêts à exagérer les froissements subis par leurs chefs (1).

Cette mésintelligence ne pouvait qu'empirer la situation. M. Harmand la croyait assez grave pour réclamer, dès le 31 juillet, des renforts du gouvernement français. Trois bataillons et deux batteries de 80 millimètres lui semblaient nécessaires, en raison de la prudence excessive qui avait présidé aux opérations militaires depuis la mort de Rivière (2). Cette dernière affirmation allait être bientôt démentie par les faits.

(1) Voir la lettre de M. Harmand, publiée par le *Figaro* et citée plus haut.

(2) *Livre jaune*, M. Harmand à M. Ch. Brun, 31 juillet 1883.

CHAPITRE IV

L'amiral Courbet. — Reconnaissance des forts de Thuan-An. — Bombardement du 18 août 1883. — Débarquement et prise des forts du Nord (20 août). — Traité de Hué (25 août 1883).

Les premiers jours d'août furent consacrés aux préparatifs de l'action projetée, contre les forts de Thuan-An, entre le commissaire général civil, le général Bouët et le contre-amiral Courbet.

Ce dernier commandait la division navale du Tonkin depuis la fin de mai (31 mai). Au moment de la mort de Rivière, il était à la tête de l'escadre d'essai nouvellement formée, et le ministère l'avait appelé, par télégramme, à recueillir une partie de la lourde succession du malheureux capitaine de vaisseau : il devait commander simplement la division navale sur les côtes de l'Annam et du Tonkin.

Ancien élève de l'Ecole polytechnique, ancien directeur de l'Ecole des torpilleurs de Boyardville, l'amiral Courbet (1)

(1) Né à Abbeville le 28 juin 1827 ; aspirant de 1re classe en 1849 ; enseigne, en 1852 ; lieutenant de vaisseau, en 1858 ; capitaine de frégate, en 1866. En 1867, il est nommé chef d'état-major de la divi-

avait dans la flotte une réputation de science et d'énergie qui le désignait tout particulièrement pour ses nouvelles fonctions. Son jugement droit, sa grande capacité de travail, son expérience personnelle appuyée sur de nombreux documents qu'il classait avec une patience de bénédictin, sa fermeté, sa décision, sa sévérité, qui allait parfois jusqu'à la brusquerie, enfin son esprit de justice inflexible, tout concourait à faire de lui un chef adoré de ses inférieurs et le type parfait de l'homme de mer. Avant de prendre une résolution grave ou de commencer une opération, il en pesait mûrement les conséquences et en préparait l'exécution avec un soin infini qui ne reculait devant aucun détail. Mais sa détermination prise, il l'exécutait avec un absolutisme de volonté qui ne tolérait ni observation, ni défaillance. Il pouvait tout exiger de ses équipages, car on le savait aussi dur pour lui-même que pour les autres. D'ailleurs, la crise finie, il redevenait un autre homme, s'intéressant à chacun de ses subordonnés, trouvant un mot affectueux pour le plus humble blessé, restant toujours le protecteur de ceux qui avaient bien servi sous ses ordres.

Toutes ces hautes qualités allaient être mises en lumière par la campagne qui s'ouvrait. Elle devait placer l'amiral dans les conditions les plus propres à faire ressortir ses talents d'homme de guerre et de marin. D'abord au Tonkin, avec des forces très inférieures en face d'ennemis nombreux et vigoureusement conduits, puis dans les parages inhospitaliers des mers de Chine, sous le poids des tergiversations sans nombre d'un gouvernement qui ne

---

sion cuirassée de la Manche, sous les ordres de l'amiral de Dompierre d'Hormoy. Capitaine de vaisseau en 1873, il est, en 1878, chef d'état-major de l'escadre cuirassée de la Manche. En 1880, il est nommé contre-amiral.

sut jamais se décider à faire la guerre, ni à conclure la paix quand il en était temps, l'amiral Courbet devait révéler les plus hautes qualités militaires.

Malgré tout son mérite, il était encore un inconnu pour la plupart, quand il prit le commandement de la division navale du Tonkin (1).

Le rôle des deux divisions du Tonkin et des mers de Chine avait été nettement défini par les instructions du ministre de la marine : l'amiral Courbet surveillerait les côtes de l'Annam et du Tonkin jusqu'au détroit d'Haïnan, en se tenant prêt à repousser toute action des Chinois et même à bloquer leur port de Pakhoï. De son côté, le contre-amiral Meyer observerait les côtes de Chine, au Nord du détroit d'Haïnan, et montrerait fréquemment son pavillon dans les grands ports chinois.

Les deux divisions navales devaient être entièrement indépendantes l'une de l'autre ; chacun des amiraux prendrait les ordres du ministère, avant de réclamer des renforts de la division voisine. Vis-à-vis du commissaire général civil, la situation de l'amiral Courbet était des plus nettes : il déférerait à ses réquisitions, à moins que des

(1) A la fin de mai, la division navale des mers de Chine était dans la baie d'Along, sous les ordres du contre-amiral Meyer : elle comprenait le cuirassé *Victorieuse*, le croiseur *Villars*, les éclaireurs d'escadre *Kersaint* et *Volta*, la canonnière *Lutin*.

La division navale du Tonkin, constituée le 31 mai, comprenait, en outre des petits bâtiments opérant dans le Delta : le transport *Drac*, l'aviso *Alouette* et les petites canonnières *Framée* et *Javeline*, demeurées en Cochinchine. En outre, les cuirassés *Bayard* et *Atalante*, le croiseur *Château-Renaud*, les torpilleurs 45 et 46 recevaient l'ordre de rejoindre la nouvelle division (fin mai); les canonnières *Vipère* et *Linx* y avaient déjà été envoyées; la chaloupe canonnière *Mousqueton* avait renforcé les forces navales du Delta; *la Triomphante*, cuirassé, et le croiseur *Tourville* rejoignaient la division de Chine. (Maurice Loir, l'*Escadre de l'amiral Courbet*)

circonstances, dont il restait seul juge, n'y fissent obstacle : il jouissait donc d'une indépendance à peu près absolue.

On sait quel avait été le résultat de la conférence du 30 juillet. Tandis que la division de Chine se rendait à Hong-Kong, dès le commencement d'août, on prenait, en Cochinchine et au Tonkin, les dispositions voulues pour l'attaque des forts de Thuan-An, à l'embouchure de la rivière de Hué : le gouvernement venait de l'autoriser formellement (1).

Le 14 août, l'amiral Courbet quittait la baie d'Along avec le *Bayard*, le *Château-Renault* et le *Lynx*, pour se rendre à Tourane. Pendant la journée du 16, la division navale reconnaissait les forts de Thuan-An. Elle les trouvait en assez bon état; les dunes environnantes avaient même été garnies de retranchements et de batteries. L'entrée de la rivière de Hué, fermée par deux barrages, était gardée sur chaque rive par deux ouvrages assez considérables; le long de la rivière s'élevaient, en outre, douze forts ou batteries; mais l'armement et l'organisation de toutes ces fortifications étaient des plus primitifs.

Le 16 et le 17, l'*Annamite*, l'*Atalante*, la *Vipère*, le *Drac* venaient successivement rejoindre l'amiral Courbet à Tourane. Ces bâtiments apportaient de Cochinchine les renforts réclamés : quatre compagnies d'infanterie de marine (2) et une de tirailleurs annamites, quelques artilleurs et 100 coolies. L'amiral avait déjà amené avec lui du Tonkin deux sections d'artillerie (3).

(1) *Livre jaune*, M. Brun à M. Thomson, 11 août 1883.

(2) 27e, 28e, 29e et 30e du 2e régiment.

(3) 22e batterie d'artillerie de marine (4 de M. r.). La Cochinchine avait envoyé 2 officiers et 87 hommes pour compléter cette batterie.

CANONNIÈRE FORÇANT UN BARRAGE

Le 18 au matin la division appareille pour Thuan-An et, vers midi, elle s'embosse devant les forts. L'amiral intime aussitôt aux Annamites l'ordre de les rendre avant deux heures. Les mandarins demandent à consulter Hué et gagnent ainsi quelques instants (1). A quatre heures et demie le feu commence.

L'ennemi riposte aussitôt avec énergie, mais son tir est trop court; la *Vipère*, placée en première ligne, est pourtant touchée à diverses reprises. Malgré l'effet terrifiant des obus sur les minces parapets des Annamites, ceux-ci continuent leur feu, à peu près inoffensif, avec le plus grand courage. Le bombardement ne prend fin qu'à la nuit.

L'amiral a fixé le débarquement au lendemain 19, dans la matinée ; mais la houle, très forte, l'oblige de retarder cette opération ; on se borne d'abord à escarmoucher avec les sampans ennemis qui circulent à portée de nos hotschkiss. Cette attitude encourage les Annamites qui reprennent le feu vers dix heures. Cette fois, leurs pièces, mieux pointées, causent quelques avaries aux bâtiments, le *Bayard*, entre autres, dont la muraille est traversée ; d'ailleurs nos obus ne tardent pas à leur imposer silence.

Le 20, au jour, la division navale recommence le feu, de manière à faire évacuer la plage.

Un millier d'hommes environ, avec quinze canons, sous le commandement du capitaine de vaisseau Parrayon, ont été désignés pour la descente ; deux compagnies d'infanterie de marine, la compagnie de tirailleurs annamites, l'artillerie de marine et des coolies ; puis les compagnies de

(1) On attendit, avant d'ouvrir le feu, l'arrivée de l'*Alouette* qui venait de Saïgon, pour le cas où elle aurait eu des ordres contraires à ceux précédemment donnés.

débarquement du *Bayard*, de l'*Atalante* et du *Château-Renaud*, avec une batterie de 65 millimètres fournie par la division navale. A 5 heures 45, la plus grande partie de ces troupes se dirigent sur le rivage, où elles abordent à trois kilomètres au Nord de la passe, sous la protection du *Lynx* et de la *Vipère*. Soldats et marins se jetent dans l'eau jusqu'à la ceinture pour atteindre la rive, puis s'élancent vers les dunes, sous une pluie de balles et de bombettes partant des retranchements où les Annamites se tiennent tapis. Quelques-uns sont armés de boucliers rectangulaires en paille tressée, d'autres de boucliers ronds en carton peint, couverts de dragons menaçants, et le reste de leur armement est à l'avenant. Ils se font pourtant tuer bravement sur place : on les y cloue à coups de baïonnettes.

Le lieutenant de vaisseau Poidloue enlève ensuite le fort du Nord avec les marins de l'*Atalante*, tandis que le capitaine de vaisseau Parrayon se porte à l'attaque de celui du Sud. Nos pièces de 65 millimètres le canonnent quelque temps, puis, avec l'aide des dernières troupes qui débarquent, on couronne ses abords. Les Annamites ont laissé le pont-levis baissé et une cartouche de fulmicoton, placée par nos torpilleurs, ouvre une brèche dans la porte : à 9 heures, le fort du Sud est à nous et les Annamites sont en fuite de toutes parts.

Dans l'après-midi la *Vipère* et le *Lynx* forcent les barrages, malgré le feu des batteries placées à l'intérieur des lagunes et des forts au Sud de la passe. Les dernières fortifications, évacuées par l'ennemi dans la soirée, sont occupées par nous la nuit suivante. A 3 heures du matin on avertit le docteur Harmand, qui est à bord du *Bayard*, de la présence de l'un des ministres de Hué, venu en parlementaire avec Mgr Gaspar, évêque catholique de cette ville : une suspension d'armes de 48 heures est aussitôt conclue.

Cet heureux coup de main, habilement préparé et mené avec la dernière énergie, ne nous a causé que des pertes insignifiantes, quelques blessés à peine (1). Les Annamites ont été beaucoup plus durement éprouvés : d'après les rapports de leurs mandarins ils comptent 1,200 morts et 1,500 blessés. Dans le fort du Sud seul, on relève 500 cadavres (2). Les résultats d'une pareille hécatombe sur leur imagination ne peuvent qu'être très grands. Dès le 25 août, le docteur Harmand parvient à signer, dans Hué même, la convention désirée depuis si longtemps par le gouvernement français.

Le roi Tu-Duc reconnaissait pleinement le protectorat de la France. Celle-ci présiderait aux relations de l'Annam avec toutes les puissances étrangères « y compris la Chine (3) ». Il cédait à la Cochinchine la province de Binh-Thuan, qui en est limitrophe, en paiement des dettes dont il lui était encore redevable. En outre, la France obtenait le droit d'occuper militairement les lignes de Vung-Kiua, auxquelles M. Harmand attachait une valeur extrême, parce qu'elles fermaient les communications entre l'Annam et le Tonkin : le droit d'installer des troupes dans les forts de Thuan-An nous était également reconnu, ce qui met-

(1) Un officier (le lieutenant d'infanterie de marine de Curzon) et cinq hommes blessés, d'après Bouinais et Paulus.

(2) Maurice Loir, ouvrage cité.

(3) Ces mots furent ajoutés au traité, sur la demande expresse des Annamites : en apparence, pour éviter des difficultés, et, en réalité, pour mieux exciter la Chine contre nous. (Bouinais et Paulus.)

LE GÉNÉRAL BOUËT

tait Hué à notre discrétion. Un résident français y serait installé désormais ; il aurait le droit d'obtenir du roi des audiences personnelles, qu'on nous avait toujours refusées. Les ports de Xuanday et de Tourane ouverts au commerce, un système de douanes étendu à tout le royaume et mis entre les mains de la France, telles étaient les autres dispositions importantes du nouveau traité se rapportant à l'Annam.

Au Tonkin, les concessions de Tu-Duc étaient aussi considérables. Nous aurions des résidents, assistés de forces *suffisantes*, aux chefs-lieux de toutes les provinces, y compris le Than-Hoa et le Nghé-Àn, qui étaient annexées au Tonkin. Nos représentants exerceraient leur contrôle sur tous les fonctionnaires indigènes, et surveilleraient la perception et la rentrée des impôts ; ils auraient, de plus, à administrer la justice, dans tous les cas où des étrangers seraient mêlés. En outre, nous pourrions établir des postes militaires et des fortifications partout où ce serait nécessaire. Les troupes annamites devraient être rappelées du Tonkin. C'était donc une annexion à peu près complète de ce pays à la France que la convention déterminait.

Par contre, nous prenions l'engagement de chasser les Pavillons-Noirs et d'établir la liberté du commerce sur le Fleuve Rouge : nous payerions au moins deux millions de francs par an au roi d'Annam, sur le produit des douanes et des impôts au Tonkin.

On ne pouvait reprocher à cette convention que de nous être trop favorable, en ce qu'elle donnait au Tonkin et à la Cochinchine des accroissements de territoire dont la nécessité n'était pas impérieusement démontrée : ces clauses, auxquelles le gouvernement français ne devait pas donner son approbation, avaient pourtant dans l'esprit du commissaire général la plus haute portée politique.

M. Harmand la définissait ainsi dans ses commentaires du traité du 25 août 1883 :

« En annexant le Binh-Thuan, j'ai voulu faire sortir la Cochinchine du Delta, où elle croupit dans une terre incapable de fournir autre chose que du riz et du poisson salé — culture et industrie qui seront toujours défendues à l'Européen. J'ai voulu que celui-ci fasse au Binh-Thuan l'expérience des terres inclinées de l'Annam central, bien plus favorables, à mon avis, à la colonisation proprement dite, que le sol noyé du delta du Mékong. J'ai pensé qu'il y avait aussi intérêt à tourner, par l'Est, les frontières de l'ancien Cambodge et du Laos-Siamois, à nous mettre en rapports faciles avec les populations plus ou moins barbares de l'intérieur...

« De plus, la frontière nord du Binh-Thuan, tout en étant beaucoup plus facile à surveiller et à intercepter que notre frontière actuelle, nous mettra en contact plus intime avec les Annamites du centre. La possession de cette province entretiendra les ambitions de la Cochinchine vers le Nord.

« En même temps que par l'installation de nos résidents dans le Thanh-Hoa et le Nghe-An, nous descendons du Nord au Sud, par l'acquisition du Binh-Thuan nous remontons vers le Nord; nous enserrons le gouvernement annamite dans une étroite bande de terrain; nous précipitons son évolution qui doit aboutir à une absorption complète par la France. Cette évolution sera ainsi presque toute faite : l'Annam tombera entre nos mains, comme un fruit mûr entre les mains du jardinier qui sait attendre l'heure. »

Le gouvernement français, sous la pression croissante du Parlement et de l'opinion, n'était pas disposé à hâter l'annexion que M. Harmand prévoyait ainsi pour l'Annam; les clauses de la convention du 15 août, relatives au Binh-Thuan et aux deux provinces du Nord, devaient donc lui sembler inacceptables, malgré le poids des motifs qui les avaient dictées à notre représentant.

Quant à l'établissement, dans tout l'Annam, d'un système de douanes régi par nous, il se heurterait à des obstacles inévitables, puisque nous n'occupions alors que Thuân-An sur cette longue ligne de côtes. Enfin, et surtout, cette convention ne lèverait au Tonkin que la moindre partie des difficultés présentes ; restait à obtenir l'accession de la Chine au nouvel état de choses, si nous avions obtenu le consentement apparent de l'Annam. Les vraies difficultés ne devaient pas venir du Sud, mais du Nord, comme l'avaient pensé MM. Bourée, Rheinart et le malheureux Rivière : la convention de Hué ne faisait rien pour y parer. Elle allait au contraire augmenter l'irritation du Céleste-Empire.

En réclamant la nomination comme résident à Hué de M. de Champeaux, capitaine de frégate, le commissaire général demandait au gouvernement la prompte ratification de la convention du 25 août. Ce vœu ne devait pas être rempli, car les événements allaient singulièrement retarder cette acceptation définitive. Certains des points du traité de Hué devaient même rester lettre morte.

En attendant la ratification qu'il réclamait instamment, M. Harmand se rendait au Tonkin, où il croyait sa présence de plus en plus nécessaire (1).

(1) *Livre jaune*, M. Harmand aux ministres de la Marine et des Affaires étrangères, 25 août 1883.

CHAPITRE V

Mise d'Hanoï en état de défense. — Situation au Tonkin. — Opérations des 15 et 16 août 1883 sur Phu-Hoaï. — Colonne de gauche — Colonne du centre. — Colonne de droite — Prise de la Pagode des Quatre-Colonnes. — Résultats des opérations des 15 et 16 août. — Rupture complète entre M. Harmand et le général Bouët.

Au Tonkin, les premiers jours d'août furent consacrés à des préparatifs de guerre ou à des mouvements sans importance. Quelques reconnaissances dirigées autour d'Hanoï montraient les Chinois établis à cinq ou six kilomètres, au plus, à l'Ouest et au Nord de la ville. Chaque nuit leurs bandes venaient piller et brûler les villages avoisinants (1).

Le général Bouët avait paré au plus pressé, en mettant la ville à l'abri d'un coup de main. Un retranchement continu, flanqué par deux lunettes, joignait la Concession française au bastion S.-E. de la citadelle, et fermait la ville au Sud; des blockhaus construits dans le bastions S.-E. N.-O. et S.-O., ou en avant du bastion N.-O., formaient des défenses à peu près imprenables pour les Annamites. En outre la Pagode Royale servait de réduit à la citadelle.

(1) Humbert, ouvrage cité.

La Concession, appuyée au fleuve, entourée d'un fossé plein d'eau et d'une enceinte en palanques, pouvait être considérée comme un autre réduit, imprenable grâce à nos canonnières.

Les opérations actives recommençaient le 6 août, à Nam-Dinh. Une sortie de six compagnies d'infanterie de marine ou de tirailleurs annamites, appuyées par 600 auxiliaires indigènes et par la *Surprise*, permettait au lieutenant-colonel Badens de déloger l'ennemi, installé en grand nombre au Sud de la ville, derrière des retranchements couverts par des rizières. Nos pertes ne se montaient qu'à deux tués et six blessés (6 et 7 août).

Les relations, déjà si tendues, entre M. Harmand et le général Bouët, étaient alors bien près de se rompre. Le commissaire civil aurait désiré de voir les opérations prendre une allure plus décidée. Au contraire, le général Bouët croyait indispensable de ne s'avancer qu'après avoir pris toutes les précautions nécessaires; il y avait opposition absolue entre ces deux systèmes. Ainsi M. Harmand, empiétant sur les attributions du général, insistait pour faire occuper Haï-Duong par un détachement venant d'Haï-Phong. Le général Bouët ne s'y résignait qu'à contre-cœur, en faisant remarquer combien toute dissémination de ses forces était fâcheuse, au moment d'entreprendre des opérations plus considérables (1). Le colonel Brionval occupait donc Haï-Duong, le 16 août, sans aucune difficulté, avec une colonne de 600 hommes environ. Les 150

(1) Lettre du 11 août, le général Bouët à M. Harmand, *Progrès militaire*, 10 novembre 1883.

canons, la nombreuse garnison de la citadelle, n'avaient pas fait l'ombre d'une résistance.

Pourtant, vers le milieu d'août 1883, la situation de nos troupes du Tonkin était encore médiocrement assise; leur effectif, 140 officiers, 4,200 hommes, 80 chevaux, 20 canons (1), n'était pas suffisant pour permettre au général Bouët d'occuper tout le Delta, comme on s'en flattait encore en France. Les services administratifs et médicaux de ce petit corps expéditionnaire étaient réduits au strict indispensable, et nos malheureux blessés ou malades avaient cruellement à en souffrir. « Presque tous les blessés étaient condamnés à mourir des suites de leurs blessures, en raison de la température, de l'installation improvisée et défectueuse des hôpitaux, et aussi un peu du manque de médicaments convenables (2). »

La population se montrait sympathique, en général, mais elle était terrorisée par les mandarins et les Pavillons-Noirs ou les Chinois réguliers. Nous avions peine à recruter des coolies : les marchés étaient déserts autour des points que nous occupions.

Quant aux Chinois, ils se tenaient sur la rive gauche du Fleuve Rouge, au Nord du canal des Rapides, montrant parfois de petits groupes entre le canal et le fleuve. Il

(1) Humbert, ouvrage cité : dix-neuf compagnies d'infanterie de marine (y compris une compagnie hors rang); trois batteries et une section d'artillerie de marine, 4 de M. r.; un petit parc d'artillerie; quatre-vingt-dix hommes du génie (auxiliaires français et indigènes); onze officiers, adjoints ou gardes du génie et de l'artillerie; dix gendarmes; quatre cent cinquante Pavillons-Jaunes.

(2) Humbert, ouvrage cité. Il n'y a rien qu'on puisse ajouter à ce témoignage irréfutable d'un de nos officiers supérieurs les plus distingués. L'administration de la marine et le gouvernement tout entier endossaient là une lourde responsabilité.

était assez difficile de les distinguer des Pavillons-Noirs, cantonnés à l'Ouest du Song-Koï, et qui s'affirmaient chaque jour comme des adversaires redoutables. Bien armés, très bons tireurs, habiles à construire rapidement et à défendre des retranchements, ils se montraient très ménagers de leurs munitions, et ne tiraient qu'à bonne portée. Ces qualités étaient communes également à beaucoup des réguliers Chinois; leurs âges seuls établissaient une différence entre le vieux routier, le Pavillon-Noir, et le soldat régulier, jeune homme de 20 à 25 ans.

Telle était la situation quand le général Bouët exécuta son projet d'opération offensive vers Sontay. L'ennemi occupait une longue ligne, comprise entre Cau-Canh et le Fleuve Rouge, derrière le Nhué-Giang, et suivant ensuite le fleuve, de manière à se couvrir de nos canonnières. Le général Bouët comptait déborder rapidement ces positions avec sa colonne de droite, tandis que les deux autres attireraient l'attention des Chinois sur leur front. Ces mouvements terminés, les trois colonnes exécuteraient une attaque concentrique.

Le 15 août les troupes se mettent en marche sur trois colonnes, entre la route de Sontay, par Phong et Phu-Hoaï, et le Fleuve Rouge; elles comptent 1,900 hommes d'infanterie, dont 500 indigènes environ, 140 artilleurs, 90 soldats du génie et 14 pièces de 4 de montagne. Le général Bouët laisse en outre une garnison de 500 hommes et de 15 canons à Hanoï.

La colonne de gauche, commandée par le lieutenant-colonel Révillion, est forte d'une compagnie de tirailleurs annamites, trois compagnies d'infanterie de marine, deux sections d'artillerie attelées, une section du génie et

450 Pavillons-Jaunes (1). Elle est suivie immédiatement d'une réserve, avec laquelle marche le général Bouët, et qui se compose d'une compagnie de tirailleurs, une compagnie d'infanterie, une section d'artillerie et quelques gendarmes (2).

La colonne du centre, commandée par le chef de bataillon Coronnat, a une composition identique à celle de la première, moins les Pavillons-Jaunes (3). Enfin, la colonne de droite, composée de même (4), est sous les ordres du colonel Bichot. Elle doit être appuyée dans son mouvement par la flottille, commandée par le capitaine de frégate Morel-Beaulieu, et formée de l'aviso *Pluvier*, des canonnières *Léopard, Fanfare*, des petites canonnières *Trombe, Eclair*, et de la chaloupe canonnière *Mousqueton*.

Le 15 août, la colonne de gauche se rassemble à 4 heures du matin, par une nuit noire, et sous une pluie torrentielle; ces deux circonstances empêchent son départ d'avoir lieu avant 5 heures 15. Dès les premiers pas, l'artillerie attelée

(1) Humbert, ouvrage cité : 1re compagnie de tirailleurs annamites, 25e, 34e, 36e compagnies du 1er régiment d'infanterie de marine, deux sections de la 1re batterie bis d'artillerie de marine; une section du génie, quatre cent cinquante Pavillons-Jaunes du capitaine Vlavianos.

(2) Humbert, ouvrage cité : 2e compagnie de tirailleurs annamites, 21e compagnie du 3e régiment d'infanterie de marine, une section de la 1re batterie bis.

(3) Humbert, ouvrage cité : 3e compagnie de tirailleurs, 26e, 29e, 33e compagnies du 2e régiment; deux sections de la 2e batterie bis; une section du génie.

(4) Humbert, ouvrage cité : 4e compagnie de tirailleurs; 25e, 26e, 33e du 4e régiment; deux sections de la 3e batterie bis; une section du génie.

avec des chevaux tartares, tout récemment achetés à Hong-Kong et très peu dressés, ne peut suivre : il faut se résoudre à la faire traîner par les servants, au prix de lourdes fatigues, sur ces digues étroites, au sol détrempé.

Arrivée près de la pagode Balny, la colonne doit s'arrêter pendant qu'on répare le pont de Papier, en partie détruit ; puis elle reprend sa marche sur Phu-Hoaï. Jusqu'à l'Ouest de ce point, la vue est constamment bornée par des haies de bambous, des jardins plantés d'arbres ou des groupes de paillotes. Le colonel Révillion n'a pourtant été arrêté par aucun obstacle. Phu-Hoaï vient d'être évacué par la colonne du centre, et nos troupes peuvent le traverser sans difficulté ; la pluie est moins violente, mais la chaleur accablante et le terrain extrêmement glissant. La fatigue des troupes est déjà très grande.

A Vong, où l'on arrive vers 10 heures, a lieu une halte : vers l'Ouest s'étend, sur plus de deux kilomètres, une plaine basse, couverte d'eau sur une profondeur de trente à cinquante centimètres. Quelques arbres, des levées étroites, interrompent cette surface unie. Au Sud de la route s'élèvent une croupe basse et deux petits mamelons, surmontés chacun d'une pagode.

Les Chinois ont organisé une longue ligne de retranchements au-delà d'une rivière qui coupe la route, à 1,700 mètres à l'Ouest de Vong : ces ouvrages s'appuient au Sud sur une pagode, et au Nord sur une redoute ou flottent de grands pavillons noirs.

A 11 heures, le colonel Révillion donne l'ordre d'attaquer la position ennemie. Les Pavillons-Jaunes et une compagnie d'infanterie (1) se déploient à hauteur des deux

(1) Humbert, ouvrage cité, 25e du 1er régiment.

mamelons et marchent sur la pagode fortifiée. Les deux sections de 4 se portent à 1,200 mètres des retranchements et ouvrent le feu contre eux. Les Chinois ont démasqué plusieurs canons sur la route et près de la pagode.

Mais le tir de nos pièces est très lent; mises en batterie sur une digue étroite, elles culbutent à chaque coup dans la rizière, d'une hauteur de 2 mètres 50; il faut de pénibles efforts pour les remettre en place. Nos tirailleurs avancent lentement sur ce sol inondé. Malgré l'entrée successive en ligne de deux compagnies, les Pavillons-Jaunes se retirent bientôt (vers 1 heure), après avoir brûlé leurs cartouches; l'ennemi, qui reçoit des renforts, se porte en avant, et paraît menacer notre gauche. A 1 heure et demie, l'infanterie de marine bat en retraite à son tour; elle va manquer de munitions.

La colonne se replie sous la protection de son artillerie, dont les échelons prennent position, le premier à l'Ouest de Vong, le deuxième entre Vong et Phu-Hoaï. Mais l'encombrement devient extrême sur la digue étroite et glissante que suivent les troupes; les coolies déjà en désordre doivent être envoyés en avant, et s'enfuient: les servants traînent leurs pièces avec l'aide de la section du génie.

A 3 heures 15, la colonne reçoit un renfort d'un peloton d'infanterie de marine (1). L'artillerie prend position sur un tertre, près de la pagode Balny et arrête l'ennemi qui fait à peine mine de nous poursuivre. Le général Bouët et sa réserve sont déjà établis à l'Est de la digue. Toute la colonne est rassemblée vers 5 heures un quart, à hauteur de la pagode: elle est harassée de fatigues; nous comptons plusieurs hommes frappés d'insolation, 9 tués, dont

(1) Humbert, ouvrage cité, 1/2 23e du 3e.

OPÉRATIONS DES 15 ET 16 AOUT 1883 SUR PHU-HOAI

Traversée des rizières sous la pluie battante.

Les chevaux refusant tout service, les artilleurs commandés par le capitaine Roussel s'attellent aux pièces.

LA PAGODE DES QUATRE-COLONNES

La pagode des Quatre-Colonnes au village de Trem, enlevée par les troupes du colonel Bichot après cinq assauts consécutifs.

1 officier, et 50 blessés, dont 2 officiers. Les Pavillons-Jaunes, qui ont fait une très médiocre contenance au feu, n'ont perdu qu'une dizaine d'hommes.

La colonne de gauche rentre à Hanoï le soir même, après un échec complet, qui résulte autant des circonstances que de l'exécution hésitante d'un plan d'attaque défectueux.

Celle du centre s'est rassemblée au Nord de la citadelle, pour se diriger de là sur Yen-Taï, où elle est à 6 heures et demie. Elle y laisse une compagnie et une section d'artillerie, destinées à observer Ké-Noï, et se dirige sur Phu-Hoaï, déjà évacué par l'ennemi. Toute la colonne revient ensuite sur Ké-Noï, qui est occupé après une escarmouche (2 heures et demie). Elle y reste, couvrant le flanc gauche de la colonne Révillion, déjà en pleine retraite, et contribue à lui permettre de regagner Hanoï.

Dans la soirée, le commandant Coronnat est coupé de ses communications avec Hanoï; il s'organise défensivement dans Noï et y passe la nuit. L'obscurité est complète, la pluie si violente qu'elle éteint tous les feux : trois alertes se produisent successivement, sans provoquer le moindre désordre. Le jour arrive enfin et la colonne rentre dans Hanoï, avec trois compagnies envoyées au-devant d'elle par le commandant Berger. Son rôle et ses pertes (1) ont été à peu près nuls.

La colonne de droite a été plus heureuse ou mieux con-

(1) Humbert, ouvrage cité; un tué, trois blessés. Le commandant Coronnat, après de longues recherches, réussit à trouver au fond d'une cantine deux bougies qu'il alluma sous la pluie, non sans peine. Ce fut la seule lumière dans Noï jusqu'au jour. (Bouinais et Paulus.)

duite. Après s'être rassemblée près de la porte Nord de la citadelle, elle se met en marche à 3 heures 45, par la digue du Fleuve Rouge. Comme celle de la colonne de gauche, son artillerie, mal attelée, ralentit singulièrement sa marche.

A 7 heures 15 minutes, on rencontre l'ennemi dans Trem; une barricade, puis deux autres, élevées à l'entrée et à l'intérieur du village, sont canonnées et enlevées. Un dernier retranchement, placé sur la digue en avant de la pagode des Quatre-Colonnes, est inutilement attaqué (11 h. 30). On cherche à le tourner, en cheminant au travers des paillottes en torchis qui le précèdent. Au moment de percer la dernière muraille, un maladroit décharge son fusil; les Chinois avertis nous criblent de balles : il faut se replier avec une perte de deux morts et de onze blessés.

De son côté, la flottille a canonné sans succès, pendant toute la matinée, les Quatre-Colonnes.

L'attaque n'est reprise qu'à 4 heures. Cette fois, notre artillerie a pour objectif une pagode entourée d'une haie très forte et située au Sud-Ouest de Trem, en arrière de la barricade; la flottille continue à canonner les Quatre-Colonnes, ainsi qu'une batterie à l'Ouest, qui enfile le fleuve. Sous nos obus, l'ennemi se retire en désordre de la pagode (5 h. 30); les troupes s'y installent aussitôt sous une pluie violente qui dure toute la nuit.

Le 16, au matin, on occupe les Quatre-Colonnes, que l'ennemi vient d'évacuer; mais la pluie arrête les opérations. Les troupes demeurent dans la pagode, qui est inondée pendant la soirée suivante. Nos soldats sont dans l'eau jusqu'à la ceinture et l'inondation monte toujours, menaçant d'emporter leur abri. Le colonel Bichot donne l'ordre d'embarquer toute la colonne sur la flottille. Cette opération, entreprise par une nuit noire et sous une pluie torrentielle, se termine à trois heures et demie du matin, au moment où la digue du Fleuve Rouge se rompt, un peu au-dessous de la Pagode.

La colonne Bichot rentre à Hanoï dans les deux journées suivantes; elle a perdu deux tués et quatorze blessés, dont un officier; une partie de ses munitions et de ses effets ont disparu, mais le résultat obtenu donne confiance dans l'avenir. Le point important des Quatre-Colonnes reste occupé par deux compagnies et par une section de 4 venues de Hanoï. C'est un jalon pour nos entreprises futures.

Malgré ce succès partiel, le résultat des journées des 15 et 16 août était peu satisfaisant. Ces opérations, insuffisamment préparées, exécutées avec des forces trop faibles, semblaient plutôt de nature à encourager qu'à abattre l'ennemi; elles nous coûtaient une centaine d'hommes (1), sacrifice hors de proportion avec leurs résultats. Les pertes des Annamites et des Chinois, évaluées à trois cents tués et un millier de blessés, dont une grande partie périssaient dans l'inondation (2), n'étaient point assez fortes pour compenser cet insuccès. Aussi, en rendant compte de cette opération, le général Bouët adressait-il au (3) minis-

(1) Dix-sept tués, dont deux officiers, les sous-lieutenants Caron et Vaché, et soixante-quatre blessés, tirailleurs annamites et Pavillons-Jaunes compris. Parmi les blessés figuraient le lieutenant Teillard d'Eiry et le docteur Mondon.

Le correspondant du *Standard*, M. James G. Scott, assure que notre insuccès tient en partie à la manière dont nos soldats étaient chargés. « The way in which the french soldier is loaded on the way is undoubtedly absurd... » Il y a du vrai dans cet avis.

(2) Rapport officiel du général Bouët, *Progrès militaire*, 17 octobre 1883.

(3) *Livre jaune*, le général Bouët à l'amiral Peyron, télégramme du 23 août 1883.

LE CONTRE-AMIRAL COURBET

tre de la marine un véritable cri d'alarme, en réclamant l'envoi au Tonkin, pour la campagne d'automne, d'une division complète sur le pied de guerre, accompagnée d'artillerie de siège et de place Le gouvernement n'était guère disposé à de pareils sacrifices.

D'ailleurs, la situation, déjà grave par elle-même, le devenait davantage en raison des difficultés pendantes entre le général Bouët et M. Harmand. Dès la rentrée du général à Hanoï, les relations entre ces deux fonctionnaires étaient à peu près rompues.

Le général Bouët trouvait en effet à Hanoï une lettre du commissaire civil, datée du 12 août, et répondant à celle dont nous avons parlé. Cette fois, M. Harmand dépassait toute mesure (1).

Le général demandait aussitôt son rappel au ministre et prévenait le commissaire civil que leurs relations se borneraient désormais à l'échange de correspondances officielles (2).

Heureusement, l'ennemi avait assez souffert, lors des combats des 15 et 16 août, pour être obligé lui-même à

(1) A. Gervais, *Conquête du Tonkin.* Le commissaire civil disait dans cette lettre, en faisant allusion à celle du général Bouët : « Il est peut-être permis de supposer que les préoccupations personnelles y tiennent malheureusement trop de place et que le souci du succès final n'est pas la seule pensée qui a dicté les considérations qui la terminent.......... »

« Jugeant que la circonstance en vaut la peine, je vais, du reste, mon cher général, pour couper court à une attitude qui irait directement contre les vues du gouvernement, communiquer votre lettre à M. le ministre de la marine et à d'autres membres du ministère, en l'accompagnant de tous les commentaires qu'elle comporte...... Je voudrais croire.... qu'absorbé par le surcroît d'occupations que vous cause mon absence, vous avez signé, sans en avoir pris une exacte connaissance, une lettre que vous n'écririez certainement pas vous-même. »

(2) *Le Figaro,* n° 207, 31e année : « En raison de la lettre blessante que vous m'adressez et que j'ai cru devoir transmettre au ministre, en demandant mon rappel, nos relations doivent se borner à des relations officielles et, autant que possible, par correspondance. »

un mouvement rétrograde. Il se retira vers l'Ouest, dans Phong et les villages de la rive droite du Day. Une reconnaissance, dirigée, le 28 août, par le commandant Coronnat, des Quatre-Colonnes vers Giay, ne rencontrait nulle part les Chinois. La *Fanfare* et la *Hache* poussaient jusqu'à Palan, sans les trouver davantage. On se décidait à occuper ce dernier point, et le 31, on y dirigeait un détachement (1), parti des Quatre-Colonnes par la digue du fleuve, tandis qu'une seconde colonne (2) s'embarquait sur la flottille pour gagner le même point. Le 31 au soir, toutes ces troupes étaient installées à Palan, et une partie des canonnières allaient reconnaître l'entrée du Day : les opérations prochaines pourraient s'exécuter désormais dans des conditions plus favorables.

(1) Humbert, ouvrage cité : Une compagnie annamite, trois compagnies d'infanterie, une section d'artillerie, quelques hommes du génie, une ambulance; une compagnie d'infanterie était restée aux Quatre-Colonnes. Les Pavillons-Jaunes précédaient ce détachement.

(2) Humbert, ouvrage cité : Deux compagnies de tirailleurs, trois compagnies d'infanterie, une batterie, une section du génie, une ambulance.

CHAPITRE VI

Nouvelles négociations entre le marquis Tseng et M. Challemel-Lacour. — Ultimatum chinois du 18 août. — Mémorandum français, du 15 septembre 1883. — Négociations en Chine.

Tandis qu'au Tonkin nos troupes entretenaient une lutte ouverte contre les Chinois ou leurs alliés, nos diplomates poursuivaient, à Paris et en Chine, des négociations de plus en plus délicates avec les représentants du Céleste-Empire. Après avoir timidement revendiqué une simple suzeraineté sur l'Annam, la Chine, suivant l'expression du marquis Tseng, en était venue à se considérer, au Tonkin, comme la maîtresse d'une maison dont les Français étaient les hôtes (1), ce qui n'excluait pas, comme on sait, l'emploi de procédés fort peu hospitaliers vis-à-vis d'eux. Puis adoucissant ce que cette déclaration avait de brutal, le marquis offrait les bons offices de l'Empire pour traiter avec l'Annam. Dans ce but, on conclurait un armistice pendant lequel il pourrait amener, autrement que par la force, les Pavillons-Noirs à se retirer. D'ailleurs, le repré-

(1) *Livre jaune*, entretien de M. Challemel-Lacour et du marquis Tseng, 1er août 1883.

sentant de la Chine niait la présence de toute troupe chinoise au Tonkin, et surtout dans le Delta. S'il s'en trouvait, par grand hasard, cela tenait à l'incertitude des frontières entre l'Annam et l'Empire; mais elles n'occupaient pas les forteresses du Delta dont nous avions fait notre objectif.

De son côté, M. Challemel-Lacour maintenait ses déclarations pacifiques : la France ne voulait pas s'annexer l'Annam, mais bien faire respecter les traités de 1874 ; il refusait les bons offices de la Chine auprès de l'Annam, parce que les opérations militaires en cours ne pourraient qu'en souffrir. Une condition préalable à toute négociation était d'ailleurs le retrait des troupes chinoises, que l'on savait sûrement être entrées au Tonkin (1).

Un peu plus tard, le 8 août, le ton du marquis Tseng se modifiait : il ne niait plus la présence des Chinois, mais il réclamait pour son gouvernement, le temps nécessaire afin d'en rechercher les motifs, et il ajoutait que ce temps serait assez long ! Ces négociations tournaient visiblement à la comédie. M. Challemel-Lacour voulut y couper court et, mettant à profit l'aveu implicite de la présence des troupes chinoises échappé au marquis Tseng, lui fit une déclaration significative : « Nous les avons et c'est volontairement que nous fermons les yeux ; on aurait grand tort de nous forcer à les ouvrir et à reconnaître, malgré nous, que nous sommes en guerre avec la Chine ». Cette menace si peu voilée, transmise par le marquis Tseng à son gouvernement sur la demande expresse de M. Challemel-Lacour, aurait pu produire un grand effet, si les Chinois n'avaient su combien, dans la réalité, le ministère français

(1) *Livre jaune*, entretien précédemment cité, 1er août 1883; télégramme de M. Tricou à M. Challemel-Lacour, 3 août 1883

était peu disposé à recourir contre eux « aux mesures décisives » dont il parlait si volontiers (1).

Sur les entrefaites, le gouvernement prenait la résolution tardive de s'opposer à l'envoi d'armes ou de munitions en Annam et notifiait cette décision à la Chine, comme aux grandes puissances maritimes intéressées (2). Cette sorte de blocus partiel provoqua aussitôt des réclamations, conçues en termes peu courtois, de la part du marquis Tseng. Son gouvernement en laissa, au contraire, passer la notification, sans soulever d'objection positive (3).

Tandis que les allures du représentant de la Chine devenaient de moins en moins conciliantes, celles de M. Challemel-Lacour subissaient une modification inverse. Les termes de la réponse faite par lui le 18 août, aux réclamations du marquis Tseng, contrastaient même, d'une manière fâcheuse, avec ceux dont il avait usé dans l'entretien du 8 (4). Ce revirement nouveau n'était pas fait, on le conçoit, pour accroître l'autorité de la France dans ses relations avec l'étranger.

La réponse de la Chine ne se fit pas attendre; le jour même, le marquis Tseng adressait à M. Challemel-Lacour un véritable ultimatum, dont les conditions montraient quel terrain nous avions perdu, depuis une année, par suite des incertitudes de notre politique.

---

(1) *Livre jaune*, entretien de M. Challemel-Lacour et du marquis Tseng, 8 août 1883.

(2) *Livre jaune*, M. Challemel Lacour à M. Tricou, 9 août 1883, télégramme.

(3) *Livre jaune*, le marquis Tseng à M. Challemel-Lacour, 17 août 1883 et télégramme, 30 août 1883.

(4) *Livre jaune*, M. Challemel-Lacour au marquis Tseng, 18 août 1883.

D'après ce document, la France respecterait, cela va sans dire, la suzeraineté de la Chine sur l'Annam et renoncerait à s'annexer aucune fraction de territoire en dehors des six provinces de Cochinchine. Elle évacuerait le territoire et les citadelles occupées par ses troupes au Tonkin. Quelques villes de ce pays pourraient toutefois être ouvertes au commerce, et les étrangers, Français compris, auraient le droit d'y entretenir des consuls.

Au lieu d'être ouvert jusqu'à Mang-Hao, comme la France le demandait depuis neuf ans, le Fleuve Rouge le serait jusqu'à Thoun-Hô-Kouom (1), en face de Sontay, c'est-à-dire jusqu'à la lisière nord du Delta. De son côté, la Chine faciliterait les transactions commerciales sur le fleuve et ferait en sorte de mettre les Pavillons-Noirs hors d'état d'y nuire.

Toute convention nouvelle entre la France et l'Annam serait l'objet d'une entente préliminaire avec la Chine (2).

Cet audacieux factum, que le marquis Tseng recommandait « à la plus sérieuse attention du gouvernement français », faisait bon marché, on le voit, de notre dignité, des sacrifices déjà consentis par nous et de nos traités avec l'Annam. Présenter de pareilles propositions à la France, au lendemain de la mort de Rivière, était vouloir la couvrir de honte vis-à-vis de l'étranger. Notre prestige, déjà si ébranlé dans l'Extrême-Orient, eût disparu sans retour après leur adoption.

Pourtant, la situation du ministère français était si difficile, en face d'un Parlement et d'un pays peu disposés à de grandes entreprises coloniales, auxquels on avait caché

(1) Dénomination chinoise qui ne figure pas sur nos cartes.

(2) *Livre jaune*, le marquis Tseng à M. Challemel-Lacour, 18 août 1883.

PAVILLONS NOIRS

et on cachait encore, le plus possible, toutes les vérités désagréables; cette situation, disons-nous, était si incertaine, que M. Challemel-Lacour fit aux propositions du marquis Tseng, l'honneur d'une réponse courtoisement négative. « Sans méconnaître les motifs qui portaient la Chine à s'occuper du Tonkn, y était-il dit, le gouvernement français attendrait que l'orientation de la politique impériale se fut modifiée. Il serait prêt, alors, à respecter les traditions que la Chine croirait de sa dignité de maintenir, et les liens qui ne seraient pas incompatibles avec la situation prise par nous au Tonkin (1) ». Le ministère ne songeait plus, on le voit, à nier les droits de l'Empire à la suzeraineté sur l'Annam. L'irrésistible pression des événements avait été plus forte que les opinions préconçues.

Pourtant, le gouvernement français n'avait pas encore renoncé à obtenir de la Chine, par de simples négociations, son adhésion au nouvel état de choses en Annam. Le marquis Tseng encourageait sans doute nos ministres dans leurs espérances, par ses conversations pleines de faux-fuyants, de sous-entendus, d'affirmations hasardées, sur lesquelles il revenait chaque jour sans scrupules, tout en suivant imperturbablement la ligne politique très nette que son gouvernement lui avait assignée. Dès le 7 septembre, en annonçant à M. Tricou la nomination de M. Patenôtre comme ministre en Chine, M. Challemel-Lacour lui faisait part de la reprise des pourparlers avec le marquis Tseng. Certains indices donnaient lieu d'espérer, croyait-il, qu'une base d'arrangement ne tarderait pas à s'en dégager (2).

(1) *Livre jaune*, M. Challemel-Lacour au marquis Tseng, 27 août 1883.

(2) *Livre jaune*, M. Challemel-Lacour à M. Tricou, télégramme, 7 septembre 1883.

Quelques jours après, le gouvernement français précisait ses vues dans un mémorandum remis à la légation de Chine (15 septembre). Elles se résumaient dans l'établissement, entre la frontière chinoise et celle du Tonkin, d'une zone neutre où la France et la Chine ne pourraient faire pénétrer leurs troupes qu'après s'être mises d'accord sur l'objet et l'étendue de l'opération projetée. De plus Mang-Hao serait ouvert au commerce (1). C'était, en somme, la reproduction à peu près complète du projet Bourée, si dédaigneusement rejeté six mois auparavant. Mais les prétentions de la Chine avaient changé à l'inverse des nôtres : dès la remise de ce mémorandum, le marquis Tseng soulevait des objections quant à l'ouverture du Yunnan. M. Jules Ferry (2) admettait, d'ailleurs, qu'elle fut retardée, au risque d'annuler le principal avantage attendu de la conquête du Tonkin.

En outre, le marquis Tseng ne dissimulait pas les préférences de son gouvernement pour une « bonne » frontière, au lieu d'une zone neutre (3). M. Jules Ferry accédait encore à cette nouvelle demande.

Quelques jours après, le représentant de la Chine précisait ce que son gouvernement entendait par une bonne frontière : il s'agissait simplement de tracer dans le Quang-Binh, c'est-à-dire bien au Sud du Day, dans l'Annam central, les nouvelles limites entre l'Annam et la Chine. Pour le marquis Tseng comme pour son gouvernement, le Thaï-Binh, le Song-Koï et le Day constituaient autant de

(1) *Livre jaune*, mémorandum adressé à la légation de Chine, 15 septembre 1883.

(2) Ministre des affaires étrangères par intérim.

(3) *Livre jaune*, entretien de M. Jules Ferry et du marquis Tseng, 18 septembre 1883.

voies fluviales nécessaires à l'Empire. C'était le système de l'ultimatum d'août, nettement aggravé, sans aucune compensation pour nous. Il était impossible de l'admettre (1).

Tout prouvait, d'ailleurs, que le gouvernement chinois n'avait nullement le désir d'arriver à un arrangement, mais qu'il cherchait à user notre patience en négociations interminables, pendant que ses troupes, toujours plus nombreuses au Tonkin, nous créeraient mille embarras. M. Tricou en donnait encore une fois l'assurance, dès le 7 septembre, en recommandant l'envoi de 10,000 hommes au Tonkin et en Annam (2). Un peu plus tard, notre envoyé extraordinaire tentait de reprendre encore des négociations directes avec Li-Hong-Tchang, en tirant parti des relations amicales du vice-roi et de l'un des officiers de notre division navale, qui allait bientôt jouer un grand rôle, le commandant du *Volta*, capitaine de frégate Fournier ; cet officier distingué, qui avait commandé autrefois le stationnaire de Tien-Tsin, était fort au courant des choses de Chine, et le ministère de la marine autorisait son adjonction à M. Tricou pour les négociations (3).

Les pourparlers entre notre envoyé et Li-Hong-Tchang n'en eurent pas moins un résultat négatif. Le langage du vice-roi différait notablement de celui du marquis Tseng ; il se posait même volontiers en adversaire de la politique de ce dernier, mais les vues de la diplomatie chinoise n'en restaient pas moins identiques dans l'Extrême-Orient et en France : elle voulait obtenir un partage de l'Annam dans

(1) *Livre jaune*, entretien de M. Jules Ferry avec le marquis Tseng, n° 265, sans date.

(2) *Livre jaune*, M. Tricou à M. Challemel-Lacour, 7 septembre 1883.

(3) Maurice Loir, ouvrage cité.

lequel lui aurait échu la part du lion. Pour décourager de pareilles prétentions, M. Tricou jugeait indispensable d'envoyer des renforts au Tonkin, et il revenait à diverses reprises, comme le général Bouët, sur cette nécessité urgente (1).

D'autres rapports parvenus au gouvernement français signalaient également les préparatifs de guerre faits par la Chine. Pendant le mois de septembre seulement, 10,000 fusils avaient été débarqués à Shanghaï, ainsi que d'énormes quantités de munitions (2). La *Gazette chinoise* de Shanghaï publiait de nouveau des articles très belliqueux.

Cette attitude de la Chine aurait dû nous inspirer d'autant plus d'inquiétudes que certaines puissances européennes l'encourageaient indirectement. En réponse à la notification de notre chargé d'affaires au sujet du blocus des côtes de l'Annam, lord Granville avait exprimé le désir de recevoir des éclaircissements sur la mesure prise par le gouvernement français. Cette demande, à laquelle M. Challemel-Lacour fit du reste une réponse très nette, rapprochée du ton général de la presse anglaise en Chine et dans la métropole, n'indiquait pas un vif désir de voir disparaître à notre profit les difficultés pendantes avec la Chine.

Le ministère français crut pourtant devoir envoyer au

(1) *Livre jaune*, M. Tricou à M. Challemel-Lacour, télégramme, 26 septembre 1883; M. Tricou à M. Challemel-Lacour, 30 septembre 1883.

(2) *Livre jaune*, M. Flesch à M. Challemel-Lacour, télégramme, 28 septembre 1883 : 3 millions de cartouches, 5,580 barils de poudre ou de salpêtre.

Tonkin quatre bataillons (1) seulement; ils s'embarquèrent à la fin de septembre. Ce n'était pas, on le voit, la division de toutes armes qu'avait instamment réclamée le général Bouët.

(1) 1 bataillon de la Légion étrangère; 1 du 1er tirailleurs; 1 du 3e tirailleurs; 1 bataillon d'infanterie de marine, tiré du 1er et du 2e régiments.

CHAPITRE VII

Combats de Phong (1er et 2 septembre 1883). — Les Chinois évacuent le pays jusqu'au Day. — Départ du général Bouët.

Le général Bouët se disposait alors à réaliser le projet, dont l'exécution avait été précédemment arrêtée par l'inondation, autant que par l'échec du 15 août. De Palan, qu'occupaient déjà nos troupes, il comptait menacer le flanc des positions ennemies entre Phu-Hoaï et le Day, de manière à les faire évacuer (1).

Le 1er septembre, nos deux bataillons, appuyés d'une batterie et de deux sections du génie, se mettaient en marche à sept heures du matin, sur deux colonnes.

L'une destinée à garder notre flanc gauche, suivait un chemin de rizière se dirigeant de Palan vers Phong ; l'autre prenait la même direction, par la digue qui unit ces deux points.

La colonne de gauche était composée d'une compagnie de tirailleurs annamites, d'une compagnie d'infanterie et

(1) Lettre du général Bouët, 25 janvier 1884, H. Gautier, ouvrage cité.

des Pavillons-Jaunes auxiliaires. Celle de droite comptait deux compagnies de tirailleurs, quatre compagnies d'infanterie, une batterie, deux sections du génie (1). En outre, son mouvement vers Phong devait être appuyé par la flottille : le *Pluvier*, le *Léopard*, la *Fanfare*, l'*Eclair*, la *Hache*, le *Mousqueton*, chercheraient à remonter le Day et à déborder les positions ennemies. Ces bâtiments portaient deux jours de vivres pour les troupes, qui étaient munies d'une quantité égale. Les havresacs étaient restés à Hanoï, ce qui annonçait une entreprise de courte durée.

Le 1er septembre, dès 8 heures 30, l'avant-garde de la colonne de droite ouvre le feu sur les Chinois; leurs positions dessinent un arc de cercle concave, dont la gauche s'appuie à Hâ-Mô, Than-Theune, deux villages à l'Ouest de la digue. Elle y décrit un coude brusque au Sud de Than-Theune, et les Chinois ont mis à profit cette sorte de retranchement; les feux qui en partent se croisent avec ceux venant de Than-Theune et de Hâ-Mô; enfin, ceux d'une pagode située en contre-bas de la digue, au Nord de ces villages, la battent également. L'ennemi a organisé cette partie de sa position avec une grande entente du terrain (2).

Son centre est appuyé au village de Phong, soigneuse-

(1) Humbert, ouvrage cité. Colonne de gauche : 2e compagnie de tirailleurs, les Pavillons-Jaunes, 25e compagnie du 4e régiment. Colonne de droite : 4e compagnie de tirailleurs, 26e, 27e du 4e; 3e compagnie de tirailleurs, 26e, 27e du 2e; 1 batterie : 1 section des 1re, 2e, 3e *bis*.

A Palan se trouvaient la 29e du 2e et une section de la 1re *bis*.

Aux Quatre-Colonnes, la 29e du 4e.

(2) Humbert, ouvrage cité; la 26e compagnie du 2e d'infanterie de marine, à Palan (le *Figaro*, 21 novembre 1885).

LE LIEUTENANT-COLONEL CARREAU

ment mis en état de défense; sa droite en déborde la lisière vers l'Est, sa gauche est à Than-Theune et à Hâ-Mô. Tout le terrain en avant de ces positions est couvert d'eau sur une hauteur de près d'un mètre. Seuls, les digues et les points habités émergent de cette inondation.

Le général Bouët se propose d'occuper l'ennemi par un combat démonstratif, dirigé sur sa droite et sur son centre, tandis que l'attaque principale se portera contre sa gauche. La section d'artillerie de l'avant-garde canonne donc la droite et le centre des Chinois, que menace notre colonne de gauche. Les deux sections du gros couvrent au contraire d'obus la gauche chinoise vers Than-Theune et Hâ-Mô; la pagode est aisément enlevée par deux compagnies d'infanterie de marine (26e et 27e du 2e). La première, soutenue par une compagnie de tirailleurs annamites (1), se lance alors sur le coude de la digue. Les quatre ou cinq cents mètres de rizières qui la séparent de l'ennemi sont rapidement franchis, malgré une grêle de balles, et nos soldats abordent la digue ; le sergent Dessertème, qui l'a escaladée le premier, retombe grièvement blessé au pied du talus. Elle est enlevée à la baïonnette, et les Chinois y laissent une cinquantaine de cadavres (2).

L'ennemi est en fuite sur Phong, mais Hâ-Mô est encore occupé, ainsi qu'un fortin situé au Sud-Ouest de Than-Theune. Il en part un feu violent, qui arrête nos troupes vers leur droite. Au contraire, la colonne de gauche gagne du terrain vers le Sud. Nos canonnières, qui ont pénétré dans le Day, empêchent des masses importantes, venues de Sontay, de traverser la rivière, ou les obligent à un grand détour. Mais la chaleur est accablante ; les munitions vont manquer aux compagnies de première ligne ; la fatigue de nos soldats, qui ont combattu dans les rizières avec de l'eau jusqu'aux aisselles parfois, est extrême. Le général Bouët donne l'ordre d'arrêter l'opération et fait installer les troupes pour la nuit, sur les positions conquises. Le voisinage de la flottille permet de les ravitailler en munitions.

Le 2 septembre, au point du jour, nos bâtiments reprennent l'attaque en couvrant Phong d'obus ; l'ennemi se retire lentement, et le soir il a évacué toutes ses positions. La pluie continue ; les digues sont devenues presque impraticables : le général Bouët ne croit pas devoir poursuivre l'opération entreprise ; il ne veut pas davantage immobiliser sans profit une partie de ses troupes en occu-

(1) 3e compagnie.

(2) La 26e du 2e eut 5 tués et 10 blessés dans cette circonstance.

pant Phong; le 3 septembre, les deux colonnes rentrent à Palan.

Ces deux jours de combat nous coûtaient d'assez lourdes pertes : 16 tués et 38 blessés (1); ils n'avaient été pour nous que de demi-succès, mais leurs résultats n'en étaient pas moins honorables. La saison, la configuration du champ de bataille avaient opposé les plus grandes difficultés à nos troupes; l'ennemi, qui s'était battu vigoureusement, perdait mille ou quinze cents hommes. Notre ennemi acharné, Luu-Vinh-Phuoc, était blessé, dit-on (2), et l'effet produit par ces pertes suffisait à faire évacuer, au bout de quelques jours, tout le terrain entre Hanoï et le Day. Désormais, nos troupes avaient pris confiance ; leur valeur morale était doublée et on pouvait compter sur de grands résultats pour la suite de la campagne, dès l'arrivée des renforts indispensables.

Arrivé à Palan le 3 septembre, le général Bouët laissa une petite garnison (3) dans le poste qui y avait été organisé, et fit rentrer, le 4, à Hanoï, le reste des troupes. La Pagode des Quatre-Colonnes, devenue inutile, fut évacuée, et on prit toutes les mesures nécessaires pour reprendre les opérations à bref délai.

(1) Dont 2 officiers tués, les lieutenants d'infanterie de marine Auberin et Hanton, et 3 blessés, les lieutenants Bécour et Réjou, le sous-lieutenant Rilba. (Humbert, Bouinais et Paulus, ouvrages cités.)

(2) Le rapport du général Bouët dit 1.000 Chinois et 500 Annamites tués ou blessés. (*Débats parlementaires*, Chambre, 30 octobre 1883, p. 2180.)

(3) Humbert, ouvrage cité : 1 section de tirailleurs, 1 compagnie d'infanterie, 1 section du génie, 1 section d'ambulance; 3 bâtiments de la flottille demeurèrent à hauteur de Palan.

L'intention du général était de s'emparer d'un point entre Sontay et le fleuve, à l'aide de la flottille, d'y débarquer une ou deux compagnies, quatre pièces de 12 et d'y organiser un poste qui couperait les communications directes entre Sontay et Bac-Ninh. En outre, le bombardement, lent mais continu, de la citadelle de Sontay, y produirait, espérait-il, une grande démoralisation. Les travaux de défense entre Sontay et le fleuve seraient arrêtés et l'attaque future de la ville en deviendraient plus facile (1).

Ce plan d'opérations ne tenait peut-être pas un compte suffisant des forces rassemblées à Sontay et des dangers qu'elles feraient courir à un aussi faible détachement; il ne put d'ailleurs être exécuté. Les « conflits inévitables » dont parle le général Bouët dans la lettre que nous venons de citer, étaient arrivés à l'état aigu. Un ordre général adressé aux troupes, le 6 septembre, sans le consentement préalable de M. Harmand, rendit la rupture définitive. Le 11 septembre, le général, qui avait plusieurs fois déjà sollicité son rappel, partait pour la France sur un ordre du commissaire général, motivé par la nécessité prétendue de mettre le gouvernement au courant de la véritable situation du corps expéditionnaire. Cette mesure irrégulière était la conséquence logique de la situation fausse où les instructions ministérielles avaient mis nos deux chefs de service au Tonkin. Difficile dès le premier moment, elle était devenue peu à peu intenable (2), par suite des circonstances. Nous avions appris, une fois de plus, à nos

(1) Lettre du général Bouët, 25 janvier 1884. H. Gautier, ouvrage cité.

(2) « He found his position was no longer tenable. » (Le général Bouët à un correspondant du *Standard*, 20 septembre 1883.)

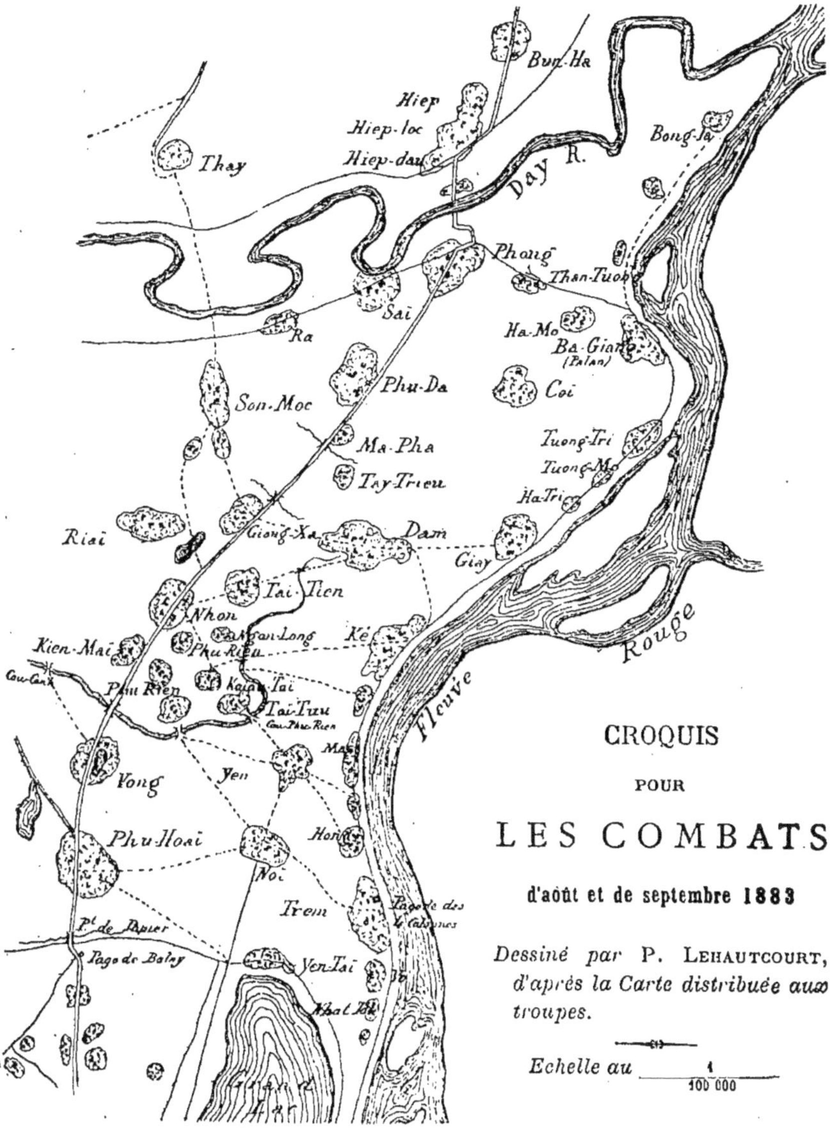

CROQUIS

POUR

LES COMBATS

d'août et de septembre 1883

Dessiné par P. LEHAUTCOURT,
d'après la Carte distribuée aux troupes.

Echelle au $\frac{1}{100\,000}$

dépens, que pour diriger des troupes en opérations, il faut un seul chef et une seule responsabilité. Cette maladroite imitation des commissaires civils de la Convention aux armées avait eu les résultats qu'on en pouvait attendre.

En attendant la désignation du successeur du général Bouët, le colonel Bichot (1) prit le commandement supérieur des troupes, avec le lieutenant-colonel Badens pour chef d'état-major. Le corps expéditionnaire conserva ses positions et se borna aux mouvements indispensables. On avait déjà commencé d'équiper et d'armer plusieurs centaines de Tonkinois auxiliaires ; par contre, les Pavillons-Jaunes rendaient peu de services et pillaient même Palan au moment de la retraite du 3 septembre ; on décidait de les désarmer et de les licencier. Quelques-uns passaient aussitôt à l'ennemi.

Le 18 septembre avait lieu une grande reconnaissance vers Sontay. Le colonel Bichot se dirigeait sur Phong avec une colonne d'effectif assez considérable (2). Les terres étaient encore si détrempées qu'on eut grand'peine à se faire suivre de l'artillerie. Le soir venu, la colonne s'installa sans combat dans Kien-Maï, Phu-Riem et Nguyen-Xa. L'un des buts de cette opération était de recueillir les têtes

(1) Le colonel Bichot, promu général de brigade après la prise de Sontay. Né à Arras, le 29 octobre 1835; sous-lieutenant d'infanterie de marine, le 19 janvier 1857 ; lieutenant, le 7 novembre 1860; capitaine, le 14 mars 1864; chef de bataillon, le 30 décembre 1871 ; lieutenant-colonel, le 25 février 1876 ; colonel du 20 juin 1882. (Bouinais et Paulus.)

(2) Humbert, ouvrage cité : 2 compagnies de tirailleurs, 6 d'infanterie de marine, 1 batterie, 1 section du génie, 1 section d'ambulance.

de Rivière et de 31 de ses compagnons, cachées par les Annamites auprès de Kien-Maï. Elles furent en effet exhumées (1); de plus, les habitants que la terreur avait fait se dissimuler aux environs ne tardèrent pas à rentrer dans leurs villages, devant nos démonstrations pacifiques. On leur fit détruire aussitôt les retranchements élevés par les Chinois, avec leur concours sans doute. La colonne rentra dans Hanoï le lendemain, sans avoir vu l'ennemi.

(1) Le corps de Rivière exhumé le 1er octobre, fut ramené en France l'année suivante. Il repose aujourd'hui au cimetière Montmartre, à Paris.

CHAPITRE VIII

Négociations avec la Chine. — Départ de M. Tricou, octobre 1883. — Réunion des Chambres. — Interpellation Granet. — Nouvelle demande de crédits (8 novembre 1883).

Tandis que la situation du corps expéditionnaire s'améliorait lentement, les relations entre la France et la Chine se tendaient chaque jour davantage. La réponse du marquis Tseng au mémorandum dont nous avons parlé (18 septembre), n'avait été rien moins que conciliante : le gouvernement chinois refusait nettement d'admettre les propositions de la France, comme bases des discussions futures (1). Il déclarait même (et en cela il était conséquent avec lui-même) ne pouvoir les examiner, tant que nous ne reconnaîtrions pas ses droits à la suzeraineté sur l'Annam (2).

Un peu plus tard (15 octobre), le marquis Tseng reve-

(1) *Livre jaune*, le marquis Tseng à M. Challemel-Lacour, 1er octobre 1883 : « Il est inutile, disait le marquis Tseng, d'entrer dans des discussions académiques au point où nous en sommes. »

(2) *Livre jaune*, entretien du marquis Tseng et de M. Challemel-Lacour, 1er octobre 1883.

nait sur les propositions de la France, qu'il ne pouvait considérer, disait-il, que « comme une capitulation pour la Chine ». Il mettait donc notre gouvernement en face de deux solutions : le rétablissement du *statu quo*, ou l'abandon à la Chine du delta du Fleuve Rouge jusqu'au 20e degré de latitude, c'est-à-dire jusqu'à Nam-Dinh. La zone neutre dont le gouvernement français proposait l'adoption serait reportée du 20e degré aux limites du Quang-Binh, au Nord de l'Annam central.

De ces deux solutions, également désavantageuses pour nous, la Chine préférait la première (1).

On le voit, c'étaient les conditions de l'ultimatum du 18 août : loin de tenir aucun compte de nos contre-propositions, la Chine exprimait le désir de nous voir évacuer le Tonkin et restreindre notre protectorat aux côtes incultes de l'Annam central et méridional. C'était annuler tous les résultats déjà acquis par nos troupes : une pareille évacuation eût été tout au plus admissible après un désastre.

Ces prétentions ne pouvaient qu'arrêter les négociations à Paris et en Chine. Sur la demande de M. Tricou, qui sentait combien la continuation des pourparlers devenait inutile, notre envoyé extraordinaire était autorisé à se rendre au Japon (23 octobre 1883). Le gouvernement français espérait que les faits se chargeraient de concilier les prétentions rivales des deux pays.

Nous avons dit déjà que la Chine avait commis vis-à-vis de nous des actes d'hostilité non dissimulés. Les rap-

(1) *Livre jaune*, le marquis Tseng à M. Challemel-Lacour, 15 octobre 1883.

ports de nos agents de Chine, comme ceux provenant du Tonkin, ne pouvaient laisser de doutes à cet égard. Au mois de septembre, le général Bouët et le commissaire civil avaient encore une fois signalé, dans deux dépêches officielles, la présence de réguliers chinois parmi les troupes que nous avions combattues (1).

Des correspondances privées venaient corroborer ces renseignements officiels de la façon la plus affirmative (2). Pourtant, le gouvernement français croyait ne devoir rien changer à nos relations avec la Chine. Craignait-il, en lui faisant ouvertement la guerre, d'apporter une grande gêne au commerce européen, si important en Extrême-Orient (3)? Notre intervention au Tonkin, déjà vue d'un mauvais œil par nos rivaux, n'en deviendrait-elle pas un sujet de mécontentement pour certaines grandes puissances, si leurs intérêts commerciaux devaient gravement en souffrir ? La

---

(1) *Débats parlementaires*, Chambre : 5 juillet 1885, p. 991, discours de M. Rivière, député. Le rapport du général Bouët, dont ce discours donne des extraits, indique les Chinois comme occupant la route de Bac-Ninh à Hanoï et celle de Bac-Ninh à Lang-Son, ainsi que les places de Sontay et de Bac-Ninh.

(2) Correspondance du *Temps*, 28 octobre 1883. « De l'aveu de tous, nous avons affaire à des troupes régulières chinoises, bien disciplinées, bien armées, pourvues d'un matériel important. »

(3) *Journal officiel*, 13 mars 1882.

Commerce extérieur de la Chine :

En 1876 :	Anglais. . .	2.996 navires,	1.622.662 tonnes.	
	Allemand. .	400 —	156.418 —	
	Américain. .	187 —	112.601 —	
	Français . .	126 —	130.594 —	
	Japonais . .	110 —	109.344 —	
En 1880 :	Anglais. . .	3.309 navires,	3.133.789 tonnes.	
	Allemand. .	361 —	178.175 —	
	Américain. .	294 —	136.635 —	
	Français . .	87 —	132.589 —	
	Japonais . .	200 —	167.436 —	

suite des événements allait prouver que ces appréhensions reposaient sur des bases sérieuses, en montrant que la neutralité de l'Angleterre, par exemple, n'était rien moins que bienveillante à notre égard.

D'autres raisons motivaient l'attitude du ministère français vis-à-vis de la Chine. L'approche des élections générales de 1885 lui faisait souhaiter de ne pas inquiéter le pays, en le mettant en face d'une guerre avec l'empire chinois, guerre dont on commençait à comprendre la gravité en France.

Le *Livre jaune* publié en octobre 1883, au moment de la réunion des Chambres, était donc plein des affirmations les plus rassurantes. « On peut compter, y disait-on, que les renforts envoyés en septembre permettront d'achever, en peu de temps, l'œuvre de pacification, et suffiront pour prévenir toute cause de trouble... » Une interpellation de M. Granet à la Chambre des députés permit à MM. Ferry et Challemel-Lacour de confirmer et même d'étendre singulièrement ces déclarations. Le président du Conseil niait formellement la présence des troupes chinoises parmi nos ennemis (1); il assurait que le rejet du traité Bourée avait été indispensable. A l'en croire, en demandant sa ratification, notre représentant avait « montré beaucoup plus de bon vouloir que de clairvoyance ». Enfin, l'expédition suivait ses phases naturelles, et chacun devait voir, dans l'entreprise commencée au Tonkin, ce qu'elle était réellement, « un placement de bon père de famille ».

(1) *Débats parlementaires*, Chambre, 31 octobre 1883, p. 2198 :
« *M. Delafosse.* — En attendant, ce sont les troupes chinoises qui nous font la guerre.
« *M. Jules Ferry.* — Vous êtes dans une erreur complète et vous affirmez une chose que vous ne pouvez savoir. »

BONZE

Au cours de la discussion, une dépêche de notre envoyé en Chine intervint à propos pour hâter un vote favorable (1). « Le vice-roi, disait M. Tricou, est très inquiet.

(1) *Livre jaune*, M. Tricou à M. Challemel-Lacour, télégramme du 29 octobre 1883.

Il désavoue hautement le marquis Tseng. » Cette communication, quelque peu irrégulière, d'un document qui n'était assurément pas fait pour le grand jour de la tribune, avait été provoquée par des licences semblables prises par le marquis Tseng (1). Elle ne fut pas étrangère au succès du ministère dans le vote final : 325 voix contre 125 adoptèrent un ordre du jour proposé par M. Paul Bert. « La Chambre, approuvant les mesures prises par le gouvernement pour sauvegarder au Tonkin les intérêts, les droits et l'honneur de la France, confiante dans sa fermeté et sa prudence pour faire exécuter les traités existants, passe à l'ordre du jour. »

C'était un véritable blanc-seing que recevait le cabinet, à une imposante majorité. Malheureusement, il suffisait de quelques jours pour démontrer le peu de solidité de ses principaux arguments. Dès le 5 novembre, le marquis Tseng démentait formellement, au nom du Tsong-li-Yamen et de Li-Hong-Tchang lui-même, les assertions du télégramme de M. Tricou. Le gouvernement chinois, comme le vice-roi, donnait toute son approbation à la conduite politique de son ambassadeur (2). A ce démenti fâcheux, M. Jules Ferry (3) répondait par la lettre la plus conciliante : il faisait appel aux « bons offices » du marquis

(1) L'ambassadeur de Chine venait de publier, dans la presse de Londres, quantité de documents diplomatiques échangés entre la Chine et la France, sans avoir obtenu l'agrément du gouvernement français.

(2) *Livre jaune*, le marquis Tseng à M. Challemel-Lacour, 5 novembre 1883.

(3) Ministre par intérim des affaires étrangères : il remplaçait définitivement, le 18 novembre 1883, M. Challemel-Lacour démissionnaire.

Tseng, pour empêcher à Pékin de fausses interprétations de notre façon d'agir. Dans le cours de la discussion des 30 et 31 octobre, le ministère avait annoncé l'occupation prochaine de Sontay, Hong-Hoa et Bac-Ninh. M. Jules Ferry en renouvelait l'assurance et priait le marquis de la porter à la connaissance du gouvernement chinois, pour qu'il puisse rappeler ses troupes de manière à éviter un conflit avec les nôtres (1).

Tout autres étaient les intentions de la Chine : le même jour, dans une lettre (2) qui se croisait avec celle dont nous venons de parler, le marquis Tseng prévenait officiellement le gouvernement français de la présence des troupes régulières chinoises dans les trois citadelles menacées par nous ; le marquis rappelait à ce propos les termes de sa déclaration verbale du 1er août à M. Challemel-Lacour, termes qui avaient fait, on le sait, l'objet d'un désaccord entre le ministre des affaires étrangères et son interlocuteur.

Deux jours après, 19 novembre, l'attitude de la Chine devenait encore plus provocatrice. Le marquis Tseng communiquait au ministère la copie d'une dépêche du Tsong-li-Yamen à M. de Sémallé, notre chargé d'affaires à Pékin. Ce document, dont le ton contrastait avec celui des communications antérieures du Tsong-li-Yamen, reprochait au gouvernement français sa « politique agressive ». La Chine, y était-il dit, « fait appel au sentiment d'équité de toutes les nations » pour juger la conduite de la France. Celle-ci

(1) *Livre jaune*, M. Jules Ferry au marquis Tseng, 17 novembre 1883.

(2) *Livre jaune*, le marquis Tseng à M. Jules Ferry, 17 novembre 1883.

n'était accusée de rien moins que de « renoncer aux sentiments d'honneur et de justice ». Enfin, cette protestation se terminait par une déclaration grave : les troupes Impériales repousseraient la force par la force, en rejetant toute la responsabilité de cette rupture sur le gouvernement français (1). C'était la guerre, semblait-il, et à bref délai.

Cette fois la longanimité excessive dont avait fait preuve le ministère depuis quelque temps ne tint pas devant des menaces aussi peu déguisées. M. Jules Ferry, qui avait encore, le 19 novembre, insisté plus que de raison peut-être, pour obtenir l'évacuation des citadelles du Delta par la Chine (2), protesta contre les termes de la dépêche chinoise avec une modération de forme qui n'excluait pas la fermeté (3).

L'effet de ce changement d'attitude et aussi de la nouvelle de la prise prochaine de Sontay ne fut pas long à se produire. Le marquis de Tseng l'avait encore déclaré hautement le 24 novembre : « Le gouvernement impérial ne saurait permettre que le Tonkin devienne une possession française », et il avait accusé « la France, jadis si fière de protéger les petits pays... de s'emparer du bien du prince qu'elle faisait semblant de protéger... (4) ». Dès le 26 novembre, l'ambassadeur de Chine paraissait être acquis à des idées plus conciliantes ; il proposait, non plus l'évacua-

(1) *Livre jaune*, le marquis Tseng à M. Jules Ferry, 19 novembre 1883.

(2) *Livre jaune*, M. Jules Ferry au marquis Tseng, 19 novembre 1883.

(3) *Livre jaune*, M. Jules Ferry au marquis Tseng, 22 novembre 1883.

(4) *Livre jaune*, le marquis Tseng à M. Jules Ferry, 24 novembre 1883.

CITADELLE DE NINH-BINH

tion pure et simple du Tonkin par nos troupes, mais le tracé d'une ligne de démarcation entre elles et celles de la Chine (1).

Pendant ces pourparlers, le gouvernement avait déposé le 8 novembre une nouvelle demande de crédits motivée, assurait-il, non par la nécessité d'envoyer de nouveaux renforts au Tonkin, mais par celle d'entretenir les troupes qui s'y trouvaient déjà. L'amiral Peyron aurait voulu, dit-on, porter cette demande de crédits à 16 millions; mais le conseil des ministres la réduisit à 9, somme bien insuffisante, même pour les besoins courants du corps

(1) *Livre jaune*, le marquis Tseng à M. Jules Ferry, 26 novembre 1883.

expéditionnaire (1). Une interpellation de M. Clémenceau sur les affaires du Tonkin était renvoyée à la discussion des crédits, le 29 novembre, par 308 voix contre 195. Le résultat des opérations attendues contre Sontay allait sans doute déterminer, d'une manière définitive, l'orientation de notre politique en Extrême-Orient.

(1) D'après l'exposé des motifs de ce projet de loi, ces troupes comptaient :

6.100 hommes de troupes métropolitaines au Tonkin.
500 — — — à Hué.
1.250 hommes de troupes indigènes au Tonkin.
200 — — — à Hué.

Dans ces 8.050 hommes, n'étaient pas compris les 600 marins du bataillon Laguerre.

En outre, les 32 bâtiments des divisions de Chine et du Tonkin étaient montés par 4.500 hommes d'équipage.

CHAPITRE IX

Situation au Tonkin. — Prise de commandement de l'amiral Courbet. — Combat d'Haï-Duong, 17 novembre 1883. — Reconnaissances dans le Delta.

Au Tonkin, la situation générale continuait à s'améliorer lentement; le 6 octobre, la garnison d'Hanoï faisait un nouveau pas sur la rive droite du Fleuve Rouge, par l'occupation de deux petites pagodes à la lisière Nord de Batang. On y laissait une compagnie d'infanterie de marine et une section du génie (1). Les reconnaissances devenaient fréquentes : le 10 octobre, le commandant Chevallier allait jusqu'à 3,500 mètres de la rive droite du fleuve, vers le canal des Rapides. Les avant-postes chinois cédaient le terrain sans combat. Le lendemain, 11 octobre, on occupait également Ninh-Binh, dans le Sud du Delta, et on y laissait une garnison de vingt-cinq hommes.

La présence des ambassadeurs envoyés de Hué, et qui

(1) Le même jour arrivaient de Cochinchine les 28e et 29e compagnies du 1er régiment d'infanterie de marine : 6 officiers, 300 hommes de troupe.

avaient atteint Hanoï le 5 octobre, n'était peut-être pas étrangère à ce calme plus apparent que réel. Il ne régnait d'ailleurs que dans certaines parties du Delta; d'autres, les bords du Day et les environs de Haï-Phong notamment, étaient pillées par de nombreux pirates. Le colonel Bichot jetait donc vers le Day une colonne d'un bataillon d'infanterie et d'une batterie (20 octobre), sous les ordres du lieutenant-colonel Brionval. Partie par la Porte du Roi, Cau-Do, Ba-la-Son, elle se divisait là en deux fractions, avant de pousser jusqu'au Day. Des pirates avaient été signalés dans ces parages; on en tuait une trentaine et on rentrait à Hanoï, le 23 octobre, avec deux éléphants de guerre, après une marche des plus fatigantes, sur un chemin extrêmement difficile.

Les petites opérations de ce genre, qui se renouvelèrent fréquemment jusqu'à la mi-décembre, avaient un double objet : elles soumettaient nos troupes à un entraînement continu et ramenaient la confiance chez les habitants, en faisant peu à peu disparaître les pirates. En outre, elles nous permettaient de reconnaître des régions restées jusque-là à peu près inconnues : des officiers levaient le terrain traversé par nos soldats, et l'état-major du corps expéditionnaire réunissait ainsi les éléments d'une carte des environs d'Hanoï, qu'il complétait avec les renseignements des missionnaires et des Indigènes, ou avec les cartes annamites.

Sous d'autres rapports également, la situation générale du corps expéditionnaire devenait plus avantageuse. Les coolies étaient plus faciles à recruter, quoique leur organisation laissât encore beaucoup à désirer.

En outre, le colonel Bichot commençait la formation d'un corps d'auxiliaires tonkinois, en utilisant divers éléments déjà réunis antérieurement. Le lieutenant-colonel

Badens avait constitué, à Nam-Dinh, un corps de volontaires indigènes, armé avec des fusils achetés dans le commerce et commandé par des chefs annamites. Ce rudiment d'organisation était insuffisant, et M. Harmand dut faire désarmer les levées de Nam-Dinh, en raison de leur indiscipline. C'est alors que le colonel Bichot eut la pensée de les fondre avec un corps de partisans, réuni depuis le 13 août à Hanoï, et qu'il donna au corps d'auxiliaires ainsi formé un cadre français aux ordres du chef de bataillon Bertaux-Levillain. Dès le 3 novembre, il comptait environ 1,800 hommes (1).

Tandis que ces mesures augmentaient notablement nos forces, la population indigène commençait à se remettre de ses misères passées et à prendre confiance en nous.

Les habitants des environs ne craignaient plus d'apporter à Hanoï des denrées, dont le prix s'accroissait tous les jours; en trois mois leurs bœufs avaient doublé de prix. On pouvait mesurer à cette augmentation le changement survenu dans l'état matériel du pays.

Quant à Hanoï elle se repeuplait de plus en plus, et les traces des incendies ou des ruines laissées par les Pavillons-Noirs commençaient à en disparaître. La construction d'un blockhaus sur la rive gauche du Fleuve Rouge, et l'occupation des pagodes dont nous avons parlé, à Batang, contribuaient fortement à accroître la sécurité de la ville. Le génie s'occupait activement d'y construire des paillottes destinées à servir d'abri pour les renforts attendus (2).

(1) Voir une lettre de M. Harmand, 3 novembre 1883, citée par M. A. Gervais, *l'Armée annamite*. Cet effectif paraît avoir subi des oscillations très marquées, sans doute en raison des désertions qui furent nombreuses à l'origine parmi nos auxiliaires tonkinois.

(2) Humbert, ouvrage cité.

En somme, l'amélioration survenue, depuis le mois d'août, dans la situation du corps expéditionnaire, était indéniable.

Sur les entrefaites, l'amiral Courbet, à la baie d'Along depuis la fin de septembre, venait d'être appelé au commandement des forces de terre et de mer au Tonkin, mais dans d'autres conditions que le général Bouët. En restant nominalement sous la direction politique du commissaire général, il conservait le droit de correspondre directement avec le ministre de la marine. En fait, la subordination si fâcheuse de l'autorité militaire, qui avait existé jusque-là, était supprimée. M. Harmand ne voulut pas accepter cette diminution et réclama l'autorisation de rentrer provisoirement en France (1). Elle lui fut tout d'abord refusée (2), sans doute pour des raisons politiques aisées à deviner. La nomination d'un commissaire général civil avait été accueillie avec une faveur si aveugle par la plus grande partie du Parlement, que le ministère ne voulait point se déjuger en y renonçant aussi vite. Il recommandait pourtant à M. Harmand de laisser toute liberté d'action à l'autorité militaire. Le seul champ abandonné à l'activité un peu inquiète du commissaire général était la préparation de l'organisation future du Delta. Mais il était difficile d'organiser un pays dont nous n'étions pas les maîtres et le commissaire civil, sur de nouvelles instances, obtint enfin l'autorisation de rentrer en France (1er décembre).

Le 25 octobre l'amiral Courbet arrivait à Hanoï : avec les

(1) *Livre jaune*, M. Harmand à l'amiral Peyron, télégramme, 20 octobre 1883.

(2) *Livre jaune*, l'amiral Peyron à M. Harmand, télégramme, 2 novembre 1883.

compagnies et la batterie de débarquement fournies par la division navale (1), il allait avoir à sa disposition au Tonkin 8,500 hommes environ, sans les auxiliaires du pays. La santé de ce petit corps expéditionnaire était parfaite; mais, malgré les progrès faits par la pacification du pays, la sécurité de nos postes semblait encore bien loin d'être assurée. Le 1er novembre, par exemple, deux de nos sentinelles du poste de Batang, sous le canon d'Hanoï, étaient décapitées pendant la nuit.

Devant l'attitude de la Chine, le gouvernement français persistait, plus que jamais, à borner l'occupation du Tonkin au Delta. Il espérait éviter ainsi une rupture, tout en proportionnant l'effort à accomplir aux ressources du corps expéditionnaire, qu'il croyait d'ailleurs largement suffisantes pour cette tâche (2). Mais avant de tenter de s'étendre dans le Delta, l'amiral Courbet voulut assurer ses communications, organiser le ravitaillement en vivres et en munitions de ses troupes, en attendant l'arrivée des renforts qui lui étaient annoncés. Ce fut l'objet de ses soins pendant le mois de novembre presque tout entier.

Dès le 2, Batang, dont on soupçonnait les habitants de complicité dans le meurtre de nos sentinelles, était bombardé par la *Hache*, après avoir refusé de se soumettre. Il payait aussitôt une amende de 10,000 piastres. Cette exécution n'empêchait pas une certaine agitation de se manifester autour de nos postes : on disait de nombreuses troupes chinoises en mouvement dans les provinces de Bac-

(1) Humbert, ouvrage cité : 3 compagnies de 130 hommes, capitaine de vaisseau de Beaumont, 1 batterie de 5 pièces de 65mm et de 3 pièces de 4, lieutenant de vaisseau Amelot (120 hommes environ).

(2) *Livre jaune*, l'amiral Peyron à M. Harmand, 2 novembre 1883.

Ninh et d'Haï-Duong. Hanoï même était menacé d'une attaque et on prenait des dispositions pour y parer, en même temps qu'on renforçait la garnison d'Haï-Duong.

Le 9 novembre, l'amiral faisait occuper Phu-Moï par un détachement (1) : avec Ninh-Binh, cette petite place allait garder la lisière Ouest du Delta, en face des populations remuantes du Than-Hoa.

Tandis que les trois bataillons de troupes d'Afrique, un bataillon d'infanterie de marine et deux batteries débarquaient à Hanoï du 5 au 15 novembre (2), et que des reconnaissances fréquentes étaient faites pour les acclimater, un fait d'armes glorieux pour nos troupes se passait à Haï-Duong.

Nous avons vu que la garnison de ce poste avait été récemment renforcée : elle comprenait, le 12 novembre, une compagnie d'infanterie de marine (3), un peloton d'auxiliaires tonkinois, une section de tirailleurs annamites et une

(1) Humbert, ouvrage cité, 1 officier et 35 hommes. Phu-Moï est entre Hong-Yen et Phu-Ly.

(2) Du 5 au 15 novembre les troupes suivantes arrivaient à Hanoï :

4e batterie *bis*, de 4 R. de M. (artillerie de marine), capitaine Roperh; 3 officiers et 109 hommes.

21e, 22e, 23e et 24e compagnies du 2e régiment d'infanterie de marine, chef de bataillon Dulieu, 20 officiers, 598 hommes.

5e batterie *bis*, de 4 R. de M. (artillerie de marine), capitaine Péricaud; même effectif que la précédente.

Régiment de marche du 19e corps d'armée, lieutenant-colonel Belin : 1er bataillon de la légion étrangère, chef de bataillon Donnier; 1er bataillon du 1er tirailleurs algériens, chef de bataillon Jouneau; 1er bataillon du 3e tirailleurs algériens, chef de bataillon Letellier; 58 officiers, 1,800 hommes environ.

En outre, le matériel d'une batterie de 80 millimètres de campagne arriva vers cette époque à Hanoï. (Humbert, ouv. cité, Rapport Ballue.)

(3) La 31e du 4e. L'armement du poste consistait en 2 pièces de 12 R. de C. et 1 de 4 R. de M.

LE COLONEL BICHOT

section d'artillerie. Le capitaine Bertin, qui la commandait, avait placé une section d'infanterie et une cinquantaine d'indigènes, sous les ordres de l'adjudant Geschwind, dans le mirador ou dans la porte Est de la citadelle, fortifiées provisoirement à l'aide d'une palissade et d'un mur en briques crues. Le reste de la garnison occupait, avec trois canons, un fortin au bord du fleuve, séparé de la citadelle par la ville marchande.

Dans la nuit du 12 novembre, Haï-Duong est tout à coup envahi par des bandes nombreuses de Chinois et d'Annamites ; notre garnison, trop faible pour tenter une résistance active, demeure enfermée dans le fortin et dans le réduit de la citadelle. L'ennemi disparaît au jour, après avoir pillé et brûlé une grande partie de la ville.

A la suite de ce fait, l'une de nos canonnières, la *Carabine*, lieutenant de vaisseau Bauer, a été envoyée à Haï-Duong et plusieurs jours se sont passés sans incidents, quand, le 17 novembre, à quatre heures et demie du matin, le fortin et le réduit sont tout à coup attaqués par des forces considérables, parmi lesquelles un grand nombre de réguliers chinois, reconnaissables à leurs uniformes. La nuit leur a permis de se glisser dans la ville marchande et dans la citadelle : en un instant ils tiennent étroitement serrées les garnisons de nos deux ouvrages. Celle du réduit, plus faible et plus isolée, est surtout visée ; en vain le capitaine Bertin tente une première fois, à six heures, d'aller la secourir ; il est forcé de rentrer dans le fortin. La *Carabine,* qui était dans le Thaï-Binh, arrive au bruit du combat et vient s'embosser dans un arroyo, en face de la citadelle. Mais en un instant elle est criblée de balles ; malgré la protection de ses tôles de revêtement, huit hommes de son équipage sur vingt-deux sont blessés. Elle est obligée de se retirer rapidement en filant ses chaînes et en abandonnant deux ancres. M. Bauer a dû couper lui-même les amarres. Une nouvelle sortie, tentée à huit heures par le capitaine Bertin, n'est pas plus heureuse.

Dans le réduit la situation devient critique ; les munitions sont à peu près consommées ; un assaut est repoussé à coup de baïonnettes. Les parados du rempart servent d'abri aux 1,500 Chinois qui entourent la petite troupe de l'adjudant Geschwind ; ils couvrent d'une grêle de balles le mirador et la porte où elle est enfermée. Chaque projectile des fusils de rempart ennemis détache un fragment de notre muraille en briques crues. Heureusement Geschwind fait preuve d'une bravoure et d'un sang-froid admirables. Les cartouchières de sa troupe menacent de se vider : il recueille les munitions de tous ses auxiliaires tonkinois, pour en faire une dernière réserve.

A ce moment le feu du réduit est devenu moins vif ; le capitaine Bertin craint que les munitions de Geschwind ne soient épuisées et il essaie de s'ouvrir un passage vers le brave adjudant, en mettant le feu aux paillottes de la ville marchande ; mais cette tentative est encore inutile. Tout à coup arrive le *Lynx*, commandant Blouet, qui vient de Kémot au canon ; au moment où il va mouiller, le chef torpilleur de la canonnière, Juham, se jette dans un youyou pour porter une amarre à terre. Les Chinois l'aperçoivent et dirigent sur lui un feu nourri ; des centaines de balles fouettent l'eau autour de son embarcation. Juham n'en va pas moins attacher son amarre à une tige de bambou et revient à bord sans la moindre égratignure.

La *Carabine* ouvre alors le feu de ses hotchkiss sur les groupes ennemis et opère ainsi une diversion inespérée ; une dernière sortie, dirigée par le capitaine Bertin au travers des paillottes incendiées, réussit enfin (2 heures) : les Chinois et les Annamites s'enfuient, abandonnant un canon, avec une perte de trois ou quatre cents hommes. Celles de la petite garnison française, relativement considérables, se montent à 16 soldats ou marins blessés, et à 5 Indigènes tués, avec plusieurs blessés (1).

A la suite de cette glorieuse affaire, on renforçait la

(1) Voir *Progrès militaire*, 19 janvier 1884, ordre du jour de l'amiral Courbet ; *Carnet d'un torpilleur*, par Dick de Lonlay ; Humbert, ouvrage cité. L'adjudant Geschwind fut nommé sous-lieutenant à la suite de ce fait d'armes, et le lieutenant de vaisseau Bauer inscrit d'office au tableau d'avancement.

garnison d'Haï-Phong, que l'ennemi semblait menacer, et celle d'Haï-Duong. Cette dernière citadelle était occupée par les compagnies et la batterie de débarquement du capitaine de vaisseau de Beaumont.

Déjà, l'ennemi avait entièrement disparu des environs : plusieurs mandarins qui lui fournissaient des indications furent arrêtés par nos troupes ; l'un d'eux, le thuan-plu de Quang-Yen, fut condamné à mort et fusillé ; on envoya les autres à Poulo-Condore.

Quelques jours auparavant, 8 novembre, on avait commencé l'établissement d'une ligne télégraphique aérienne d'Haï-Phong à Hanoï. Jusque-là nos deux postes principaux n'avaient été mis en relation que par les canonnières.

Autour d'Hanoï, l'amiral Courbet faisait exécuter de nombreuses reconnaissances. Du 16 au 19 novembre, par exemple, le lieutenant-colonel Brionval se rendait, avec une colonne de deux bataillons et d'une section d'artillerie, vers le canal des Rapides. Il regagnait Hanoï sans incident, après avoir constaté que l'ennemi était fortement établi entre le canal et Bac-Ninh.

Le 24 novembre un bataillon d'infanterie de marine et une section d'artillerie se dirigeaient par eau sur Hong-Yen, sous les ordres du commandant Dulieu. La citadelle, mal gardée, était enlevée sans coup férir, malgré ses 42 canons, et mise hors d'état de nuire. Le thuan-phu, arrêté, était convaincu d'avoir ravitaillé les Chinois de Bac-Ninh et fusillé le 29 novembre (1).

(1) La répartition des troupes au Tonkin, le 15 novembre, était la suivante :

Hanoï, 6.037 hommes, dont 2.400 d'infanterie de marine, le régiment d'Afrique et 650 tirailleurs annamites.

Haï-Phong, 550 hommes ; Nam-Dinh, 999 ; Ninh-Binh, 25 ; Quang-

Tandis que l'amiral Courbet mettait tout en œuvre pour la réussite de son projet d'attaque contre Sontay, sa division navale poursuivait, sur les côtes du Tonkin et de l'Annam, la tâche ingrate à laquelle elle était condamnée depuis la déclaration de blocus. La baie d'Along avait été choisie par l'amiral comme point de concentration et de ravitaillement. Cet excellent mouillage offrait en effet des garanties exceptionnelles, mais il était nécessaire d'y exercer la plus exacte surveillance pour parer aux surprises dont Haï-Duong et, bientôt après, Haï-Phong, étaient alors l'objet. Nos bâtiments alternaient pour la croisière sur les côtes et pour le séjour au mouillage. Quelques expéditions contre les pirates de l'Est étaient les bienvenues, pour rompre la monotonie de cette navigation fastidieuse, dans une mer peu fréquentée, sous un soleil de plomb et avec des ressources d'alimentation insuffisantes. L'inaction à laquelle ils étaient réduits pesait fort à ces vaillants équipages (1).

Yen, 40; Haï-Duong, 181; Palan, 203; Batang, 155, Poste des Bambous (au confluent du Cua-Loc et du Song-Koï), 10.

Le total général se montait à 8.200 hommes environ, y compris 1.800 auxiliaires tonkinois, et non compris la flottille, ainsi que les compagnies et la batterie de débarquement (400 hommes environ).

(1) M. Loir, ouvrage cité. A Thuan-An, outre la garnison que nous avons dit, il restait *la Vipère*, *la Javeline* et le torpilleur n° 46.

CHAPITRE X

Attaque d'Haï-Phong. — Préparatifs pour la prise de Sontay. — Mise en mouvement des deux colonnes françaises. — Reconnaissance des positions de Phu-Sa.—Prise de Phu-Sa (14 décembre 1883).

Les premiers jours de décembre furent relativement calmes dans le Delta. Toute l'activité du corps expéditionnaire était concentrée sur les préparatifs de l'action attendue contre Sontay ou Bac-Ninh ; quant aux pirates annamites ou aux Chinois, ils ne tentaient que des entreprises sans importance. Le 3 décembre, par exemple, une attaque de 500 pirates, dirigée sur Haï-Phong, était repoussée sans difficulté par le commandant Coronnat, qui infligeait de fortes pertes aux Annamites : nous n'avions que deux blessés. La même nuit, une bande attaquait le blockhaus de la rive gauche à Hanoï, d'ailleurs sans aucun résultat. Ces tentatives infructueuses n'en prouvaient pas moins combien notre domination était encore précaire, même dans la partie du Delta depuis longtemps occupée par nos soldats.

Les préparatifs ordonnés par l'amiral Courbet touchaient

à leur fin ; les troupes nouvellement débarquées (1) étaient à peu près acclimatées, à la suite de leurs reconnaissances fréquentes ; on avait confectionné une grande quantité d'échelles de bambous et de ponts mobiles pour les assauts, les débarquements ou les embarquements prévus. De nombreux coolies avaient été réunis et embrigadés ; ils étaient munis de marques distinctives et recevaient une solde spéciale, ce qui diminuait leur tendance à déserter. Enfin, tous nos postes étaient en bon état de défense ; la télégraphie optique reliait Hanoï, Palan, Batang et le blockhaus de la rive gauche.

Le corps expéditionnaire ignorait encore quel serait l'objet de l'attaque prochaine, Bac-Ninh ou Sontay. Le 10 décembre seulement on sut, d'une façon certaine, que cette dernière ville était l'objectif de l'amiral. Des considérations graves l'avaient guidé dans ce choix : si l'on marchait contre Bac-Ninh, la nombreuse garnison de Sontay pourrait attaquer Hanoï sans difficulté, puisqu'elle tenait encore les passages du Day. Au contraire, pendant l'attaque de Sontay, la capitale serait couverte du côté de Bac-Ninh par le Fleuve Rouge.

En outre, il était urgent de mettre à profit la hauteur des eaux, qui permettait encore à nos canonnières de

(1) Humbert, ouvrage cité. L'effectif à la disposition de l'amiral, Courbet se montait à 8,831 hommes, sans les 730 hommes de Thuan-An et sans la flottille. (Rapport de M. Léon Renault, 1er décembre 1883.)

Du 5 au 8 décembre, les troupes suivantes arrivaient encore à Hanoï :

6e batterie *bis* d'artillerie de marine (65mm), capitaine Dudraille 3 officiers et 109 hommes.

Bataillon de fusiliers-marins, capitaine de frégate Laguerre, 12 officiers, 600 hommes environ.

C'étaient les derniers renforts attendus.

CANONNIÈRE FLUVIALE (Type Henri Rivière).

remonter le Song-Koï (1); leur coopération était absolument indispensable pour une opération contre Sontay, nouveau motif de ne point la retarder davantage.

(1) Rapport du colonel Bichot, cité par Bouinais et Paulus.

Le 11 décembre, au matin, le corps expéditionnaire quittait Hanoï en deux colonnes. Celle de gauche, sous les ordres du lieutenant-colonel Belin, prenait la route de terre par Phu-Hoaï et Phong, où elle devait passer la nuit. Elle traverserait le Day le lendemain et se réunirait au reste du corps expéditionnaire, qui aurait rèmonté le fleuve sur la flottille. De son côté, la colonne de droite ferait diversion, et forcerait l'ennemi à lui abandonner le passage de la rivière, s'il était disputé.

Le lieutenant-colonel Belin avait sous ses ordres les trois bataillons de troupes d'Afrique, un bataillon d'infanterie de marine, 800 auxiliaires tonkinois, trois batteries de 4 de montagne attelées, un peloton du génie, quelques télégraphistes et une ambulance. Le total de ses combattants s'élevait à environ 3,450 hommes, en outre de 250 coolies. Quant à la colonne de droite, commandée par le colonel Bichot, elle comptait des forces moindres : trois bataillons d'infanterie de marine, le bataillon de fusiliers marins, quatre batteries traînées (2 de 4 de M. r. et 2 de 65 mill.), une section du génie et quelques télégraphistes. Une ambulance, un petit parc d'artillerie, des coolies, etc., complétaient la colonne Bichot, qui atteignait le total approximatif de 2,600 combattants et 1,100 coolies (1).

Pour en transporter le personnel et le matériel, l'amiral avait réuni un grand nombre de bâtiments et de jonques. *La Hache*, *le Mousqueton* et *le Yatagan* couvraient et surveillaient la marche de la flottille, qu'éclairait également *la Fanfare*, mouillée à Palan. *Le Pluvier*, *la Trombe*,

(1) Humbert, ouvrage cité. Nous avons utilisé surtout, pour ce récit, le rapport officiel de l'amiral, très remarquable par sa concision et sa netteté. *Journal officiel*, 5 mars 1884, p. 1197. Voir également le rapport du colonel Bichot cité par Bouinais et Paulus.

l'Eclair, sept bâtiments à vapeur du commerce, un chaland et cinquante-quatre jonques portaient les troupes et le matériel. Trois chaloupes ou yachts à vapeur, *l'Huï-Phong*, *l'Antilope* et *le Pélican*, étaient chargés des communications.

COMPOSITION DES COLONNES PENDANT LES OPÉRATIONS CONTRE SONTAY

Contre-amiral Courbet, commandant en chef.

Lieutenant-colonel breveté d'infanterie de marine Badens, chef d'état-major.

Capitaine breveté d'artillerie de marine Humbert.

Lieutenant d'infanterie de marine Goldschoen.

Capitaine de frégate de Maigret, chef d'état-major de la division navale.

Lieutenant de vaisseau de Jonquières,

Lieutenant de vaisseau Ravel, aides de camp.

Colonne de gauche.

Lieutenant-colonel Belin, commandant la colonne.

1er bataillon de la légion étrangère, chef de bataillon Donnier.

1er bataillon du 1er tirailleurs algériens, chef de bataillon Letellier.

1er bataillon du 3e tirailleurs algériens, chef de bataillon Jouneau.

4e bataillon d'infanterie de marine, chef de bataillon Roux : (4e compagnie de tirailleurs annamites, 25e, 26e et 30e compagnies du 4e régiment d'infanterie de marine).

800 auxiliaires tonkinois, chef de bataillon Bertaux-Levillain.

1re batterie *bis* de 4 R. de M (attelée), capitaine Régis.
2e batterie *bis* de 4 R. de M (attelée), capitaine Dupont.
3e batterie *bis* de 4 R. de M (attelée), capitaine Roussel.

2 sections du génie, capitaine Dupommier.
3 télégraphistes.
Ambulances.
Convoi de coolies.

Colonne de droite.

Colonel d'infanterie de marine Bichot, commandant la colonne.

Chef de bataillon d'infanterie de marine Berger, adjoint.

Capitaine d'infanterie de marine Lange.

Lieutenant d'infanterie de marine Schillemans.

Lieutenant-colonel de Maussion, commandant l'infanterie de marine.

1er bataillon, chef de bataillon Chevallier (1re compagnie de tirailleurs annamites, 25e, 34e, 36e compagnies du 1er régiment d'infanterie de marine).

2e bataillon, chef de bataillon Dulieu (2e compagnie de tirailleurs annamites, 22e, 23e, 24e compagnies du 2e régiment d'infanterie de marine).

3e bataillon, chef de bataillon Reygasse (3e compagnie de tirailleurs annamites, 26e, 29e, 33e compagnies du 2e régiment d'infanterie de marine).

Bataillon de fusiliers marins, capitaine de frégate Laguerre.

4e batterie *bis*, 4 R. de M (traînée), capitaine Roperh.
5e batterie *bis*, 4 R. de M (traînée), capitaine Péricaud,

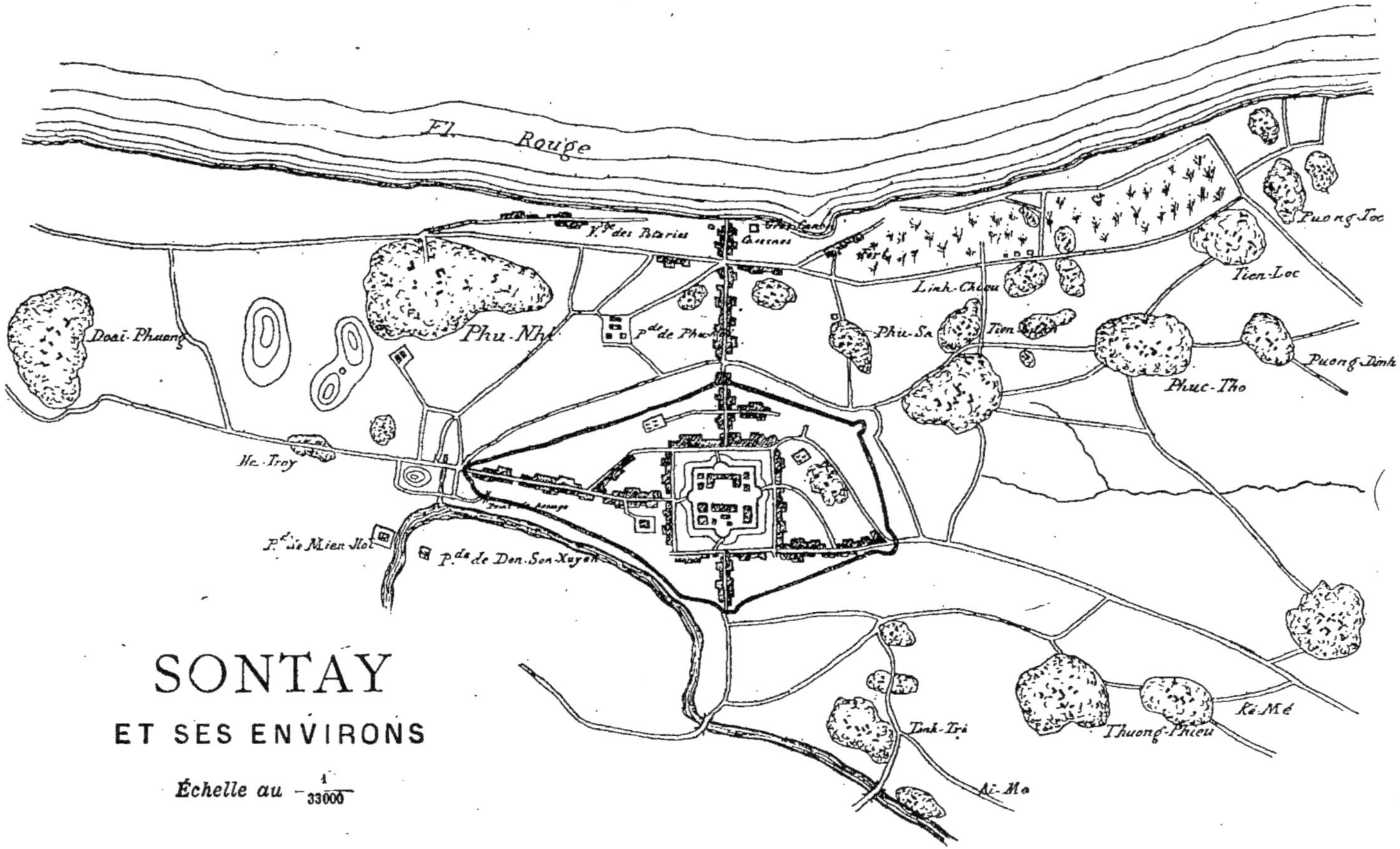

SONTAY

ET SES ENVIRONS

Échelle au $\frac{1}{33000}$

6ᵉ batterie *bis* (1), 65 ᵐᵐ (traînée), capitaine Dudraille.

Batterie de 65 ᵐᵐ du corps de débarquement, lieutenant de vaisseau Amelot.

Section du génie, garde d'artillerie Sauer.

4 télégraphistes.

Ambulance.

Parc d'artillerie mobile.

Convoi de vivres.

Bagages.

Flottille.

Commandant, le capitaine de frégate Morel-Beaulieu.

Pluvier, — — —

Trombe, lieutenant de vaisseau Capetter;

Eclair, — — Thesmar;

portent des troupes.

Hache, lieutenant de vaisseau Linard;

Mousqueton, — Fortin;

Yatagan, — de Percin;

Fanfare, — Ortolan;

surveillent et protègent la marche.

Chaloupe à vapeur *Haï-Phong;*

Yacht à vapeur *Antilope;*

— *Pélican;*

(1) C'est probablement par erreur que le rapport de l'amiral fait figurer la batterie nº 6 *bis* (65ᵐᵐ), parmi les troupes de la colonne de gauche. Nos soldats portaient le havresac, 4 jours de vivres et 120 cartouches.

Les batteries *attelées* avaient pour attelages des chevaux annamites ou tartares : ces derniers venaient de Hong-Kong; le matériel des batteries *traînées* était porté ou traîné par des coolies.

Canots à vapeurs n° 1, 2, 3;
sont chargés des communications.

Ruri-Maru, Kowlon, Kiang-Nam, Tonkin, Sea-Cheme, Fu-Yen, Song-Koï, Cua-Cam, bâtiments du commerce et 54 jonques, portent des troupes ou du matériel.

Le 11 décembre la colonne de gauche quitte Hanoï dès la pointe du jour (1), et celle de droite, avec laquelle marche l'amiral Courbet, commence son embarquement à sept heures. Les circonstances sont très favorables; la nuit et le matin on éprouve une sensation de froid, tandis que le jour la température est supportable. Tous nos soldats portent leurs vêtements de drap; la légion étrangère est même vêtue de ses lourdes capotes.

Vers neuf heures trente, l'embarquement est terminé et la flottille appareille pour remonter le fleuve. A ce moment l'aspect qu'elle présente est saisissant; tous ses bâtiments sont à leur rang de marche, ceux de combat en tête, les remorqueurs avec leurs jonques en arrière; tous sont chargés de troupes pleines d'entrain, heureuses de sortir enfin

---

(1) *Rapport de l'amiral Courbet;* Humbert, ouvrage cité : il restait dans nos postes :

A Hanoï, cinq compagnies d'infanterie de marine et la compagnie hors-rang; 60 indisponibles de divers corps; 100 artilleurs; 300 auxiliaires tonkinois; la canonnière *la Surprise;*

Dans le blockhaus de la rive gauche à 1 section d'infanterie de marine.

A Palan, 1 peloton de tirailleurs annamites et 1 section d'infanterie de marine;

A Batang, 1 compagnie d'infanterie de marine.

A Nam-Dinh, 2 compagnies d'infanterie de marine, 5 artilleurs.

A Haï-Phong, 3 compagnies 1/4 d'infanterie de marine, 22 artilleurs.

A Haï-Duong, le bataillon de débarquement, 11 artilleurs; 1/2 batterie de 4 r. de m., du corps de débarquement.

A Quang-Yen, 3/4 compagnie d'infanterie de marine.

A Ninh-Binh et Phu-Moï, 3 sections d'infanterie de marine.

M. DE CHAMPEAUX

de l'inaction relative où elles sont enfermées, depuis le commencement de septembre, et de marcher à des combats qu'elles pressentent glorieux. Leur confiance en l'amiral Courbet est entière.

Les berges du fleuve sont garnies par la population, qui voit avec étonnement passer nos bâtiments, mais rit de notre présomption, persuadée que nous courons à un désastre (1).

La flottille remonte le fleuve sans incident. Dès trois heures trente, elle atteint le point choisi pour le débarquement, à 500 mètres en amont de l'entrée du Day, et les troupes commencent aussitôt à s'établir sur la rive droite du Song-Koï. A six heures du soir, personnel et matériel ont été débarqués, sans que l'ennemi ait songé à inquiéter cette opération. Les bataillons d'infanterie ont reçu l'ordre de se porter en avant, perpendiculairement au fleuve, dès qu'ils auront été mis à terre, de façon à se cantonner dans les nombreux villages épars entre le Song-Koï et la route de Phong à Sontay. L'artillerie et les autres troupes s'établissent sous leur protection, non sans un certain désordre, car la nuit est venue et il est impossible de s'orienter dans ce pays couvert, absolument inconnu. Le quartier général, demeuré au bord du fleuve, se met en relations avec Palan, par la télégraphie optique.

Les nouvelles qu'il en reçoit de la colonne de gauche sont satisfaisantes. Le lieutenant-colonel Belin, parti à cinq heures trente du matin, est arrivé à Phong à trois heures trente du soir, et a commencé aussitôt l'établissement d'un pont sur le Day, sous la protection d'une compagnie d'infanterie et de 250 auxiliaires tonkinois ou tirailleurs annamites, jetés sur l'autre rive.

Mais le Day a 120 mètres de largeur, avec une profondeur de 5 à 6 mètres au milieu; son courant est très rapide. Le nombre des sampans et des radeaux dont on dispose est insuffisant (2) et, après de longues heures de

(1) Rapport du colonel Bichot.

(2) On avait cru le Day beaucoup moins large.

travail, il faut renoncer à établir un pont. Le lieutenant-colonel Belin se décide donc à faire transporter sa colonne entière en sampans sur l'autre rive.

Le 12, à six heures trente du matin seulement, on commence le passage au moyen de douze sampans et d'une jonque. Toute la journée est nécessaire pour accomplir ce pénible va-et-vient : l'artillerie ne l'a terminé qu'à sept heures et demie du soir. Pendant ce temps l'infanterie poursuit sa marche, pour rallier la colonne de droite. Après une épuisante marche de nuit dans ce pays inconnu et sans routes, les premières troupes arrivent un peu au Sud de Phu-Chau, à hauteur du reste du corps expéditionnaire; la colonne Belin ne s'installe au bivouac que de minuit à trois heures du matin : elle demeure en ordre de marche.

La journée du 12 a été consacrée par l'amiral Courbet à la reconnaissance du pays : c'est une plaine unie, à peu près au niveau des plus hautes eaux et desséchée pour l'instant; elle est couverte de villages boisés, entourés de haies épaisses qui en font des forteresses. Dans les intervalles s'étendent des rizières et des champs de cannes à sucre, de patates ou de maïs. La population s'est enfuie ; quelques catholiques indigènes viennent pourtant annoncer que l'ennemi s'est concentré aux abords de Sontay.

A trois heures du soir, l'amiral donne l'ordre de reprendre la marche : toute la colonne Bichot va s'établir entre le fleuve et la route de Sontay, sur un front de 2 kilomètres passant par Xuyen-Van. C'est là que viennent la rallier, le 13 au matin, les troupes du lieutenant-colonel Belin. Mais celles-ci, trop lourdement chargées comme le reste du corps expéditionnaire, sont de plus épuisées par leur marche de nuit. L'amiral est contraint de remettre au lendemain la continuation de l'opération.

Le 14, à six heures trente du matin, les troupes reprennent leur mouvement en deux colonnes. Celle du colonel Bichot marche sur la digue qui longe le Song-Koï; le lieutenant-colonel Belin continue à suivre la route de Sontay (1); la flottille se maintient à leur hauteur. A huit heures trente, nos têtes de colonnes atteignent la Pagode de Tien-Loc, au point où la route de Sontay rejoint la digue de Song-Koï; l'ennemi n'a tiré jusque-là sur la flottille qu'un coup de canon inoffensif. Notre artillerie, postée sur la route près de Tien-Loc, canonne quelques retranchements situés vers l'Ouest et fait fuir devant ses obus un grand nombre d'Indigènes armés de lances et de boucliers en bois.

L'amiral Courbet reconnaît les défenses de l'ennemi vers l'Ouest, tandis que les troupes viennent se rassembler au pied de la digue, qui les couvre du côté de Sontay.

Cette chaussée vient atteindre le Fleuve Rouge près de Tien-Loc, nous l'avons dit, et se dirige ensuite vers l'Ouest, en longeant la rive à une certaine distance ; au Nord de Tien-Loc, elle a été rongée par les eaux en deux points, et les Annamites ont dû la doubler par une deuxième digue, qui part de ce village, passe à Linh-Chieu et rejoint l'ancienne au Nord de Phu-Sa. Ces digues forment un triangle isocèle dont la base va de Tien-Loc au fleuve, sur une étendue de 350 mètres, et dont la hauteur mesure 2 kilomètres environ. L'espace compris à leur intérieur est d'abord couvert d'eau

(1) Humbert, ouvrage cité : la colonne Bichot a été renforcée des trois compagnies d'infanterie de marine du bataillon Roux, venues de la colonne Belin.

et impraticable, sur une longueur de près de 700 mètres à partir de Tien-Loc. Puis la digue Sud longe le petit village de Linh-Chieu, très boisé, au milieu duquel on aperçoit une assez grande pagode. Au delà le terrain redevient marécageux et les deux chaussées sont fermées par un premier retranchement palissadé.

A 150 mètres à l'Est du point de jonction de Phu-Sa, les deux branches de la digue sont barrées par un parapet en terre, armé d'un canon sous casemate qui les enfile vers l'Est. Un retranchement relie ces deux barricades et forme avec les deux branches un ouvrage fermé triangulaire, que les rapports officiels appellent l'ouvrage de Phu-Sa. Sa face Nord, précédée d'un fossé plein d'eau, est organisée en batterie casematée de six pièces battant le fleuve vers l'Ouest. Sa face Sud, organisée de même, voit le terrain qui sépare la digue de la citadelle. La lisière Est de Phu-Sa est organisée défensivement et se relie à la branche Sud par un retranchement. Les digues et le village sont à 6 ou 7 mètres au-dessus de la plaine environnante. En outre, un mirador en bambous, élevé à la jonction des deux branches de Phu-Sa, domine les environs et permet d'observer tous nos mouvements.

La digue est barrée à 100 mètres à l'Ouest du point de jonction de Phu-Sa par une forte palissade, couvrant un retranchement en terre, armé d'un canon sous casemate. Cette coupure bat l'ouvrage et peut lui servir de réduit.

A 300 mètres environ à l'Ouest de l'ouvrage de Phu-Sa est une batterie armée d'une pièce lisse de 16 centimètres qui enfile le fleuve. A partir de Phu-Sa jusqu'à Noï, vers l'Ouest, la digue est organisée en une immense batterie casematée battant également le Song-Koï. Le débouché du débarcadère de Sontay vers la citadelle est couvert par un grand tambour en terre et en palanques. Puis viennent successivement les deux enceintes de Sontay, sur lesquelles nous aurons à revenir. Les ouvrages extérieurs de la place sont, à eux seuls, armés de plus de 100 pièces de canon; la moitié est aisément transportable. Des défenses accessoires, nombreuses et ingénieusement organisées, couvrent tous ces retranchements, dont l'exécution est relativement très soignée et qui vont nous coûter des pertes cruelles (1).

La garnison de Sontay est forte et composée surtout de Chinois sous les ordres d'un mandarin, Duong-Khanh-Tung, qui porte le titre d'Envoyé Impérial. Il a avec lui dix mille réguliers environ, venus de Lao-Kay ou de Lang-Son; dix mille Pavillons-Noirs, commandés par Luu-Vinh-Phuoc, et cinq mille Annamites du prince Hoang-Ké-Viem complètent la garnison à un chiffre de vingt-cinq mille hommes.

Le défenseur de Phu-Sa est un homme énergique, le *lan binh* (2) Nhu, qui doit nous faire longtemps une guerre acharnée et que nos troupes réussiront à capturer en décembre 1885 seulement.

Heureusement, l'entente est loin d'être parfaite entre Luu-Vinh-Phuoc et les mandarins chinois; notre tâche en sera un peu simplifiée (3).

---

(1) Les retranchements de Phu-Sa semblèrent à nos officiers imités de ceux en usage aux Etats-Unis pendant la guerre de sécession; Bouinais et Paulus assurent qu'une enquête faite après la prise de Sontay démontra la présence parmi ses défenseurs de huit blancs; ils avaient sans doute servi d'ingénieurs aux Chinois.

(2) Général de brigade.

(3) Nhu fut exécuté à Hanoï en décembre 1885, après avoir commis quantité d'actes de piraterie. Son interrogatoire fournit de nombreux renseignements au sujet de la part de Luu-Vinh-Phuoc et des Annamites à la guerre menée par les Chinois contre nous. Voir, à ce sujet, les correspondances du *Temps*.

D'après les résultats de sa reconnaissance, l'amiral décide d'enlever les ouvrages de Phu-Sa, afin d'en faire une base solide, appuyée au fleuve et à la flottille, pour ses opérations contre Sontay. Le voisinage de nos bâtiments milite en faveur de ce plan, qui nous promet des résultats à peu près assurés. Il nous permettra, en outre, d'accéder plus facilement à la porte Nord-Ouest, celle que les Chinois supposent surtout à l'abri de nos attaques.

Vers 9 h. 50, le bataillon Dulieu, précédé de sa compagnie de tirailleurs annamites (capitaine Doucet), s'avance sur la digue Sud; une compagnie de Tonkinois le flanque dans la plaine. La batterie Roperh canonne, ainsi que la flottille, Linh-Chieu et l'intervalle des deux digues. On rejette aisément les avant-postes ennemis et on arrive au village. Le bataillon Reygasse a suivi le commandant Dulieu, mais ce dernier est alors arrêté par le feu des villages de la plaine, Phuc-Tho, Tien-Xuan, qui sont fortement occupés. Le bataillon Dulieu doit se déployer en face d'eux, dans les rizières au Sud de la digue, et la moitié de la batterie Roperh les canonne, d'abord sans grand succès.

Vers 10 heures 30, le bataillon Roux, puis celui du commandant Chevallier, s'avancent à leur tour par la branche Nord; le bataillon Dulieu se porte en avant également et enlève Linh-Chieu avec sa pagode (11 heures); mais nos troupes sont alors arrêtées par le feu très nourri de l'ouvrage de Phu-Sa, dont 5 ou 600 mètres seulement les séparent. Les villages à l'Est de Sontay, sur le flanc gauche de nos colonnes, sont toujours occupés, et la moitié de la batterie Régis doit venir prendre position à l'Est de Linh-Chieu pour les canonner.

La flottille a déjà engagé le combat avec l'ouvrage de Phu-Sa et avec des jonques armées en guerre qui se trouvent au débarcadère. L'ennemi riposte vigoureusement et cause quelques avaries à la *Fanfare* et à l'*Eclair*, mais nos obus coulent ses jonques et font taire ses batteries.

Vers une heure, les batteries Péricaud et Dudraille prennent position entre les deux digues, à l'Ouest de la Pagode de Linh-Chieu, et ouvrent le feu sur l'ouvrage de Phu-Sa; mais, à ce moment, les bataillons Dulieu et Reygasse sont de nouveau arrêtés dans leur marche par une démonstration des défenseurs de Sontay sur notre gauche. L'ennemi arrive en groupes nombreux jusqu'à Phuc-Tho. Le bataillon Donnier (légion étrangère) vient renforcer les deux bataillons de première ligne; le bataillon de tirailleurs algériens Letellier, porté entre Tien-Loc et Phuong-Dinh, couvre également notre flanc gauche; la batterie Dupont et deux sections de la batterie Roussel se portent sur la digue Sud (2 heures), et canonnent les villages à l'Est de Sontay, arrêtant les progrès de l'ennemi dans cette direction.

Pendant toute la journée, l'ennemi renouvelle ses tentatives pour déboucher de Sontay sur notre gauche. L'amiral Courbet se borne à lui faire face, sans chercher à prendre l'offensive contre cette partie de ses positions. Notre action principale est toujours dirigée contre Phu-Sa.

Les deux batteries Péricaud et Dudraille, postées entre les digues, continuent à diriger leurs obus sur les ouvrages à l'Ouest; une moitié de la batterie Roperh est venue se placer entre la digue Nord et le fleuve. Avec la flottille elle dirige son feu sur la batterie du gros canon de Phu-Sa, et les casernes qui l'avoisinent.

Sous la protection de notre artillerie, le bataillon Jouneau

LE CAPITAINE DOUCET

(3e tirailleurs) vient se placer entre la digue Nord et le fleuve, à 400 mètres du saillant, derrière une haie de bambou. Il est soutenu par le bataillon Laguerre, la batterie Amelot et une moitié de la batterie Roperh, placés en réserve à sa droite. Le bataillon Chevallier et une partie de celui du commandant Roux se déploient dans l'intervalle des deux digues et se relient au bataillon Dulieu sur la branche Sud.

Le bataillon Reygasse prolonge ce dernier et celui du commandant Donnier reste seul dans la plaine, pour couvrir notre gauche.

Pendant une heure (3 h. 30 à 4 h. 30), quinze (1) de nos pièces couvrent d'obus, à moins de 900 mètres, l'ouvrage de Phu-Sa. Enfin, vers 4 heures et demie, le lieutenant colonel Belin juge le moment venu de donner l'assaut et en demande l'autorisation à l'amiral. Le feu des batteries et de la flottille se tait : aussitôt nos troupes s'élancent avec un entrain admirable; le bataillon Jouneau, la compagnie Godinet en tête, pénètre homme par homme dans la branche Nord de l'ouvrage; les bataillons Chevallier et Roux traversent, non sans peine, les marais qui les séparent du retranchement. Sur la branche Sud les compagnies Cuny et Doucet enlèvent à la baïonnette la première coupure : le capitaine Doucet succombe glorieusement, à la tête de ses Annamites, au moment d'y pénétrer.

En un instant les branches Sud et Nord sont conquises; l'ennemi s'enfuit jusqu'au delà du point de jonction des deux digues. Mais là il tient tête, derrière la barricade dont nous avons parlé et dans un petit village au Sud; le feu terrible qui part de ces deux points décime nos soldats : en vain la compagnie Godinet, soutenue par celle de Cuny, s'élance deux fois à l'assaut : son brave capitaine est tué, en poussant un dernier cri de « En avant! »

(1) Humbert, ouvrage cité : 3 pièces de la batterie Régis, sur la digue Sud, à l'Ouest de Linh-Chieu; les batteries Péricaud et Dudraille, dans l'intervalle des digues. En outre, trois pièces de la batterie Roperh canonnent l'ouvrage du gros canon de Phu-Sa et les casernes avoisinantes.

Le lieutenant Clavé, qui lui succède au commandement de sa compagnie, fait défiler ses soldats derrière les moindres abris, et demeure bravement exposé au feu des Chinois. Au bout de peu d'instants, une balle l'atteint et il tombe mortellement frappé au bas ventre; quatorze de nos soldats, morts ou blessés, restent au pied de la barricade et sont aussitôt mutilés par l'ennemi. Mais les Chinois ont mis le feu aux paillottes qui la précèdent et il faut renoncer à leur arracher les corps de nos morts. D'ailleurs nos troupes sont épuisées de fatigues.

La nuit approche : on commence un retranchement à l'Ouest de la jonction des digues, et on y amène quatre pièces de 4. Plusieurs de nos bataillons sont déployés le long de la digue Sud, un autre (Letellier) au Sud de Tien-Loc avec une section d'artillerie, pour garder nos derrières; enfin les fusiliers marins sont en réserve. On attend ainsi le jour, en cherchant à se ravitailler en munitions et en vivres; mais la nuit n'est qu'un long combat, pendant lequel nos troupes font preuve des plus hautes qualités militaires. Les Chinois ne cessent de harceler nos positions et d'entretenir une vive fusillade; à minuit, ils prononcent un furieux retour offensif, suivi d'un second vers quatre heures du matin : malgré la pleine lune et le temps découvert, un poste avancé de tirailleurs algériens et d'Annamites est enlevé : neuf hommes sont pris et décapités aussitôt (1).

(1) Luu-Vinh-Phuoc avait mis à prix les têtes des Français, des tirailleurs indigènes ou des Tonkinois. Chaque tête de Français était payé 100 taëls (750 francs); tout galon était, en outre, payé 20 taëls. Une tête de tirailleur algériens ou de tirailleur était estimée 50 taëls, une tête de tirailleur annamite, 40 taëls; une tête d'auxiliaire tonkinois, 10 taëls. (Bouinais et Paulus, d'après un document trouvé à Sontay.)

Les Chinois arrivent, en poussant de grands cris, jusqu'au sommet de la digue, mais pour en être rejettés à coup de baïonnettes. Ils se hâtent alors d'évacuer tous leurs retranchements extérieurs, afin de s'enfermer dans Sontay.

CHAPITRE XI

Journée du 15 décembre 1883. — La ville et la citadelle de Sontay. — Prise de Sontay, 16 décembre 1883. — Dernières opérations de 1883.

Le 15 décembre nos troupes sont épuisées par les fatigues de la journée et de la nuit précédentes; l'amiral Courbet se borne donc à faire reconnaître dans la direction de Sontay et, le soir venu, à porter légèrement en avant le corps expéditionnaire. A la nuit il est établi le long et au Nord de la digue, face à Sontay, sa droite un peu à l'Ouest du village de Phu-Nhi, sa gauche à l'ouvrage de Phu-Sa; la flottille est mouillée à la même hauteur. La nuit du 15 au 16 est à peu près tranquille et, dès le matin, l'amiral peut envoyer une reconnaissance vers la porte Nord-Ouest de Sontay.

La citadelle, qui est située à deux kilomètres du fleuve environ, forme un carré de 300 mètres de côté, entouré lui-même par la ville marchande : celle-ci est couverte par une enceinte extérieure qui dessine un pentagone irrégulier, allongé de l'Est à l'Ouest et percé de quatre portes. Une route conduit du débarcadère à celle du Nord; elle est bordée de cases et de paillottes. Une autre voie, qui vient de Doaï-Phuong, aboutit à la porte Nord-Ouest, après avoir traversé le village de Ha-Tray. Entre le fleuve et cette route le terrain est découvert; des marais s'y étendent à l'Ouest de Ha-Tray ; à l'Est, au contraire, vers le débarcadère, il est très couvert et permet à peine d'apercevoir l'enceinte de la ville. Au Sud de la digue, de Ha-Tray à Doaï-Phuong, s'étale une plaine nue, que limitent des collines situées à 3,000 mètres environ. On y distingue un retranchement en terre, à peine ébauché, que les Annamites appellent la Nouvelle Citadelle.

L'enceinte extérieure de Sontay est précédée par un fossé plein d'eau, de cinq mètres de largeur, et que protège une ligne d'abattis, en bambous épineux. Entre le fossé et le parapet une berme de trois à quatre mètres de largeur est couverte par une baie vive de bambous épineux très serrés, et atteignant huit à dix mètres de hauteur. Ils cachent complètement la ville aux vues du dehors, et forment un obstacle presque infranchissable sous le feu : nos obus les traverseront sans les briser.

La porte Ouest de cette enceinte extérieure est murée et défendue par une batterie de quatre pièces; de ce côté on ne peut pénétrer dans la ville que par un étroit passage d'un mètre de large, ménagé dans la haie de bambous; il est couvert par un tambour en palanques et par une porte palissadée. Le fossé est franchi par un pont de bambous en mauvais état.

A l'intérieur de cette enceinte s'étend la ville marchande, qui consiste en quatre rues principales aboutissant aux portes. Ses maisons sont en briques ou en torchis.

Enfin, la citadelle qui occupe la partie centrale de Sontay, est entourée par une enceinte encore plus forte que la précédente.

Elle se compose d'un mur en briques de 5 mètres de haut et de 10 mètres de large, couronné par des bambous placés horizontalement et qui le dépassent de près de 2 mètres ; un fossé large d'environ 20 mètres sur 3 mètres de profondeur, et rempli d'eau, entoure ce rempart. Il en est séparé par une berme de 8 mètres, nommée Chemin des Eléphants dans la fortification annamite. Les talus du fossé sont revêtus de maçonnerie. Quand à son flanquement, il est assuré par des demi-tours circulaires, placées au milieu des faces.

A l'intérieur de la citadelle, on distingue une tour en briques qui la domine, ainsi que tous les environs. Le reste est occupé par les logements des fonctionnaires, les magasins à riz, vastes bâtiments visibles à l'extérieur, et d'autres édifices publics.

En somme, ces défenses sont formidables, eu égard à la force du corps expéditionnaire et à l'artillerie dont il dispose. L'attitude des Chinois à Phu-Sa peut faire craindre une résistance désespérée, de nature à nous coûter les plus grands sacrifices. Heureusement, le moral de la garnison a été fortement atteint par l'échec de la veille.

L'amiral Courbet persiste dans son projet d'attâque sur la porte Nord-Ouest ; plusieurs raisons l'y portent : il menacera ainsi la principale ligne de retraite de l'ennemi ; les deux faces Nord-Ouest et Sud-Ouest forment un angle aigu et peuvent être enfilées aisément ; enfin les abords de la porte offrent quelques couverts, de nature à faciliter l'attaque.

Le 16 décembre, dès le matin, le bataillon Donnier a fouillé le village de Phu-Nhi : il n'y reste que de petits groupes chinois qui se font bravement tuer jusqu'au dernier homme. Le bataillon Letellier, lancé en reconnaissance à 500 mètres de la porte Ouest, est accueilli par une vive fusillade et revient s'établir au Nord de Ha-Tray (dix heures). La batterie Roperh, qui prend alors position sur la digue à l'Ouest de Phu-Nhi, canonne la porte du Nord-Ouest et la pagode de Mien-Hoï-Dong. Elle a même bientôt à diriger son tir sur des groupes nombreux, sortis par la porte Sud, et qui dessinent à grande distance un mouvement tournant vers l'Ouest. Nos obus les arrêtent mais le bataillon Letellier continue à les surveiller, ainsi qu'une compagnie du bataillon Jouneau, déjà envoyée dans cette direction.

Pendant cet engagement préliminaire, l'amiral Courbet arrête ses dernières dispositions pour l'attaque; une partie de ses troupes fera une démonstration sur la porte Nord, tandis que le reste enlèvera celle de l'Ouest. Dans ce but, les bataillons Dulieu et Donnier s'établissent entre Ha-Tray et Phu-Nhi, ou sur la lisière Sud de ce dernier village; les bataillons Laguerre et Jouneau sont en réserve à l'Ouest et au Nord de Phu-Nhi; les batteries Vintemberger (1) et Amelot ont rejoint celle du capitaine Roperh sur la digue.

Le bataillon Chevallier s'est déjà engagé dans la rue conduisant à la porte Nord; il est suivi par la batterie Roussel, le bataillon Reygasse et la batterie Régis. Nos derrières sont gardés à Phu-Sa par les auxiliaires tonkinois, le bataillon Roux, les batteries Péricaud et Dudraille. La flottille est à hauteur des Poteries (trois heures).

Le feu de nos batteries amène l'évacuation de la pagode de Mien-Hoï-Dong, qui est occupée vers trois heures et

(1) 2e batterie *bis;* le capitaine Dupont a été blessé la veille.

ÉLÉPHANT DE GUERRE

demie par les compagnies Ganeval et Bauche (1) du commandant Dulieu, tandis que le bataillon Donnier s'avance à trois cents mètres de la porte de l'Ouest, derrière des cases ou des talus qui coupent les rizières et servent d'abris à nos tirailleurs. La batterie Roperh vient s'établir un peu à l'Ouest de la Pagode et couvre d'obus les environs de la porte.

Un tertre isolé s'élève près de la route, à 150 mètres de la porte de l'Ouest. L'amiral, accompagné d'un nombreux état-major, vient s'y établir, à quelques pas de la ligne des tirailleurs. Il est salué par un redoublement du feu parti de l'enceinte (quatre heures). La flottille con-

(1) Ancienne compagnie Doucet.

tinue à bombarder la citadelle, et à canonner l'ennemi vers notre droite, afin d'arrêter son mouvement tournant. Le bataillon Chevallier rencontre une résistance très énergique à la porte du Nord et ne parvient pas à gagner du terrain.

A ce moment, les batteries Roperh et Amelot traversent péniblement les rizières et viennent se placer au Sud du tertre, à 300 mètres de l'enceinte; la batterie Vintemberger s'établit au Nord et à même hauteur; nos pièces, couvertes par des talus, résistent sans pertes sensibles au feu intense de l'ennemi et couvrent ses défenses d'obus.

Le bataillon de fusiliers marins du commandant Laguerre est venu se masser en réserve à l'abri d'un monticule, un peu en arrière des batteries de gauche.

Les Chinois ont longtemps agité sous notre feu trois grands pavillons noirs, couverts d'inscriptions en lettres blanches; ils les fixent enfin au sommet du parapet.

Pendant ce temps, l'ennemi a tenté sur notre droite un mouvement tournant, facilement arrêté par le bataillon Letellier et par les hotchkiss du *Pluvier*. L'*Eclair* et la *Trombe* exécutent un bombardement lent et précis de la citadelle et ébranlent puissamment le moral de la garnison, en rendant intenable son dernier refuge. Le bataillon Chevallier lutte vaillamment à la porte du Nord; mais il se heurte à une résistance si acharnée qu'il ne fait pas de progrès sensible. L'amiral Courbet a voulu opérer une diversion sur ce point et ses intentions sont pleinement accomplies.

Cependant, à la porte de l'Ouest, nos tirailleurs, la légion étrangère en tête, gagnent constamment du terrain et leurs premiers groupes ne sont plus qu'à 100 mètres du fossé. L'ennemi, ébranlé par un feu étourdissant, répond avec moins de vigueur; le soleil va se coucher il est 5 heures.

A cet instant solennel, l'artillerie cesse son feu; l'amiral commande : « En avant! », et nos clairons sonnent la charge. Toute la ligne se précipite avec un cri formidable de « Vive la France! » La légion étrangère, le commandant Donnier en tête, court à la porte murée; le bataillon du commandant Laguerre et la compagnie Bauche, du bataillon Dulieu, s'élancent vers la poterne de droite. Nos réserves trépignent d'impatience et le colonel Bichot a peine à les empêcher de courir à l'assaut.

L'ennemi dirige sur nos têtes de colonnes un feu intense qui ne suffit pas pour les arrêter. Les légionnaires, ne pouvant franchir la porte murée, filent vers la droite, le long des fortifications, et se fraient un passage à travers le fouillis inextricable de bambous et d'obstacles de toute nature qui y sont accumulés. Le capitaine Mehl tombe à ce moment, glorieusement frappé au milieu de ses soldats.

Mais une partie de nos fusiliers marins déblaient la poterne; d'autres franchissent le fossé avec l'infanterie de marine et rejoignent la légion étrangère sur la berme du rempart. Ceux qui n'ont pu arriver jusque-là couvrent les défenseurs d'une grêle de balles. Après des efforts inouïs, la haie de bambous cède enfin : le soldat Minnaert, le quartier-maître Le Guirizec, le caporal Mourlaux (1), entrés les premiers dans l'enceinte, sont suivis par des masses nombreuses. On arrache les grands drapeaux noirs qui flottent au-dessus de la porte; un Chinois, de taille athlé-

(1) Légion étrangère, fusiliers marins, bataillon Dulieu. (*Rapport de l'amiral Courbet.*)

tique, continue à battre son gong sous une grêle de balles, qu'il ne paraît pas remarquer; il tombe enfin percé de coups, et l'ennemi s'enfuit vers la citadelle la baïonnette dans les reins.

A cinq heures quarante-cinq, l'amiral entre dans Sontay, et donne l'ordre de cesser la poursuite pour éviter des surprises. La nuit tombe déjà : on se hâte d'organiser la défense de l'enceinte et de la ville : trois bataillons et une batterie s'établissent entre la porte Nord et celle de l'Ouest, ainsi que dans les rues voisines. Les autres troupes restent à Phu-Nhi, ou sur la digue jusqu'à Phu-Sa et les mesures les plus urgentes sont prises pour notre ravitaillement en munitions et en vivres.

La nuit se passe paisiblement et, au matin, nos reconnaissances constatent que la citadelle est évacuée. A neuf heures, l'amiral y fait son entrée, au milieu des acclamations enthousiastes de ses troupes. Un pavillon tricolore, formé de trois drapeaux ennemis noués ensemble, flotte sur la tour de la citadelle. « Jamais trophée ne fit battre plus vivement le cœur d'un Français », a dit un témoin oculaire. (1) L'ennemi s'est enfui en désordre, dès l'enlèvement de la porte de l'Ouest, abandonnant ses morts et un important matériel. L'amiral Courbet tente en vain de lui couper la retraite, en envoyant l'*Eclair* dans la Rivière Noire : elle cale trop d'eau pour y pénétrer. A l'entrée du Day, la *Trombe* est arrêtée par la même circonstance : les Chinois peuvent donc se retirer sans obstacle à l'Est et à l'Ouest de Sontay; la plupart ont pris cette dernière direction.

(1) Rapport du colonel Bichot (Bouinais et Paulus).

La chute de Sontay a coûté à l'ennemi 1,000 morts environ et un grand nombre de blessés (1); elle fait tomber entre nos mains 102 canons, avec une grande quantité de vivres, de munitions et de matériel (2). Mais nos pertes sont cruelles : 5 officiers tués et 20 blessés, sur un total de 92 tués et de 318 blessés, pour les journées des 14, 15 et 16 décembre (3). La bravoure et la ténacité de nos troupes ont fait des journées de Phu-Sa et de Sontay des dates à jamais mémorables. « La France doit être fière de ses enfants (4) », peut dire avec raison l'amiral Courbet, dans son rapport officiel.

Les pertes des journées des 14 et 16 décembre furent ainsi réparties : 69 tués ou morts de leurs blessures et 248 blessés le 14; 23 tués et 70 blessés le 16.

Tués, morts de leurs blessures ou disparus :

Bataillon de fusiliers-marins et flottille : 12 marins.

Infanterie de marine : capitaine Cuny; lieutenant Clavé; 14 hommes de troupe.

Tirailleurs algériens : capitaine Godinet; 11 Français; 18 Indigènes.

Tirailleurs annamites : capitaine Doucet; 3 Indigènes.

Légion étrangère : capitaine Mehl; 11 hommes de troupe.

---

(1) 873 cadavres furent trouvés dans la ville et inhumés.

(2) 6.262 piastres, 1.381 barres d'argent, 264 petites barres valant plus de 550.000 francs; 1.000 ligatures; 65.000 hectolitres de riz non décortiqué; 63 canons de bronze; 39 de fonte; 88 fusils de rempart; 371 fusils; 20.000 cartouches remington, winchester, etc. (*Progrès militaire*, 8 mars 1884.)

(3) En outre, une cinquantaine d'hommes sont blessé très légèrement.

(4) *Rapport de l'amiral*, déjà cité.

Auxiliaires tonkinois : 18 tués ou disparus.

Blessés :

Etat-major : lieutenant Goldschœn.

Fusiliers marins : 13 marins.

Artillerie de marine : capitaine Dupont ; 6 hommes de troupe.

Infanterie de marine : capitaine Blanchard ; lieutenants Dupont-White, de Villiers, Jehenne, Pouligo ; 43 hommes de troupe.

Tirailleurs annamites : capitaine Serres de Bazangour ; lieutenant Rejou ; 1 Français, 20 Indigènes.

Tirailleurs algériens : commandant Jouneau ; capitaine Noirot ; lieutenants Rathelot, Mammen-ben-Turkman, Salah-ben, Belkassen-Zid-ben-Mohamed, Ladgar-ben-el-Achi ; sous-lieutenant Thierry-Maire ; 23 Français et 81 Indigènes.

Légion étrangère : capitaines Comte ; lieutenants Lamolle et Bergounioux ; 49 hommes de troupe (1).

Les jours qui suivirent cette glorieuse victoire furent consacrés à organiser la défense de la citadelle ; le 19 décembre, l'amiral s'embarquait pour Hanoï avec une partie des troupes, laissant sept bataillons, les auxiliaires tonkinois, cinq batteries et trois bâtiments à Sontay. Le lendemain, le colonel Bichot dirigeait une reconnaissance vers la Rivière Noire : l'ennemi avait mis un jour et demi à la

(1) Ces renseignements sont tirés de divers documents officiels (état des pertes, rapport Balluc, etc.) ; il y manque les chiffres des blessés de la flottille et des auxiliaires tonkinois ; ceux des blessés des autres corps de troupes et des morts par suite de leurs blessures sont eux-mêmes incomplets. Le total général de nos pertes dût dépasser cinq cents hommes.

traverser après sa défaite du 16 ; il était dans le plus grand désordre, ce qui faisait d'autant plus regretter que nos canonnières n'eussent pu lui barrer passage.

Du 23 au 26 décembre, les troupes ralliaient Hanoï, à l'exception de trois bataillons, de trois batteries et des auxiliaires du génie. On construisait à Sontay des block-haus qui devaient permettre de réduire encore l'effectif de la garnison.

L'année 1883 se terminait par un autre fait d'armes. La petite garnison du poste des Bambous (20 hommes et 1 sergent) repoussait, le 28 décembre, une attaque de 2,000 pirates. La situation du corps expéditionnaire pouvait être désormais regardée comme assurée. La science et l'énergie de l'amiral Courbet (1), la brillante valeur de nos troupes, avaient triomphé d'obstacles, patiemment accumulés depuis des années et défendus par un ennemi aguerri, bien armé, supérieur en nombre. Tout donnait à croire que la prise de Bac-Ninh et de Hong-Hoa serait une affaire de quelques jours.

(1) Le contre-amiral Courbet fut promu vice-amiral à la suite de la prise de Sontay.

CHAPITRE XII

Discussion des crédits du Tonkin. — Mort de Hiep-Hoa. — Envoi de renforts. — Nomination du général Millot. — Vote de nouveaux crédits (décembre 1883).

Tandis que l'amiral Courbet enlevait glorieusement Sontay, le gouvernement français était peu à peu amené, par les circonstances, à augmenter singulièrement les sacrifices qu'il imposait au pays.

L'attitude de la Chine ne s'était pourtant pas modifiée. En réponse à une communication datée du 30 novembre, et dans laquelle M. Jules Ferry rejetait sur le gouvernement chinois la responsabilité d'un conflit possible (1), le marquis Tseng se bornait à émettre des vœux inoffensifs pour que la France arrêtât ses troupes dans leur marche sur Sontay et sur Bac-Ninh. Le représentant de la Chine cherchait évidemment à provoquer un arrêt de nos opérations, en nous faisant entrevoir des complications auxquelles nous n'avions assurément pas songé au début de l'expédition du Tonkin.

Mais on commençait à comprendre, en France, la gra-

(1) *Débats parlementaires*, 11 décembre 1883, p. 2735 ; discours de de M. Jules Ferry.

vité de cette entreprise, si légèrement commencée ; le peu de résultats acquis jusque-là, malgré l'envoi en Extrême-Orient de forces assez considérables, inspirait des doutes sur la manière dont nos affaires avait été conduites, et le Parlement n'était pas sans manifester certaines préoccupations à ce sujet : cet état des esprits ne tarda pas à se révéler nettement. Le gouvernement avait déposé, dans le courant de novembre, une demande de crédits, se montant à 9,000,000 de francs, pour l'entretien de nos forces militaires et navales en Extrême-Orient, jusqu'à la fin de l'exercice 1883. Le rapport présenté à la Chambre par M. Léon Renault (1er décembre), porta les traces évidentes des préoccupations que nous venons de signaler. Après avoir vainement tenté d'expliquer l'erreur commise par le ministère, quand il avait envoyé au Tonkin des forces insuffisantes, l'honorable député exprima des regrets discrets sur la non acceptation du traité Bourée ; il déplora également l'absence d'accord préalable entre le Parlement et le cabinet, quant au but que nous devions atteindre en Annam : rien n'était mieux fondé que cette dernière remarque. Non seulement le Parlement n'avait jamais été appelé à déterminer les limites de notre intervention, mais le ministère lui-même ne semble pas avoir eu, au début de l'expédition, une idée bien nette du but qu'il envisageait.

Une nécessité se dégageait nettement du rapport de M. Léon Renault, comme des discours de la plupart des orateurs, dans la discussion qui suivit : c'était celle d'envoyer au Tonkin des renforts plus considérables. MM. Léon Renault, Francis Charmes, Andrieux et Ribot furent d'accord à ce sujet, malgré les déclarations rassurantes du ministère. M. Jules Ferry annonçait en effet l'intention de ne renforcer nos troupes que sur une demande formelle de l'amiral Courbet. « On nous a demandé si nous estimions le corps expéditionnaire suffisant pour atteindre le premier objectif (l'occupation de Sontay et de Bac-Ninh). Nous répondrons que jusqu'à ce que le soldat vigoureux et résolu, qui commande le corps expéditionnaire, nous ait manifesté le besoin d'avoir des renforts, ou l'impossibilité d'opérer, nous nous en tenons aux troupes que nous avons envoyées et au crédit que nous demandons » (1).

Cette fois la victoire du gouvernement fut moins complète qu'à l'ordinaire : 308 voix contre 201 votèrent un ordre du jour proposé par MM. Paul Bert et Philippoteaux, et qui impliquait un blâme discret pour la manière hésitante dont l'expédition avait été conduite jusque-là. La Chambre signifiait au ministère la nécessité de déployer toute l'énergie voulue pour défendre nos intérêts au Tonkin (2).

Cette invitation était corroborée par des nouvelles graves qui parvenaient alors de Hué. A la suite d'une révolution de palais, le roi Hiep-Hoa était mort, et le président du conseil des ministres de son successeur, Kien-Phuoc (3), était l'un de nos ennemis les plus acharnés. Cet événement pouvait nous créer les plus graves complications ; tandis qu'on parait au plus pressé en envoyant de Cochinchine les renforts indispensables à Thuan-An et à Hué, le ministère déposait une deuxième demande de crédits, se montant cette fois à 20 millions de

(1) *Débats parlementaires*, Chambre, 11 décembre 1883, p. 2736.

(2) « La Chambre, convaincue que le gouvernement déploiera toute l'énergie nécessaire pour défendre au Tonkin les droits et l'honneur de la France, passe à l'ordre du jour. » *Débats parlementaires*, Chambre, 11 décembre 1883.

(3) Neveu de Tu-Duc, âgé de quinze ans.

francs, pour l'entretien du corps expéditionnaire pendant les six premiers mois de 1884, et préparait l'envoi au Tonkin de nouveaux renforts, dont l'importance dépassait notablement les intentions de l'amiral Courbet.

On se décidait cette fois à donner suite aux propositions du général Bouët, en août 1883, et à constituer le corps expéditionnaire en une forte division de toutes armes. Le ministère jugeait même nécessaire de relever de ses fonctions l'officier général, si distingué, qui dirigeait alors les glorieuses opérations de Sontay; on lui donnait pour successeur (16 décembre), un divisionnaire de l'armée de terre, le général Millot (1), assisté de tout un brillant état-major et de deux généraux de brigade, l'un provenant des troupes de la marine, le général Brière de l'Isle; l'autre de l'armée de terre, le général de Négrier.

Le nouveau commandant du corps expéditionnaire du Tonkin avait pris part à l'expédition de Chine et à la campagne de 1870. Prisonnier de Metz, évadé, et nommé général de brigade à titre auxiliaire par le Gouvernement de la Défense nationale, puis remis lieutenant-colonel par la commission des grades, il avait franchi les derniers échelons de sa carrière avec une extrême rapidité.

De ses deux brigadiers, l'un, le général Brière de l'Isle, était bien connu comme ancien gouverneur du Sénégal et

(1) Né le 28 juin 1829, sorti de Saint-Cyr le 1er octobre 1849; prend part à l'expédition de Chine comme capitaine, nommé chevalier de la Légion d'honneur pour faits de guerre en 1860. Chef de bataillon en 1869, fait partie de l'armée de Metz, s'évade après la capitulation, est nommé général de brigade à titre auxiliaire. Remis lieutenant-colonel par la commission des grades. Colonel en 1875, brigadier en 1880, divisionnaire en 1882.

BONZESSE

pour ses beaux services de guerre en Chine, en Cochinchine ou à l'armée de Châlons. L'autre, le général de Négrier avait pris une part des plus brillantes à la guerre de 1870, tant à l'armée du Rhin qu'à celle du Nord. Il venait de donner, pendant la campagne du Sud-Oranais, de nouvelles preuves d'une énergie indomptable et d'une audace que rien ne peut abattre.

C'était un de ceux, trop rares, que la campagne du Tonkin devait grandir.

Le général Millot allait emmener avec lui des renforts suffisants pour porter à 16,700 hommes l'effectif du corps expéditionnaire ; six bataillons empruntés à l'armée d'Afrique et à l'infanterie de ligne, par moitié ; deux batteries de montagne, une compagnie du train ; des détachements du génie, de pontonniers, d'aérostiers, etc. On paraissait se préoccuper, pour la première fois, en France, de la nécessité de constituer au Tonkin un petit corps expéditionnaire autonome, pourvu des troupes et des services accessoires, indispensables sur un pareil théâtre d'opération.

L'effectif du corps expéditionnaire était alors le suivant :

	Officiers.	Hommes.
Etat-major et services divers.	50	100
Régiment de marche d'infanterie de marine.	115	3,618
Régiment de marche d'Afrique	58	1,800
Tirailleurs annamites.	16	1,000
Artillerie de marine	27	787
1/2 compagnie du génie.	2	50
Marins fusiliers.	12	600
Compagnies et batteries de débarquement.	12	400
1/2 escad. du 1er chass. d'Afrique (1).	2	60
Auxiliaires tonkinois.	»	1,500 (2)
TOTAL.	294	9,815

(1) Arrivé le 4 janvier 1884 à Hanoi.

(2) Chiffre approximatif.

	Officiers.	Hommes.
Il serait augmenté de :	—	—
Etat-major et services divers.	14	22
Un deuxième régiment de marche d'Algérie (2 bataillons de la légion étrangère et du 3e tirailleurs, 2e bataillon d'Afrique).	50	2,400
Renforts pour le 1er régiment.	»	600
Régiment de marche de France (3 bataillons des 23e, 111e, 143e). . . .	52	2,400
11e et 12e batt. de 80mm du 12e rég., détachement d'ouvrier et d'artific.	11	400
Batterie de canons-revolvers de 37mm.	2	48
Section de pontonniers.	»	16
1/2 compagnie du génie (1er régim.).	2	80
3e comp. bis du 20e escadron du train.	3	135
Parc de l'artillerie de marine.	2	45
Section d'aérostiers	2	40
Section de télégraphistes.	»	22

Ambulance : 7 médecins, 1 pharmacien, 1 aumônier, 20 officiers d'administration, 86 infirmiers.

Prévôté : 1 officier, 13 gendarmes.

Intendance, trésorerie, postes, justice militaire : 10 officiers, 40 hommes.

Le total de ces renforts se montait à 187 officiers ou fonctionnaires et 6,347 hommes de troupe (1).

En outre, on envoyait au Tonkin 2 pièces de 95mm et 6 hotchkiss.

---

(1) Le 19 mai 1883, les équipages de nos bâtiments en Annam et au Tonkin se montaient à 1,178 marins. Jusqu'à la fin de 1883, ils furent renforcés de 2,992 hommes, y compris le bataillon de fusiliers marins du commandant Laguerre et les troupes de débarquement.

Ces nouvelles mesures, l'annonce des événements survenus à Hué, la demande de crédits formés par le ministère, donnèrent lieu à de nouveaux et intéressants débats devant le Parlement: M. Jules Ferry n'eut pas de peine à justifier l'envoi des renforts, en invoquant le vote de la Chambre au 10 décembre, vote qui impliquait une réprobation si nette de la politique « des rallonges », suivant le mot spirituel de M. Francis Charmes. Cette fois encore, le président du conseil épuisait les formules les plus rassurantes quant à l'inutilité de l'envoi de nouvelles troupes : « Nous vous le disons de la manière la plus formelle : les renforts sont considérables et ils sont suffisants (1). »

Cette nouvelle discussion trouvait l'opposition à peu près désarmée par les votes précédents de la Chambre. M. Georges Périn se bornait à protester contre la conquête du Tonkin, tout en reconnaissant qu'on ne pouvait l'évacuer devant les exigences de la Chine. Une énergique intervention de Mgr Freppel en faveur des crédits clôtura les débats : 327 voix contre 154 adoptaient les propositions du gouvernement.

Au Sénat, il en était de même. M. le duc de Broglie montrait éloquemment l'étendue des fautes commises; mais le ministère avait beau jeu en lui rappelant qu'il avait été l'un des auteurs des funestes traités de 1874. Le crédit de 20 millions de francs étaient donc voté par le Sénat à une majorité de 215 voix contre 6 (2). Désormais, le gouvernement disposerait des ressources nécessaires pour mener à bien la conquête commencée.

---

(1) *Débats parlementaires*, Chambre, 19 décembre 1883, page 2898.

(2) *Débats parlementaires*, Sénat, 21 décembre 1883, page 1481.

PIRATES DE LA BAIE D'ALONG

Le même jour, le Sénat adoptait définitivement une autre mesure qui devait être d'une grande utilité pour le corps expéditionnaire : l'établissement d'un câble sous-marin du cap Saint-Jacques en Cochinchine à Haï-Phong. On ne pouvait reprocher à ce vote que d'être un peu tardif.

CHAPITRE XIII

L'année 1883. — Situation en Annam. — Avènement de Kien-Phuoc. — Reconnaissances vers Hong-Hoa et Bac-Ninh. — Préparatifs pour la prise de Bac-Ninh. — Départ de l'amiral Courbet. — Arrivée du général Millot.

Vers la fin de décembre 1883, la situation de nos troupes du Tonkin s'est sensiblement améliorée : presque désespérée à la mort de Rivière, elle nous permet maintenant d'espérer une fin glorieuse et prompte pour notre entreprise. Si notre pensée se reporte aux débuts de l'expédition actuelle, nous assistons, des premiers mois de 1882 à la fin de 1883, à une succession d'événements où le hasard et la volonté d'agents subalternes ont plus de place que les décisions du gouvernement français.

La prise d'Hanoï par le commandant Rivière, qui s'est faite contre les instructions formelles de M. Le Myre de Vilers, approuvées par le ministère, nous a conduits à donner le caractère d'une expédition militaire à l'occupation pacifique projetée pour quelques points du Delta. S'inclinant devant le fait accompli, le gouvernement métropolitain n'a su ni renforcer notre petit corps expéditionnaire, quand il en était temps, ni conclure avec la Chine un traité nous abandonnant le Tonkin, ni renoncer à l'entreprise commencée, alors qu'il en avait encore la liberté. Il est arrivé ainsi à laisser Rivière à peu près désarmé, devant des masses ennemies toujours croissantes. Puis est survenu le désastre du 19 mai 1883, après lequel on a pu redouter, un instant, de voir jeter à la mer les quelques centaines d'hommes, qui gardaient notre pavillon au Tonkin. La mort de Rivière crée pour un moment, au Parlement, une majorité unanimement résolue à tous les sacrifices, pour sauver l'honneur national. Pourtant, le ministère n'envoie au corps expéditionnaire que des renforts insuffisants, et il faut les derniers échecs d'août et de septembre pour le forcer à en augmenter sensiblement la force.

L'amiral Courbet, investi de tous les pouvoirs répartis avant lui dans des mains différentes, mis à la tête de troupes d'effectif à peu près suffisant, réussit à enlever Sontay et à faire ainsi, pour la pacification du Tonkin, plus que tous ses prédécesseurs n'ont accompli jusque-là. Une grande partie du Delta est à nous ; les Chinois n'y ont plus que Bac-Ninh et Hong-Hoa et l'arrivée des renforts attendus va permettre de les en chasser aisément. Mais la fatalité veut que l'amiral Courbet doive quitter le commandement du corps expéditionnaire, avant d'avoir terminé sa tâche.

Dans cette même année 1883, pendant que nos soldat luttent victorieusement contre les bandes chinoises et annamites, plusieurs de nos compatriotes poursuivent, dans le vaste champ de l'Indo-Chine, la série, si longue déjà, de leurs découvertes géographiques, et reconnaissent les voies pour nos expéditions futures. Le capitaine Aymonier accomplit un deuxième voyage aux ruines d'Angkor, dans le Cambodge et le Sud de Siam.

Le docteur Neis dirige un beau voyage d'exploration sur le Haut-Mékong, dans la principauté de Luang-Prabang, naguère encore tributaire de l'Annam, aujourd'hui vassale du Siam. Il reconnait le cours d'affluents importants du Mékong et du Ménam, le Nam-Ou, notamment, qui ouvre une voie d'accès de l'Annam au Laos Siamois, et dans la vallée duquel s'élève toute une série de monuments étranges : des rochers énormes taillés en forme d'animaux ou de groupes humains; une montagne de deux ou trois cents mètres de haut, et sculptée de manière à représenter un éléphant couché. Cette belle exploration se termine dans le Siam, à Bang-Kok.

Nos découvertes géographiques, en Indo-Chine, ont donc marché de pair avec les progrès de nos armes.

Mais de nouvelles complications vont survenir en Annam et nous forcer à augmenter l'étendue de nos sacrifices.

Depuis quelque temps déjà, l'attitude du gouvernement annamite paraissait douteuse. Après avoir semblé tout disposé à exécuter fidèlement les clauses du traité de Hué, il en était venu à les laisser autant que possible à l'état de lettre morte (1); les mandarins continuaient à nous être ouvertement hostiles. De son côté le gouvernement français évitait alors de ratifier ce même traité, par crainte de froisser les susceptibilités de la Chine, et ces dispositions hésitantes n'étaient faites pour en imposer ni aux Annamites, ni aux Chinois.

---

(1) *Débats parlementaires*, Chambre, 9 décembre 1883, p. 2732. Discours de M. J. Ferry.

Telle était la situation, quand on apprit, au commencement de décembre 1883, la mort de Hiep-Hoa. Le roi d'Annam avait été empoisonné ou étranglé par l'une de ses femmes, et son successeur, Kien-Phuoc, venait d'être couronné (2 décembre). Les tendances du nouveau gouvernement étaient fort hostiles à l'influence française.

Dès que ces nouvelles parvinrent à Saïgon, le gouverneur s'empressa de renforcer la garnison de Thuan-An, et d'envoyer à Hué une centaine d'hommes, pour garder notre légation. M. de Champeaux, résident de France, s'était abstenu de reconnaître officiellement le nouveau roi, dont l'avènement semblait fait pour nous créer de sérieux embarras.

Pourtant, la plus grande partie de l'Annam demeura paisible; la nouvelle de la prise de Sontay parut modifier les idées belliqueuses des Annamites, et M. Tricou, arrivé à Hué vers la fin de décembre, lors de son départ de Chine, obtint du nouveau gouvernement la reconnaissance pleine et entière du traité de Hué. Les ministres s'engagèrent même à sévir contre les fonctionnaires du Nghé-An et du Than-Hoa, qui avaient récemment encouragé le massacre de chrétiens indigènes.

Ce résultat, dû en grande partie au tact et à l'habileté de M. de Champeaux, dans un moment aussi critique, semblait de nature à écarter toutes les difficultés. Mais les protestations d'amitié du gouvernement annamite ne pouvaient guère donner le change sur ses dispositions réelles.

D'ailleurs, la bonne entente apparente qui régnait entre la France et le nouveau roi d'Annam, n'empêchait pas les mandarins de continuer contre nous une guerre acharnée. Dans la province de Nam-Dinh, entre autres, les bandes de pirates soudoyées par eux étaient nombreuses, et le colonel Brionval consacrait toute la fin de décembre ou les premiers jours de janvier à les combattre. De Sontay, le colonel de Maussion dirigeait, le 2 janvier, une nouvelle reconnaissance vers la Rivière Noire. L'ennemi semblait s'être retiré sur Hong-Hoa : la première intention de l'amiral Courbet avait été de l'y poursuivre, dès la mise en état de défense de Sontay. Mais la baisse des eaux ne permit pas de songer à faire remonter la flottille jusque-là, et il fallut aviser à un autre projet. Courbet se décida pour l'attaque de Bac-Ninh : dès le 10 janvier, il dirigeait le colonel Belin, d'Hanoï vers le canal des Rapides, avec cinq compagnies et une demi-batterie. Ce détachement longeait pendant quelque temps le canal et constatait la présence de nombreux groupes chinois au-delà de ce cours d'eau. L'ennemi se déployait sur plus de 2 kilomètres de front et amenait des canons en ligne.

Tous les renseignements recueillis montraient la route de Bac-Ninh à Hanoï comme fortement occupée, au Nord du canal. Les nombreux villages échelonnés dans cette direction avaient été soigneusement mis en état de défense par l'ennemi.

L'amiral forma donc le projet de tourner les positions chinoises, en dirigeant son attaque principale d'Haï-Duong sur Bac-Ninh. Il reconnut même, vers la fin de janvier, le Song-Cau, d'Haï-Duong à Phu-Lang, et le canal des Rapides jusqu'à Chi. L'arrivée prochaine du général Millot et d'importants renforts lui était connue; il n'en fit pas moins, avec une abnégation entière, tous les préparatifs nécessaires pour l'expédition que devait mener à bien son successeur.

La nouvelle de son remplacement dans le commandement du corps expéditionnaire lui avait porté un coup douloureux. Il demandait 2,000 hommes de renfort pour marcher sur Bac-Ninh, et le ministère en envoyait 6,000 avec trois généraux (1)! Ce fut donc sous le poids des plus vifs regrets qu'il quitta Hanoï le 12 février, le soir même de l'arrivée du général Millot. Il avait adressé au corps expéditionnaire un ordre, qui demeurera comme un modèle d'éloquence militaire, au milieu de la phraséologie banale ordinaire à ce genre d'écrits :

« Soldats et marins,

« Il y a deux mois, nous marchions sur Sontay. Je comptais bien vous conduire aussi à Bac-Ninh : cet honneur ne m'est pas réservé. Sous peu de jours, je compte remettre à M. le général Millot le commandement de l'expédition du Tonkin.

« Recevez mes adieux ; c'est avec un profond chagrin que je vous quitte. Jamais je n'oublierai avec quelle bravoure vous avez tenu le drapeau de la France. Mon ambition eût été de partager encore vos dangers et votre gloire. J'applaudirai de tout mon cœur à vos nouveaux succès. »

Le remplacement de Courbet, au lendemain d'une victoire, et à la veille d'une seconde, était une nouvelle et irréparable maladresse commise par le ministère. La bienveillance éclairée, l'activité, l'énergie, la science profonde, toutes les hautes qualités qui distinguaient l'amiral, lui avaient conquis l'affection et le dévouement du corps expé-

(1) Lettre de l'amiral Courbet, février 1884, citée par F. Julien.

LE GÉNÉRAL MILLOT

ditionnaire; son départ y causa les plus vifs regrets (1). Heureusement pour la France, ses talents militaires al-

(1) Humbert, ouvrage cité. On assure que le remplacement de l'amiral par un général de division de l'armée de terre se fit sur la demande expresse du général Campenon, qui accorda le concours de son département à cette condition seule.

laient trouver un théâtre digne d'eux sur les côtes de Chine. Aussi, les équipages de sa division navale saluèrent-ils son retour parmi eux de leurs acclamations enthousiastes.

Vers le milieu de février 1884, la situation était assez satisfaisante au Tonkin. Nos troupes comptaient un effectif de 294 officiers et de 9,915 hommes environ, dont une proportion relativement très faible étaient malades ou blessés (1). La prise de Sontay, l'*inviolable*, avait produit un grand effet moral sur les Tonkinois, aussi bien que sur l'ennemi. Les Indigènes croyaient maintenant à la durée de notre occupation et au sérieux de notre entreprise. La chute prochaine de Bac-Ninh et de Hong-Hoa nous rendrait les maîtres incontestés du Delta.

Une grande partie des renforts envoyés de France, arrivèrent du 12 au 18 février (2). Quelques détachements débarquèrent pourtant en mars, et même dans les premiers jours d'avril. Le général Millot répartit aussitôt les postes et les citadelles entre ses deux généraux de brigade. Le général de Négrier, qui s'établit à Haï-Duong, prit le commandement de la partie orientale du Delta, et le général Brière de l'Isle, de la partie occidentale, avec son quartier général à Hanoï (3).

(1) Le corps expéditionnaire comptait, en outre. 185 chevaux ; 25 officiers et 350 hommes étaient aux hôpitaux. Humbert.

(2) Leur traversée fut signalée par un touchant incident : le capitaine Péreyre, du 2e bataillon d'Afrique, déjà vieux et mal portant, avait tenu à partir avec sa compagnie, quoiqu'il fut près d'être atteint par la limite d'âge. Il mourut en mer, avant Ceylan, et on lui fit, à Colombo, des obsèques solennelles; le général Millot s'honora en prononçant quelques paroles émues sur sa tombe.

(3) 2e brigade : Haï-Duong, montagne des Eléphants, Haï-Phong et Quang-Yen ; 1re brigade : Sontay, Palan, Hanoï, Ba-Tang, les Bambous, Nam-Dinh et Ninh-Binh.

Cependant, on poursuivait l'exécution du plan arrêté par l'amiral Courbet pour la prise de Bac-Ninh. Le 21 février, le bataillon du commandant Donnier occupait, sans combat, les Sept-Pagodes, au confluent du Song-Cau et du Song-Chi, et s'y maintenait victorieusement contre plusieurs attaques (24 février, 2, 3 mars). La garnison de ce poste était, d'ailleurs, accrue successivement d'un bataillon et de deux batteries (1). Nous avions-là un point d'une haute importance stratégique, entre Haï-Duong et Bac-Ninh, à l'extrémité Est du canal des Rapides.

La garnison des Sept-Pagodes établissait même, le 2 mars, un petit poste sur la rive gauche du Thaï-Binh, en face d'elle, et y détachait une compagnie. Le 1er mars, la canonnière *Mousqueton* et le canot à vapeur n° 10 avaient exécuté une reconnaissance dans le canal des Rapides, de son confluent avec le Thaï-Binh jusqu'à Maï. Mais l'ennemi embusqué au Nord du canal les couvrait de projectiles qui nous coûtaient 1 tué et 2 blessés.

Les premiers jours de mars, du 1er au 6, furent marqués par des pluies violentes, qui obligèrent le général Millot à différer son opération. Le temps s'améliora le 7 mars seulement, et on put enfin songer à exécuter les mouvements préliminaires. Les brigades étaient formées; chaque corps ou service avait reçu ses coolies; les garnisons des postes étaient constituées.

A ce moment, la composition du corps expéditionnaire était la suivante :

Général de division Millot, commandant en chef ;

Lieutenant-colonel breveté d'infanterie Guerrier, chef d'état-major ;

(1) 2e bataillon de la légion étrangère, 4e batterie *bis*, 2e batterie *bis* d'artillerie de marine.

Chef de bataillon breveté d'infanterie Crétin ;
Capitaine breveté d'infanterie de Lacroix ;
Capitaine breveté d'artillerie de marine, Humbert ;
Capitaine breveté d'artillerie Ghins ;
Capitaine breveté de cavalerie de Wignacourt, attachés à l'état-major.
Capitaine d'artillerie Camp ;
Capitaine d'infanterie Maugin, officiers d'ordonnance.

Colonel d'artillerie de marine Révillion, commandant l'artillerie ;
Capitaine Teillard d'Eyry ;
Capitaine Lubin, adjoints.

Chef de bataillon Dupommier, commandant le génie.

Sous-intendant militaire de 2e classe de la Grandière, directeur des services administratifs ;
Sous-intendant militaire de 3e classe Jau, adjoint.

Médecin principal de 2e classe Drioux, directeur du service de santé.

Capitaine de gendarmerie Tasson, prévôt.

Sous-lieutenant Saillard, chef de la télégraphie optique.

Capitaine d'infanterie Cuvellier ; lieutenants d'infanterie de marine Goldschoen et Schillemans, chargés du service topographique.

Capitaine du génie Aron et lieutenant du génie Jullien, chargés de l'aérostation.

MM. Robert et Masse, administrateurs des affaires indigènes, chargés du service des renseignements.

1re BRIGADE

Général de brigade Brière de l'Ile ;

Chef de bataillon breveté d'infanterie de marine Le Dentu, chef d'état-major ;
Capitaine d'infanterie de marine Klipfel, officier d'ordonnance.

Demi escadron du 1er régiment de chasseurs d'Afrique, capitaine Laperrine.

Tirailleurs annamites, 2 compagnies ; auxiliaires tonkinois, 2 pelotons : chef de bataillon Berger.

Régiment de marche de tirailleurs algériens, lieutenant-colonel Belin :
Bataillon du 1er régiment, commandant Hessling ;
— du 3e — — de Mibielle ;
— du 3e — capitaine Godon.

Régiment de marche d'infanterie de marine, lieutenant-colonel Brionval.
Bataillon Coronnat.
Bataillon Reygasse (1).

Bataillons de fusiliers marins, capitaine de frégate Laguerre.

Chef d'escdron d'artillerie de Douvres, commandant l'artillerie ;

---

(1) Voir pour leur composition, celle du corps expéditionnaire à Sontay, que nous avons donnée précédemment.

11e batterie du 12e régiment, capitaine Palle (80 mill. de M.);

Batterie du corps de débarquement, lieutenant de vaisseau Amelot (5 pièces de 65 mill.);

Batterie de canons revolvers de 37 mill., lieutenant de vaisseau Barry (4 pièces) (1);

1re batterie *bis* d'artillerie de marine, capitaine Régis (4 R. de M.);

2e batterie *bis* d'artillerie de marine, capitaine Vintemberger (4 R. de M.);

6e batterie *bis* d'artillerie de marine, capitaine Dudraille (65 mill.).

Génie et pontonniers, lieutenant de pontonniers Rémusat.

Ambulance, médecin-major de 1re classe Gentit.

Bagages et convoi, aide-commissaire Rouzaud.

L'effectif total de la 1re brigade atteignait 4,321 hommes d'infanterie, 51 cavaliers, 33 pièces, 98 hommes du génie ou aérostiers et 2,000 coolies environ.

2e BRIGADE

Général de brigade de Négrier;

Capitaine breveté d'artillerie Fortoul, chef d'état-major;
Lieutenant de zouaves Guibal, officier d'ordonnance.

Régiment de marche de France, lieutenant-colonel Defoy;

---

(1) Arrivée à Hanoï le 14 février.

Bataillon du 23e d'infanterie, commandant Godard;
— 111e — — Chapuis;
— 143e — — Farret;

Légion étrangère, lieutenant-colonel Duchesne ;
1er bataillon, lieutenant-colonel Donnier ;
2e — commandant Hutin.

Bataillon du corps de débarquement, capitaine de frégate de Beaumont (3 compagnies).

Chef d'escadron Chapotin, commandant l'artillerie ;

12e batterie du 12e régiment, capitaine de Saxcé (80 mill. de M.).

Demi-batterie du corps de débarquement, aspirant Receveur (4 R. de M).

3e batterie *bis* d'artillerie de marine, capitaine Roussel 4 R. de M.).

4e batterie *bis* d'artillerie de marine, capitaine Roperh 4 R. de M).

Capitaine d'artillerie de marine Tollon, commandant le génie.

Ambulance.

Bagages et convoi.

PARC DE SIÈGE

Chef d'escadron d'artillerie de marine Levrard ;

Batterie de 80 mill. de C. n° 1, capitaine d'artillerie de marine Rumeau.

Batterie de 80 mill. de C. n° 2.

Batterie de 95 mill. de C. (1).

(1) Ces deux dernières batteries n'avaient pas de personnel constitué. L'effectif approximatif de la 2e brigade était de 4,000 hommes d'infanterie et 22 pièces.

PARC MOBILE SUR JONQUES

Chef d'escadron d'artillerie de marine Noirtier, directeur,

FLOTTILLE

Pluvier, aviso de 2e classe, capitaine de frégate Morel-Beaulieu;

Léopard, aviso de 2e classe, lieutenant de vaisseau Ferrand;

Trombe, canonnière, lieutenant de vaisseau Capetter;

Eclair, canonnière, lieutenant de vaisseau Thesmar;

Aspic, canonnière, lieutenant de vaisseau Schlumberger;

Lynx, canonnière, lieutenant de vaisseau Blouet;

Carabine, chaloupe canonnière, lieutenant de vaisseau Bauer;

Mousqueton, chaloupe canonnière, lieutenant de vaisseau Fortin.

CHAPITRE XIV

Marche sur Bac-Ninh. — 1re brigade. — 2e brigade. — Combat de Doson. — Concentration des deux brigades (11 mars 1884).— Prise du Truong-Son. — Prise de Dap-Cau.— Retraite des Chinois.— Occupation de Bac-Ninh (12 mars). — Poursuite. — Prise de Yen-Té. — Prise de Thaï-Nguyen. — Prise de Phu-Lang-Thuong. — Prise de Kep.

Bac-Ninh est une petite ville, à trois kilomètres environ au Sud du Song-Cau, sur la route mandarine d'Hanoï à Lang-Son, celle que suivait alors la plus grande partie des troupes et du matériel venant de Chine. La citadelle, de forme hexagonale, est entourée d'une enceinte rappelant celle de Sontay. La ville marchande, qui a elle-même une muraille continue, s'étend autour de la citadelle et le long de la route de Chine; elle n'a pas d'importance.

Sa principale industrie consiste dans la fabrication des jarres et des cercueils en terre, destinés à renfermer les ossements après leur exhumation. Dans un quartier de la ville, toutes les maisons sont entièrement construites en poteries de rebuts, jarres rondes ou cercueils de ce genre, et surmontées d'un toit en feuilles de latanier : leur aspect est absolument bizarre.

Autour de Bac-Ninh, les Chinois avaient accumulé leurs principales défenses sur la route d'Hanoï ; en outre, des redoutes et des fortins irréguliers couvraient tous les environs, particulièrement à l'Ouest et au Sud de la ville. Mais ces ouvrages, mal construits, n'avaient aucune valeur défensive. Au contraire, la citadelle et la ville pouvaient être vigoureusement défendues (1).

Le Song-Cau était barré en deux points, à Lag-Buoï et à Dap-Cau.

Les forces chinoises, autour de Bac-Ninh, se montaient, dit-on, à 22,000 hommes. Mais elles étaient dispersées sur un très grand nombre de points (2).

Le général Millot avait le choix entre deux plans d'attaque : aborder de front les ouvrages échelonnés sur la route d'Hanoï à Bac-Ninh, en s'exposant à heurter les forces principales de l'ennemi : ou tromper son attente, en prenant ses positions à revers, ce qui coûterait évidemment moins de sacrifices et pourrait donner de plus grands résultats. Il suffirait de concentrer le corps expéditionnaire au Sud du canal des Rapides et d'en déboucher sur Bac-Ninh, en menaçant la retraite des Chinois vers Lang-Son : le choix entre ces deux plans d'attaque ne pouvait être douteux.

Le général en chef donnait donc les ordres suivants pour l'attaque de Bac-Ninh. La 1re brigade partirait d'Hanoï, traverserait le Fleuve Rouge, longerait la rive droite du canal des Rapides et s'en couvrirait pour arriver à hauteur de Chi. Là elle passerait le canal et rallierait la 2e brigade.

(1) Humbert, ouvrage cité.

(2) *Correspondances du Temps*, mars 1884.

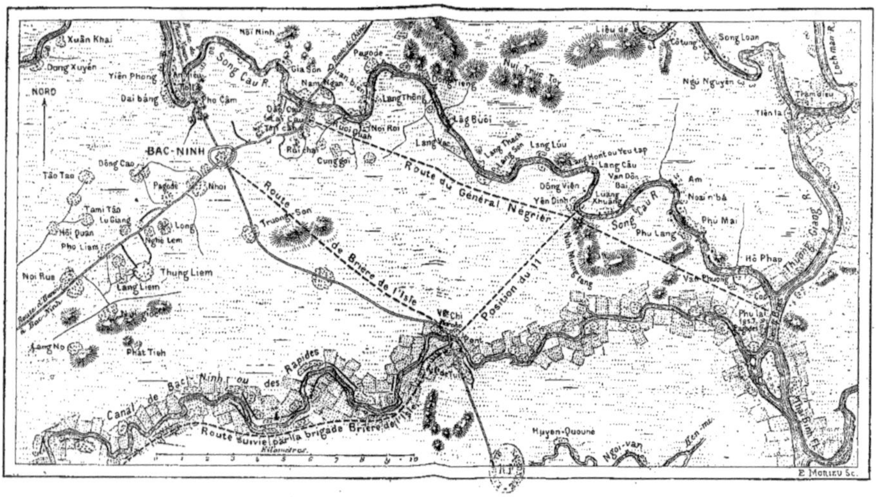

CARTE DES ENVIRONS DE BAC-NINH
(Itinéraire des colonnes Brière de l'Isle et Négrier.)

Celle-ci devait quitter Haï-Duong par eau, pour débarquer au confluent du Song-Cau et du canal des Rapides. Elle prendrait les hauteurs de Trong-Cau et de Doson, et tournerait les défenses des Chinois vers le marché de Chi, de manière à faciliter le passage du général Brière de l'Isle.

La flottille forcerait les barrages du Song-Cau et se maintiendrait à hauteur des deux brigades; celles-ci aborderaient ensuite Bac-Ninh par le Sud-Est, après avoir enlevé les deux lignes principales de défenses qui couvraient la ville, l'une du Truong-Son au barrage du Lag-Buoï, l'autre de Bac-Ninh à celui de Dap-Cau (1).

Les opérations s'ouvrirent, le 7 mars, par une reconnaissance du *Mousqueton*, qui remonta le canal des Rapides jusqu'à Chi, non sans quelques pertes (2 tués, 2 blessés). L'*Aspic*, le *Léopard*, le *Lynx*, rejoints plus tard par le *Pluvier*, s'engageaient dans le Thaï-Binh et éteignaient le feu d'une série d'ouvrages, allant du coude de Luang-Xhuang à celui de Yen-Dinh. Leurs équipages capturaient même deux canons Krupp de 9 centimètres, installés dans l'une de ces redoutes et qui avaient tiré jusqu'au dernier moment. L'*Aspic* éprouvait en cette occasion des pertes très sensibles.

La *Carabine* et le *Yatagan*, rejoints ensuite par l'*Eclair* et par la *Trombe* faisaient, en même temps évacuer par l'ennemi les bords du canal des Rapides.

De son côté, le 7 mars, la 1re brigade commence à passer le Fleuve Rouge (2). Ses sept bataillons et ses six batte-

(1) Voir Rapport du général Millot, *Journal officiel*, avril 1885, et Humbert, ouvrage cité.

(2) Humbert, ouvrage cité.

ries consacrent toute la soirée et la matinée du lendemain à cette opération, quoiqu'on ait réuni, dans ce but, un grand nombre de jonques et plusieurs remorqueurs.

Le 8 mars, vers huit heures du matin, la 1re brigade se met en marche. Le chemin suivi est une digue étroite, atteignant parfois un mètre à peine, et serpentant au milieu d'une plaine unie, presque entièrement couverte d'eau. Ce mince ruban de boue durcie se déroule irrégulièrement au travers des rizières, s'élevant à peine au-dessus d'elle. Les pluies précédentes l'ont fort endommagé et le génie ou les pontonniers de l'avant-garde ont besoin de toute leur activité, pour remettre en état ses passages difficiles. Le long de cet étroit sentier, les éléments de la colonne se suivent sans intervalle, à la file indienne, rarement deux par deux, cheminant lentement sur cette terre grasse, entièrement détrempée ; à la queue de la brigade, les deux aérostats, qui suivent tout gonflés, oscillent lourdement dans les airs. Les arrêts sont fréquents et l'artillerie n'avance qu'aux prix d'efforts inouïs (1).

De plus, les guides connaissent mal le pays, dont la carte, levée par renseignements, est inexacte : la marche des troupes en est singulièrement ralentie. Le soir du 8 mars, le gros de la colonne atteint Voï-Phut, un coin de

---

(1) L'ordre de marche est le suivant ;

Avant-garde : 1/2 escadron, 1 compagnie d'Annamites, 1 peloton de Tonkinois, section du génie et pontonniers, général Brière de l'Isle et son état-major, un bataillon, une batterie, un bataillon, une batterie

Gros : Général Millot et son état-major, un bataillon, une batterie, un bataillon, une batterie, un bataillon, une batterie, ambulance, aérostiers, bagages, convoi avec une compagnie d'Annamites et un peloton de Tonkinois.

Arrière-garde : Un bataillon, une batterie.

LE GÉNÉRAL BRIÈRE DE L'ISLE

la plaine dont quelques tertres bossuent la surface. C'est-là, dit-on, que s'élevait autrefois la citadelle des Lê, ces rois disparus dont les Tonkinois ont gardé longtemps le souvenir. Il en subsiste encore un carré dont les limites sont dessinées par des monticules artificiels : quatre colosses de pierre s'élèvent près de là. Deux d'entre eux, qui représentent des éléphants couchés, *Voï-Phut*, ont donné leur nom à l'endroit. Le gros de nos troupes y cantonne, à 10 kilomètres d'Hanoï seulement, avec l'arrière-garde et les bagages; l'avant-garde a poussé jusqu'à Sui.

La nuit du 8 au 9 mars se passe tristement sur ce sol vaseux, sans feu, faute de tout combustible; la pluie tombe de nouveau et étend sur les digues une couche savonneuse, glissante comme du verglas (1). Dans la journée du 9 mars, le chemin suivi n'a pas toujours 60 centimètres de largeur, et ne peut pas porter les deux roues de nos canons de montagne. Soldats et coolies doivent descendre dans les rizières pour soutenir l'une de ces roues, tandis que l'autre continue à rouler lourdement dans la boue. De temps à autre, ce semblant de route disparaît entièrement, et la colonne s'engage dans une fondrière, d'où elle sort uniformément enduite d'une couche de limon vaseux. Parfois, au contraire, le terrain sur lequel marche nos soldats n'est qu'une mince pellicule solide, qui flotte sur les boues du sous-sol; elle tremble sous leurs pas et les chevaux n'y passent qu'en frémissant.

La marche a recommencé dès 6 heures du matin, sous une pluie qui devient bientôt une averse. La brigade atteint avec peine Nga-Tu-Dau, où elle cantonne; le soir même, un émissaire du général de Négrier apporte la nouvelle de la prise des hauteurs de Cau-Tran et de Doson par ses troupes.

La brigade Brière de l'Isle (2) reprend sa marche le lende-

(1) Voir à ce sujet d'intéressantes pages de Paul Bourde, dans son livre de *Paris au Tonkin*.

(2) Né à la Martinique le 4 juin 1827. Entré à Saint-Cyr le 30 octobre 1846 et sorti dans l'infanterie de marine. Lieutenant en 1852 capitaine en 1856, chef de bataillon en 1862 et lieutenant-colone, en 1867. Commande le 1er régiment en 1870 comme colonel, fail

main, 10 mars, à 6 heures, par une route un peu meilleure que celle de la veille, mais toujours rendue fort glissante par la pluie. L'avant-garde atteint Mao-Diem, et le reste des troupes Buoï-Cuoc. Tous ces villages sont formés de hameaux irrégulièrement groupés et entourés de murs en terre, longés de haies de bambous. A l'intérieur chaque case est une petite forteresse dans la grande ; trois de ses côtés sont couverts par des bassins carrés remplis d'eau ; le quatrième est fermé par un mur en pisé, dans lequel s'ouvre la porte. Heureusement, les Chinois sont restés au Nord du canal des Rapides. Pendant la journée, la *Carabine* bombarde le village de Chi-Né, en remontant le canal des Rapides, qu'elle a mission de reconnaître.

Le soir même, le chef de bataillon Dupommier parcourt les abords du canal et détermine l'emplacement du pont à jeter le lendemain.

C'est auprès de Xam, qu'occupe déjà un bataillon de la brigade de Négrier, celui du 143e. Quatre jonques pontées et un immense panier de bambous sont venus d'Haï-Duong, sous la protection de l'*Eclair*, de la *Trombe* et de la *Carabine*, avec plusieurs remorqueurs. On s'en sert dans la matinée suivante pour construire un pont de 90 mètres, qui livre aussitôt passage aux troupes du général Brière de l'Isle. A trois heures elles sont sur la rive Nord du canal, où elles cantonnent dans Toï et Xam, à 10 kilomètres environ de la 2e brigade qui stationne à Doson.

Pendant cette marche, si singulièrement ralentie par les

---

partie du 12e corps d'armée, est blessé à Bazeilles. Chef du bureau des troupes au ministère de la marine en 1871, gouverneur du Sénégal en 1876, il s'y conduit brillamment pendant l'épidémie de fièvre jaune de 1878. Nommé général de brigade le 1er janvier 1881, est inspecteur général adjoint au moment de sa désignation pour le Tonkin.

difficultés du terrain et par la fatigue des troupes, le général de Négrier a aisément accompli la première partie de la tâche assignée à sa brigade. Le 7 mars, avant le jour, le gros de ses troupes s'est embarqué à Haï-Duong sur la flottille et sur un grand nombre de jonques. Une partie s'arrête aux Sept-Pagodes ; le reste va jusqu'à Phu-Lang où il cantonne (1). Le 8, toutes les troupes concentrées à Phu-Lang et aux Sept-Pagodes se portent en deux colonnes sur les hauteurs de Cau-Tran, qu'elles traversent, non sans difficulté, pour attaquer de là le

(1) Humbert, ouvrage cité : *Aux Sept Pagodes :* 2 bataillons de la légion étrangère, le bataillon du 143e; 2 batteries, une section du génie, un détachement d'ambulance ; *à Phu-Lang*, le bataillon de débarquement, la demi-batterie Receveur de 4 de M. : sur la flottille mouillée près des Sept-Pagodes, les auxiliaires tonkinois, le bataillon du 23e, le bataillon du 111e, une batterie.

Les garnisons des places étaient ainsi composées :

Sontay : 1 compagnie de Tonkinois, 1 de tirailleurs annamites; 1 bataillon d'infanterie de marine (4 compagnies), 1 batterie, la *Hache :* 27 officiers et 980 hommes.

Hanoï : 2 compagnies de Tonkinois, 1/2 de tirailleurs annamites; 2 bataillons d'infanterie de marine (8 compagnies) : 130 artilleurs; 39 ouvriers d'artillerie ; la *Fanfare*. Total, 40 officiers, 1,500 hommes.

Palan : 1/2 compagnie de tirailleurs annamites, 1 compagnie d'infanterie de marine.

Batang : 1 compagnie d'infanterie de marine.

Les Bambous : 50 hommes, dont 40 Tonkinois.

Haï-Duong : 1 compagnie d'infanterie légère d'Afrique, 1/2 compagnie d'infanterie de ligne; 36 artilleurs.

Sept-Pagodes : 1 compagnie de la légion étrangère.

Nam-Dinh : 34 tirailleurs annamites ; 1 compagnie de Tonkinois; 1 bataillon d'infanterie de marine (4 compagnies); 5 artilleurs; total, 17 officiers, 683 hommes.

Ninh-Binh : 1 officier, 26 hommes.

Ké-So (mission catholique) : 1 officier, 30 hommes.

Haï-Phong : 2 1/2 compagnies d'infanterie légère d'Afrique ; 1 section d'artillerie.

Quang-Yen : 1/2 compagnie d'infanterie légère d'Afrique. (Humbert, ouvrage cité.)

fort de Naou et les ouvrages de Yen-Dinh qui dominent le Song-Cau. Ces points, canonnés par la batterie de Saxcé, la demi-batterie Receveur et par la flottille, sont aisément enlevés dès midi, par la colonne de Phu-Lang. Celle des Sept-Pagodes, engagée dans un terrain très difficile, ne parvient à la rejoindre qu'à midi et demie, à Yen-Dinh.

Toute la brigade se met en marche à une heure sur le fort de Doson. Quelques obus suffisent à le faire évacuer ; à 6 heures du soir le feu cesse et les troupes s'établissent autour de Doson, après avoir rejeté l'ennemi sur Bac-Ninh. Leurs pertes sont à peu près nulles : 1 officier tué et 12 hommes blessés, dont 8 sur l'*Aspic*.

Les trois jours suivants se passent dans l'attente de la brigade Brière de l'Isle; l'ennemi a donc tout loisir de se remettre de la vigoureuse attaque du général de Négrier. Il ne sait pourtant pas en profiter.

Comme nous l'avons vu, le 11, à deux heures, la concentration des deux brigades est un fait accompli, et le général Millot donne l'ordre suivant pour le lendemain : la 2e brigade partira de Doson à six heures du matin et se portera sur la ligne ennemie, avec l'appui de la flottille qui aura en outre à détruire le barrage de Lag-Buoï. Quant à la 1re brigade, elle suivra d'abord la rive Nord du canal jusqu'au marché de Chi, et se dirigera ensuite sur le Truong-Son, dont elle s'emparera. Son départ de Xam et de Toï aura lieu à six heures et demie.

Ces instructions, qui laissent une très grande latitude, on le voit, à la brigade de Négrier, doivent être accomplies, au-delà même de ce qu'espère le général Millot.

La 1re brigade, précédée par les chasseurs d'Afrique et

par une très forte avant-garde (deux bataillons et demi, trois batteries), se porte, le 12 mars, sur Chi qu'elle atteint vers neuf heures, et où elle fait une grande halte (1). On entend bientôt le canon et la fusillade de la brigade de Négrier, dont on distingue les troupes marchant rapidement. La colonne Brière de l'Isle se remet en marche à onze heures et s'avance vers le Nord, en laissant à l'Ouest le massif du Truong-Son, qui semble fortement occupé. Ses impedimenta demeurent à Chi avec un bataillon et une section d'artillerie.

Les positions ennemies s'étendent des hauteurs du Truong-Son à Xuo-Hoa, d'où elles vont vers le barrage de Lag-Buoï, en dessinant un angle obtus. Les collines du Truong-Son, dont le sommet atteint trois cent quarante mètres, dominent au loin la plaine. Les Chinois y ont construit quatre forts ; un cinquième se dresse sur un cône isolé, au Nord-Est du massif. La majeure partie des troupes chinoises s'y tient concentrée ; on dit même que Luu-Vinh-Phuoc et le général en chef des troupes impériales, Hoang-Ké-Lang, y sont postés. Les villages entre ces hauteurs et le barrage de Lag-Buoï ont été mis à la hâte en état de défense par les Chinois. Le barrage est défendu par une forte batterie bien armée et par un fortin placés sur la rive droite du Song-Cau. Des redoutes sont étagées sur la rive gauche.

Vers une heure, les batteries Palle et Régis ouvrent le

(1) L'ordre de marche est le suivant :

Avant-garde : 1 compagnie d'Annamites, 1 peloton de Tonkinois, section du génie et pontonniers, bataillon Godon, batterie Palle, bataillon Coronnat, batterie Régis, batterie Dudraille.

Gros : Bataillon Laguerre, batterie Vintemberger, bataillon de Mibielle, batterie Amelot, bataillon Hessling.

Arrière-garde : Bataillon Reygasse, batterie Barry, ambulance, bagages, convoi.

feu devant les hauteurs Sud du Truong-Son, sous la protection du bataillon Coronnat, tandis que le reste de la colonne continue de marcher vers le Nord. Le capitaine Cuvellier fait une ascension dans le ballon *la Vigie;* il peut rectifier le tir de deux batteries et fournir quelques renseignements sur l'ennemi. Nos obus délogent successivement ce dernier de toutes ses positions sur les hauteurs : elles sont entièrement occupées à quatre heures et demie, presque sans combat (1). Nos pertes ont été absolument nulles.

La brigade Brière de l'Isle s'établit pour la nuit à Phung-Mao et sur les hauteurs conquises.

Cette victoire si facile est due à l'énergie avec laquelle s'est prononcé le mouvement de la 2e brigade. Elle s'est mise en marche dès cinq heures et demie du matin, le long d'une digue très étroite (0^m50 à 1^m50); ce sentier est réservé à l'artillerie, à l'ambulance et au convoi, tandis que l'infanterie déployée marche dans les rizières à droite et à gauche. Le général de Négrier veut diriger une fausse attaque sur le barrage de Lag-Buoï, pendant qu'il percera la ligne ennemie à la cathédrale de Kéroï et fera tomber les défenses du barrage, en occupant Xuan-Hoa sur leurs derrières. La flotille se maintiendra en arrière de la droite de la brigade.

A neuf heures, l'avant-garde ouvre le feu sur les positions ennemies ; toutes les batteries, à l'exception de la demi-batterie Receveur, viennent successivement prendre position pour canonner Kéroï, Xuan-Hoa et les redoutes entre ce village et Vat. Après une heure de préparation,

(1) Humbert, ouvrage cité ; les deux batteries engagées tirèrent en tout cent quatre obus.

l'infanterie enlève ces trois villages (11 heures). La 2e brigade se dirige alors vers Dap-Cau, en conversant sur sa droite : Lag-Buoï, encore occupé par l'ennemi, est enlevé à la baïonnette après une lutte assez vive.

La batterie de Saxcé ouvre ensuite le feu sur le fort de Dap-Cau et sur un pont de bambous qui traverse le Song-Cau à sa hauteur (2 heures). Le fort est pris par le bataillon de Beaumont et la légion étrangère, à trois heures et demie. Dès lors, la retraite des Chinois est coupée sur la route de Lang-Son. Ils sont déjà dans un désordre extrême ; les uns s'enfuient vers Bac-Ninh, d'autres cherchent à gagner les routes d'Hanoï ou de Thaï-Nguyen. Les trois batteries de Saxcé, Roperh et Receveur viennent prendre position sur les collines qui dominent Bac-Ninh, à 2 kilomètres environ, et bombardent la citadelle ou la ville. A six heures, les deux bataillons de la légion étrangère y entrent sans coup férir, et la 2e brigade cantonne sur les positions conquises.

Pendant la matinée suivante, la 1re brigade se porte vers Bac-Ninh. Le général Millot ignore la prise de la ville et ne l'apprend qu'à neuf heures ; les troupes du général Brière de l'Isle viennent cantonner dans Bac-Ninh ou aux environs.

Cette nouvelle conquête livre entre nos mains une centaine de canons, dont une batterie de pièces Krupp de montagne et une mitrailleuse, des fusils, et une grande quantité de munitions ou d'approvisionnements. Elle nous coûte des pertes insignifiantes : 1 officier et 8 hommes tués ou disparus, 39 blessés (1). Les Chinois n'ont

(1) Pertes dans les opérations ayant amené l'occupation de Bac-Ninh : *équipages de la flotte*, 2 tués, 1 disparu, 17 blessés ; 23e *de ligne*,

LE GÉNÉRAL DE NÉGRIER

opposé nulle part une vigoureuse résistance ; la prise

M. Duché, sous-lieutenant, tué, 3 blessés ; 143e, 1 tué, 2 blessés ; *légion étrangère*, 4 tués, 14 blessés ; *artillerie de marine*, 2 blessés dont un auxiliaire tonkinois ; 111e *de ligne*, 1 blessé.

Sur les 17 blessés des équipages de la flotte, 6 moururent de leurs blessures.

sanglante de Sontay a sans doute porté un coup décisif à leur état moral.

En outre, le plan du général Millot, qui consistait à menacer leur ligne de retraite, a grandement contribué à l'heureux résultat obtenu. L'apparition des aérostats du corps expéditionnaire au Sud de Bac-Ninh a également influé, dit-on, sur le moral de ses défenseurs, qui y voient presque des animaux fantastiques, les menaçant de dangers inconnus.

La poursuite de l'ennemi ne put commencer le lendemain. Après plusieurs jours de marches dans des rizières inondées ou sur des digues étroites, la fatigue des troupes était extrême, et il fallut leur laisser un peu de repos. Le 15 mars, au matin, deux colonnes étaient lancées vers le Nord, dans les directions de Thaï-Nguyen et de Lang-Son (1).

Celle de Brière de l'Isle allait traverser le Song-Cau à Phu-Cam, au moyen de jonques requises aux environs, et cantonnait à Vaï-Nua. Le lendemain, elle se dirigeait sur le marché de Viang-Tha, où avait lieu une grand'halte, pendant laquelle un détachement d'un bataillon et d'une section d'artillerie se portait sur la citadelle de Yen-Tê (Thindao), par des chemins presque impraticables. Après une étape de trente kilomètres, accomplie dans les

(1) Humbert, ouvrage cité : la colonne Brière de l'Isle était composée de 9 cavaliers, 1 compagnie d'Annamites, 1 peloton de Tonkinois, 2 bataillons de tirailleurs algériens, 1 bataillon d'infanterie de marine, 2 batteries, 1 détachement du génie et de pontonniers, une fraction d'ambulance et un convoi.

La colonne de Négrier était formée de 9 cavaliers, 1 compagnie d'Annamites, 1 peloton de Tonkinois, 2 bataillons de la légion étrangère, 1 bataillon du 23e, 2 batteries, quelques pontonniers, une fraction d'ambulance et un convoi.

conditions les plus pénibles, sous un soleil de feu et par des sentiers à peine praticables, nos troupes arrivaient devant Yen-Tê, que l'ennemi se hâtait d'évacuer sous leurs obus; 26 canons de bronze, des munitions, du paddy (1) en grande quantité tombaient entre leurs mains. Le reste de la colonne avait marché au canon, et ne revenait sur ses pas qu'en apprenant notre succès.

Le 17 mars, la colonne se concentrait de nouveau à Yen-Tê; mais les Chinois rentraient dans Viang-Tha dès le départ de nos troupes, et il fallait les en déloger au moyen d'un détachement. Le 18 mars, on se remettait en marche dans la direction de Thaï-Nguyen. Après avoir traversé le Song-Cau à gué, la colonne cantonnait à Phu-Binh. La chaleur était devenue très forte et nos tirailleurs algériens en souffraient cruellement.

Le 19 mars, le général Brière de l'Isle arrivait devant Thaï-Nguyen, qu'occupaient des forces assez considérables: deux à trois mille Chinois ou Annamites. Il prenait aussitôt des dispositions d'attaque; son artillerie s'établissait sur la route et deux de ses bataillons se dirigeaient l'un à l'Est, l'autre à l'Ouest de la ville, en dessinant un double mouvement enveloppant.

Les Chinois tentaient alors une contre-attaque fort habilement dirigée vers les batteries, qui occupaient notre centre: nos obus l'arrêtaient heureusement (2).

Le mouvement tournant dont l'ennemi était menacé le faisait alors battre précipitamment en retraite. A trois

(1) Riz non décortiqué.

(2) Voir l'*Artillerie de terre au Tonkin*, par le colonel Brugère, *Revue d'artillerie*, 1885.

heures, la citadelle était occupée, nous livrant 39 canons, des fusils de rempart, des fusils, du paddy et des munitions.

Le 21 mars, la colonne rentrait à Bac-Ninh, après avoir désarmé Yen-Tê et Thaï-Nguyen, mais en laissant ces deux villes inoccupées; ses pertes avaient été nulles.

La colonne de Négrier n'était pas moins heureuse; dès le 15 mars elle rencontrait l'ennemi au Sud du Thuong-Gian, mais en forces peu considérables. On le délogeait avec quelques obus et on passait ensuite la rivière, large de plus de cent mètres, dans des sampans que nos tirailleurs tonkinois avaient été chercher à la nage sur l'autre rive, sous une grêle de balles. Le général de Négrier était le premier à franchir le Thuong-Giang. Malgré l'arrivée de la *Trombe* et de l'*Eclair*, nos troupes mettait cinq heures à ce passage et il fallait les cantonner à l'Est de Phu-Lang-Thuong. Les Chinois avaient abandonné dans leur déroute 6 canons, des fusils et des munitions qui étaient recueillis par nous.

Le 16 mars, le général de Négrier se portait en avant et rejettait de nouveau l'ennemi arrêté près de Yen. La colonne cantonnait ensuite à Kep; un détachement qui en partait le 17 mars et se dirigeait vers l'Ouest, culbutait les Chinois réfugiés dans un village et ramenait 4 canons Krupp de montagne, des fusils de rempart et des munitions. Le gros avait poussé à 10 kilomètres au Nord de Kep, sans rencontrer une résistance sérieuse, quand la colonne reçut l'ordre de rentrer à Bac-Ninh : le général Millot craignait-il de voir M. de Négrier s'avancer trop loin, au risque d'être coupé de ses communications avec le Delta? Le gouvernement avait-il interdit au corps expéditionnaire des opérations excentriques, dans le but chimérique de ménager les susceptibilités chinoises? Les documents publiés jusqu'à ce jour ne permettent pas de décider laquelle de ces explications est la véritable; la dernière a pourtant tous les caractères de la vraisemblance.

Quoi qu'il en soit, l'arrêt si brusque de la poursuite après Bac-Ninh était une faute; il devait permettre aux Chinois de se remettre de la chaude alarme qu'ils venaient de subir. L'affaire de Bac-Lé, dont les conséquences furent déplorables, ne serait point survenue, si nous avions complètement usé des avantages obtenues du 8 au 12 mars 1884.

Le général de Négrier (1) se dirigeait donc sur Bac-Ninh le 17 mars : il y arrivait dès le 20 avec sa colonne. Ses pertes n'avaient été que de neuf hommes mis hors de combat (2).

Le 25 mars, les généraux Millot et Brière de l'Isle rentraient à Hanoï, laissant le général de Négrier dans Bac-Ninh avec trois bataillons et trois batteries. Deux postes établis à Dap-Cau et à Phu-Lang-Thuong couvraient ses approches

(1) Né à Belfort le 2 octobre 1839, entré à Saint-Cyr en 1856, sous-lieutenant de chasseurs à pied en 1859, capitaine en 1868. Fait partie de l'armée du Rhin, est blessé à Saint-Privat. Après la capitulation, traverse à cheval, en uniforme, les lignes allemandes; deux uhlans l'arrêtent, lui demandant son laissez-passer; il leur présente son billet d'hôpital, casse la tête de l'un et met l'autre en fuite. Commande le 24e bataillon de marche à l'armée du Nord; blessé à Villers-Bretonneux et à Vermand. Lieutenant-colonel en 1875; colonel en 1879 au 79e de ligne, puis à la légion étrangère, avec laquelle il prend une part brillante à la répression de l'insurrection du Sud-Oranais. Général de brigade en 1883.

(2) Humbert : 6 tués, dont 2 Annamites; 2 disparus et 1 blessé.

vers Lang-Son (1). Les Chinois avaient d'ailleurs reçu une leçon trop sévère pour être tentés de venir prochainement nous attaquer à Bac-Ninh. Les opérations qui les en avaient délogés étaient spirituellement résumées dans les surnoms caractéristiques, donnés par nos troupiers aux principaux chefs du corps expéditionnaire : le général de Négrier fut appelé « Maolen », de l'annamite « fais vite », le général Brière de l'Isle, « Mann! Mann !» Doucement ! et le général Millot, « Toï. » Arrête. Ce dernier surnom faisait allusion à l'arrêt de la poursuite après Bac-Ninh (2.)

(1) A Dap-Cau se trouvaient 3 compagnies de fusiliers-marins et la demi-batterie Receveur; à Phu-Lang-Thuong, 1 bataillon et 1 batterie.

(2) Dick de Lonlay, ouvrage cité.

CHAPITRE XV

Situation générale. — Marche sur Hong-Hoa. — Occupation de la ville (12 avril 1884). — Dislocation des deux brigades

Au commencement d'avril 1884, notre situation au Tonkin était des plus rassurantes ; nos troupes, qui atteignaient un chiffre imposant (1), occupaient presque tout le Delta et y rétablissaient peu à peu la tranquillité. Dans les nombreuses expéditions entreprises contre les pirates depuis la prise de Sontay, les Indigènes nous avaient souvent prêté un concours efficace. Ils prenaient visiblement confiance en nous, attendant avec impatience la fin des opérations militaires pour se consacrer de nouveau à leurs travaux agricoles. Hanoï et les autres villes se repeuplaient, et les marchandises affluaient sur les principaux marchés ; la chute de Bac-Ninh donnait le signal d'une reprise générale des affaires. Les nouveaux envoyés du roi d'Annam, arrivés à Hanoï le 27 février, installaient partout des fonctionnaires annamites, de concert avec le

(1) Humbert ; 570 officiers, 17,200 hommes, 330 chevaux ; y compris les auxiliaires tonkinois (1,400), les malades et les blessés.

général en chef. A en croire ce dernier, la situation politique était « aussi bonne que possible (1) ».

La dernière place qui restât à occuper dans le Delta était Hong-Hoa, la citadelle où s'étaient retirés les Chinois et les Pavillons-Noirs après la prise de Sontay. Sa situation sur le Fleuve Rouge, à quelques kilomètres en amont des confluents de la Rivière Noire et de la Rivière Claire, lui donnait une grande importance stratégique. Dès la prise de Bac-Ninh, le général Millot avait résolu de s'en emparer.

Les préparatifs de cette opération commençaient le 1er avril. Le plan adopté par le général en chef était le suivant : les troupes seraient concentrées à Sontay, d'où elles se rendraient sur la rive droite de la Rivière Noire, de Tong-Lanh au confluent du Fleuve Rouge. La 1re brigade remonterait ensuite la Rivière Noire jusqu'à Bat-Bac, la traverserait et tournerait les positions d'Hong-Hoa par un chemin de montagne passant au Sud.

Pendant ce mouvement la 2e brigade se maintiendrait sur la rive droite de la rivière, où elle attirerait l'attention de l'ennemi en bombardant la citadelle et la ville. Elle se porterait en avant, quand le mouvement de la 1re serait suffisamment accentué, de manière à faire tomber les défenses d'Hong-Hoa à la fois devant une attaque de front et un mouvement enveloppant (2).

---

(1) Rapport du général Millot, 3 avril 1884, *Journal officiel*, 7 juin 1884.

(2) Humbert, ouvrage cité : la brigade Brière de l'Isle comprenait 3 compagnies de tirailleurs annamites, 2 compagnies de Tonkinois; 2 bataillons et demi de tirailleurs algériens ; 2 bataillons d'infanterie de marine ; 1 bataillon de fusiliers-marins ; 4 batteries (2 de 4 r. de m., 1 de 80mm de m., 1 de 80mm de c.), des détachements du génie, de télégraphistes, d'ambulance, etc.

La brigade de Négrier était formée de 400 tirailleurs annamites ou

La brigade Brière de l'Isle arrivait à Sontay le 7 avril en même temps que le général en chef. Le lendemain elle se portait vers la Rivière Noire, par la route directe, et cantonnait à Vac ou à Dong-Cau, tandis que la brigade de Négrier entrait à son tour dans Sontay. Le 9 avril, la 1re brigade conservait ses cantonnements et se bornait à lancer des reconnaissances vers la Rivière Noire. La 2e brigade demeurait également à Sontay.

Le 10 avril, le général Brière de l'Isle reprenait sa marche vers l'Est, en formant deux colonnes ; l'une suivait la route principale, l'autre celle de la pagode de Trong.

En atteignant la Rivière Noire, le pays uniformément plat et bien cultivé jusque-là, se couvre de mamelons peu

---

tonkinois ; 2 bataillons des 23e et 143e ; 2 bataillons de la légion étrangère ; 2 compagnies d'infanterie de marine ; 3 batteries (1 de 4 de M., 2 de 65mm) et divers détachements; en outre, un parc de siège l'accompagnait (2 batteries, 1 de 95mm et 1 de 80mm de c.)

La flottille comprenait la *Trombe*, l'*Eclair*, le *Yatagan* et la *Hache*, six chaloupes, six remorqueurs à très faible tirant d'eau et un grand nombre de jonques.

Les garnisons des places étaient les suivantes :

Sontay : 2 compagnies de tirailleurs algériens, 1 de tirailleurs annamites. 1 batterie.

Hanoï : 6 compagnies d'infanterie de marine, 1 batterie et un certain nombre d'indisponibles.

Palan : 1 compagnie d'infanterie de marine.

Bac-Ninh : 1 bataillon d'infanterie de marine, 1 batterie.

Dap-Cau : 1 bataillon, 1/2 batterie.

Phu-Lang-Thuong : 1 bataillon, 1 batterie.

Haï-Duong : 1 compagnie du 111e; 36 artilleurs.

Sept Pagodes : 1 compagnie du 143e.

Nam-Dinh, Ninh-Binh, Ké-So, les Bambous : mêmes garnisons qu'au moment des opérations de Bac-Ninh.

Haï-Phong ; 3 compagnies d'infanterie légère d'Afrique, 24 artilleurs.

Quang-Yen : 1 compagnie d'infanterie légère d'Afrique.

Le poste de Batang était supprimé depuis le 28 mars.

élevés, qui se succèdent le long de la vallée, faisant face aux mouvements de terrain beaucoup plus accentués entourant Hong-Hoa.

Dès leur débouché dans la vallée de la Rivière Noire, les batteries de la 1re brigade se portaient sur ces mamelons et canonnaient les positions ennemies de la rive gauche, vers Hoang-Canh, La-Ha, La-Thuong et Xuan-Duong : il en partait un feu d'artillerie ou d'infanterie assez peu nourri. Les troupes s'établissaient ensuite au bivouac le long de la rivière, de la route d'Hong-Hoa à Tong-Canh.

De son côté, la brigade de Négrier, partie de Sontay le 9 avril, était venue cantonner à Vu-Chu et Dien-Chu, sur la digue latérale du Fleuve Rouge. Mais la flottille éprouvait les plus grandes difficultés à la suivre. Ses jonques s'échouaient vers le confluent de la Rivière Claire et il fallait un pénible travail, continué toute la nuit et une partie de la journée suivante, pour les dégager. La colonne demeurait donc en position le 10 avril, attendant l'arrivée de la flottille. Il fallait même se résoudre à débarquer les batteries de 95 (1) et de 80 de campagne, et elles suivaient dès lors le mouvement de la brigade, par voie de terre, au prix des plus grandes difficultés.

Le 11 avril, après une canonnade de courte durée sur les positions chinoises, la brigade Brière de l'Isle se met en marche sur Bat-Bac, et va franchir la Rivière Noire un

(1) La batterie de 95 mill. avait pour personnel celui de l'ancienne batterie de canons-revolvers, complété par des ouvriers d'artillerie ou des artificiers.

Les canons-revolvers de 37 mill. avaient été reconnus comme étant peu transportables pendant la marche sur Bac Ninh.

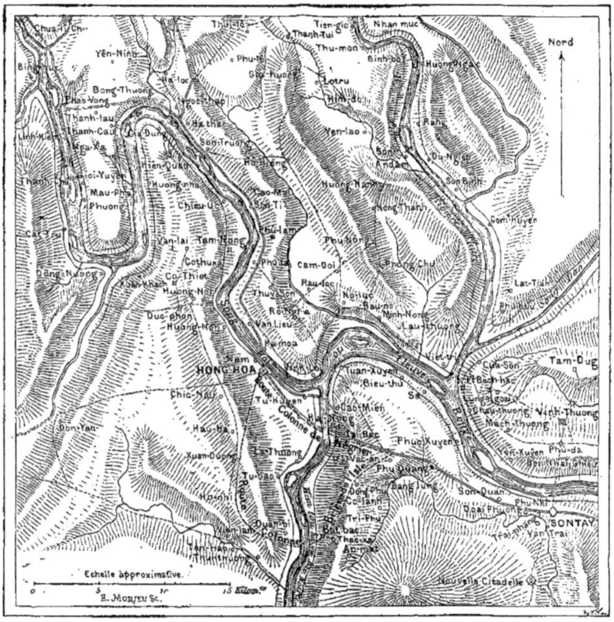

CARTE DES ENVIRONS DE HONG-HOA
(Itinéraire des colonnes Brière de l'Isle et Négrier.)

peu en aval de ce point. Ce cours d'eau, large de 200 mètres, est rapide, et le passage des troupes leur coûte les plus pénibles efforts. On dispose, dans ce but, de paniers jumelés, d'un grand radeau en bambous et de deux petits sampans ; à deux heures du matin arrivent encore deux jonques et d'autres sampans. mais ces moyens insuffisants ne permettent pas de terminer le passage avant la matinée du lendemain. L'opération, protégée par deux batteries, n'a pas été inquiétée par l'ennemi.

De son côté, la 2e brigade s'est portée sur la route de Sontay à Hong-Hoa, en suivant la digue du fleuve.

Il tombe une pluie violente, qui rend la route extrêmement glissante. Près du confluent de la Rivière Noire, elle est à peine assez large peur permettre à nos pièces de passer. L'une d'elles, un lourd canon de 95 mill., tombe ainsi d'une hauteur de 5 à 6 mètres dans la rizière, en entraînant ses quatre mulets. De pénibles efforts sont nécessaires pour la remettre en état de suivre la colonne.

Enfin, sous la protection de celle-ci, ses deux batteries de 95 et de 80 de campagne viennent s'établir sur une colline assez élevée au Nord et près de Truong-Ha. De là, on distingue nettement Hong-Hoa et sa citadelle, le pont de bambous qui traverse le Fleuve Rouge, et les redoutes nombreuses étagées vers le Sud. Nos deux batteries ouvrent un feu lent sur Hong-Hoa et le pont de bambous, ainsi que sur les ouvrages du Sud, déjà canonnés par la batterie Carton (1). Malgré la distance (4,500 à 5,600 mètres), leur tir semble produire un grand effet. Les observateurs du ballon captif annoncent que l'ennemi évacue les forts du Sud, pour se retirer sur Hong-Hoa, déjà abandonné par de nom-

(1) 80mm de campagne; avait marché jusque là avec la 1re brigade.

breux fuyards. La canonnade cesse vers le soir, et les troupes cantonnent sur place.

La 2e brigade traverse la Rivière Noire dans la matinée du 12 avril. Depuis la veille tout Hong-Hoa est en feu; les dernières fuyards ont incendié ce que notre artillerie a épargné. Nos troupes se rassemblent à La-Thuong, couvertes par des reconnaissances lancées vers la ville. Le général Millot a donné au général de Négrier l'ordre de s'arrêter dans cette position, en attendant de nouveaux ordres. Après trois heures et demie d'attente, de Négrier obtient enfin l'autorisation de marcher sur la citadelle. Ses premières troupes y entrent à une heure, et la trouvent entièrement déserte. Le pont de bambous a été détruit; Chinois et habitants se sont enfuis sur la rive gauche du fleuve.

De son côté, après avoir terminé son passage, la brigade Brière de l'Isle quitte La-Phu vers dix heures seulement, et se dirige vers le Nord-Ouest par un sentier difficile, serpentant au travers de mamelons ou de fondrières, et que l'on est, à chaque instant, contraint d'améliorer à coups de pelles et de pioches. Il est souvent si étroit, si encaissé, et ses tournants sont si brusques, que nos pièces de montagne n'y peuvent passer sans qu'on les dételle. L'artillerie n'y chemine donc qu'avec les plus pénibles efforts et, vers quatre heures, une partie de la colonne se trouve un peu au Nord d'Hong-Hoa; le reste s'est dirigé par erreur sur Don-Van, ou a dû retourner sur ses pas, devant les difficultés de la route. Le général Brière apprend alors que la 2e brigade est déjà entrée dans Hong-Hoa, et s'y porte avec deux bataillons; le reste de ses troupes cantonne sur les chemins suivis.

LE VICE-AMIRAL PEYRON

Le 13 avril, la partie de la brigade Brière de l'Isle qui s'était engagée sur le chemin de Don-Van, atteint ce point déjà évacué par l'ennemi ; elle entre le lendemain à Hong-Hoa par Phuong-Dan, après une marche des plus pénibles. Le reste des troupes est demeuré à Hong-Hoa ou aux environs; aucune poursuite n'est tentée contre l'ennemi, qui a déjà pris une très grande avance (1).

Cette opération donnait malheureusement des résultats hors de proportion avec l'effectif des troupes mises en mou-

(1) Humbert, ouvrage cité. On ne peut considérer comme une poursuite la marche de deux des tronçons de la 1re brigade qui cherchèrent à se réunir dans Hong-Hoa.

vement et les efforts qui leur avaient été imposés. Vingt-deux canons et une petite quantité de munitions étaient les seuls trophées de notre victoire. Les pertes des Chinois avaient été sans importance, et les nôtres à peu près nulles : 1 blessé, 5 hommes et 11 coolies noyés (1).

Le 15 avril, le général Millot partait afin de rentrer à Hanoï et ses troupes évacuaient successivement la ville, pour s'établir de nouveau dans le Delta. Il restait à Hong-Hoa une garnison de deux bataillons et de deux batteries, sous les ordres du lieutenant-colonel Donnier (2). Le 1er mai les troupes étaient installées dans leurs postes définitifs. La 1re brigade, dont le quartier général était à Nam-Dinh, s'établissait dans la partie Sud du Delta et la 2e, avec son quartier général à Sontay, en occupait le Nord (3). Elles consacraient les derniers jours d'avril et le commencement de mai à la répression des pirates, contre lesquels on entreprenait beaucoup de petites expéditions. Malheureusement la température était déjà devenue un sérieux obstacle à la continuation des opérations actives.

---

(1) 1 tirailleur algérien blessé; 3 artilleurs, 1 caporal du génie et 1 ordonnance noyés.

(2) Le 21 avril, la batterie Amelot, la demi-batterie Receveur et le bataillon de Beaumont ralliaient la division navale.

(3) 1re brigade : Nam-Dinh, Ninh-Binh, Haï-Duong, Hong-Yen, Haï-Phong, Quang-Yen.

2e brigade : Hong-Hoa, Sontay, Bac-Ninh, Thaï-Nguyen. Cette dernière place n'était pas encore occupée, malgré l'envoi d'une nouvelle colonne, du 13 avril au 19.

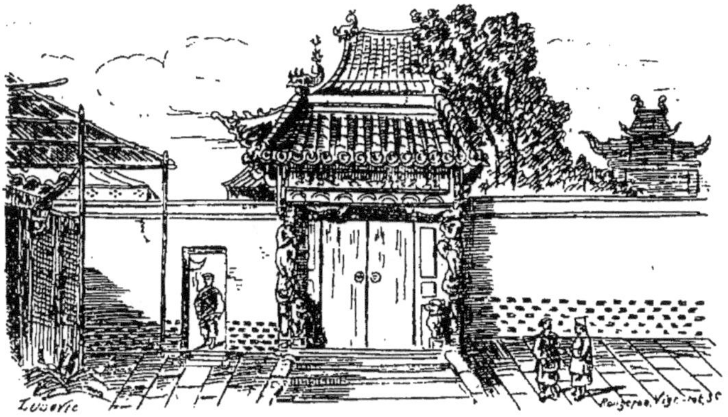

CHAPITRE XVI

Situation en Chine. — Le commandant Fournier. — M. Détring. — Incident de Kélung. — Conférences de Tien-Tsin. — Convention du 15 mai 1884. — Note du 17 mai. — Départ du commandant Fournier. — Revirement à Pékin.

L'hiver de 1883-1884 s'était passé en simples démonstrations ou en croisières, pour nos divisions navales d'Extrême-Orient. Tandis que celle des mers de Chine se bornait à croiser sur les côtes de l'empire Chinois, sans arriver nulle part à une action effective, les bâtiments de l'amiral Courbet continuaient le blocus de celles de l'Annam, et cette tâche ingrate ne leur réservait pas plus d'occasions de combattre. Quelques jonques de pirates apparaissant de loin en loin étaient leurs seuls ennemis dans le golfe du Tonkin.

L'amiral Meyer avait été remplacé, au commandement de la division des mers de Chine, par le contre-amiral Lespès. Sur la demande de notre consul à Canton, M. Ristelhueber, l'amiral Lespès se rendait, peu après son arrivée (7 mars), dans cette ville, avec le *Volta* et le *Lutin*, pour y voir le vice-roi. Le commandant du *Volta* était alors le capitaine de frégate Fournier, dont nous avons déjà cité le nom, bien connu de tous les diplomates que la France avait envoyés en Chine pendant les dernières années (1).

Après avoir passé deux ans à Tien-Tsin, de 1878 à 1880, à bord d'un stationnaire, le commandant Fournier avait été l'aide de camp du ministre de la marine, amiral Jauréguiberry, au moment où ce dernier préparait son plan d'opérations au Tonkin. Le commandant du *Volta* était donc fort au courant des choses chinoises, aussi bien que de nos projets en Annam. Cette circonstance le fit désigner, ainsi que nous l'avons vu, pour seconder M. Tricou dans sa mission extraordinaire en Chine. Comme attaché militaire, M. Fournier put réunir des renseignements complets sur l'armée chinoise, en même temps qu'il continuait, avec Li-Hong-Tchang, des relations amicales dont le début remontait au conflit russo-chinois (2). Il avait à ce point gagné la confiance du vice-roi, que ce dernier lui offrit le commandement de la marine du Pé-Tché-li, joint à des avantages très considérables.

---

(1) M. Loir, ouvrage cité. M. Fournier, né en 1842, était entré à l'école navale en 1859. Dès sa sortie de l'école, il partait pour la Cochinchine, où il passait trois ans; un nouvel embarquement de trois ans à bord de la *Guerrière* lui permettait de prendre part à l'expédition de Corée en 1865. En 1870, comme officier d'ordonnance de l'amiral la Roncière-Le Nourry, il était mis à l'ordre du jour après le combat du Bourget (21 décembre). En 1878, il repartait pour la Chine avec le *Lynx*. Ses relations avec le vice-roi datent de 1879, à l'époque du conflit russo-chinois. (Bouinais et Paulus, ouvrage cité.)

(2) Voir, pour les négociations du traité de Tien-Tsin, la déposition du commandant Fournier devant la Commission de la Chambre, (*Documents parlementaires*, Chambre) et l'ouvrage de M. Loir. Voir également les très intéressants articles de M. A. Gervais, dans la *Revue scientifique* et la *Revue politique et littéraire* (*Diplomatie chinoise, Li-Hong-Tchang et le Gouvernement français*). Lire enfin le *Journal d'un mandarin*.

A Hong-Kong, le commandant Fournier entra en rapports avec un étranger cosmopolite, comme il y en a beaucoup sur les côtes de Chine, l'Autrichien Détring, commissaire des douanes impériales chinoises, officier de la Légion d'honneur depuis 1878, M. Détring était en très bons termes avec nos représentants, en même temps qu'avec Li-Hong-Tchang. Pendant un congé de deux années passé en Europe, il eut l'occasion de se former une opinion au sujet du conflit franco-chinois. Des entretiens fréquents avec le marquis Tseng, d'autres avec M. Jules Ferry ou plusieurs de nos hommes politiques, l'amenèrent sans doute à se rendre compte de l'importance qu'aurait, pour sa situation, un rôle d'intermédiaire entre la France et la Chine, et lui montrèrent en même temps l'étendue des sacrifices réciproques, auxquels devraient consentir les deux nations pour s'entendre.

Sa rencontre avec le commandant Fournier à Hong-Kong, rencontre voulue, s'il faut en croire M. Loir, lui fit entrevoir le moyen de réaliser l'entente à laquelle il avait songé pour la France et la Chine. Après avoir été présenté à l'amiral Lespès, auquel il soumit ses vues, M. Détring les communiqua au vice-roi de Canton, l'une des créatures de Li-Hong-Tchang. Ce dernier en eut aussitôt connaissance et fit venir près de lui M. Détring : le commandant Fournier avait remis à ce dernier une lettre confidentielle déterminant, d'après son avis personnel, les conditions d'une entente possible entre les deux pays. Il s'agissait avant tout du rappel du marquis Tseng, de la renonciation de la Chine à toute action en Annam, du départ des troupes chinoises du Tonkin et d'une indemnité à payer à la France. M. Fournier ajoutait que ces conditions lui apaissaient de nature à être agréées par son gouvernement, et qu'il les lui soumettrait, au cas où le vice-roi les trouverait acceptables.

M. Détring se rendit donc auprès du vice-roi du Tché-Li, tandis que l'amiral Lespès et le consul de Canton informaient le gouvernement français de ces négociations préliminaires.

Sur ces entrefaites (14 avril), le *Volta* appareillait pour Kélung, dans le Nord de Formose, l'un des ports les plus importants de cette grande île, en raison de son mouillage et des mines de charbon du voisinage. L'accueil que les Chinois y firent au *Volta* fut des plus froids. On lui refusa des pilotes et du charbon ; nos officiers descendus à terre furent insultés. Le commandant Fournier somma aussitôt le gouverneur de lui accorder une réparation immédiate, et vint s'embosser dans l'intérieur du port, à revers du seul fort dont l'armement pouvait lutter avec le *Volta*. Cette démonstration audacieuse eut un plein succès, non seulement à Formose, mais auprès du vice-roi du Tché-Li. Au bout d'un mois, le 29 avril, le commandant Fournier reçut à Shanghaï un télégramme de Li-Hong-Tchang, transmis par son secrétaire Mâ, et l'informant que, « pour donner une première satisfaction à la France », il avait obtenu le rappel du marquis Tseng (1). En même temps le vice-roi invitait M. Fournier à se rendre à Tien-Tsin, afin d'y conférer avec lui sur les bases de sa lettre.

L'amiral Lespès demandait aussitôt et obtenait l'autorisation de laisser partir le commandant Fournier, qui se rendait à Tien-Tsin. Notre représentant en Chine, si étrangement improvisé, n'avait ni instruction du gouvernement,

(1) Communication du gouvernement relative au traité avec la Chine, *Documents parlementaires*, Sénat, séance du 20 mai 1884.

ni même d'indication générale sur ses vues. Il remplissait simplement le rôle d'éclaireur diplomatique, ainsi qu'il le dit lui-même (1), en cherchant à jeter les bases d'une négociation future, sans engager d'autre responsabilité que la sienne. Sa profonde connaissance des hommes et des choses de Chine ne pouvait que lui être fort utile dans cette tâche.

En arrivant à Tien-Tsin, le 6 mai, le commandant Fournier communiqua à notre chargé d'affaires, M. de Semallé, le texte du projet de convention qu'il avait déjà soumis à l'amiral Lespès, avant de quitter Shanghaï. Dans l'intervalle, notre représentant à Pékin avait été officiellement informé du rappel du marquis Tseng et de l'autorisation donnée à Li-Hong-Tchang d'ouvrir des négociations avec l'amiral (2). Le 7 mai commençaient les entrevues du vice-roi et du commandant Fournier.

Les circonstances rendaient très désirable la prompte conclusion d'un accord. Les ministres d'Angleterre, d'Allemagne et d'Italie (3), qui avaient paru jusque-là assez mal disposés pour nous, étaient à Tien-Tsin ou allaient y arriver. Notre représentant craignait, à juste titre, leur intervention auprès de la cour de Pékin, si le bruit d'un arrangement entre la France et la Chine venait à se répandre, malgré le secret absolu gardé par lui. En outre, les ennemis du vice-roi pouvaient intervenir active-

(1) Déposition du commandant Fournier précédemment citée.

(2) *Livre jaune*, M. de Semallé à M. J. Ferry, 2 mai 1884, télégrammes.

(3) Ce dernier, M. de Luca, s'abstint même, un peu plus tard, de paraître à un dîner en honneur de la paix, malgré de belles protestations d'amitié au commandant Fournier.

ment à Pékin ; le beau-frère du marquis Tseng, Si-Qui-Siang, venu récemment de Londres pour encourager la cour à la guerre, suivait activement les démarches de M. Fournier. Il était aisé de prévoir qu'à la première apparence d'un arrangement, toutes ces influences se coaliseraient contre Li-Hong-Tchang et son œuvre. Il fallait les mettre, au plus tôt, en présence d'un fait accompli.

Le vice-roi du Tché-Li était d'autant mieux disposé à partager ces vues, que la récente intervention du ministre d'Angleterre, sir Henry Parkes, dans les affaires de Corée, avait amené la conclusion d'un traité défavorable à la Chine et désagréable à Li-Hong-Tchang (1). Il voyait dans un arrangement avec la France une revanche inattendue, très probablement peu souhaitée par le ministre d'Angleterre. Ces dispositions des deux négociateurs ne pouvaient que hâter la conclusion d'un arrangement. Dès le 8 mai, l'amiral Lespès recevait du commandant Fournier l'avis que le vice-roi avait accepté son projet de convention et qu'il désirait s'entendre avec l'amiral pour la conclusion de l'accord définitif (2). Tandis que lui Lespès en rendait compte au gouvernement et lui demandait de pleins pouvoirs, la situation s'aggravait rapidement à Pékin. Le texte du projet de traité, communiqué au Tsong-Li-Yamen et au grand-conseil de l'Empire, motivait aussitôt des pro-

(1) En 1882, à la suite de difficultés entre la Chine le Japon et la Corée, un traité avait autorisé les Japonais à entretenir une garnison à Séoul. La Corée est l'objet de compétitions ardentes de la part de la Chine, de la Russie et du Japon, en raison de sa situation stratégique sans rivale, entre le Japon et les côtes de Chine. On n'a pas oublié la tentative récente des Anglais pour prendre pied à Port-Hamilton, à son extrémité méridionale.

(2) *Livre jaune*, l'amiral Lespès à l'amiral Peyron, 8 mai 1884, télégramme.

LE COMMANDANT FOURNIER

testations énergiques. Les censeurs déclaraient unanimement que l'acceptation de pareilles clauses serait la honte de la Chine et que rien ne la motivait. Chaque heure était signalée par une opposition plus violente et il fallait s'attendre à la rupture des négociations si on ne se hâtait de les clore.

Le commandant Fournier jugea donc prudent de ne pas attendre l'arrivée de l'amiral, qui ne pourrait avoir lieu avant une semaine environ, et demanda au gouvernement français les pouvoirs nécessaires pour la conclusion immédiate du traité (1). En même temps, il se décidait à agir sur l'esprit un peu hésitant du vice-roi, en le menaçant d'un ultimatum et d'hostilités prochaines. Si, le 14, la réponse de la cour n'était pas arrivée, il quitterait Tien-Tsin, et l'amiral Lespès entrerait en campagne. Sur les entrefaites, le gouvernement français lui avait fait parvenir les pouvoirs demandés. La cour de Pékin donnait également le 10 mai son approbation au traité : dès le 11 l'échange des signatures avait lieu.

Cette convention, qui terminait d'une façon si inattendue, on peut même dire si inespérée, la première phase de nos opérations contre les troupes chinoises, était conçue dans les termes les plus favorables à nos intérêts. Aux termes de l'article 1er, la France prenait l'engagement de respecter et de protéger contre toute agression, et en toutes circonstances, les frontières de la Chine limitrophes du Tonkin. C'était la simple constatation d'une obligation générale, imposée par le droit des gens aux nations civilisées. Par contre (article 2), la Chine s'engageait à retirer *immédiatement* les garnisons chinoises du Tonkin et à respecter, dans le présent et dans l'avenir, les traités intervenus ou à intervenir entre la France et l'Annam. Ces deux engage-

---

(1) *Livre jaune*, le commandant Fournier à l'amiral Peyron, 8 mai 1884, télégramme; M. Jules Ferry au commandant Fournier, télégramme, 8 mai 1884.

ments, conçus dans les termes les plus formels, donnaient ample satisfaction à toutes nos demandes ; désormais on ne pourrait plus objecter à nos projets la suzeraineté chinoise sur l'Annam, qui avait déjà fait l'objet de tant de négociations inutiles.

Cet important résultat permettait de renoncer à obtenir une indemnité de la Chine (article 3). Les millions qu'on aurait pu lui arracher ne valaient certainement pas les avantages, résultant pour nous de sa renonciation entière à la suzeraineté sur l'Annam. La France consentait donc à ne pas réclamer à la Chine de dédommagements pécuniaires « en considération de la sagesse patriotique de Li-Hong-Tchang... » D'ailleurs, l'Empire s'engageait à admettre, sur toute l'étendue de la frontière limitrophe du Tonkin, le libre trafic des marchandises. Un traité de commerce déterminerait les questions de détail auxquelles donnerait lieu ce trafic.

L'article 4 stipulait que le traité à intervenir entre la France et l'Annam ne contiendrait aucune expression de nature à porter atteinte au prestige de l'Empire. Cette stipulation était, à vrai dire, la seule qui put prêter matière à des difficultés. Pour s'expliquer le maintien de clauses analogues dans tous les projets de traité entre la France et la Chine, à propos de l'Annam, il faut se souvenir que les questions de forme et d'étiquette ont une extrême importance pour les peuples de l'Extrême-Orient. Enfin, l'article 5 fixait un délai de trois mois, courant de la signature de cette convention, et dans lequel devraient se réunir les plénipotentiaires chargés d'élaborer le traité définitif (1).

(1) *Livre jaune*, convention de Tien-Tsin, 11 mai 1884.

Si elle avait dû être exécutée, la convention de Tien-Tsin eût été un grand succès pour la politique française. Evacuation du Tonkin par les Chinois, renonciation de la Chine à sa suzeraineté sur l'Annam, ouverture du Fleuve Rouge au commerce international, ces trois points, nettement posés par le traité du 11 mai, devaient nous permettre de tirer de notre entreprise au Tonkin les résultats que nous pouvions en attendre. Malheureusement on crut trop vite, en France, à la disparition de toutes nos difficultés avec la Chine. Entre un corps électoral ennemi né de toute expédition lointaine, et une Chambre dont les majorités et les intentions paraissaient également changeantes, la situation politique du cabinet était trop chancelante, pour qu'il n'accueillît pas, avec empressement, la fin d'une entreprise, commencée un peu malgré lui, au Tonkin. Il la crut donc trop vite, entièrement terminée.

Avant même que la convention n'eût été signée, le gouvernement avait agité la question du rappel d'une partie de nos troupes. Il songeait déjà à rapatrier 2400 hommes pour le 1er juillet, et pareil nombre au 1er septembre. Il ne serait plus resté au Tonkin que des troupes indigènes, 4 bataillons d'infanterie de marine, et 4 batteries d'artillerie (1). Rien n'était plus contraire à nos intérêts en Extrême-Orient et aux nécessités de notre politique en face de la Chine (2). De plus, le gouvernement français mettait une hâte inexplicable à rappeler en France l'heureux auteur de la convention de Tien-Tsin. Dès le 13 mai, il lui faisait parvenir l'ordre de se rendre à Paris (3). Il

(1) Discours de M. Jules Ferry à Périgueux.

(2) Baron de Contenson, *L'Art militaire et la diplomatie des Chinois d'après leurs auteurs classiques*,

(3) *Livre jaune*, l'amiral Peyron à l'amiral Lespès, télégramme, 13 mai 1884.

semble pourtant que la véritable place du commandant Fournier eût dû être à Tien-Tsin, après du vice-roi, tant que la convention n'aurait pas été entièrement exécutée. Le ministère tenait, dit-on, à recevoir directement de M. Fournier des renseignements confidentiels touchant aux négociations futures (1). Il est permis de faire remarquer qu'il eût été préférable d'assurer l'exécution des résultats déjà obtenus, et de moins songer à ceux que nous réservait l'avenir.

Restaient d'ailleurs à trancher des questions importantes. L'évacuation *immédiate* (2) du Tonkin par les troupes chinoises, bien que formellement prescrite par la convention, nécessitait une entente plus complète. On ne pouvait songer à faire évacuer tout un grand pays, presque dépourvu de voies de communication et occupé par des troupes nombreuses, sans convenir d'aucun délai. De plus, personne, aussi bien en Chine qu'au Tonkin, ne connaissait exactement les limites de l'Annam et de l'Empire. Le général Millot réclamait inutilement à ce sujet des renseignements du commandant Fournier, qui le renvoyait à la cour de Hué pour plus amples avis (3)! Enfin, le sens de l'article 4 demandait à être clairement spécifié, si l'on voulait éviter des mécomptes. Il y avait donc urgence de s'entendre avec le plus grand soin sur ces divers sujets.

Malheureusement, il n'en devait pas être ainsi. Le commandant Fournier et l'amiral Lespès avaient reçu, le

(1) Déposition du président du Conseil à la Commission de la Chambre, 6 novembre 1884.

(2) D'après le *Journal d'un mandarin*, le texte chinois du traité disait : « aussitôt que possible ».

(3) *Livre jaune*, le général Millot au commandant Fournier et réponse, télégrammes du 14 mai 1884.

13 mai, des instructions leur prescrivant de veiller à l'exécution des ordres, qui seraient donnés pour l'évacuation du Tonkin par les Chinois, et d'en informer le général Millot (1). En outre, dès le 8 mai, M. de Semallé avait informé notre négociateur que le vieux parti chinois se tenait prêt à user de tous les prétextes pour arriver à une rupture (2). M. Fournier adressa donc à Li-Hong-Tchang une lettre demandant à quelle époque l'évacuation du Tonkin, et particulièrement celle de Lang-Son, Cao-Bang, That-Ké et Lao-Kaï, serait terminée; il le priait, en outre, de lui indiquer les points occupés par les avant-postes chinois (3).

Le 15, arrivait encore une dépêche du président du Conseil, informant notre représentant de difficultés d'interprétation soulevées à Paris, au sujet de l'article 4, par Li-Fong-Pao, le nouvel ambassadeur de Chine; le commandant Fournier remettait donc, le 17 mai, à Li-Hong-Tchang, une note précisant la portée de l'évacuation immédiate prescrite par l'article 2 de la convention. A partir du 6 juin, c'est-à-dire dans un délai de vingt jours, nous pourrions occuper Lang-Son, Cao-Bang, That-Khé, ainsi que les places voisines du Kouang-Si ou du Kouang-Toung et la côte tonkinoise. Le 26 juin, au bout de quarante jours, nous serions libres d'occuper Lao-Kaï et la partie du Tonkin voi-

(1) *Livre jaune*, l'amiral Peyron à l'amiral Lespès; M. Jules Ferry au commandant Fournier, télégrammes du 13 mai 1884.

(2) Bouinais et Paulus.

(3) A. Gervais, *Li-Hong-Tchang et le Gouvernement français*, le commandant Fournier à Li-Hong-Tchang, 15 mai 1884.

Malgré son importance, cette lettre n'est pas au *Livre jaune*; le commandant Fournier en a donné un résumé dans sa déposition devant la Commission de la Chambre dont nous avons parlé.

De plus, Li-Hong-Tchang ne fit aucune réponse à cette lettre.

sine du Yunnan. Après l'expiration de ces délais, il nous serait loisible de procéder sommairement à l'expulsion des garnisons chinoises attardées au Tonkin.

Il convient de remarquer que ces délais étaient à peine suffisants pour l'évacuation. De plus, cette note du 17 mai ne constituait nullement un engagement diplomatique. En effet, notre représentant improvisé avait cru devoir se contenter de l'assentiment verbal donné par Li aux termes de sa note, assentiment dont il n'était d'ailleurs rien moins que certain (1), en raison des circonstances qui accompagnaient sa visite. Le même jour, M. Fournier informait, par télégramme, le ministère et le général Millot de l'accord survenu entre Li-Hong-Tchang et lui, accord auquel ses dépêches donnaient plus d'importance qu'il n'en avait réellement (2).

Il semblerait pourtant résulter de la déposition du commandant Fournier, dont nous avons déjà parlé, que le vice-roi avait acquiescé aux délais posés par la note du 17 mai. Mais il craignait l'effet que produiraient de pareilles conditions sur la cour de Pékin, et il se réservait de les faire connaître quand les circonstances seraient plus favorables. Malheureusement, cette amélioration ne se produisit pas.

A Pékin, M. de Semallé considérait déjà notre situation comme fort délicate. Le Tsong-Li-Yamen lui faisait un

---

(1) M. Fournier n'était accompagné d'aucun interprète et il dut avoir recours aux offices de Mâ, l'interprète du vice-roi.

(2) La dépêche du commandant à l'amiral Peyron portait : « J'ai amené Li à me déclarer que l'évacuation du Tonkin se ferait dans les conditions suivantes... » En réalité, la déclaration provenait du commandant Fournier.

accueil très froid, et plusieurs ministres étrangers annonçaient, non sans une satisfaction à peine voilée, que la convention ne serait pas exécutée.

De son côté, le commandant Fournier partait pour la France dès le 18 mai, s'en remettant à l'amiral Lespès des suites qu'auraient les pourparlers déjà entamés (1). Pourtant, il n'était pas entièrement rassuré au sujet des difficultés, que pourrait entraîner l'exécution du traité. Mais il connaissait l'intention qu'avait l'amiral Lespès de se rendre à Pékin, et il pensait que cette visite officielle au Tsong-Li-Yamen permettrait d'assurer le respect de la convention du 11 mai. De son côté, l'amiral crut devoir se borner à entretenir vis-à-vis du Tsong-Li-Yamen de simples relations de politesses : avec une confiance que les précédents n'autorisaient certes pas, il déduisit du silence gardé, au sujet de la convention ou de la note additionnelle, par le prince Kouang (2) et par les autres membres du Yamen, leur adhésion formelle au nouvel état de choses (3). Aucune tentative ne fut donc faite par lui, pour provoquer, de leur part, des explications sur la manière dont le traité serait exécuté. Cette abstention du commandant Fournier et de l'amiral Lespès était imitée, avec plus de raison, par M. de Semallé. Lui aussi s'en tenait aux assurances qu'avait communiquées M. Fournier. Nos représentants en Chine ne tentaient donc aucune démarche, pour forcer le gouver-

(1) Déposition de l'amiral Peyron à la Commission, 6 novembre 1884.

(2) Successeur du prince Kong à la présidence du Tsong-Li-Yamen, depuis Bac-Ninh.

(3) Rapport de l'amiral Lespès, 28 mai 1884. *Documents parlementaires*, Chambre.

M. PATENOTRE

nement impérial à préciser ses intentions quant à l'évacuation du Tonkin.

Ce silence était d'autant plus fâcheux qu'au moment même du départ de l'amiral Lespès, le parti de la guerre reprenait à Pékin une influence prépondérante. Deux des principaux ennemis de Li-Hong-Tchang, le beau-frère du marquis Tseng et Tso, le vice-roi de Nankin, se rendaient à la cour : leur arrivée coïncidait avec celle de nouvelles irritantes parvenues d'Indo-Chine. On racontait, ce qui n'était d'ailleurs que trop vrai, que le sceau impérial, confié au roi d'Annam en signe d'investiture, avait été fondu par ordre de M. Patenôtre; on ajoutait même un détail erroné : le brevet accompagnant le sceau aurait été renvoyé ignominieusement à la cour de Chine. Ce malencontreux incident, qu'on eût pu si aisément éviter, provoqua des protestations énergiques à Pékin. Mais au lieu d'en saisir notre représentant, le gouvernement chinois se borna à suspendre l'exécution des ordres déjà donnés pour l'évacuation du Tonkin (1), sans en rien faire connaître à M. de Semallé, ni à l'amiral Lespès. Ce revirement subit demeura donc inconnu du gouvernement français et du général Millot : il ne pouvait en résulter que des conséquences graves.

(1) Voir la lettre adressée par les mandarins chinois au lieutenant-colonel Dugenne, lors de l'affaire de Bac-Lé. *Documents parlementaires*, Chambre.

CHAPITRE XVII

Mission de M. Patenôtre à Hué. — Traité du 6 juin 1884. — Situation en Chine. — La division navale française. — Les nouvelles de Bac-Lé.

Nous avons dit que M. Patenôtre, notre nouveau représentant en Chine, avait reçu l'ordre de se rendre à Hué, pour réviser le traité conclu l'année précédente par M. Harmand. A tort ou à raison, le ministère français trouvait plusieurs des stipulations de cette convention beaucoup trop largement conçues et il croyait urgent de les ramener à des proportions plus modestes. Il fallait, en outre, reviser le traité de manière qu'il ne contînt plus d'« expressions contraires à la dignité de la Chine ». Ce fut l'objet de la mission de M. Patenôtre.

Notre envoyé extraordinaire, arrivé à la fin de mai à Hué, n'éprouva pas grande difficulté à faire prévaloir les nouvelles vues de la France. Un ultimatum adressé, pour la forme, au roi d'Annam, vainquit ses dernières résistances et le 6 juin le traité définitif était signé. C'est celui qui règle, encore aujourd'hui, nos rapports avec l'Annam et le Tonkin.

Comme celui du 21 août 1883, le traité du 6 juin 1884

stipulait le protectorat de la France; il était à cet égard conçu dans les termes les plus formels; l'Annam reconnaissait et acceptait la protection de notre pays, qui le représenterait à l'avenir dans toutes ses relations extérieures. D'ailleurs aucune mention n'était faite de la Chine : la question de sa suzeraineté demeurait entièrement réservée.

La plus importante des modifications apportées au traité du 21 août 1883 (1), portait sur les cessions de territoire. M. Harmand avait jugé à propos d'annexer au Tonkin les provinces de Thanh-Hoa,. Nghé-An et Ha-Tinh, en même temps qu'il réunissait à la Cochinchine celle de Binh-Thuan. Le gouvernement français voyait un double inconvénient à ces annexions : elles affaiblissaient outre mesure l'Annam, en le rendant incapable d'une vie propre; de plus elles accroissaient sans nécessité le territoire à occuper par nos troupes au Tonkin et en Cochinchine, peut-être au détriment de ces deux colonies (2). Le traité du 6 juin revint donc purement et simplement sur ces cessions de territoire.

Le protectorat de la France devait s'étendre aussi bien sur l'Annam que sur le Tonkin; mais il s'exercerait d'une manière différente dans ces deux pays. En Annam, les fonctionnaires indigènes continueraient à administrer directement leurs provinces, sauf pour ce qui concernerait les douanes, les travaux publics, les télégraphes, etc., c'est-à-dire les services réclamant le concours d'un personnel européen. Le résident général établi à Hué exercerait un contrôle permanent sur tous les actes du gouvernement

(1) Voir *Documents parlementaires*, Chambre, janvier 1885, p. 1300, Projet de loi ayant pour objet d'autoriser la ratification du traité du 6 juin 1884.

(2) Notre colonie de Cochinchine, représentée par le conseil colonial, s'était pourtant montrée prête à accepter cette annexion, même au prix de lourds sacrifices.

annamite, mais sans s'immiscer dans l'administration locale. Au contraire, les fonctionnaires indigènes du Tonkin seraient doublés de résidents français chargés de leur surveillance et ayant le droit d'exiger leur révocation. La perception des impôts, en particulier, devrait se faire sous leur contrôle spécial. Les citoyens ou protégés français pourraient circuler librement, commercer et acquérir dans tout le Tonkin et dans les ports ouverts de l'Annam seulement. Ils ne pourraient voyager dans le reste du royaume qu'après avoir obtenu des passeports de l'autorité française, visés par le gouvernement annamite.

Comme d'après les traités de 1874, la France garantissait l'intégrité de l'Annam, mais elle obtenait le droit d'occuper militairement tous les points dont l'occupation lui semblerait utile. Enfin, les dettes annamites que le traité du 21 août 1883 avait annulées en échange de l'annexion du Binh-Thuan à la Cochinchine française, seraient acquitées d'après un mode à déterminer. Aucun emprunt ne pourrait être contracté par le roi sans notre assentiment. Le produit des impôts perçus en Annam, à l'exception des droits de douanes, devrait être attribué à la cour de Hué. Au Tonkin, ce même produit serait divisé en deux parts, attribuées, l'une aux divers services locaux, l'autre au gouvernement annamite. Le traité était d'ailleurs muet sur la proportion dans laquelle aurait lieu ce partage, aussi bien que sur l'emploi à donner aux produits des douanes en Annam et au Tonkin.

Tout avantageuse qu'elle fût pour la France, cette convention avait pourtant l'inconvénient de consacrer l'abandon de divers avantages que la précédente nous avait concédés. Il était difficile que les Annamites n'y vissent pas une nouvelle preuve de notre inconsistance et de notre faiblesse. De plus, le système mixte institué pour le gouvernement du Tonkin menaçait de donner lieu à maintes difficultés : la présence à la tête de chaque province de deux fonctionnaires, l'un indigène et l'autre français, le premier dépendant de la cour de Hué et le second jouissant, à l'égard de son collègue, d'un simple droit de contrôle, cette combinaison bizarre pourrait entraîner bien des conflits. Nos résidents seraient fatalement amenés à prendre en main l'administration directe du pays, et à n'employer les mandarins indigènes que comme de simples subordonnés, s'ils ne trouvaient en eux des ennemis d'autant plus redoutables qu'ils seraient plus rapprochés. Enfin, vis-à-vis de l'Annam, notre protectorat, insuffisamment défini, ne nous donnait d'autre moyen d'action que l'occupation militaire des points à notre convenance. Nous pouvions donc nous attendre à rencontrer de ce chef les plus graves embarras.

Ces importants changements apportés dans le régime politique de l'Annam semblèrent, contrairement à la réalité, devoir passer inaperçus en Chine : l'amiral Lespès quittait Pékin le 7 juin, emportant les meilleures impressions de son voyage. Le Tsong-Li-Yamen avait accepté et rendu le dîner offert par l'amiral, fait sans précédent dans cet empire si formaliste. Il semblait que la visite de l'amiral eût suffi pour calmer l'agitation provoquée par le traité de Tien-Tsin : la situation était « excellente » à en croire les dépêches officielles (1). « Mais les dispositions du gouvernement chinois sont si changeantes, ajoutait prudemment

(1) *Livre jaune*, l'amiral Lespès à l'amiral Peyron, télégramme, 11 juin 1884 ; Rapport de l'amiral Lespès, 15 juin 1884, *Documents parlementaires*, Chambre.

l'amiral, qu'il y a urgence à presser l'arrivée de M. Patenôtre ».

Les intentions amicales de la Chine recevaient bientôt une solennelle confirmation, le 24 juin. Une division de douze navires de guerre chinois venait mouiller à Tché-Fou, à proximité de nos bâtiments.

L'un des trois croiseurs impériaux portait Li-Hong-Tchang, accompagné de plusieurs hauts mandarins et d'une suite fastueuse, donnant plutôt l'impression de la cour d'un souverain que celle de l'escorte d'un fonctionnaire. Le vice-roi venait rendre à l'amiral la visite faite à Tien-Tsin. Ce témoignage de courtoisie, relevé par les plus délicates attentions de la part de Li-Hong-Tchang, fut accueilli par l'amiral comme il était convenable. Le vice-roi, reçu au bruit de dix coups de canon, au son de la *Marseillaise* et aux cris cinq fois répétés de « Vive la République », eut à bord du *La Galissonnière* le spectacle d'un branle-bas de combat et d'un lancement de torpilles qui parurent l'intéresser vivement. Il quitta Tché-Fou la nuit suivante, laissant un cadeau somptueux aux marins de la division et emportant, en apparence, les meilleures impressions de sa visite.

De leur côté, l'amiral Lespès et ses équipages étaient encore sous le charme de cette démarche courtoise, qui paraissait cimenter à jamais les bonnes relations entre la France et la Chine : le calme était même si grand que nos marins consacraient leurs loisirs à de joyeuses représen-

(1) *Livre jaune*, l'amiral Lespès à l'amiral Peyron, télégramme du 24 juin 1884; Rapport de l'amiral Lespès, 27 juin 1884, *Documents parlementaires*; M. Loir, ouvrage cité. D'après A. Gervais, *Li-Hong-Tchang et le Gouvernement français*, Li comptait sur cette visite pour inspirer des réflexions salutaires aux ennemis de notre influence.

tations théâtrales, empruntées au répertoire du Vaudeville ou du Palais-Royal, quand arrivait tout à coup une dépêche du général Millot : une colonne de 600 hommes se rendant à Lang-Son, pour l'occuper en vertu du traité, avait été attaquée par dix mille Chinois réguliers et rejetée sur le Delta avec de fortes pertes. Au moment même où le vice-roi Li-Hong-Tchang prodiguait à nos équipages ses témoignages de satisfaction, nos soldats tombaient à Bac-Lé sous les balles chinoises (1).

(1) Il est difficile d'admettre que Li-Hong-Tchang et même le Tsong-li-Yamen aient été complices de ce guet-apens. Comment Li serait-il venu se mettre à la merci de la division navale à Tché-Fou? Comment aurait-il pu donner à l'amiral Lespès les témoignages de la confiance la plus entière, s'il avait su qu'à ce moment même les troupes chinoises se préparaient à attaquer nos soldats, au mépris d'une convention à peine signée ? D'autre part, comment admettre que Li-Hong-Tchang n'ait pas été tenu au courant des projets du Tsong-li-Yamen à l'égard du Tonkin?

Il semblerait donc que la bonne foi de Li ait été entière. Peut-être même y avait-il un simple malentendu au fond de cette malheureuse affaire.

CHAPITRE XVIII

La piraterie dans le Delta. — Combat de Phat-Cat. — Occupation de Thaï-Nguyen et de Tuyen-Quan. — Organisation de la colonne Dugenne. — L'affaire de Bac-Lé (23-24 mai 1884).

Au Tonkin, la température et l'état sanitaire des troupes avaient beaucoup ralenti la pacification, après la prise de Hong-Hoa. Les bandes de pirates s'étaient multipliées pendant les dernières opérations, qui avaient attiré dans le Nord la plus grande partie du corps expéditionnaire. Elles parcouraient toute la partie orientale du Delta, vers Quang-Yen, Haï-Phong et Haï-Duong. Une chaloupe à vapeur française, le *Marcel-Courtin,* avait été capturée par une de leurs bandes et son équipage massacré ; aux abords mêmes d'Haï-Phong elles venaient faire le coup de feu avec nos sentinelles.

Cette fâcheuse situation motiva l'envoi d'une petite expédition dans l'Est du Delta ; avec deux compagnies du 2e bataillon d'Afrique, le commandant Dugenne (1) fouil-

(1) Mort en décembre 1887, au Tonkin, comme colonel.

lait, du 22 avril au 24 mai, la province de Quang-Yen et livrait aux pirates plusieurs combats heureux.

Le 10 mai, le commandant Dugenne apprenait qu'une bande nombreuse et armée d'un canon, celle du célèbre Ba-Bao, avait paru dans les environs ; elle s'était même établie, au confluent du Song-Kinh-Maï avec un arroyo, dans des cavernes creusées au milieu de montagnes de marbre. Il envoyait aussitôt le sous-lieutenant Vernet et 20 hommes en reconnaissance dans cette direction (1) ; cachée au fond d'une jonque, cette petite troupe se laissait dériver au fil de l'eau, tandis que le commandant Dugenne s'embarquait sur le *Ruri-Maru* avec le reste de son détachement et descendait également le Song-Kinh-Maï.

A peine la jonque de M. Vernet a-t-elle paru à proximité du camp des pirates que plusieurs se présentent pour s'en emparer. Mais au moment où ils l'abordent sans défiance, une décharge générale les renverse morts ou blessés dans la rivière. Un seul survit et tombe entre les mains de la reconnaissance.

A dix heures du matin, le commandant Dugenne rejoint la petite troupe, et tout le détachement débarque au pied des roches de Phât-Cat ; sur les indications du pirate prisonnier et du guide, M. Vernet va s'établir à l'une des entrées des cavernes, à 800 mètres de là ; le sous-lieutenant Casanova demeure au pied des rochers et le reste de la 5e compagnie, précédé de la section de tirailleurs annamites, se dirige sur l'ouverture principale.

A 160 mètres avant d'y arriver, ce détachement est as-

(1) Voir à ce sujet le *Livre d'Honneur du 2e bataillon d'Afrique*, capitaine Bou-Saïd. Le commandant Dugenne avait avec lui la 5e compagnie du 2e bataillon d'Afrique et une section de tirailleurs annamites.

sailli par un feu très vif partant d'un petit blockhaus en bois et d'une barricade qui dominent le sentier. Le lieutenant Brenot cherche aussitôt à tourner ces deux obstacles avec sa section, tandis qu'une autre fraction gagne une entrée latérale par laquelle l'ennemi pourrait s'échapper. Le feu du blokhaus et des rochers avoisinants est toujours très vif : de plus les pirates font rouler des quartiers de roches sur les assaillants, qui n'en réussissent pas moins à les déloger.

A 30 mètres en arrière du blokhaus, un retranchement en terre, appuyé à la muraille de pierre par ses extrémités, couvre les entrées de deux grottes, l'une fermée par une barrière au milieu de laquelle passe la gueule d'un canon, l'autre par un mur.

Le commandant Dugenne monte sur le parapet évacué par les pirates, pour reconnaître les entrées des grottes ; à peine y apparaît-il qu'il est atteint de trois balles, tirées presque à bout portant, mais dont aucune n'est mortelle. L'attaque est arrêtée un instant et dégénère en une fusillade de pied ferme, pendant laquelle l'ennemi se retire dans les grottes.

Le capitaine Servière prend alors la direction de l'attaque, tandis que le sergent Ruet démolit le mur de gauche, on entasse des broussailles devant l'ouverture de droite et on y met le feu. La barrière est bientôt consumée, le mur de gauche démoli, et la colonne pénètre dans les grottes par les deux entrées à la fois. Les pirates se retirent en continuant le feu dans l'obscurité croissante de la caverne ; mais, au bout de 200 mètres, ils franchissent un boyau étroit, derrière lequel ils sont à l'abri. Nos soldats sont obligés de se retirer, emportant avec eux un canon et des armes : ce combat vivement mené leur coûte pourtant d'assez fortes pertes : 1 tué et 9 blessés dont 1 officier. Les pirates de Ba-Bao (1) ont pu s'échapper par des issues inconnues.

Au commencement de mai, le général Millot se décidait à prendre possession, dans le Nord du Tonkin, des points stratégiques les plus importantes. Le 12, une colonne partie de Bac-Ninh occupait sans difficulté Thaï-Nguyen, que les Chinois venaient d'évacuer ; elle y laissait une garnison d'un bataillon de tirailleurs (2) et d'une section d'artillerie. A la fin du mois, une seconde colonne, commandée par le lieutenant-colonel Duchesne, se dirigeait d'Hong-Hoa sur Tuyen-Quan, en remontant la Rivière Claire. Elle atteignait cette place le 1er juin, après une marche rendue des plus pénibles par l'extrême chaleur, et l'occupait sans coup férir. On y établissait une petite garnison de deux compagnies de tirailleurs algériens (3) et d'une section d'artillerie.

Déjà le corps expéditionnaire avait perdu deux de ses bataillons : celui des tirailleurs annamites, qui rejoignait la Cochinchine, et celui des fusiliers marins du commandant Laguerre, parti pour Madagascar le 26 mai (4). Le ministre de la marine donnait à prévoir, en outre, le départ prochain d'une batterie et de trois bataillons appartenant à l'armée de terre ; ces mesures imprudentes, dans un moment où nos forces suffisaient à peine pour

(1) Le pirate Ba-Bao a été tué par un détachement sous les ordres du lieutenant de Tonkinois Eckenschweiler, en avril 1887.

(2) 1er régiment, commandant Hessling.

(3) 2e régiment, commandant Godon.

(4) En outre des compagnies et de la batterie de débarquement, qui avaient rallié la division navale dès le 21 avril.

prendre possession du Tonkin, étaient trop visiblement dictées par la préoccupation d'obéir à l'opinion publique, bruyamment représentée par la presse. Le ministère semblait oublier que le meilleur moyen de restreindre nos sacrifices était de ne pas diminuer trop vite l'effectif du corps expéditionnaire.

Le général Millot avait d'ailleurs sur les limites à donner à notre occupation des idées arrêtées. Pour lui, elle ne devait pas dépasser Thaï-Nguyen, Yen-Té et Kep (1). Au-delà le manque de ressources, la difficulté des communications seraient de trop grands obstacles à l'extension de notre influence. C'était la thèse que le gouvernement devait soutenir plus tard, en distinguant entre « le Tonkin où l'on mange » et « le Tonkin où l'on ne mange pas » ; l'un valant tous les sacrifices que la France s'imposait pour sa conquête, l'autre digne, tout au plus, d'être abandonné aux Chinois.

Cette distinction fantaisiste ne répondait guère à la réalité : comment se maintenir paisiblement dans le Delta, si les montagnes avoisinantes étaient le refuge de tous les bandits chassés de la Chine ou de l'Annam ? D'autre part, pourquoi abandonner aux bandes pillardes la seule partie du Tonkin, où nos compatriotes trouveraient des bois à exploiter, des mines à ouvrir, et même des exploitations agricoles à fonder? Rien de semblable ne pouvait être fait dans le Delta, avec sa population plus dense que celle de la Lombardie ou de la Belgique (2).

(1) *Débats parlementaires*, 27 novembre 1884, page 2481, discours de M. J. Ferry.

(2) Voir une correspondance de M. Paul Bourde au *Temps*, 20 mai 1864, et sa déposition à la Commission de la Chambre. *Documents parlementaires*, mai 1885, page 2102.

D'ailleurs le gouvernement français jugeait alors nécessaire d'occuper, le plus tôt possible, les places que les Chinois venaient d'abandonner, croyait-il, à la suite de la convention de Tien-Tsin. Le ministère de la marine avait adressé, à plusieurs reprises, des ordres impératifs pour cette opération, quand le général Millot décida de la mettre à exécution (1). Une colonne d'un bataillon d'infanterie de marine (commandant Reygasse), une batterie de 4 de montagne (4e *bis*), un demi-escadron de cavalerie, une section du génie, 300 tirailleurs tonkinois, une section d'ambulance, une section de télégraphie optique et un convoi de trente-cinq jours de vivres (2) avec un millier de coolies, se réunit donc à Phu-Lang-Thuong, sous les ordres du lieutenant-colonel Dugenne. Elle devait se rendre de là sur Lang-Son, en cinq jours, y laisserait une garnison et irait ensuite à That-Khé et à Cao-Bang, qu'elle occuperait pareillement.

Les instructions du lieutenant-colonel Dugenne ne prévoyaient nullement le cas d'une rencontre avec l'ennemi; d'ailleurs, quoique très minutieusement conçues, elles le laissaient libre d'y apporter les modifications que les circonstances rendraient nécessaires.

---

(1) Voir, pour la marche sur Lang-Son et le guet-apens de Bac-Lé, la déposition du général Millot et du colonel Guerrier, *Documents parlementaires*, Chambre, mai 1885, page 2096 ; les Dispositions relatives à l'organisation et aux opérations de la colonne de Lang-Son, *Documents parlementaires*, Chambre, mai 1885, p. 2088, et le rapport du lieutenant-colonel Dugenne, *ibidem*, p. 2089, etc.

Le commandant Dugenne, du 2e bataillon d'Afrique, avait été récemment promu au grade supérieur.

(2) Pour renforcer le détachement du train (3e compagnie du 20e escadron) attaché à la colonne on avait prélevé plus de 60 conducteurs sur chacune des 11e et 12e batteries du 12e régiment. Elles étaient ainsi réduites à un effectif absolument insuffisant. (Colonel Brugère, ouvrage cité.)

La concentration de ses troupes se fit les 11 et 12 juin à Phu-Lang-Thuong et aux environs. La saison était si peu favorable, en raison de la température élevée et des pluies fréquentes, que nos effectifs avaient déjà beaucoup diminué. Le bataillon d'infanterie de marine comptait à peine 320 combattants. Les coolies montraient les plus grandes appréhensions à s'engager sur la route de Lang-Son : dès les premiers jours de la marche, les désertions parmi eux atteignirent l'énorme proportion de 65 o/o. De plus, les négociants chinois, qui avaient d'abord sollicité l'autorisation de suivre la colonne, y renoncèrent avant son départ. C'étaient là deux symptômes graves, qui auraient mérité d'attirer l'attention (1). Le général Millot se borna pourtant à renforcer la colonne d'une compagnie du 2e bataillon d'Afrique (capitaine Maillard). Le 15 juin, à 4 heures du soir, le lieutenant-colonel Dugenne se dirigeait sur Kep.

L'état des chemins était tel, qu'il crut devoir renoncer à emmener la 4e batterie *bis;* il la renvoya, dès le 14 juin, à Phu (2): la colonne devait cruellement regretter son absence quelques jours après. Malgré cet allègement, sa marche fut des plus pénibles et des plus lentes. L'excessive chaleur, de violents orages, l'insuffisance des moyens de transport, joints au mauvais état du chemin, simple sentier de 1 à 2 mètres de largeur et à peine tracé, toutes ces causes ralentirent tellement le mouvement du colonel Dugenne qu'au lieu de parvenir le

(1) Voir *la Clairière de Bac-Lé*, récit d'un combattant. (Le *Figaro*, 5 décembre 1884.)

(2) L'effectif total de la colonne était à peu près 1,000 hommes, non compris les coolies, au nombre de 1,000 environ. Mais le chiffre des combattants d'infanterie n'atteignait pas 400 hommes, car les 300 Tonkinois ne pouvaient compter.

18 juin à Lang-Son, comme le prescrivaient ses instructions, il atteignait, le 22 seulement, le Song-Thuong, à 25 kilomètres de Phu. Sa colonne avait dû franchir des arroyos grossis par les pluies : il fallut trois jours pour passer deux de ces rivières en sampans ou à la nage. Les 20, 21 et 22 juin, on dût laisser sacs et bagages au bivouac, où le train vint les chercher le soir venu, on devine au prix de quelles fatigues.

Enfin, pour descendre dans la vallée du Song-Thuong, la colonne suivit un véritable escalier, dont les marches avaient un mètre de haut (1).

Dès le 17 juin, l'avant-garde avait été accueillie par quelques coups de feu : le soir du 22, pendant que le colonel Dugenne faisait reconnaître le gué, que ses troupes devaient franchir le lendemain, il vit épier tous ses mouvements par des gens armés, qui paraissaient être des réguliers chinois.

Le lendemain 23 juin, de grand matin, un détachement d'une compagnie d'infanterie de marine et d'une section de Tonkinois traversait la rivière et prenait position sur la rive droite, pour couvrir le passage du reste de la colonne. Il était aussitôt accueilli par des coups de feu venant d'un mamelon boisé, à 250 mètres de la rive. La compagnie d'infanterie de marine Lombard, soutenue par une section du 2e bataillon d'Afrique, délogeait aussitôt l'ennemi, qui disparaissait dans les broussailles : nous n'avions que trois blessés. Pendant ce petit combat, qui

---

(1) Colonel Brugère, ouvrage cité. Pourtant, le 27 juin, les 11e et 12e batteries du 12e franchirent en vingt-sept heures la distance entre Phu-Lang et Cau-Son, que la colonne Dugenne avait mis trois jours à parcourir.

LE LIEUTENANT-COLONEL DUGENNE

durait à peine une heure, la colonne avait franchi la rivière et était venue se former à l'Ouest de la route.

A ce moment (8 heures), un parlementaire se présente devant nos sentinelles et se rend auprès du colonel, pour lui remettre une lettre. Le lettré qui accompagne la colonne peut à grand'peine en déchiffrer quelques mots (1) : il semble en résulter que le commandant des troupes chinoises a eu connaissance de la convention de Tien-Tsin, et qu'il réclame un délai de dix jours, pour ramener ses troupes au-delà de la frontière. Des déserteurs chinois,

---

(1) Un lettré et trois interprètes accompagnaient la colonne, mais ils n'étaient pas à même de rendre le moindre service. M. Paul Bourde, dans sa déposition à la Commission de la Chambre, raconte que le service des renseignements était des plus défectueux à ce moment au Tonkin et qu'il ne s'y trouvait pas un individu capable de traduire une lettre du chinois. Il fallut envoyer celle-ci à Shang-Haï pour l'y faire traduire. Aux termes de cette dépêche, qui est insérée dans les *Documents parlementaires*, Chambre, mai 1885, p. 2089, les chefs du camp chinois demandaient au colonel Dugenne de provoquer le retrait de leurs troupes, en adressant directement un télégramme à Pékin. Les termes de cette lettre, que nous reproduisons ci-dessous, sont tels qu'ils excluent absolument la pensée d'un guet-apens.

« Au noble commandant des troupes françaises,

« Votre compatriote, M. Fournier, a dit, à Tien-Tsin, au moment où il s'en retournait en France, « que, après vingt (jours), des sol« dats (français) seraient envoyés pour parcourir le pays et que « l'armée de Kouër devrait s'en retourner camper dans certains en« droits. » Nous le savons comme vous.

« Vous voulez aujourd'hui que nous nous retirions sur la frontière, mais il faut absolument pour cela un avis du Tsong-li-Yamen, Ce n'est pas que nous voulions violer le traité. Le traité de Tien-Tsin porte bien que nos troupes seront reportées sur la frontière. Nous ne voulons pour cela qu'une lettre qui nous fixe sur les mouvements que nous avons à faire. On ne doit pas rompre la paix par des combats inutiles. Nous vous prions donc de vouloir bien, vous-même, adresser un télégramme à Pékin pour demander une lettre du Tsong-li-Yamen. Il ne faudra que peu de temps pour la demande et la réponse. Dès que nos troupes auront reçu l'avis du Tsong-li-Yamen, elle se formeront en bataillons et évacueront le territoire annamite pour retourner aussitôt à la passe du Midi. Nos deux pays ayant, en effet, conclu la paix, on ne doit pas faire naître de nouvelles luttes.

« Tel est ce que nous avions à vous dire.

« Les chefs de camps chinois,

« LI-WANG et WEI. »

arrivant à ce moment, évaluent leur effectif à 8 ou 10,000 hommes.

A dix heures, apparaît un nouvel émissaire, se disant mandarin civil envoyé par le vice-roi du Kouang-Si, afin de hâter l'évacuation des provinces tonkinoises. Il demande pour les troupes impériales le temps nécessaire à leur marche en retraite, pénible et longue dans ce pays de montagnes. Le colonel répond qu'il ne peut arrêter son mouvement, mais que rien n'empêchera les Chinois de se retirer, à mesure qu'il poussera en avant. Il demande, en outre, au mandarin de lui amener le chef des troupes. pour qu'il puisse régler les détails de l'évacuation : l'envoyé du Kouang-Si y consent.

Dans l'après-midi, le colonel Dugenne apprend que le commandant des Chinois et le mandarin civil sont arrêtés devant nos sentinelles, à la limite des provinces de Bac-Ninh et de Lang-Son ; il leur envoie aussitôt le commandant Crétin, son chef d'état-major, pour les engager à venir au camp. Ils paraissent y consentir après quelques pourparlers, mais se retirent presque aussitôt sous un prétexte.

La situation de la colonne est délicate: elle a une rivière à dos, et la moindre crue peut couper sa retraite (1). Devant elle s'étend un pays hérissé de fourrés inextricables, et traversé par une seule voie, la route de Chine, qui n'est qu'un sentier étroit, serpentant entre les lianes et les hautes herbes. A moins de cinquante mètres à l'Ouest se dresse une haute falaise à pic, le Nuy-Dong-Naï, dont la crête surplombe la vallée de plus de cent mètres. A l'Est, parallèlement à la route et à la falaise, coule le Song-Thuong. L'espace de

(1) Au point de passage, la rivière n'a que 20 mètres de largeur, mais sa profondeur est de $1^m,40$ en temps normal. (*La Clairière de Bac-Lé.*)

moins de cinq cents mètres que traverse la route, entre la falaise et la rivière, forme un long défilé de près de vingt kilomètres. Sur la rive gauche du Song-Thuong s'élèvent une série de mamelons bas, couverts d'une végétation épaisse.

La colonne est donc prise dans une véritable souricière; le lieutenant-colonel Dugenne ne veut pourtant pas la ramener sur la rive gauche du Song-Thuong, par crainte de paraître reculer devant les Chinois. D'ailleurs, deux jours auparavant, il a encore reçu, du général Millot, un télégramme pressant sa marche sur Lang-Son (1); il ne veut pas non plus rester en place, en s'exposant au danger d'être culbuté dans le Song-Thuong. Le lieutenant-colonel renvoie donc le parlementaire chinois, avec l'avis que, dans une heure, les troupes françaises reprendront leur marche.

A quatre heures, la colonne se met en mouvement, sous la protection d'une avant-garde, composée d'une section de Tonkinois, des pontonniers du lieutenant Rémusat, d'une compagnie d'infanterie de marine (capitaine Buquet) et de quelques cavaliers. Recommandation a été faite à nos soldats de ne pas ouvrir le feu les premiers. Après quelques minutes de marche, l'avant-garde débouche dans une clairière, la traverse et, à peine arrivée à hauteur d'une échancrure de la falaise, est criblée de coups de feu. Les Chinois ont organisé en cet endroit trois petits ouvrages sur la crête; ils sont également embusqués à notre droite, dans les broussailles. Cette attaque inattendue provoque un instant de panique; les tirailleurs tonkinois se débandent;

(1) Dick de Lonlay, ouvrage cité : « L'intérêt qu'il y a à faire acte de présence à Lang-Son n'a pas diminué. »

quelques-uns s'enfuient et tous les imiteraient sans l'énergie de leurs gradés, qui les maintiennent le revolver au poing.

L'ordre rétabli, le lieutenant-colonel fait masser le gros de la colonne à l'Est de la route, tandis que l'avant-garde lutte avec peine contre des forces très supérieures. L'ennemi menace en même temps son flanc droit et son flanc gauche : il faut la renforcer par une compagnie d'infanterie de marine (capitaine Jeannin) et par un peloton du 2e bataillon d'Afrique (lieutenant Génin). Ce dernier, jeté à droite, vers le Song-Thuong, repousse quelques groupes ennemis, qui ont déjà franchi la rivière ; mais il a devant lui des forces considérables et tombe bientôt atteint de deux coups de feu ; il faut renforcer son peloton des deux autres sections de la compagnie Maillard : nos tirailleurs et les Chinois entretiennent un feu très vif, à quarante mètres de distance, d'une rive à l'autre. Vers six heures et demie l'ennemi disparaît, sans doute après de fortes pertes.

A l'avant-garde, malgré l'arrivée successive en ligne de la compagnie Jeannin et du peloton de Tonkinois du capitaine Bouchet, il a été impossible de gagner du terrain : le capitaine Jeannin est tombé mortellement blessé. Le feu ne cesse qu'à la nuit.

Pendant ce combat le convoi a formé le parc sur un mamelon au centre de la clairière; les troupes se groupent autour de lui, pour bivouaquer, et se couvrent par des tranchées abris. La nuit se passe à les terminer, ou à dégager le terrain de ses broussailles et de ses hautes herbes devant chaque face. Les Chinois continuent un tir intermittent qui nous coûte quelques blessés. A neuf heures du soir le lieutenant Bailly, chef du service télégraphique de la colonne, part suivi de quelques hommes d'escorte et va, au Sud du Song-Thuong, établir des communications optiques avec le poste le plus rapproché, celui de Cao-Son. Il y parvient, après avoir triomphé de difficultés inouïes, dans ce pays boisé, inconnu, par une nuit noire, au milieu de groupes hostiles.

Les pertes du 23 sont considérables : 1 officier tué et 3 blessés; 7 soldats tués et 43 blessés (1). La pluie commence à tomber; si le Song-Thuong devient infranchissable, la colonne est perdue.

Le lendemain, à sept heures et demie, le feu reprend sur les faces Nord et Ouest du camp; les Chinois bordent maintenant toute la falaise du Nuy-Dong-Naï, et ils fusillent nos tirailleurs à deux cents mètres. Une heure plus tard, ils apparaissent également à trois ou quatre cents mètres de la face Est, sur la rive gauche du Song-Thuong, et ouvrent un feu très vif contre la compagnie Maillard, qui a peine à les tenir à distance. Vers onze heures, la fusillade redouble d'intensité; on signale au Sud, sur la route de Bac-Lé, l'apparition de groupes ennemis; les trompes chinoises font retentir leurs sons lugubres vers le Sud-Ouest; la colonne va être cernée et sa destruction ne sera plus qu'une question d'heures. Le lieutenant-colonel Dugenne ordonne la retraite.

(1) 2e bataillon d'Afrique : lieutenant Génin blessé : 1 soldat tué, 11 blessés.

3e régiment d'infanterie de marine : capitaine Jeannin tué, 1 blessé ; 3 soldats tués, 12 blessés.

1er régiment de Tonkinois : capitaine Bouchet blessé ; 1 soldat tué, 9 blessés.

Détachement du génie et de pontonniers : 2 soldats tués, 7 blessés.

1/2 escadron du 1er chasseurs d'Afrique : sous-lieutenant Lenière et 3 soldats blessés. (Rapport du lieutenant-colonel Dugenne.)

La compagnie Buquet ouvre la marche, avec un peloton de Tonkinois; puis vient l'ambulance. Au moment où les coolies vont enlever les vivres et les bagages, le feu des Chinois redouble; en un instant plusieurs coolies sont tués; les autres s'enfuient et il est impossible de les arrêter. Il faut se résoudre à abandonner leur chargement. Seul, le trésor est sauvé à grand'peine. Au même moment, une panique se produit en tête de la colonne; quelques conducteurs du train, assaillis à bout portant par les Chinois, se replient, en s'écriant que la retraite est coupée, et mettent le désordre dans le reste des troupes. On peut croire un instant que tout est perdu, mais le commandant Crétin, le revolver au poing, fait reprendre la marche; nos médecins, nos chasseurs d'Afrique commandés par le brave capitaine Laperrine, se multiplient pour arracher les blessés au coupe-coupe des Chinois; le chasseur Graillot couvre de son corps le médecin-major Gentil déjà blessé et couché en joue par un régulier : le vaillant soldat reçoit une blessure grave en accomplissant cet acte héroïque (1).

Enfin, le convoi s'engage tout entier sur la route de Bac-Lé. L'infanterie de marine, la compagnie Maillard du 2e bataillon d'Afrique, qui ferme la marche, se replient successivement (midi); vers midi et demie la colonne atteint enfin le Song-Thuong, qu'elle franchit sans trop de difficultés. Les Chinois ont cessé leur poursuite, qui n'a heureusement pas été très vive. Les derniers coups de feu sont tirés par les trois compagnies d'arrière-garde postées au Nord du Song-Thuong. A cinq heures du soir nos troupes sont cantonnées ou bivouaquées à Bac-Lé, mais

(1) Fut nommé chevalier de la Légion d'honneur. Sa nomination est de celles qui honorent la Légion.

leurs pertes ont été cruelles : 1 officier tué, 2 blessés; 13 hommes tués, 2 disparus, 20 blessés, 2 morts d'insolation (1).

Après une nuit tranquille, on signale, autour de Bac-Lé, l'apparition de groupes chinois, qui menacent les flancs et les derrières de la colonne. Elle se replie au Sud-Ouest dans une position dominante et rallie ses coolies. Sur un millier environ, moins de six cents l'ont suivie. Dès le 26, on annonce au lieutenant-colonel Dugenne l'arrivée prochaine du général de Négrier; sa colonne est définitivement en sûreté.

Cette action de guerre, fort honorable pour nos soldats, ne l'était pas moins pour leur chef. Ce dernier avait sauvé ses troupes, en donnant en temps opportun l'ordre de la retraite, après avoir vaillamment soutenu l'attaque des Chinois. De leur côté, nos cinq compagnies d'infanterie, nos chasseurs d'Afrique, nos pontonniers, avaient combattu, un contre dix, des adversaires bien armés (2) et vigoureusement conduits. L'affaire de Bac-Lé n'en devait pas moins entraîner les plus fâcheux résultats; elle nous coûtait des pertes relativement très considérables; elle compromettait auprès des Indigènes et des Chinois les résultats moraux d'une campagne heureuse; enfin elle allait re-

(1) Ambulance : médecin-major de 1re classe Gentil blessé.
Génie, pontonniers, télégraphie : 2 soldats disparus, 1 tué.
2e bataillon d'Afrique : 5 tués (blessés de la veille), 2 blessés.
1er chasseurs d'Afrique : 2 blessés.
Artillerie et train : 4 tués, 5 blessés.
Infanterie de marine : capitaine Clémenceau tué, docteur Chassériau blessé ; 3 soldats tués ou morts d'insolation, 6 blessés.
Tirailleurs tonkinois : 1 tué, 4 blessés.

(2) La plupart étaient armés de remingtons; quelques-uns de fusils à répétition, winchesters ou peabodys.

LE CHASSEUR GRAILLOT

mettre en question tous les articles de la convention de Tien-Tsin.

Il est difficile de répartir équitablement la responsabilité revenant à chacun dans ce douloureux incident : les deux gouvernements, leurs représentants, les chefs des troupes en présence à Bac-Lé, en ont, à divers degrés, encouru une part.

Le Tsong-li-Yamen, qui avait connu notre intention d'occuper Lang-Son, sans chercher à nous en détourner, était certainement coupable d'une insigne mauvaise foi, même en admettant que la note du 17 mai n'eût pas été admise par Li-Hong-Tchang. Toutefois, pour apprécier le rôle du gouvernement chinois dans cette circonstance, il est bon de se souvenir que les Asiatiques ne peuvent avoir, sur le droit international, les idées ayant cours chez les puissances européennes. L'histoire des rapports des peuples occidentaux avec la Chine est pleine de faits semblables à l'incident de Bac-Lé ; le gouvernement français aurait dû en prévoir le retour et prendre les mesures nécessaires pour y parer.

De son côté, le commandant Fournier avait témoigné d'une confiance excessive dans la bonne foi et le pouvoir de Li-Hong-Tchang. En supposant que le vice-roi ait admis sans difficulté les conditions posées par la note du 17 mai pour l'évacuation du Tonkin, aucun document n'était garant de son consentement et de celui du gouvernement chinois. L'entente de deux puissances européennes sur un point aussi important aurait été nécessairement constatée par une pièce diplomatique, revêtue de toutes les garanties possibles. A plus forte raison, M. Fournier devait-il en exiger de semblables pour une convention avec un peuple connu pour sa duplicité ; au contraire, il négligeait, nous l'avons vu, les formes les plus élémentaires.

Cette malencontreuse note du 17 mai une fois remise à Li-Hong-Tchang, restait à surveiller son exécution, à parer aux difficultés que l'on pouvait presque sûrement attendre des Chinois. Le parti de la guerre n'avait pas désarmé à Pékin ; il fallait suivre ses agissements et en prévenir l'effet. La présence à Tien-Tsin du commandant Fournier ou, à défaut, d'un représentant du gouvernement français pourvu des instructions les plus précises, était donc indispensable.

Au contraire, le ministère se hâtait de rappeler M. Fournier et laissait sans ordres nettement conçus M. de Semallé et l'amiral Lespès ; ces derniers croyaient devoir se désintéresser de négociations dans lesquelles ils n'avaient eu aucune part. Nous n'étions donc plus représentés à Tien-Tsin ou à Pékin, au moment même où la situation générale l'eût impérieusement réclamé ; il n'en pouvait résulter que des conséquences graves.

La responsabilité du général Millot et du lieutenant-colonel Dugenne n'était guère moins engagée que celle du ministère et du commandant Fournier dans l'affaire de Bac-Lé. Nous devons le faire remarquer, à la charge de l'état-major du corps expéditionnaire : La constitution de la colonne chargée d'occuper Lang-Son n'était pas assez solide pour la tâche si complexe qu'elle avait à remplir. Elle comptait moins de quatre cents fusils, pour un effectif de quinze cents coolies, avec plusieurs centaines d'hommes du train, et cette disproportion était chose grave. Même pour résister à des bandes, comme les frontières de Chine en avaient toujours recélé, de pareilles forces étaient insuffisantes, et l'occupation des trois points de Lang-Son, That-Khé et Cao-Bang ne pouvait qu'être irréalisable dans de semblables conditions. Quant à l'absence d'interprètes suffisamment instruits dans la colonne, nous avons dit combien elle avait été regrettable.

Il est d'ailleurs impossible de méconnaître que le parti chevaleresque, pris par le lieutenant-colonel Dugenne, le 23 juin, et qui lui fit ordonner la marche en avant, malgré l'énorme disproportion des forces et en dépit de toutes les circonstances, ne peut être approuvé sans réserve. Il eût été plus conforme aux règles habituelles de garder les positions prises, en informant le général Millot de la difficulté imprévue que l'on rencontrait. Cette résolution prudente aurait évité à la colonne des pertes sensibles, et à la France des sacrifices beaucoup plus considérables que ceux, déjà si grands, qu'avaient entraînés nos expéditions au Tonkin.

FIN DU LIVRE III

TABLE DES GRAVURES

CONTENUES

DANS LE TOME PREMIER

PORTRAITS

VUES, TYPES, SCÈNES MILITAIRES ET MARITIMES

CARTES, PLANS, CROQUIS

TABLE DES MATIÈRES

DU TOME PREMIER

LIVRE PREMIER

FRANCIS GARNIER

CHAPITRE PREMIER

CHAPITRE II

CHAPITRE III

CHAPITRE IV

CHAPITRE V

CHAPITRE VI

CHAPITRE VII

CHAPITRE VIII

CHAPITRE IX

LIVRE II

LE COMMANDANT RIVIÈRE

—

CHAPITRE PREMIER

CHAPITRE II

CHAPITRE III

CHAPITRE IV

CHAPITRE V

CHAPITRE VI

CHAPITRE VII

CHAPITRE VIII

CHAPITRE IX

CHAPITRE X

LIVRE III

SONTAY ET BAC-NINH

CHAPITRE PREMIER

CHAPITRE II

CHAPITRE III

CHAPITRE IV

CHAPITRE V

CHAPITRE VI

CHAPITRE VII

CHAPITRE VIII

CHAPITRE IX

CHAPITRE X

CHAPITRE XI

CHAPITRE XII

CHAPITRE XIII

CHAPITRE XIV

CHAPITRE XV

CHAPITRE XVI

CHAPITRE XVII

CHAPITRE XVIII

TABLE DES GRAVURES

FIN DU PREMIER VOLUME

Paris. — Imp. H. Noirot, 22, rue de l'Abbaye.

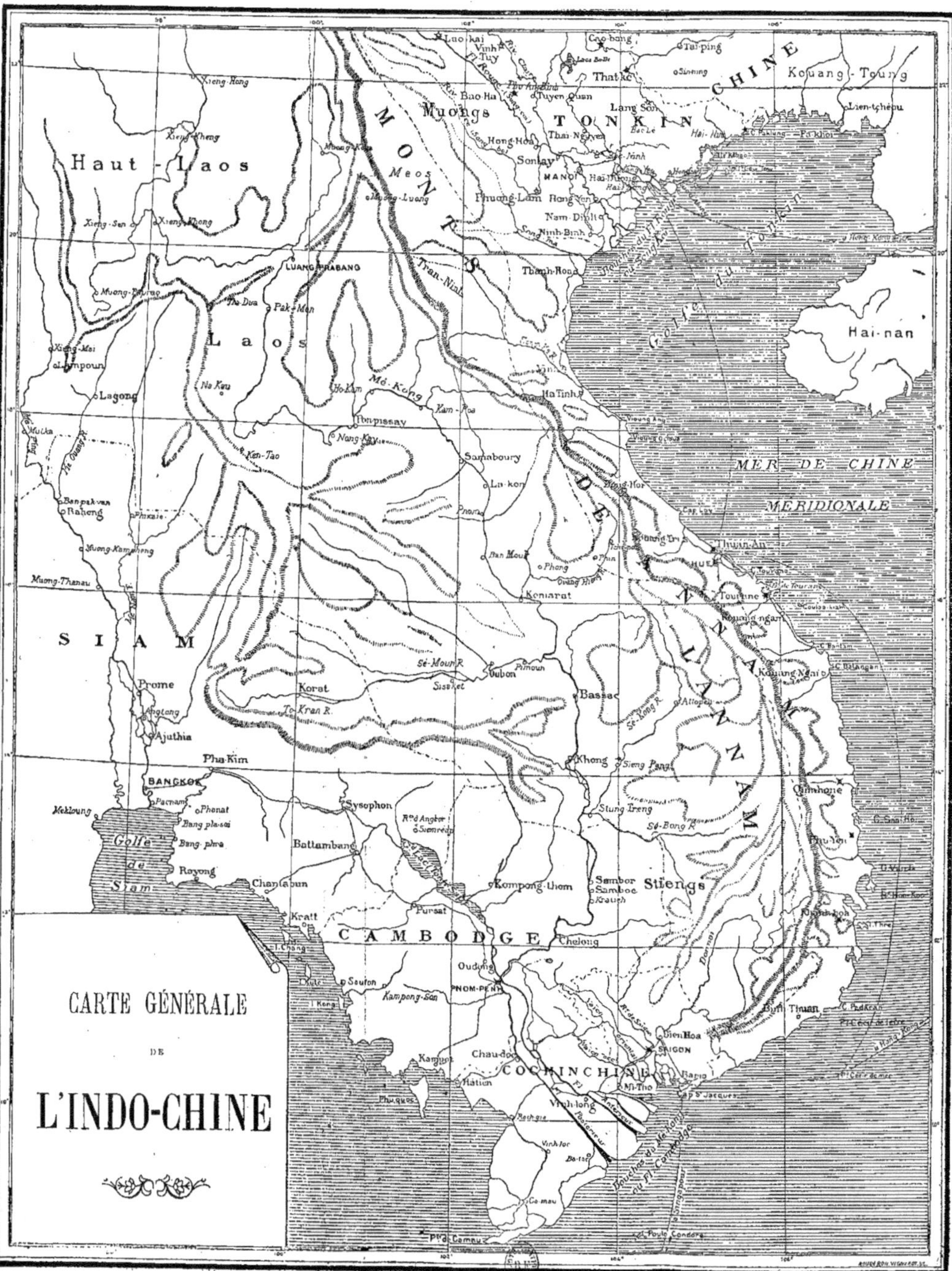
CARTE GÉNÉRALE
DE
L'INDO-CHINE
Haut-Laos
Laos
SIAM
CAMBODGE
COCHINCHINE
TONKIN
CHINE
Kouang-Toung
MONTS
DE
L'ANNAM
ANNAM
MER DE CHINE
MÉRIDIONALE
Golfe du Tonkin
Golfe de Siam
Hai-nan
Muongs
Meos
Stiengs
Lao-kai
Cao-bang
That-ke
Lang Son
Bao-Ha
Tuyen Quan
Hong-Hoa
Thai-Nguyen
Sontay
HANOI
Phuong-Lam
Nam-Dinh
Ninh-Binh
Thanh-Hoa
Ha Tinh
LUANG PRABANG
Pak-Man
Lagong
Tran-Ninh
Mé-Kong
Ponpissay
Nong-Kay
Ken-Tao
Sambaoury
Ban Mouk
Phong
Koniarat
Raheng
Muong-Kamphong
Muong-Thanau
Prome
Angtong
Ajuthia
Korat
Sé-Moun R.
Oubon
Sisaket
Bassac
Khong
Stung Treng
Sé-Kong R.
Sé-Bong R.
Attopeu
Pha-Kim
BANGKOK
Pacnam
Phonat
Bang pla-soi
Bang-phra
Rayong
Meklong
Chantabun
Kratt
I. Chang
Sysophon
Battambang
Siemréap
Kompong-thom
Pursat
Sambor
Samboc
Kranch
Chelong
Oudong
PNOM-PENH
Kampong-Som
Kampot
Chau-doc
Hatien
Phu-quoc
Vinh-long
My-Tho
SAIGON
Bien Hoa
Baria
Cap St Jacques
Vinh-lor
Ba-tac
Co-mau
Pte de Camau
Poulo Condore
Binh-Thuan
Khanh-hoa
Phu-Yen
Quinhone
Kouang Ngai
Kouang-ngan
Tourane
HUÉ
Thuan-An
Quang Tri
Lien-tchéou
Pa-khoi

www.ingramcontent.com/pod-product-compliance
Lightning Source LLC
Chambersburg PA
CBHW070353030726
47504CB00001B/166
9782019528386